PETRA HAMMESFAHR

Die Chefin

Roman

Rowohlt Taschenbuch Verlag

3. Auflage September 2001

Veröffentlicht im
Rowohlt Taschenbuch Verlag GmbH,
Reinbek bei Hamburg, September 2001
Copyright © 2001 by Rowohlt Taschenbuch Verlag GmbH,
Reinbek bei Hamburg
Alle Rechte vorbehalten
Umschlaggestaltung: any.way, Cathrin Günther
(Foto: ZEFA)
Autorenfoto: © Hergen Schimpf
Satz: Aldus Postscript bei
Pinkuin Satz und Datentechnik, Berlin
Druck und Bindung Clausen & Bosse, Leck
Printed in Germany
ISBN 3 499 23132 8

Die Schreibweise entspricht den Regeln
der neuen Rechtschreibung.

1. Kapitel

Als Thomas Lehnerer das Zimmer betrat, war der Mann im Sessel schon nicht mehr bei Bewusstsein. Er hing mehr, als er saß, in einer Ecke, wurde nur von der Armlehne gehalten. Sein Kopf war zur Seite gesunken, aus dem halb offenen Mund rann ein dünner, rötlich durchsetzter Speichelfaden. Thomas Lehnerer bemerkte nichts davon, weil er Kinn und Brust des Mannes von der Tür aus nicht sehen konnte. Die rechte Hand mit dem stark behaarten Handrücken hing auf den Fußboden wie eine fette, schwarze Spinne. Die linke Hand lag im Schoß des Mannes und umschloss dort den Hals einer leeren Wodkaflasche. Alles in allem war es ein abstoßender Anblick.

Obwohl es nicht übermäßig warm im Raum war, durch die offene Tür drang kühle Luft ein, begann Thomas Lehnerer zu schwitzen. Stärker als zuvor, als ob ihm der Schweiß aus allen Poren bräche. Er schüttelte sich, ohne es zu bemerken.

Auf dem niedrigen Couchtisch stand ein Glas mit einem Rest Wasser, daneben lag eine leere Medikamentenschachtel. Die Aufschrift konnte er nicht entziffern. Er schaute auch nicht lange hin, weil sein Blick gleich weiterwanderte und das Küchenmesser erreichte. Es war ein kleines Messer mit einem geformten Griff aus gelbem Plastik und leicht gebogener Klinge, wie man es zum Schälen und Schneiden von Obst benutzt, es sah harmlos aus. Trotzdem wurde ihm übel. Er wusste, was er mit diesem Messer tun sollte. Er wusste auch, dass er es nicht tun konnte, versuchte, sich davon abzulenken, richtete den Blick wieder auf die Medikamentenschachtel.

«Wie viele hast du ihm gegeben?», fragte er die Frau.

Sie hatte auf ihn gewartet, erhob sich mit einer ungeduldigen Begrüßung von der Couch. «Du hast dir ja reichlich Zeit gelassen, wir haben fast halb sechs.»

Langsam ging sie zum Tisch, wirkte immer noch gereizt und verärgert über seine angebliche Verspätung. Dabei musste sie wissen, dass er beim besten Willen nicht früher hatte kommen können. Sie selbst hatte ihm kurz vor vier Uhr am Telefon, als sie ihm mitteilte, dass draußen gerade der Wagen ihres Mannes vorfuhr, noch eingeschärft: «Es muss alles ganz normal sein, alles wie immer. Nur nichts Außergewöhnliches. Du fährst zur üblichen Zeit nach Hause, ziehst dich um und läufst los.»

Daran hatte er sich gehalten, und er war verdammt schnell gewesen. Vielleicht war sie nur so gereizt, weil sie mit der Situation überfordert und sehr nervös war.

«Alle», beantwortete sie endlich seine Frage, berichtigte sich jedoch gleich: «Das heißt, vier habe ich selbst genommen. Das müsste reichen, normalerweise nehme ich zwei. Und das auch nur, wenn ich wirklich starke Kopfschmerzen habe.»

Sie lächelte flüchtig, während sie sein regloses Gesicht betrachtete. Über den Mann im Sessel schaute sie geflissentlich oder krampfhaft hinweg. Thomas Lehnerer fand ihre Haltung verkrampft. Sie gab sich große Mühe, einen ruhigen und gelassenen Eindruck auf ihn zu machen. Aber ruhig und gelassen konnte sie gar nicht sein, nicht in einer so scheußlichen Situation.

«Also», sagte sie, «vier für mich, blieben für ihn sechsundzwanzig. Und das müsste auch reichen, zusammen mit dem Wodka. Er hat die ganze Flasche intus, und er hatte auch vorher schon eine Menge getrunken. Du hättest ihn sehen müssen, als er heimkam. Er konnte kaum noch auf seinen Beinen stehen. Es ist ein Wunder, dass er in dem Zustand überhaupt heil hier ankam.»

«Gab es …» Thomas Lehnerer stockte. Er stand unverändert bei der Terrassentür, konnte sich nicht überwinden, weiter in das große Zimmer hineinzugehen. «Gab es Schwierigkeiten?»

Sie schüttelte den Kopf, lächelte wieder, ein geringschätziges Lächeln. «Überhaupt keine», behauptete sie, «die meisten hat er sogar ohne meine Hilfe geschluckt. Ich habe ihm ein paar Mal gesagt, nimm lieber zwei Tabletten, sonst kannst du morgen nicht aus den Augen sehen. Das hat er getan. Nur bei den letzten vier oder fünf musste ich ihm helfen. Er war so betrunken, dass er sie nicht mehr aus der Schachtel nehmen konnte.»

Sie hob die Schultern, machte auf diese Weise deutlich, dass sie das Thema als erledigt betrachtete. Dass sie ab der siebenten Tablette eine geladene Pistole an die Schläfe des Mannes hatte halten müssen, um ihn zum Schlucken zu bewegen, musste Thomas nicht erfahren. Er musste auch nicht wissen, dass sie sekundenlang ernsthaft erwogen hatte abzudrücken.

Ein schneller und sicherer Tod für den Mann im Sessel, ihren Mann. Ihm dann die Waffe in die Hand drücken, seinen Finger am Abzug führen, sich selbst eine Kugel in den Körper schießen, irgendwohin, wo es zwar gefährlich aussah, aber nicht tödlich war, in die Schulter zum Beispiel. Getan hatte sie es nicht, und dafür gab es gute Gründe. Zu viele Unsicherheiten, Respekt vor der Gerichtsmedizin. Irgendeiner mochte herausfinden, dass der Schusskanal bei ihm eine ungewöhnliche Handstellung erfordert hätte, oder sonst etwas in der Art. Und was sie selbst betraf, es war zurzeit völlig ausgeschlossen, sich für ein paar Tage oder Wochen in ein Krankenhaus zu legen. Und es war kaum anzunehmen, dass ein Arzt bereit war, eine Schussverletzung ambulant zu behandeln.

Jetzt bereute sie ihr Zögern. Thomas war zu weich. Sie hatten das alles hundertmal durchgesprochen, und sie waren sich in jedem Punkt einig gewesen. Aber plötzlich schien er Skrupel zu haben. Wie er da bei der Tür stand.

«Komm jetzt», drängte sie. «Zieh dich aus, dann schaffen

wir ihn in den Wagen. Oder willst du noch länger so herum-
stehen?»

Thomas Lehnerer fühlte den kühlen Luftzug von draußen
auf der Stirn, roch die feuchte Erde, den Geruch des nahen
Waldes, roch es intensiver als sonst, als ob die Sinne plötzlich
schärfer seien. Er glaubte sogar, den Tod riechen zu können,
und schaffte es nicht, näher an den Sessel heranzutreten.

Der Mann darin hatte wohl am Morgen noch geglaubt,
sie wären gute Freunde. Das waren sie einmal gewesen, es
war ewig lange her, dreißig, fünfunddreißig Jahre. Sie waren
zusammen zur Schule gegangen, zusammen in irgendwelche Wasserlöcher gesprungen, mit Vorliebe dort, wo große
Schilder darauf hinwiesen: «Baden verboten! Lebensgefahr!»

Sie waren immer mit heiler Haut und heilen Knochen da-
vongekommen. Und dann hatten sie sich in dieselbe Frau ver-
liebt. Auch das lag schon mehr als zwanzig Jahre zurück, damals war sie noch ein junges Mädchen gewesen. Gerade
sechzehn, aber alt genug, um sich für den Mann zu entscheiden, der das Geld hatte. So hatte es ausgesehen – auf den ersten Blick.

Auf den zweiten Blick verhielt es sich ganz anders. Thomas Lehnerer wusste genau, dass ihre Entscheidung damals
sich nur in seinem Verhalten begründet hatte, in seinem Zögern und seiner Unentschlossenheit. Sie hatten oft darüber
gesprochen in den letzten Jahren. Um Geld war es ihr nie gegangen.

Und Macht, sich zur Herrin über ein kleines Imperium
aufzuschwingen, daran konnte sie auch nicht gedacht haben.
Nicht mit sechzehn Jahren! Das hatte sich erst so ergeben im
Laufe der Jahre. Die Firma! Das war ihr Lebensinhalt. Dafür
atmete sie, dafür schuftete sie, dafür brachte sie jedes Opfer.
Völlig verstanden, was sie antrieb und wofür sie nun eigentlich lebte, hatte Thomas Lehnerer nie. Es war auch nicht mehr
wichtig.

Jetzt war sie fünfunddreißig. Und jetzt hatte sie entschieden, dass ihr Mann sterben musste. Eine harte Entscheidung, aber eine unumgängliche. Thomas Lehnerer hatte ihr zustimmen müssen in jedem Punkt ihrer Argumentation. Es war nicht viel geblieben von dem guten Freund aus Kindertagen. Der Mann im Sessel war ein Säufer und Spieler, ein haltloses Individuum, ein Blutsauger, der anderen die Existenzgrundlage entzog, der kein Pflichtgefühl und keine Verantwortung kannte. Nur sich selbst und sein Vergnügen.

Trotzdem!

«Was ist mit deinen Fingerabdrücken?», fragte er, um noch ein paar Sekunden Zeit zu gewinnen. «Wenn du ihm die restlichen Tabletten gegeben hast, dann hast du doch die Packung angefasst. Wenn sie die untersuchen …»

Davor hatte sie Angst, das wusste er. Untersuchung! Kripo! Spurensicherung. Männer, die ein Leben so völlig auseinander nahmen, dass sie auch die hinterste Ecke noch ausleuchten konnten. Die kriminaltechnischen Labors, Leute, die imstande waren, aus einem Haar, einem Fussel oder einem Blutstropfen eine Katastrophe abzuleiten. Wochenlang hatte sie ihm erläutert, was alles auf sie zukommen könnte, wenn sie einen Fehler machten. Und jetzt verdrehte sie die Augen.

«Ja und? Natürlich habe ich sie angefasst! Das sind meine Tabletten, ich habe selbst welche genommen. Ich habe auch die Flasche angefasst und das Messer. Meine Abdrücke sind hier überall. Das müssen sie auch, weil ich hier lebe und immerzu etwas anfasse. Man wird auf seinem Jackett eine Menge Haare von mir finden, wenn man sich die Mühe macht, danach zu suchen. Und Fasern von meinem Rock, das gehört alles dazu, mein Lieber. Nur was dich angeht, sind wir vorsichtig. Jetzt zieh dich endlich aus, bitte.»

Noch während sie sprach, zog sie eine weiße Duschhaube und ein Paar dünne Plastikhandschuhe aus der Seitentasche ihres grauen Rocks. Es waren Handschuhe, wie sie den in

Drogeriemärkten erhältlichen Haartönungen beilagen. Thomas Lehnerer wusste, dass sie sich regelmäßig die Haare tönte. Silberblond, von Natur war sie nicht ganz so hell. Sie hielt ihm die Handschuhe zusammen mit der Duschhaube entgegen.

«Hier», drängte sie erneut, «jetzt mach schon. Sie müssen dir passen. Es ist eine Einheitsgröße. Zieh sie lieber gleich an. Und setz das Ding auf.»

Er fühlte die Übelkeit wie eine lauwarme Welle im Magen. Zwei Schritte hinter ihm schien eine andere Welt zu beginnen. Der Rasen, der mannshohe Zaun, dahinter der Wald, alles so friedlich unter einem schon kitschig rosa angehauchten Abendhimmel. Er konnte hören, wie der Mann im Sessel atmete. Es war fast ein Schnarchen. Oder bereits ein Röcheln? Normal klang es jedenfalls nicht. Ein komischer, rasselnder Pfeifton wie bei einem Asthmatiker. Eine Flasche Wodka, fast drei viertel Liter auf das, was er zuvor getrunken hatte, wenig konnte das nicht gewesen sein. Dazu sechsundzwanzig Paramed-Tabletten.

Allein die Tabletten waren tödlich. Sie hatte sich in der Apotheke erkundigt, beiläufig und harmlos. Vor ein paar Monaten schon, als sie zum ersten Mal sagte: «So geht es nicht weiter, Thomas. Ich kann doch nicht tatenlos zuschauen, wie er die Firma völlig ruiniert. Dafür habe ich nicht gearbeitet, dafür nicht. Ich muss etwas unternehmen.»

Natürlich musste sie, Thomas Lehnerer wusste das. Er wusste überhaupt eine Menge. Nur änderte sein Wissen nichts an der Tatsache, dass da ein Unterschied war. Darüber reden; ja! Mit dem Gedanken spielen, die Einzelheiten planen, das war die eine Seite. Handeln war eine ganz andere Seite.

Dabei musste er gar nicht viel tun. Ihr nur helfen, den Mann in den Wagen zu schaffen, den Wagen an eine einsame Stelle fahren. Und bevor er losfuhr, sollte er sie niederschlagen, ihr mit dem Messer ein paar Verletzungen zufügen. Sie hatten das alles besprochen. Und jetzt stand er da bei der Tür wie festgewachsen, konnte sich einfach nicht von der Stelle rühren.

Sie wusste, was in ihm vorging, kannte ihn gut genug und kämpfte gegen die aufsteigende Panik an. Wenn Thomas sie jetzt im Stich ließ! Sie hätte schießen sollen, solange noch Zeit dafür gewesen war. Jetzt war es zu spät. Selbst ein nachlässig arbeitender Gerichtsmediziner musste erkennen, was der Mann im Sessel außer einer Kugel sonst noch im Leib hatte. Und wer tat das schon, sich erst vergiften und dann noch erschießen?

Vielleicht würde sich sogar feststellen lassen, dass er zum Zeitpunkt des Todes gar nicht mehr in der Lage gewesen wäre, zu schießen. Und dann würde sich auch feststellen lassen, dass er um sechs Uhr am Abend nicht mehr imstande gewesen war, ein Auto zu fahren. Die Zeit wurde knapp. Er war seit gut einer halben Stunde bewusstlos. Wenn er nicht innerhalb der nächsten halben Stunde dahin gelangte, wo er hinsollte …

Ihre Gedanken überschlugen sich auf der Suche nach einem Ausweg. Noch ein Versuch mit Thomas. Sie zwang sich zu einem Lächeln. Irgendeiner hatte einmal gesagt, dass sie alles von einem Mann haben könne, wenn sie ihn nur in entsprechender Weise anlächelte, dass sie den größten Skeptiker überzeugte, jedes Ziel erreichte und ein solch breites Spektrum von Gefühlen und Stimmungen damit ausdrückte, dass es ihrem Gegenüber den Verstand ausschaltete.

Es war sanft diesmal, ihr Lächeln, voller Verständnis. Dabei traurig, besorgt, fast ängstlich, weich und hilflos. Mit diesem Lächeln kam sie auf ihn zu, legte ihm eine Hand auf den Arm. In der anderen Hand hielt sie die Handschuhe und die Duschhaube. «Was ist denn?», fragte sie.

Auch ihre Stimme war sanft, verständnisvoll, traurig, besorgt und angstvoll, weich und hilflos. «Hast du plötzlich

Skrupel?» Ein leiser, zittriger Seufzer, dann sprach sie weiter, hektischer, drängender: «Thomas, es ist doch schon vorbei. Es ist jedenfalls nicht mehr rückgängig zu machen. Und du weißt genauso gut wie ich, es war die einzige Möglichkeit. Was hätte ich denn sonst tun sollen? Konkurs anmelden? Und was wäre aus den Leuten geworden? Noch ein paar Arbeitslose mehr, ja? Bei ein paar Millionen kommt es auf fünfundsechzig nicht an? In der Statistik nicht, aber mir sind sie wichtig. Die meisten haben Familie, und die älteren stellt doch keiner mehr ein.»

Als er ihr nicht antwortete, atmete sie vernehmlich ein und aus, das Zittern darin war stärker geworden. Ihr Lächeln verschwand. Ihre Stimme zitterte ebenfalls, als sie feststellte: «Du hast dich überschätzt.»

Sie schluckte heftig, legte den Kopf ein wenig zur Seite, als müsse sie nachdenken. Nach ein paar Sekunden zuckte sie mit den Achseln, sagte mit resignierendem Unterton: «Gut, dann gehst du eben wieder. Es war ein Fehler, dich hineinzuziehen. Ich hätte wissen müssen, dass du es nicht kannst. Aber ich dachte, Thomas muss ja nicht viel tun, und das bisschen … Ach, lassen wir das. Ich schaffe es auch alleine.»

Das war unmöglich. Der Mann im Sessel wog mehr als zweiundneunzig Kilo. Vielleicht konnte sie ihn hinausschleifen und ihn in den Wagen bugsieren. Aber das würde Spuren hinterlassen. Und dann musste sie den Wagen irgendwohin fahren, etliche Kilometer weit weg, musste wieder zurücklaufen. Es würde zu lange dauern, ihren gesamten Plan zunichte machen. Sie wusste das ebenso gut wie er. Er sah, dass sie sich auf die Lippen biss. Ihr Blick ging zwischen dem Mann im Sessel und ihm hin und her.

«Das kannst du nicht», sagte er.

Sie hob erneut die Achseln, auf ihrem Gesicht war die Verzweiflung deutlich abzulesen. «Ich kann eine Menge», behauptete sie. «Ich kann ihn nicht hier wegschaffen. Ich muss ihn da sitzen lassen. Und dann muss ich eben etwas länger bewusstlos sein. Es kommt nur darauf an, dass sie mir glauben. Eine Beule am Kopf reicht in dem Fall nicht aus. Aber ein Schuss wird reichen. In die Schulter, oder wird man davon nicht bewusstlos?»

Ihre Stimme bekam einen Anflug von Hysterie. «Besser in den Bauch? Was meinst du? Das ist glaubwürdiger, nicht wahr? Er saß da und drohte, sich zu erschießen. Ich wollte ihm die Waffe wegnehmen. Ein Schuss löste sich. Ich verlor die Besinnung. Und er war zu feige, auch noch auf sich selbst zu schießen. Er entschied sich für die Tabletten.»

«Du bist wahnsinnig», murmelte er, als sie wieder schwieg.

«Nein, Thomas.» Sie schüttelte den Kopf. «Wahnsinnig war ich, als ich mich darauf verlassen habe, dass du mir hilfst.»

Sie schaute an ihm vorbei auf die Terrasse hinaus. Ihr Blick verlor sich irgendwo im Grün des Waldes, das inzwischen schon fast schwarz war. Er sah, wie es in ihrem Gesicht zuckte, als kämpfe sie gegen die aufsteigenden Tränen an. Nach ein paar Sekunden verlor sie ihren Kampf.

Es war das erste Mal, dass Thomas Lehnerer sie weinen sah, richtig weinen. Sie schaute ihm wieder ins Gesicht, strich mit einem Handrücken über die Wangen, presste für einen Augenblick die Lippen fest aufeinander.

«Am besten, du gehst jetzt. Ich komme schon irgendwie klar.» Innerhalb von Sekundenbruchteilen strafften sich ihre Schultern, ihr Gesicht nahm einen entschlossenen Ausdruck an. «Ich drücke ihm die Pistole in die Hand, und dann drücke ich ab. Man darf sich niemals auf andere verlassen. Wenn es darauf ankommt, kneifen sie.»

Als sie Anstalten machte, in die Diele zu gehen, griff er nach ihrem Arm und hielt sie zurück. «Das ist doch nicht dein Ernst, Betty. Jetzt sei vernünftig. Du kannst dir nicht in den Bauch schießen. Du kannst dabei sterben.»

«Ich passe schon auf», erklärte sie trotzig und wischte sich noch einmal über die Wangen. Die Tränen hatten breite Spuren durch ihr Make-up gezogen. Unter ihren Augen waren schwarze Ränder von Wimperntusche. Sie strich mit einer Fingerspitze unter dem rechten Auge herum, aber sie verteilte die Tusche nur.

«Tu mir einen Gefallen, Thomas», verlangte sie, «verschwinde jetzt, sonst verliere ich die Nerven. Und ich habe bereits genug verloren.»

Da nahm er ihr endlich die Duschhaube und die Handschuhe aus den Fingern, zog Jacke und Hose aus, streifte Handschuhe und Haube über. Es ging ganz automatisch. Er bemühte sich, nicht in das schlaffe Gesicht des Mannes zu sehen, als er unter dessen Achseln griff und den Körper in eine sitzende Position hochzog.

Der Kopf fiel nach vorn, das Kinn verschwand unter einem Revers. Thomas Lehnerer achtete nicht darauf. Auch den blutdurchsetzten Kranz, den der Speichel auf das Jackett gezeichnet hatte, bemerkte er nicht. Am schlimmsten war noch, dass er sich fühlte wie ein vollkommener Idiot. Nackt bis auf den Slip, mit dieser lächerlichen Haube auf dem Kopf und den Handschuhen, die ihm gleich an den Händen festklebten.

Sie stand noch eine Sekunde lang da, als könne sie es nicht fassen oder nicht glauben, dass er nun doch bereit war, ihr zu helfen. Dann kam sie ebenfalls zum Sessel und griff nach den Beinen ihres Mannes.

Sie trugen ihn über die Terrasse hinaus, um die Hausecke zu seinem Wagen. Ein schwarzer Lamborghini. Die beiden Schwenktüren waren bereits hochgeklappt, dafür hatte sie vorher schon gesorgt. Beide Sitze waren mit starker Plastikfolie abgedeckt. Sie hatte an alles gedacht. Gemeinsam brachten sie den Mann so im Wagen unter, dass er vor dem Beifahrersitz auf den Knien lag, mit dem Gesicht auf der Folie.

«Falls er erbricht», sagte sie. «Hoffen wir, dass er es nicht während der Fahrt tut. Wer weiß, wie die Tabletten wirken, wenn er die Hälfte wieder ausspuckt. Wenn du ihn erst aus dem Wagen geschafft hast, ist es kein Problem mehr. Leg ihn in jedem Fall auf den Rücken. Dann wird er ersticken. Und denk daran, dass du die Folien mitnimmst. Denk auch an seine Fingerabdrücke.»

Sie schloss die Wagentür, und Thomas Lehnerer verlangte: «Du musst den Türgriff abwischen.» Er fühlte sich innerlich ganz kalt, fast unbeteiligt, schaffte es irgendwie, es von sich wegzuschieben. Beihilfe zum Mord, so würde der Richter es formulieren, falls es je einen Richter geben sollte.

Sie war überzeugt, das könne nie geschehen. Dafür war alles zu gut durchdacht. Sie nannte es auch nicht Mord, sondern eine Notlösung, noch dazu eine in letzter Minute. Und genau genommen war es das, eine Notlösung.

Sie lachte leise und ein wenig nervös. «Wen, glaubst du, würden meine Abdrücke an der Autotür stutzig machen? Ich habe am Freitag noch drin gesessen und die Tür angefasst.» Dann wischte sie doch flüchtig mit dem Ärmel ihrer Bluse über die Tür, murmelte dabei: «Wer weiß, wer nach mir noch drin gesessen hat.»

Sie ging vor ihm her, über die Terrasse zurück ins Wohnzimmer, gleich weiter bis zum Tisch, wo sie nach dem Küchenmesser griff, während er in Jacke und Hose schlüpfte. Als sie ihm das Messer hinhielt, schüttelte er den Kopf.

«Tut mir Leid, Betty, aber das kann ich wirklich nicht.»

Er hatte noch nicht ganz zu Ende gesprochen, da zog sie sich die Messerklinge bereits quer durch die linke Handfläche. Sie zuckte nur einmal kurz zusammen, ballte die blutende Hand zur Faust und schaute ihn auffordernd an.

«Soll ich mir auch selbst eins über den Kopf geben? Oder schaffst du wenigstens das?»

Auf eine Antwort wartete sie nicht. Sie kniete sich vor den Tisch, den Blick auf sein Gesicht geheftet, die Stimme fast ein Locken. «Komm, Thomas, so schlimm ist es nicht. Ich halte eine Menge aus. Nur einmal gegen die Kante. Dann haben wir es geschafft.»

Von ihrer Faust tropfte Blut auf den weißen Kachelboden.

Er konnte nicht hinsehen, schaute zur Zimmerdecke hinauf, während er langsam auf sie zuging, ihren Kopf mit beiden Händen umfasste. Er beugte sich zu ihr hinunter, küsste sie mit geschlossenen Augen. «Ich liebe dich», murmelte er. Dann schlug er ihren Kopf mit einem leichten Ruck seitlich nach unten, hörte den Aufprall überdeutlich und glaubte, sein Magen würde sich umdrehen.

Ihre Augen waren ebenfalls geschlossen, als er sie endlich anschauen konnte. Einen Moment lang befürchtete er, sie umgebracht zu haben. Wenn sie wenigstens gestöhnt hätte! Aber sie blinzelte nur nach ein paar Sekunden, murmelte: «Blutet es?»

«Nein.»

«Es muss bluten», flüsterte sie. Ihre Stimme klang benommen. «Das ist glaubwürdiger. Schlag noch einmal zu. Oder mach mit dem Messer einen kleinen Schnitt in die Kopfhaut. Keine Sorge, es tut nicht weh. Ich spüre so gut wie gar nichts davon.»

Als er sie wenige Minuten später verließ, saß sie vor dem Tisch auf dem Boden und machte einen apathischen, verwirrten Eindruck. Ein dünner Blutfaden lief ihr seitlich durchs Haar. Er hatte es tatsächlich geschafft, ihren Kopf noch einmal und diesmal kräftiger gegen die Tischkante zu schlagen. Auch von ihrer linken Hand tropfte es noch. In der rechten hielt sie den Telefonhörer, drückte ihn gegen die unverletzte Seite des Kopfes.

Draußen wurde der Motor des Wagens gestartet, röhrte laut auf in der Stille ringsum und entfernte sich rasch. Erst nachdem es völlig verklungen war, drückte sie eine Taste am Telefon und lauschte dem Freizeichen. Als die Verbindung zustande kam und eine Frauenstimme sich meldete, stöhnte sie, nahm den Hörer wieder vom Ohr und ließ ihn am Kabel hängen, sodass er wenige Zentimeter über dem Fußboden langsam hin und her schwang.

Sie blieb noch minutenlang auf dem Boden sitzen, ehe sie

sich mühsam erhob. Ihr war schwindlig, ein Gefühl, als ob das Gehirn im Schädel hin und her schwappte. Vor den Augen tanzten ein paar Punkte, ob dunkel oder farbig, konnte sie nicht einmal genau sagen. Aber Schmerzen hatte sie kaum, weder in der Hand noch im Kopf. Die vier Tabletten, die sie vorbeugend eingenommen hatte, betäubten vorerst jedes Schmerzempfinden. Dass die Verletzung, die Thomas Lehnerer ihr zugefügt hatte, schlimme Folgen haben könnte, glaubte sie nicht. Ihre einzige Sorge galt dem Wagen und mehr noch dem Mann am Steuer. Wenn Thomas nur durchhielt!

Sie fühlte, wie ihr Magen sich zusammenzog beim Gedanken an all das, was jetzt noch schief gehen konnte. Auch ein perfekter Plan hatte Schwachstellen, Thomas war eine davon. Die einzige, wie sie meinte.

Das Erste, was Georg Wassenberg von ihr sah, waren die Beine. Schlanke Beine, ideal geformt, in matt schimmernden Nylons. Und ein Stück vom Rock, hellgrau, eng, modisch kurz. Er gab ihre Knie frei und einen Teil der Oberschenkel. Sie lag auf einer Couch. Weißes Leder. Es gab viel Weiß im Zimmer. Viel Weiß, viel Glas, ein bisschen Chrom, ein paar Scherben auf dem Fußboden bei der Terrassentür und ein paar malerisch üppige Grünpflanzen, wie zufällig verteilt.

Aber es gab keine Zufälle in ihrem Leben, nur sorgfältige Planung, den Ehrgeiz, die Tüchtigkeit und den eisernen Willen. Das begriff Georg Wassenberg rasch. Und er glaubte auch, eine gewisse Ähnlichkeit der Charaktere zu erkennen, eine Ähnlichkeit mit sich selbst. Trotzdem war sie für ihn das, was man einen Gegensatz nennt. Und Gegensätze ziehen sich an, heißt es. Schon nach knapp einer Stunde war diese Anziehungskraft zu spüren. Und spät in der Nacht fiel es ihm schwer, sich von ihr zu verabschieden.

Als er ihr Haus betrat, war es gerade neun Uhr abends vorbei. Da wirkte sie noch hilflos, gar nicht richtig bei Bewusstsein. Vor der Couch stand ein älterer Mann in gebeugter Haltung, ihr Hausarzt. Er verdeckte ihren Oberkörper und ihr Gesicht, war damit beschäftigt, eine Kopfwunde zu versorgen, tätschelte ihr zwischendurch die Wangen und verlangte: «Aufwachen, Frau Theißen, aufwachen.» Als wäre sie nur eingeschlafen. Aber sie war niedergeschlagen worden, in ihrem eigenen Wohnzimmer, von ihrem eigenen Mann.

Eine halbe Stunde zuvor war das noch nicht klar gewesen. Die Notrufzentrale hatte die Meldung von einem Mordversuch an einer jungen Frau weitergegeben. Und da Georg Wassenberg sich noch im Büro aufhielt, war er zu der angegebenen Adresse gefahren. Allein, es bestand keine Veranlassung, sich von einem Kollegen begleiten zu lassen. Zwei Beamte von der Schutzpolizei waren vor Ort, sie genügten vollauf, die erste Aussage des Opfers zu bezeugen, falls das Opfer zu einer Aussage fähig sein sollte. Und Mordversuch, das klang nach einer Lappalie verglichen mit dem, was sonst anlag.

Zwei unaufgeklärte Morde an jungen Frauen noch aus dem Vorjahr. Die beiden Fälle hatten nichts miteinander zu tun. Bei den vier Toten, die seit Beginn des Jahres dazugekommen waren, sah das anders aus. Den ersten hatten Spaziergänger Anfang Januar entdeckt, den zweiten vier Wochen später, den dritten drei Wochen später. Der vierte war erst vor drei Tagen gefunden worden, zwei Wochen nach dem vorangegangenen. Die Zeitabstände verkürzten sich dramatisch.

Bei den Opfern handelte es sich um Obdachlose, Stadtstreicher, Randexistenzen, die meist in den frühen Morgenstunden gefunden worden waren. Auf Parkbänken sitzend, die Füße mit einem groben Strick zusammengebunden, ein Stück Seil unter den Achseln durchgezogen und um die Rückenlehne der Bank geschlungen, das sie aufrecht hielt, die Hände auf dem Rücken gefesselt, über dem Kopf eine Plastiktüte. Und neben dreien auf der Bank, fein säuberlich zusammengelegt, die wenigen Habseligkeiten, die sie bis zum Zeitpunkt des Todes in dieser Tüte mit sich herumgetragen hatten.

Das bisher letzte Opfer, Jens-Dieter Rasche, hatte auf Kosten des Sozialamts ein winziges Pensionszimmer bewohnt und seine gesamte Habe dort aufbewahrt. Aber die Plastiktüte fehlte auch bei ihm nicht. Sie gingen davon aus, dass der Täter eine bei sich gehabt hatte, für Notfälle sozusagen.

Georg Wassenberg war Hauptkommissar bei der Mordkommission, zweiundvierzig Jahre alt, seit einem halben Jahr geschieden. Er war gut eins achtzig groß und trug ein paar Kilo zu viel mit sich herum. Nicht genug, um es als Übergewicht zu bezeichnen, gerade ausreichend, um ihm den Anschein von Gemütlichkeit zu geben. Doch der Eindruck täuschte.

Georg Wassenberg war ein Gefühlsmensch. Und in den letzten achtzehn Monaten hatte er hauptsächlich Wut empfunden. Das wirkte sich auch beruflich aus. In welche Situation ihn seine widersprüchlichen Gefühle in den nächsten Wochen bringen sollten, konnte er an dem Montagabend Ende März allerdings nicht ahnen. Er ahnte anfangs nicht einmal, dass er in einem Mordfall ermittelte.

Für ihn stellte sich die Sache in den ersten Stunden so dar, dass da jemand stark übertrieben oder etwas missverstanden hatte. Mordversuch! Es war nur eine alltägliche Streiterei mit Handgreiflichkeiten unter Eheleuten gewesen. Kein Fall für die Kripo. Es war nicht damit zu rechnen, dass die Frau Anzeige gegen ihren Mann erstattete. Damit war in solchen Fällen nie zu rechnen. Und wenn sie es wider Erwarten doch tun wollte, reichten die beiden uniformierten Kollegen, die kurz nach dem Arzt am «Tatort» eingetroffen waren und immer noch herumstanden.

Für Georg Wassenberg gab es nach Lage der Dinge keinen Grund zu bleiben. Er hätte sich, nachdem die jungen Kollegen ihm den wahren Sachverhalt geschildert hatten, verabschieden und zurück ins Büro fahren, sich dort weiter mit den ersten, noch spärlichen Ergebnissen der kriminaltechnischen Untersuchungen des letzten Mordfalls Jens-Dieter Rasche beschäftigen können, sie mit den Ergebnissen der drei anderen Fälle vergleichen, nach Hinweisen suchen. Er hätte natürlich auch heimfahren können. Es war spät genug.

Heimfahren! In eine schäbige, kleine Wohnung in einem tristen Viertel am Stadtrand. Zwei Zimmer, Küche, Diele, Bad, so wurde es im Mietvertrag bezeichnet. Die beiden Zimmer verdienten ihre Bezeichnung immerhin. Sie boten Platz für ein Bett, einen Schrank, Tisch, zwei Stühle und zwei Sessel. Die Küche jedoch war nur ein düsterer Winkel. Neben Kühlschrank und Herd war nicht einmal mehr Stellfläche für einen Abfalleimer. An der gegenüberliegenden Wand befanden sich der Ausguss, richtig nostalgisch aus altem Porzellan mit etlichen dunkel gefärbten Rissen, und ein Brett für Kaffeemaschine und Toaster.

Das Bad, genau genommen eine handtuchschmale Kammer mit Dusche, Toilette und einem winzigen Waschbecken, veranlasste Georg Wassenberg jeden Morgen, einen Schlagertext zu singen: «Ich träumte von weißen Pferden, wilden, weißen Pferden an einem Strand.» Wenn man die Sache auf diese Weise nahm, konnte man auch einer verschimmelten Duschkabine noch etwas abgewinnen.

Seit einem Jahr und sechs Monaten war Georg Wassenberg wild entschlossen, zumindest die private Seite seines Lebens auf diese Weise zu nehmen, um mit dem Chaos in seinem Innern fertig zu werden.

Vor einem Jahr und sechs Monaten hatte seine Frau ihm nach zwölfjähriger Ehe eröffnet, dass es aus war, schlicht und ergreifend aus. «Du musst zugeben, Georg, dass wir beide gar nicht zueinander passen.»

Vielleicht war es nur bedauerlich, dass Sonja zwölf Jahre gebraucht hatte, um das festzustellen. Vielleicht hätte er ihr sogar dankbar sein müssen, denn im Grunde hatte sie Recht. Es war längst nicht mehr alles eitel Sonnenschein gewesen in seiner Ehe. Sonja war ein verwöhntes Püppchen, das den Realitäten des Lebens ziemlich hilflos gegenüberstand, ihn mindestens fünfmal täglich im Büro angerufen hatte, um einen Rat fragte, sich jede Entscheidung abnehmen ließ, selbst wenn sie sich bloß auf das Abendessen bezog. Nur die letzte Entscheidung, die das gemeinsame Leben betraf, hatte sie mit sich allein ausgehandelt. Nicht ganz mit sich allein. Sie hatte entsprechende Beratung gehabt.

Ein anderer Mann! Einer, der mehr Zeit für sie hatte, mehr Geduld aufbrachte. Einer, der nicht wegen jeder Kleinigkeit an die Decke ging, weil er mit seinen Gedanken noch bei einer Leiche war. Weil er nicht umschalten konnte auf die Bedürfnisse einer Frau, die auf die vierzig zuging und sich nun fragte, ob es überhaupt noch ratsam war, sich zweimal in der Woche auf die Sonnenbank zu legen. Wo es doch hieß, dass die Haut davon rascher alterte, wo sie gerade wieder ein neues Fältchen entdeckt hatte.

Sonja wollte nichts wissen von der alten Frau, der ein Junkie den Schädel eingeschlagen hatte, weil er ihre paar Mark Rente für ein bisschen Stoff brauchte. Auch nichts von dem jungen Familienvater, der seinen vier Monate alten Sohn gegen die Wand schleuderte, weil ihn das Schreien des Kindes daran hinderte, sich auf ein Fußballspiel im Fernsehen zu konzentrieren, Bundesliga, da brauchte der junge Vater Ruhe, und das Kind wollte nicht still sein.

Solche Geschehnisse fand Sonja grauenhaft. Und sie fand eben auch, dass man sich im privaten Bereich nicht mit den hässlichen Seiten des Lebens befassen sollte. Sonja wollte ihm lieber von dieser neuen Creme erzählen, die zwar ein kleines Vermögen kostete, aber laut Werbung garantiert Liposome oder Enzyme oder sonst einen Unsinn in die Haut einschleuste, damit die Tiefe der bereits vorhandenen Fältchen minderte und neuen vorbeugte.

Darüber konnte Sonja nun bis in alle Ewigkeiten diskutieren. Sie hatte einen gefunden, den solche Themen ebenfalls brennend interessierten, der auch in Modedingen bewandert war. Immerhin betrieb Georg Wassenbergs Nachfolger eine exklusive Damenboutique und konnte deshalb jederzeit Auskunft geben auf so weltbewegende Fragen wie: «Was meinst du, Schatz, kann ich die rote Bluse zu dem grauen Rock tragen? Oder beißt sich das?»

Obwohl ihn solche Fragen häufig genug an den Rand des Wahnsinns oder der Verzweiflung getrieben hatten, hatte ihm Sonjas Eröffnung einen gewaltigen Schock versetzt. Er hatte Monate gebraucht, um zu begreifen, dass es ihr ernst war. Für Sonja war die Scheidung nur noch eine Formsache. Keine schmutzige Wäsche, kein Streit ums Geld, Kinder waren keine da.

Das obligatorische Trennungsjahr brachten sie mit etwas Anstand und Würde hinter sich. Obwohl sie gar nicht getrennt lebten und Sonja jeden Abend Besuch von ihrem Boutique-Besitzer bekam. Der machte es sich bald zur Regel, über Nacht zu bleiben. Sicherheitshalber brachte er seinen Köter mit, einen jungen Schäferhund, der auf den überaus seltenen Namen Harro hörte, Nacht für Nacht vor der Schlafzimmertür lag und Herrchens Leidenschaft bewachte.

Wenn es Georg Wassenberg wirklich ernst damit gewesen wäre, Herrchen den Schädel zu spalten, hätte der Hund es nicht verhindern können. Nur war mit unkontrollierten Wutausbrüchen nichts gewonnen. Er hatte sich beherrscht, hatte sich hundertmal am Tag und tausendmal in der Nacht vorgebetet, dass er nur auf diese Weise noch etwas retten könne.

Liposome und Enzyme hin, Sonnenbänke und Fältchen her, Sonja war seine Frau! Er liebte sie. Und er wollte sie, verdammt nochmal, behalten. Dass sie ihn mit einem Würstchen betrog, war ein Schlag unter die Gürtellinie, ein fürchterlicher Hieb direkt in sein männliches Selbstverständnis. Aber damit konnten sie sich später auseinander setzen.

Seiner Meinung nach hatte er sich monatelang ausgezeichnet unter Kontrolle gehabt, keine Gelegenheit verstreichen lassen, Sonja zu beweisen, dass er hundertmal mehr

Mann war als dieses schmächtige Kerlchen in den bunten Seidenhemden, mit den büschelweise transplantierten Haaren auf der Glatze. Und er hätte sie irgendwann davon überzeugt, wenn sie ihm nur ein bisschen mehr Zeit gelassen hätte.

Aber Sonja wollte ein ungestörtes neues Glück und ihn aus dem Haus haben. Das Haus gehörte ihr, beziehungsweise ihrem Vater. Als die Scheidung rechtskräftig wurde, hieß das für Georg Wassenberg Koffer packen. Vermutlich musste er froh und dankbar sein, dass er auf die Schnelle überhaupt eine Wohnung gefunden hatte. Er war nicht froh und nicht dankbar. Er war immer noch wütend. Trauerte um diese zwölf Jahre, um seine Frau, um die Annehmlichkeiten einer Ehe und auch um das Haus, in dem er gelebt hatte. Diese großen hellen Zimmer und die elegante Einrichtung.

Es war so ähnlich gewesen wie das Zimmer, in dem er jetzt stand. Vielleicht blieb er anfangs nur deshalb. Weil er sich wohl fühlte in dieser Atmosphäre, entspannt und zufrieden, sogar ein bisschen heimisch, wie auf vertrautem Boden. Vielleicht war auch eine Portion Neugier dabei. Nach dem langen Blick auf die Beine der Frau wollte er wenigstens einen kurzen in ihr Gesicht werfen.

Als der Arzt sich aufrichtete und einen Schritt zur Seite trat, war ihm das endlich vergönnt. Und er konnte gerade noch den leisen Pfiff unterdrücken. Sonja war hübsch, attraktiv oder wie immer man es nennen wollte. Die Frau auf der Couch war eine Schönheit, daran änderte auch der Kopfverband nichts.

Schulterlanges, glattes, silberblondes Haar, schlicht frisiert, in der Mitte gescheitelt. Ein ebenmäßiges, beinahe klassisches Gesicht, die Figur genau so, wie sie sein sollte. Zu dem kurzen, grauen Rock trug sie eine rote Bluse. Es biss sich nicht. Und nicht einmal die Blutflecken auf dem Rock störten die Harmonie.

Der Arzt hatte mit seiner Tätschelei und einem kleinen Lämpchen, mit dem er ihr in die Augen leuchtete, endlich einen Erfolg zu verzeichnen, sie dazu gebracht, die Augen aufzuschlagen. Nun half er ihr mit einer unwilligen Bemerkung, sich aufrecht hinzusetzen. Ihm wäre es lieber gewesen, sie wäre liegen geblieben. Sie murmelte etwas.

Georg Wassenberg verstand es nicht richtig, aber es klang so, als hätte sie gesagt: «Ich bin in Ordnung.»

Sie schwang die Beine von der Couch. Der Rock rutschte noch ein wenig höher, gab den Abschluss der Strümpfe und einen schmalen Streifen glatter, brauner Haut darüber frei. Sie kümmerte sich nicht darum. Entweder hatte sie noch nicht bemerkt oder es machte ihr nichts aus, dass da insgesamt sieben Männer um sie herum waren.

Die beiden uniformierten Polizisten, der jüngere war höchstens Mitte zwanzig und schaute ungeniert auf den Strumpfrand. Zwei Sanitäter neben einer zusammengelegten Tragbahre, offensichtlich überflüssig und dementsprechend gelangweilt. Der Arzt, Georg Wassenberg und dann war da noch ein Mann im Jogginganzug. Er hatte Georg Wassenberg ins Haus gelassen, sich dabei als Thomas Lehnerer vorgestellt und versucht, die Situation zu erklären.

Ein komischer Typ, hypernervös, er sprach so schnell, dass man Mühe hatte, ihm zu folgen. «Ich habe sie gefunden, kurz nach acht. Sie war bewusstlos, konnte mir nicht öffnen. Ich musste die Terrassentür einschlagen, um ins Haus zu kommen. Sie hat wohl versucht, bei uns anzurufen. Das muss so gegen sechs gewesen sein, aber meine Frau hat den Anruf nicht ernst genommen.»

Seine Frau, das entsprach den Tatsachen, hatte an einen üblen Scherz geglaubt, als das Telefon klingelte und sich niemand mit Namen meldete, nur stöhnte. Ein obszöner Anruf, hatte Margot Lehnerer gedacht, einfach aufgelegt und die Sache vorübergehend vergessen.

Das erfuhr Georg Wassenberg noch an der Haustür stehend. Auf dem Weg durch die Diele sprach Thomas Lehnerer weiter und erklärte auch den Rest noch. Er war ein sportlich veranlagter Mensch, fast eins neunzig groß, kräftig gebaut, athletische Figur, durchtrainiert von etlichen tausend Kilometern, die er im Laufe der letzten Jahre zurückgelegt hatte.

Kurz vor acht, so berichtete er, sei er von seinem Waldlauf zurückgekommen. Er lief täglich drei Stunden, bei jedem Wetter. Er wollte telefonieren. Die Chefin anrufen, sagte er, sich erkundigen, wie es ihr ging. Die Chefin habe sich schon am Vormittag nicht wohl gefühlt, sogar die Firma zwei Stunden früher als üblich verlassen. Das war sehr ungewöhnlich, und man musste davon ausgehen, dass es ihr wirklich sehr schlecht ging. Und da wollte Thomas Lehnerer nur rasch nachfragen, ob sie sich inzwischen besser fühlte. Doch er bekam keine Verbindung, immer nur eine besetzte Leitung. Etwa zehn Minuten lang versuchte er es. In der Zeit erwähnte seine Frau den seltsamen Anruf. Da brach er auf, um nach dem Rechten zu schauen.

Wie Thomas Lehnerer es darstellte, klang jeder Satz nach einem Drama. Als ob der Weltuntergang bevorstand, wenn eine Frau mal länger als zehn Minuten telefonierte. Sonja hatte es mit Leichtigkeit auf zwei Stunden gebracht.

Georg Wassenberg fragte sich amüsiert, und zu diesem frühen Zeitpunkt amüsierte ihn Lehrerers Art tatsächlich noch, ob der Mann im Jogginganzug über hellseherische Fähigkeiten oder eine schon außergewöhnliche Kombinationsgabe verfügte. Eines von beidem musste es sein.

Denn laut seiner Erklärung hatte Thomas Lehnerer, in Erinnerung der starken Kopfschmerzen, über welche die Chefin am frühen Nachmittag geklagt hatte, eine Verbindung zwischen der besetzten Telefonleitung und dem mysteriösen Anruf vermutet, den seine Frau zwei Stunden zuvor erhalten hatte. Er fand seine Befürchtungen bestätigt, schlimmer noch als angenommen. Die Chefin bewusstlos vor dem Tisch im

Wohnzimmer, Blutflecken auf den weißen Bodenfliesen. Er alarmierte den Arzt, und der alarmierte die Polizei und einen Krankenwagen.

Jetzt saß Thomas Lehnerer in einem Sessel, ließ die Frau auf der Couch nicht aus den Augen. Er wirkte immer noch sehr nervös, ängstlich und besorgt. Georg Wassenberg hörte ihn fragen: «Wie geht es dir, Betty? Wie fühlst du dich?»

Betty, dachte Georg Wassenberg, Betty Theißen. Bis dahin hatte Thomas Lehnerer sie nur die Chefin genannt. Und wie er das aussprach, klang es nach Respekt, nach Autorität.

Augenblicklich wirkte sie nicht so. Sie schien noch benommen von dem Schlag, der sie niedergestreckt hatte, und von der langen Bewusstlosigkeit. Auf Lehnerers Frage reagierte sie nicht, griff mit der rechten Hand an die Stirn, tastete über den Verband. Ihre linke Hand war ebenfalls verletzt, notdürftig mit einem Tuch umwickelt, dem Anschein nach Lehnerers Werk.

Als der Arzt das Tuch entfernte, wurde ein Schnitt sichtbar. Die Tiefe konnte Georg Wassenberg nicht abschätzen. Er sah nur, dass sich die Wunde quer durch den Handteller zog. Während der Arzt sich daranmachte, die Hand zu verbinden, erkundigte sich einer der Sanitäter, wie lange es denn noch dauere.

«Ein paar Minuten, meine Herren», sagte der Arzt. «Wenn ich die Hand versorgt habe, können Sie Frau Theißen mitnehmen.»

Bis dahin war von ihr nur das kaum verständliche Murmeln gekommen. Jetzt sagte sie: «Mich nimmt niemand mit. Ich bin völlig in Ordnung.»

Ihre Stimme klang matt und verwaschen. Sie blinzelte, schaute mit glasigem Blick in die Runde, fragte offensichtlich irritiert: «Was ist denn hier los?» Und noch bevor ihr jemand antworten konnte, kam die zweite Frage. «Wo ist Herbert?»

Wieder kam niemand dazu, ihr zu antworten. Ihre Augen waren an den beiden Polizisten hängen geblieben. «Wo ist mein Mann? Wo ist das Auto? Ist mit dem Wagen alles in Ordnung?»

Auf eine Auskunft wartete sie nicht. Ihre Augen wanderten zu den beiden Sanitätern, hefteten sich auf die Tragbahre. Ihre Stimme überschlug sich, als sie zu begreifen schien, dass der ganze Aufwand ihr galt. Sie wollte auf gar keinen Fall in ein Krankenhaus gebracht werden, weder zum Röntgen noch zu sonst etwas. Mit leicht hysterischem Unterton bestand sie darauf, völlig in Ordnung zu sein. Von ein bisschen Kopfweh einmal abgesehen. Der Kratzer an ihrer Hand war nicht der Rede wert, außerdem hatte sie gutes Heilfleisch.

Mehrfach appellierte der Arzt an ihre Vernunft. Er sorgte sich nicht um die Schnittwunde, nur um ihren Kopf. Seiner Meinung nach hatte sie eine schwere Gehirnerschütterung. Mindestens! Möglicherweise sogar eine Blutung. Die lange Bewusstlosigkeit hielt er für sehr bedenklich.

Sie winkte nur ab, völlig ausgeschlossen, dass sie sich jetzt in ein Krankenhaus bringen ließ und dort ein paar Tage lang festgehalten wurde. Sie war unabkömmlich, wurde morgen früh dringend in der Firma gebraucht und bestand darauf, dass die Sanitäter ihr Haus verließen.

Während sie sprach, drückte sie die unverletzte Hand gegen den Kopf. Ihre Augen schweiften über den Tisch, als suche sie etwas. Dabei wurde sie zunehmend hysterischer. «Wo sind meine Tabletten? Verdammt! Hat der Idiot sie mitgenommen?!»

Es dauerte eine Weile, Georg Wassenberg musste, unterstützt von dem Arzt, häufig nachfragen, ehe sie einen einigermaßen zusammenhängenden Bericht abgegeben hatte. Ihr Erinnerungsvermögen schien durch den Schlag und die lange Bewusstlosigkeit erheblich gelitten zu haben. Immer wieder fasste sie sich an die Stirn, als könne sie ihrem Gedächtnis damit auf die Sprünge helfen oder wenigstens die Schmerzen dämpfen. Sie musste starke Schmerzen haben. Aber irgendwann war doch klar, was sich abgespielt hatte.

Und Georg Wassenberg bekam an keiner Stelle ihres Berichts das Gefühl, belogen zu werden. Manchmal konnte er das sehen, vor allem in Verhören, diese winzigen, verräterischen Gesten. Man musste die Leute nur genau beobachten. Aber das hier war kein Verhör.

Und sie hatte sich lange genug auf ihre Rolle vorbereitet. Wie auf ein Theaterstück, dessen Erfolg davon abhing, dass man seinen Part nicht nur spielte, sondern dass man ihn lebte, dass man selbst überzeugt war von jedem Wort. Dann wurde es zur Wahrheit. Und weil es gründlich mit Wahrheit vermischt war, gab es nichts daran zu rütteln.

Gegen drei Uhr am Nachmittag hatte sie die Firma verlassen. Nicht allein, Thomas Lehnerer hatte sie heimgebracht. Während der Fahrt hatten sie die letzten Einzelheiten besprochen. Das erwähnte sie natürlich nicht, schilderte nur das, was sie sich zurechtgelegt und in Gedanken schon tausendmal ausgesprochen hatte.

«Es ging mir nicht gut. Ich hatte schon am Vormittag Kopfschmerzen. Gegen Mittag bekam ich auch noch Sehstörungen. Es wurde schlimmer, und ich wollte nicht selbst fahren.»

Ins Haus begleitet hatte Thomas Lehnerer sie nicht, er war gleich wieder zurück in die Firma gefahren. Ihr Mann war nicht daheim, als sie das Haus betrat. Er war auch am Wochenende unterwegs gewesen. Sie aß eine Kleinigkeit und nahm ein Schmerzmittel. Ein harmloses Mittel, wie sie meinte. Zwei Paramed-Tabletten. Die ersten beiden aus einer neuen Packung mit insgesamt dreißig Stück. Die Packung blieb auf dem Tisch liegen. Das wusste sie genau. Sie legte sich auf die Couch und schlief ein. Geweckt wurde sie vom Eintreffen ihres Mannes.

«Ich weiß nicht, wie spät es war», sagte sie. «Vielleicht fünf, es kann auch etwas später gewesen sein. Ich habe nicht auf die Uhr geschaut. Mein Mann war ziemlich betrunken.»

Sie hatte ihm Vorhaltungen gemacht. Nicht zum ersten Mal. Es hatte häufig Streit gegeben in den letzten Wochen, Monaten, Jahren, daraus machte sie keinen Hehl. Ihr Mann kümmerte sich nicht um die Firma, war viel unterwegs, gab viel Geld aus, viel zu viel. Oft genug war es ein regelrechter Balanceakt, die Firmenkonten nach seinen Privatentnahmen wieder auszugleichen. Er hatte auch am vergangenen Wochenende eine große Summe bei sich gehabt und keinen Pfennig davon mit zurückgebracht.

Ihre Vorwürfe hörte er sich eine Weile schweigend an. Dann ging er zur Bar, nahm eine Wodkaflasche heraus, öffnete sie, setzte sie an. Er trank aus der Flasche, als wolle er nie mehr damit aufhören. Knapp ein Viertel des Inhalts kippte er sich bei diesem ersten Ansatz in die Kehle, kam mit Schlucken kaum nach. Als er die Flasche endlich wieder absetzte, erklärte er einfach: «Mir reicht es! Ich mache Schluss!»

Sie nahm ihn nicht ernst, auch dann nicht, als er nach der Medikamentenschachtel auf dem Tisch griff. Ruhig schaute sie zu, wie er die Tabletten aus der Folie drückte, die Hand zum Mund führte, so tat, als werfe er sich eine Tablette nach der anderen in den Mund und spüle jede einzelne mit einem Schluck aus der Flasche hinunter.

Sie war sicher, dass er nur so getan hatte und die Tabletten in der Hand behielt. Aber wie oft, das konnte sie nicht genau sagen, weil sie nicht mitgezählt hatte. Acht oder neun, vielleicht zehn Mal, ehe sie, des Theaters überdrüssig, von der Couch aufstand und ihm Schachtel und Flasche wegnehmen wollte.

Und da drehte er plötzlich durch. Sank nicht wie üblich jammernd in einen Sessel, sein Schicksal im Allgemeinen und seine Nutzlosigkeit im Besonderen beklagend. Er stieß sie zur Seite, rannte in die Küche, holte sich dort ein Messer und hielt sie sich damit vom Leib. Er führte sich auf wie ein Wahnsinniger, schrie auf sie ein. Sie solle ihn in Ruhe lassen, ihm hänge das alles zum Hals heraus, und ihr tue er doch nur einen Gefallen. Er könne beim besten Willen so nicht weiterleben.

Natürlich versuchte sie, ihm das Messer wegzunehmen. So wie er damit herumfuchtelte, hätte er sich leicht verletzen können. Aber dann war sie es, die sich verletzte, griff etwas ungeschickt mit der linken Hand danach, weil er ihren rechten Arm abfing und am Handgelenk umklammert hielt. Sie fasste in die Klinge und zerschnitt sich die Handfläche. Als sie den rechten Arm frei bekam und mit der unverletzten Hand erneut zugreifen wollte, versetzte er ihr einen heftigen Faustschlag gegen die Schulter. Sie taumelte, stürzte und schlug mit dem Kopf gegen die Tischkante.

Sie war nicht gleich bewusstlos, schaffte es noch, nach dem Telefon zu greifen und eine der gespeicherten Nummern zu drücken. Sie sah auch noch, dass ihr Mann grinsend neben dem Tisch stand. Was er danach getan hatte, wusste sie nicht. Sie verlor die Besinnung, ehe sie sich am Telefon melden und um Hilfe bitten konnte, kam erst wieder zu sich, als der Raum schon voller Männer und der Arzt damit beschäftigt war, die Platzwunde an ihrem Kopf zu versorgen.

Ihre letzten Sätze warfen für Georg Wassenberg eine Frage auf. Wenn sie die ganze Zeit über bewusstlos gewesen war, hatte sie schwerlich mit jemandem reden können. Am Telefon hatte sie ja nur gestöhnt. Woher hatte dann Thomas Lehnerer so genau gewusst, dass ihr Mann sie niedergeschlagen hatte? Genau das hatte er den beiden Polizisten erklärt. Und von ihr hatte er das kaum erfahren.

Aber es hatte ja anscheinend häufiger Streit zwischen den Eheleuten gegeben, vielleicht war es auch öfter zu Handgreiflichkeiten gekommen. Auch in vornehmen Kreisen soll es das hin und wieder geben. Und wahrscheinlich war es Lehnerer als einem Freund der Familie bekannt, sodass er nur eine nahe liegende Schlussfolgerung geäußert hatte.

Damit war die Frage rein theoretisch beantwortet. Georg Wassenbergs ganze Konzentration galt wieder der Frau.

Wirklich eine Schönheit. Diese Ruhe, die sie trotz allem ausstrahlte, die er sehr wohl registrierte, nur nicht richtig deuten konnte, faszinierend.

Unwillkürlich zog er einen Vergleich. Sonja hätte in solch einer Lage kein vernünftiges Wort mehr über die Lippen gebracht, nur noch gejammert und gezittert. Diese Frau dagegen, von ihrer anfänglichen Hysterie war nichts übrig.

Am Ende ihrer Schilderung wirkte sie nur erschöpft. Sie lehnte sich auf der Couch zurück, schloss für einen Moment die Augen, atmete vernehmlich ein und aus. «Dieser Idiot», sagte sie. «Er ist tatsächlich noch einmal losgefahren.»

Sie öffnete die Augen wieder, schaute den älteren der beiden Polizisten an. «Tun Sie mir einen Gefallen. Nehmen Sie ihm den Führerschein weg und stellen Sie den Wagen sicher, wenn Sie ihn finden. Sperren Sie ihn ein und lassen Sie ihn seinen Rausch ausschlafen. Sie können ihn auch gleich in die Psychiatrie bringen. Ich bin das so leid.»

Noch bevor der Polizist dazu kam, in irgendeiner Weise auf ihre Forderung einzugehen, sprach der Arzt sie an. Ihn hatte ihr Bericht sichtlich in Aufregung versetzt. «Frau Theißen, die Flasche und die Schachtel, wo sind die Sachen?»

Sie schaute noch einmal kurz über den Tisch, zuckte mit den Achseln. «Herbert muss sie mitgenommen haben. Er konnte ja auch seine wichtigsten Requisiten nicht gut vor meiner Nase stehen lassen. Da hätte er sich den Zirkus gleich sparen können.»

Der Arzt blieb hartnäckig. «Sind Sie völlig sicher, dass er nur so getan hat, als würde er die Tabletten einnehmen?»

Sie zuckte erneut mit den Achseln, eine resignierend wirkende Geste. «Vielleicht hat er ein paar geschluckt, ich weiß es nicht. Ich konnte es nicht sehen. Aber viele waren es garantiert nicht, und sie sind doch völlig harmlos. Paramed! Ich bitte Sie! Wenn er sich wirklich hätte umbringen wollen, hätte er sich die Pistole aus seinem Schlafzimmer geholt.»

Es war inzwischen fast zehn Uhr. Auch wenn sie angeblich

nicht genau wusste, um welche Zeit genau ihr Mann das Haus verlassen hatte, durch ihren Anruf bei Lehnerers Frau ließ sich abschätzen, dass es ungefähr sechs gewesen sein musste. Das Drama hatte sich in der Viertelstunde davor abgespielt. Demnach waren bereits knappe vier Stunden seit der Einnahme der Tabletten vergangen.

Sicherheitshalber, meinte der Arzt, müsse man davon ausgehen, dass die Einnahme nicht vorgetäuscht war. Aber selbst wenn, Herbert Theißen hatte Flasche und Schachtel bei sich. Niemand konnte ausschließen, dass er seine Drohung irgendwo draußen wahr gemacht hatte. Die Erfahrung hatte gelehrt, dass, wer davon sprach, auch irgendwann handelte.

Sie widersprach mehrfach. «Der doch nicht.» Oder: «Ach, hören Sie auf. Wissen Sie, wie oft ich das in den letzten Jahren von ihm gehört habe? Ich mache Schluss! Ich bringe mich um! Aber so blöd ist er nicht. Er will immer nur hören, dass er ein toller Kerl ist und sein Tod ein herber Verlust für die Menschheit wäre.»

Der Arzt blieb bei seiner Ansicht. Er kannte Herbert Theißen persönlich und schien etwas über die seelische Verfassung des Mannes zu wissen, was er nicht sagen wollte. Er zählte nur ein paar auffällige Punkte auf. Theißen hatte sich anders verhalten als sonst, das musste auch seine Frau zugeben. Und so harmlos, wie sie annahm, war Paramed nicht. In höherer Dosierung wirkte es auf jeden Fall tödlich, allerdings erst nach geraumer Zeit. Der Arzt erklärte es.

Zwanzig Stunden etwa, unter Umständen dauerte es noch länger, bis der Tod eintrat. Das Medikament griff die Leber an und führte zu Leberversagen. In Verbindung mit Alkohol und bei einer vorgeschädigten Leber konnte es erheblich schneller gehen. Der Arzt hatte keine Erfahrung damit. Es passiere nicht allzu häufig, dass sich jemand auf diese Weise umzubringen versuche, meinte er. Aber es sei auf jeden Fall ein langsames Sterben und ein qualvoller Tod.

Anfangs war sie noch ruhig geblieben, hatte den Erklärungen gelauscht und mehrfach den Kopf dazu geschüttelt. Georg Wassenberg beobachtete sie aufmerksam. Dann kamen ihr wohl doch Zweifel. Zuletzt war ihr Erschrecken überdeutlich. Er sah, wie sie zusammenzuckte, die Augen aufriss, den Mund öffnete, um etwas zu sagen, aber es kam nur ein Stöhnen über ihre Lippen. Ihr Blick ging wieder von einem zum anderen, blieb an Thomas Lehnerer hängen. Und da war blanke Panik in ihren Augen. Sie schluckte heftig.

«So ein Wahnsinn», hörte Georg Wassenberg sie flüstern. Ihre Augen glitten zu den beiden Polizisten hinüber und weiter. Sekundenlang blieb ihr Blick an ihm haften, und in dem Moment war er anders, vielleicht ängstlich und unsicher, er konnte es nicht genau beurteilen.

Dann wanderten ihre Augen zurück zu Lehnerer. Sie machte Anstalten, sich von der Couch zu erheben. «Wir müssen ihn suchen. Ich fahre mit dir, Thomas.»

Der Arzt legte ihr eine Hand auf die Schulter, drückte sie zurück auf die Couch, erklärte sanft, aber nachdrücklich: «Sie fahren mit niemandem, Frau Theißen. Sie legen sich hin.»

Ihre Stimme bekam erneut einen hysterischen Beiklang, als sie heftig widersprach: «Irrtum! Sie werden nicht im Ernst annehmen, dass ich mich hier auf die Couch lege, während mein Mann irgendwo da draußen herumfährt und –»

«Herumfahren», unterbrach der Arzt sie beschwichtigend, «wird er garantiert nicht mehr. Nicht mit dieser Menge Alkohol im Leib.» In bestimmtem Ton fuhr er fort: «Und nach ihm zu suchen, das überlassen Sie der Polizei. Sie werden sich jedenfalls nicht an dieser Suche beteiligen. Das kann ich nicht verantworten.»

Sie war außer sich, widersprach noch mehrfach. «Aber mir geht es gut. Ich bin wirklich in Ordnung.»

Das war sie nicht, fühlte es auch selbst. Die Wirkung der vier Tabletten, die sie vorbeugend eingenommen hatte, ließ nach. Da war ein beständiges Druckgefühl, von dessen Zentrum kurze, scharfe Stiche quer durchs Hirn zuckten. Sie konnte kaum denken, immer nur diese beiden Worte: zwanzig Stunden. Und der Blick von Thomas! Ob er begriffen hatte, was das bedeutete?

Das hatte er wohl. Aber er sagte nichts, kein einziges Wort, aus dem sich schließen ließ, dass er bereit war, die Sache zu Ende zu bringen. Dabei hätte ein simpler, unverfänglicher Satz genügt, um seine Bereitschaft und seinen Willen zu verdeutlichen. «Ich werde mich an der Suche beteiligen und tun, was ich kann, Betty.»

Nichts! Wie angewachsen stand er da, genau wie am frühen Abend. Seine Augen sprachen deutlich aus, was er dachte. «Tut mir Leid, ich kann das nicht.»

Als sie begreifen musste, dass sie gegen den Arzt, der augenblicklich Unterstützung bei den beiden Polizisten und mehr noch bei Georg Wassenberg fand, nichts ausrichten konnte, sprach sie ihn an. «Du fährst mit, ja? Bitte, Thomas! Du musst etwas unternehmen, und du kennst ihn doch so gut. Vielleicht hast du eine Ahnung, wo er hingefahren sein könnte.»

Georg Wassenberg sah, wie der Mann im Jogginganzug den Kopf schüttelte, ob er damit ihre Frage oder seine Ahnung verneinte, war nicht ersichtlich. Er wirkte noch nervöser als zu Anfang. Aber ihre eindringliche Bitte verfehlte die Wirkung nicht.

Selbstverständlich war Thomas Lehnerer bereit, sich an der Suche nach Herbert Theißen zu beteiligen. Er glaubte sogar, ein paar Plätze zu kennen, an denen sich die Suche lohnte, verließ das Haus zusammen mit den beiden Polizisten, die über Funk weitere Streifenwagen anforderten.

Der Arzt wollte sich Lehnerer anschließen. Er ging als Letzter, und bevor er ging, verlangte er noch einmal nachdrücklich, dass sie sich hinlegte. «Seien Sie vernünftig, Frau Theißen. Nehmen Sie das nicht auf die leichte Schulter, mit einer Gehirnerschütterung ist nicht zu spaßen. Und machen

Sie sich keine Sorgen um Ihren Mann. Vielleicht hat er morgen nur einen tüchtigen Kater. Aber selbst wenn er alle Tabletten genommen hat, es ist noch Zeit genug. Wir werden ihn schon rechtzeitig finden.»

Genau das befürchtete sie ja und konnte nichts tun, um es zu verhindern. Sie blieb mit einem Polizisten zurück. Das war in ihrem Plan nicht vorgesehen gewesen. Und dann auch noch Kripo! Zwar hatte sie damit gerechnet, dass jemand von der Kriminalpolizei erschien, aber nicht so rasch. An einem der nächsten Tage, hatte sie gedacht, wenn die Leiche gefunden worden war.

Warum hatte Thomas, dieser Idiot, auch so übertreiben müssen?! «Er hat versucht, sie umzubringen!» Musste man ihm denn jeden Satz vorkauen? Sie hatte ihm nicht einmal ins Wort fallen können, als er dem Arzt diese Horrorgeschichte erzählte. Sie war ja bewusstlos gewesen, sehr überzeugend bewusstlos.

Und sie hatte gedacht, dass sie nach dem Aufwachen einem harmlosen und biederen Beamten der Schutzpolizei ihre Version auftischen könnte. Einem, der danach nichts anderes im Sinn hatte, als einen besoffenen Autofahrer zu jagen.

Georg Wassenberg machte es sich in einem Sessel bequem. Er hätte keinem Menschen erklären können, warum ausgerechnet er bei ihr geblieben war. Natürlich hatte einer bei ihr bleiben müssen. Man ließ eine Frau in der Situation nicht allein, bestimmt nicht, wenn sie verletzt war.

Der Arzt wäre der richtige Mann gewesen, sie zu beruhigen und ihr im Notfall beizustehen. Nur einmal angenommen, sie hatte tatsächlich eine Gehirnerschütterung. Oder, was noch schlimmer war, eine Gehirnblutung. Wenn sie nun erneut das Bewusstsein verlor! Der Arzt hätte erkennen können, ob es bedrohlich war. Aber er glaubte, draußen mehr tun zu können. Für Thomas Lehnerer galt das Gleiche, für die beiden Polizisten galt es auf jeden Fall. War nur er übrig geblieben. Und er war gerne geblieben. Eine schöne Frau. Trotz ihrer offenkundigen Verzweiflung und der Schmerzen so beherrscht.

Sie verzog gequält das Gesicht, stöhnte leise. Wieder so ein Stich, der ihr für Sekunden die Luft abschnürte. Beim zweiten Mal hatte Thomas fester zugeschlagen als erwartet. Hoffentlich wurde es nicht noch schlimmer, nicht jetzt, wo sie einen klaren Kopf brauchte. Sie hielt die Panik nur mühsam unter Kontrolle.

Ausgerechnet zu dem verdammt, was sie überhaupt nicht konnte: abwarten. Und sich dann auch noch ausgerechnet auf Thomas verlassen müssen. Thomas war ein Denker und Planer, aber wenn es darum ging, zu handeln, konnte man ihn vergessen. Man musste ihm immer erst gut zureden wie am frühen Abend. Und wenn er in Eigeninitiative handelte – unter Zeitdruck, in einer wirklich brenzligen Lage – man hatte so schnell einen Fehler gemacht.

Am liebsten hätte sie laut geschrien, um sich geschlagen, die Couch, den Tisch oder den Polizisten, von dem sie nur wusste, dass er ab sofort ihr Feind war, mit Fäusten traktiert. Ich muss hier raus, ich muss sofort etwas unternehmen. Ich muss es zu Ende bringen.

Zwanzig Stunden! Davon hatte der Apotheker kein Wort gesagt. Im Gegenteil, er hatte so getan, als ob es verdammt schnell ginge. Und was jetzt? Was konnte sie unternehmen mit einem Polizisten im Haus? Er würde sie doch nicht gehen lassen, er hatte eben am lautesten geschrien, dass sie brav auf der Couch zu liegen hätte.

Wenigstens saß sie immer noch aufrecht, hatte den eindringlichen Rat des Arztes ignoriert. Doch mit diesem stärker werdenden, bohrenden, stechenden oder dumpf pochenden Schmerz im Schädel würde sie nicht mehr lange sitzen können. Wie unbeabsichtigt griff sie wieder mit der rechten Hand an den Kopf, tastete über den Verband und grübelte den Worten des Arztes nach.

Irgendwie sonderbar, diese Andeutung über Herberts seelische Verfassung! Ein wenig deprimiert war er tatsächlich gewesen in den letzten Wochen. Als ob er vor einer wichtigen Frage stünde und nicht wüsste, was er tun solle. Der Arzt schien von der Ernsthaftigkeit des Selbstmordversuchs überzeugt gewesen zu sein. Das war günstig. Der Rest war eine Katastrophe.

2. Kapitel

Der schwarze Lamborghini stand etwa dreihundert Meter Luftlinie von der Straße entfernt auf einer Waldlichtung, dicht bei einer so genannten Grillhütte. Aber von einer Hütte konnte kaum die Rede sein, es war ein solide gebautes Blockhaus mit entsprechender Inneneinrichtung.

Die Hütte konnte vom Frühjahr bis in den Herbst hinein von Interessenten tageweise angemietet werden. Die Saison begann Anfang Mai, und den Sommer über herrschte an jedem Wochenende Hochbetrieb. An Wochentagen war es dagegen still. Spaziergänger kamen fast nie, obwohl die Lichtung auch durch den Wald zu erreichen war. Doch das waren rund zwölf Kilometer bis zum Stadtrand. Für einen durchtrainierten Mann wie Thomas Lehnerer kein Problem. Er hatte nicht einmal eine volle Stunde für den Rückweg gebraucht. Über die Landstraße waren es mehr als zwanzig Kilometer.

Vorn an der Straße gab es einen asphaltierten Parkplatz, von dem aus sich ein schmaler Fußweg zur Hütte schlängelte. Es gab auch eine direkte Zufahrt. Sie lag zwischen Büschen versteckt am äußersten Ende des Parkplatzes und war normalerweise von einer schweren Kette blockiert. Die Kette war zusätzlich mit einem Vorhängeschloss gesichert.

Das gesamte Gelände gehörte der Stadt. Es war an einen Sportverein verpachtet, der die Hütte betrieb und sich verpflichtet hatte, dafür zu sorgen, dass unnötige Fahrten durch den Wald unterblieben. Deshalb wies man die jeweiligen Mieter ausdrücklich darauf hin, dass es keinem Gast gestattet war, mit dem Wagen direkt ans Ziel zu fahren. Bei den Mietern selbst ließ sich das nicht vermeiden, schließlich mussten sie Getränke, Verpflegung und säckeweise die Holzkohle für den Grill heranschaffen. Und niemand konnte verlangen, dass sie alles Hunderte von Metern durch den Wald schleppten. Aber es wurde doch erwartet, dass sie gleich nach dem Passieren der Durchfahrt und erst recht beim Verlassen des Platzes die Kette wieder vorlegten und ordnungsgemäß mit dem Schloss sicherten. Der Letzte, der mit seinen Gästen in der Hütte gefeiert hatte, hatte das auch getan.

Nach Bettys Berechnung musste das im vergangenen Herbst gewesen sein. Möglich, dass das Gelände danach noch mehrfach kontrolliert worden war. Die Betreiber hatten sich bestimmt darum gekümmert, die Hütte winterfest zu machen. Aber danach konnte viel geschehen sein.

Thomas Lehnerer hatte das Schloss mit einem Bolzenschneider knacken müssen. Darüber waren sie sich klar gewesen, als sie nach einem einsamen Fleckchen suchten und sich für diesen Platz entschieden. Sie kannten ihn beide, hatten im vergangenen August den Geburtstag von Thomas Lehnerers Schwager in der Hütte gefeiert, sich bei dieser Gelegenheit mit einem der Betreiber unterhalten und erfahren, dass Kette und Schloss eine Farce waren, ein ständiges Ärgernis.

Betty war der Meinung gewesen, es würde sich niemand großartig Gedanken machen, wenn die Kette wieder einmal am Boden lag. Es würde auch niemand nach dem Werkzeug suchen. Den Bolzenschneider an Ort und Stelle zu lassen war ihr zu riskant erschienen. Ein sinnlos betrunkener und mit Medikamenten voll gestopfter Mann mochte noch imstande sein, seinen Wagen an eine entlegene Stelle zu steuern. Man hörte ja häufig von Fällen, wo ein Betrunkener nicht nur gute zwanzig, sondern etliche hundert Kilometer zurückgelegt hatte.

Wie hoch der Promillegehalt im Blut ihres Mannes tatsächlich war, hatte Betty nicht schätzen können. Sie hatte auch keine Ahnung von der fortgeschrittenen Leberzirrhose und den, wie ein Mediziner es ausdrückte, varikösen Venen,

Krampfadern in der Speiseröhre, die zu heftigen Blutungen neigten, sodass ein simpler Hustenanfall unter Umständen bereits Lebensgefahr bedeutete. Das Medikament, das sie ihrem Mann eingezwungen hatte, verstärkte die Blutungsneigung noch. Es beeinträchtigte unter anderem die Gerinnungsfähigkeit des Blutes. Auch davon wusste Betty nichts.

Ihr war es nur fraglich erschienen, dass ein Mann unter dem Einfluss von mindestens einem Dreiviertelliter Wodka noch in der Lage sein könnte, ein schweres Werkzeug zielsicher einzusetzen. Und dann noch ein Werkzeug, das man nicht so ohne weiteres im Kofferraum mit sich führte. Das setzte Planung voraus und schloss einen spontanen Entschluss aus. Nur kein Risiko eingehen, der Polizei keine Rätsel aufgeben. Wenn sie fragen sollten, würde sich rasch herausstellen, dass das Schloss häufig aufgebrochen wurde.

Im Frühjahr und im Spätherbst suchten an den Wochenenden hin und wieder Liebespaare den Platz auf. Dort waren sie ungestört. Manche ließen ihre Wagen auf dem Parkplatz stehen, klemmten sich nur, wenn das Wetter es erlaubte, eine Decke unter den Arm und schlenderten über den schmalen Fußweg bis zur Hütte. Andere, die weniger Hemmungen und Respekt vor fremdem Eigentum hatten, fuhren mit dem Auto ans Ziel.

Es war ein romantisches Fleckchen. Rund um die Hütte herum die große, von Wald umschlossene Wiese, die nach allen Seiten stark abfiel. In westlicher Richtung bis zu einem künstlich angelegten Teich, auf dem es sogar einmal Seerosen gegeben hatte. Jetzt gab es die nicht mehr, und es ging auch nur noch selten jemand dorthin.

Ein Mitglied aus dem Vorstand des Sportvereins hatte Betty gegenüber geäußert, man denke daran, den Teich zur nächsten Saison zuzukippen. Aus diesem Grund hatte Betty das kleine Gewässer gar nicht erst in ihre Pläne einbezogen. Das Wasser war nur noch eine schlammige Brühe, von der ein fauliger Gestank ausging. Direkt am Ufer war der Geruch am

intensivsten, auch ein paar Meter vom Wasser entfernt veranlasste er die Leute noch zu einem Naserümpfen. Bis hinauf
zur Hütte reichte er allerdings nicht. Und selbst wenn, Herbert Theißen hätte ihn nicht wahrgenommen.

Er lag, entgegen Bettys Anordnung, auf dem Bauch neben
dem Lamborghini auf dem platt getretenen Rasen. So lag er
seit Stunden, seit Thomas Lehnerer ihn aus dem Wagen gezerrt und daneben abgelegt hatte.

Bettys Anweisung: «Lass ihn auf keinen Fall im Wagen.
Vielleicht dauert es, bis er gefunden wird. Ich kann es mir
nicht leisten, dass der Wagen irgendwie komisch riecht. Du
verstehst schon.»

Natürlich hatte Thomas Lehnerer verstanden und bis auf
diese Kleinigkeit alles nach ihren Wünschen arrangiert, auch
wenn er dabei die Zähne hatte zusammenbeißen müssen. Es
sah so aus, als hätte Herbert Theißen es gerade noch geschafft, aus dem Wagen zu steigen, ehe er zusammenbrach.
Und in diesem Fall fiel ein Mensch eher nach vorn als nach
hinten, hatte Thomas Lehnerer gedacht.

Die Tür an der Fahrerseite des Lamborghini war hochgeklappt. Die beiden Folien hatte er von den Sitzen entfernt und
gleich bei der Rückkehr von seinem Waldlauf zusammen mit
dem Bolzenschneider in seiner Garage deponiert. Handschuhe und Duschhaube hatte er unterwegs in einen Abfallbehälter gestopft.

Dass seine Frau ihn vom Küchenfenster aus sah, als er
heimkam, dass Margot sich fragte, was er in der Hand hielt
und warum er zuerst in die Garage ging, wusste er nicht. Sie
hatte ihn nicht gefragt, weil er gleich von Bettys Unwohlsein
sprach und nach dem Telefon griff.

Zwischen Gas- und Bremspedal lag das kleine Küchenmesser mit der blutverschmierten Klinge auf dem Boden, so als
wäre es Herbert Theißen beim Aussteigen vom Schoß ge-
rutscht. Zwischen dem Mann und dem Wagen lag die leere
Wodkaflasche, als hätte er die bis zuletzt in der Hand gehalten.

Auf dem Beifahrersitz lag die leere Medikamentenschachtel. Auf jedem einzelnen Teil befanden sich die Fingerabdrücke von Herbert Theißen. Ein in den Äußerlichkeiten perfektes und bis ins kleinste Detail glaubwürdiges Arrangement.

Mit dem Gesicht lag Herbert Theißen in einer blutdurchsetzten Lache. Gegen neun Uhr hatte er erbrochen. Und mit dem rechten Oberschenkel lag er auf einem angebissenen Brotstück, das dick mit Kräuterbutter bestrichen war. Auch eine Kleinigkeit, die Betty nicht hatte einkalkulieren können.

Ausnahmsweise war die Hütte bereits am vergangenen Wochenende zum ersten Mal in diesem Jahr benutzt worden. Eines der Vorstandsmitglieder des Sportvereins hatte seinem Sohn gestattet, sonntags zusammen mit rund fünfzig Gästen in der Hütte die Geburtstagsparty zu feiern. Es war ziemlich hoch hergegangen, ans Aufräumen hatte anschließend niemand mehr gedacht.

Am frühen Montagmorgen war der junge Mann noch einmal zurückgekommen, um in der Hütte und auf dem umliegenden Rasen wenigstens notdürftig für Ordnung zu sorgen. Alles hatte er nicht eingesammelt. Das wusste er auch. Und ebenso wusste er, dass er beim Verlassen des Platzes die Sperrkette mit einem ordnungsgemäß funktionierenden Schloss gesichert hatte.

Die Schmerzen im Kopf und die Panik brachten sie fast um den Verstand. Hinter den geschlossenen Augen zogen Bilder vorbei. Wie ihr Mann die Flasche aus der Bar nahm. Er hatte sie tatsächlich selbst genommen, kurz nach vier Uhr. Es war ein Kinderspiel gewesen, ihn so weit zu bringen. Nur ein paar Sätze. Und die auch noch unter dem Mäntelchen der Besorgnis und des Ärgers.

«Bist du etwa wieder in diesem Zustand gefahren? Eines Tages wirst du dich umbringen mit dem verfluchten Zeug! Du solltest einmal mit einem Arzt reden. Das ist krankhaft, wie du trinkst.»

Gegrinst hatte er, war zur Bar gegangen. Das selbstgefällige Grinsen eines Mannes, dessen Gehirn bereits in etlichen Promille schwamm. Und seine Stimme schwamm gleich mit.

«Hör zu, Täubchen, ich trinke so viel und so lange es mir Spaß macht und schmeckt. Aber du wirst es dir nicht mehr lange ansehen müssen. Nur dieses eine Mal noch. Soll ich dir sagen, worauf ich trinke? Auf den Tag, an dem du vor versammelter Mannschaft erklären musst: Wir sind am Ende, Leute. Betty hat es nicht geschafft, das großartige Werk ihres tüchtigen Schwiegervaters zu erhalten. Betty wird die Landschaft leider nicht mit einem Dutzend billiger Einfamilienhäuschen verschandeln können. Betty ist mit all ihrem Eifer und Einsatz baden gegangen. Es hat ihr nicht geholfen, dass sie sich zu Hause nicht mal mehr eine vernünftige Mahlzeit gegönnt hat, von einer neuen Bluse ganz zu schweigen. Betty ist pleite, sie kann euch nicht mehr bezahlen. Ich trinke auf morgen früh.»

Wie er sich dann in den Sessel pflanzte, die Hand um den Flaschenhals gelegt. Er musste mit der anderen Hand nachhelfen, um überhaupt aus der Flasche trinken zu können. Sie ließ ihn, konnte in Ruhe abwarten, wusste genau, er würde nicht eher aufhören, bis ihm die Flasche aus den Händen fiel. Um ganz sicherzugehen, dass er nicht eher aufhörte, musste sie nur ein wenig Ärger und Aufbegehren heucheln.

«Wenn du dich nur nicht täuschst mit morgen früh. Glaubst du wirklich, dass du mich kleinkriegst? Nicht auf diese Weise. Ich werde mir das Geld schon beschaffen. Ich habe es bisher immer irgendwie geschafft. Und jetzt hör auf zu saufen, das ist ja ekelhaft. Nimm zwei Tabletten, ich habe keine Lust, mir morgen dein Gejammere anzuhören.»

Er nahm zwei Tabletten – freiwillig. Er nahm noch zwei, als sie ihn wenig später dazu aufforderte. Und noch zwei, als sie ihre Aufforderung nach ein paar Minuten wiederholte. Erst beim vierten Mal wurde er stutzig. «Aber ich hab doch schon zwei …»

Nicht einmal mehr mitzählen konnte er, nur wimmern und betteln, als sie ihn mit der Pistole an der Schläfe zwang, die siebte, achte, neunte und immer weiter zu schlucken, bis die Packung leer war.

«Lass doch den Quatsch, Betty. Ich hab das nicht so gemeint. Du kennst mich doch. Lass uns vernünftig reden. Ich muss dir was sagen, wollte ich eben schon tun. War blöd von mir, erst noch Krach anzufangen. Jetzt hör doch, Betty! Nimm das Ding weg! Ich werde dir ab sofort keine Schwierigkeiten mehr machen. Ehrenwort! Ich verschwinde, okay? Du kannst alles haben, es gehört dir, die Firma, das Haus, alles, was du willst. Du kriegst auch das Geld zurück. Ich verkaufe den Wagen, das willst du doch, oder? Ich rufe morgen früh diesen Dingsda an, diesen … ach, Scheiße, wie heißt der? Du kannst ihn auch selbst anrufen. Ruf ihn an, jetzt gleich. Er kann die Kiste haben. Du kriegst alles zurück, Betty, auf Heller und Pfennig, großes Ehrenwort. Jetzt nimm das verfluchte Ding weg. Damit kommst du nicht durch. Kein Mensch wird dir glauben, dass ich mich selbst …»

Jetzt sah es so aus, als würde er Recht behalten. Sie würden ihn zu früh finden, viel zu früh, wenn Thomas nichts unternahm.

Durchhalten! Vielleicht ein wenig reden, um nicht den Verstand zu verlieren oder die Beherrschung. Vor allem aber, um zu sehen, mit wem sie allein zurückgeblieben war. Sich vorerst an die Rolle halten, auf die sie sich seit Monaten vorbereitet hatte. Die durch und durch kühle, jeder Situation gewachsene, stets beherrschte Frau, die nicht eine Sekunde lang glaubte, ihr Mann könne sich tatsächlich vergiftet haben.

Obwohl der Polizist in keiner Weise versuchte, die Anweisungen des Arztes durchzusetzen, lächelte sie ihn entschuldigend an. «Ich kann jetzt nicht liegen, tut mir Leid. Ich bin zu nervös.»

«Das ist verständlich», sagte er.

Die Verbände um Kopf und Hand machten sie so zerbrechlich, so schutzbedürftig und ratlos. Georg Wassenberg hatte das Bedürfnis, ihr etwas Tröstliches zu sagen, wusste nur nicht so recht, was, und wiederholte die Worte des Arztes: «Machen Sie sich keine Sorgen, Frau Theißen. Man wird Ihren Mann sicher bald finden. Das Krankenhaus ist bereits informiert. Es steht alles bereit.»

Sie starrte ihn an, war im Zweifel, ob und was sie ihm darauf antworten sollte. Die verzweifelte Ehefrau zu spielen hatte nie zum Plan gehört. Dazu fühlte sie sich auch nicht in der Lage, obwohl ihr die Verzweiflung fast zu den Ohren hinauslief. Ihr war so elend, übel vor Schmerz.

Nach mehr als einer Minute lachte sie rau, es klang wie ein Schluchzen. «Ich mache mir keine Sorgen um meinen Mann.» Sie schaute ihm direkt ins Gesicht, senkte den Blick auch nicht, als sie anfügte: «Ich mache mir nur Sorgen um den Wagen. Wenn Ihre Kollegen mir den unbeschadet zurückbringen, bin ich vollauf zufrieden. Damit wäre vielen Leuten geholfen, glauben Sie mir.»

Der Wagen, ein Lamborghini! Georg Wassenberg hatte gehört, wie sie den Wagentyp für die Suchaktion nannte. Farbe schwarz, Kfz-Kennzeichen und so weiter. Sie hatte auch etwas über den Preis gesagt, als der jüngere Polizist leise durch die Zähne pfiff. Über dreihunderttausend. Ein nettes Sümmchen für ein Auto.

Der Ton ihrer Stimme und der offene Blick ließen keinen Zweifel, dass ihre Behauptung ehrlich gemeint war. Er glaubte ihr trotzdem nicht. Ihr anfängliches Erschrecken nach den Worten des Arztes passte nicht dazu, ihre Verzweiflung ebenfalls nicht.

Sie betrachtete den Verband an ihrer linken Hand und stellte nüchtern fest: «Jetzt habe ich Sie schockiert.» Darauf folgte ein leises Seufzer und die Andeutung eines Lächelns. «Für was halten Sie mich jetzt?»

Georg Wassenberg antwortete nicht, erwiderte nur ihr Lächeln.

Sie nickte versonnen. «Sie haben vollkommen Recht», sagte sie leise, weil lautes Sprechen den Schmerz ins Unermessliche steigerte. «Ich bin kalt, eiskalt, wenn es sein muss. Warum soll ich Ihnen etwas vormachen? Wenn mein Mann es wirklich getan hat und man ihn nicht rechtzeitig findet, wenn Sie Ihre Ermittlungen aufnehmen. Sie ermitteln doch auch bei einem Selbstmord, oder?»

«Wir ermitteln so lange, bis eindeutig feststeht, dass es ein Selbstmord war», erwiderte Georg Wassenberg.

«Dachte ich mir», murmelte sie, sprach etwas lauter, aber immer noch gedämpft weiter: «Dann werden Sie ohnehin erfahren, was für ein Mensch ich bin. Ein seelenloses, kaltschnäuziges Biest nennt mich meine Schwiegermutter, berechnend, nur an materiellen Werten interessiert. Menschen sind mir egal. Es kümmert mich nicht, ob es ihnen gut oder schlecht geht. Bei meinem Mann kümmert mich das seit Jahren nicht mehr. Für mich zählt nur, ob ein Mensch arbeiten kann. Und wenn er das nicht will, kann er von mir aus bei lebendigem Leib verfaulen. Ich habe kein Herz, kein Gefühl, niemals Mitleid. Ich habe nur meinen Kopf, und der tut im Augenblick verdammt weh. Was gäbe ich jetzt für ein paar Schmerztabletten. Sie haben nicht zufällig welche bei sich?»

Die Hand drückte sie immer noch gegen den Verband. Als er den Kopf schüttelte, presste sie für einen Moment die Augen zusammen. Sie dachte flüchtig daran, ihn zur nächsten Apotheke zu schicken. Aber darauf würde er sich nicht einlassen, er würde sie sofort ins nächste Krankenhaus bringen. Warum hatte sie nicht den Arzt nach einem Schmerzmittel gefragt?

Weil sie zu dem Zeitpunkt gleich sechsundzwanzig Tabletten im Kopf gehabt hatte. Und da war es auch noch nicht so schlimm gewesen. In den letzten zehn, fünfzehn Minuten hatte sich der Schmerz erst so richtig entwickelt.

«Dieser Idiot!», flüsterte sie, schloss die Augen wieder, als der nächste Stich durch den Schädel raste. «Musste er die Tabletten unbedingt mitnehmen? Seine Pistole hätte denselben Dienst getan und wäre viel glaubwürdiger gewesen.»

Es war alles nur Fassade. Ihre zur Schau getragene Ruhe, die Beherrschung. Es wirkte sehr künstlich und erzwungen, das sah Georg Wassenberg, und er ließ sich davon nicht täuschen. Sie stand unter Schock. Er spürte deutlich, dass sie mit ihrer Kraft am Ende war. Und er hätte gerne etwas für sie getan. Aber mehr als ihr zuhören konnte er nicht.

Die Chefin, dachte er, hatte unvermittelt einen Satz aus einer Operette im Kopf. «Und wie's da drinnen aussieht, geht niemand was an.» Sie kannte es wohl nicht anders, war daran gewöhnt, ihre Gefühle unter Verschluss zu halten und sie selbst dann noch zu leugnen, wenn sie offensichtlich wurden.

Sie atmete zitternd, ihre Stimme zitterte ebenfalls, als sie weitersprach. «Er wollte sich nicht umbringen. Ich kenne ihn doch. Wenn er die Tabletten geschluckt hat, ist er davon ausgegangen, dass ich sofort etwas unternehme. Er hat doch gesehen, dass ich nach dem Telefon griff. Und ich halte jede Wette, er hat genauso wie ich gedacht, das Zeug wäre harmlos. Er nimmt seit Jahr und Tag Paramed, wenn er getrunken hat. Und meistens nimmt er gleich drei oder vier. Es hat ihm nie geschadet. Ich dachte, ich höre nicht richtig, als der Doktor eben sagte, es ist tödlich. Wissen Sie, dass man das in jeder Apotheke frei kaufen kann? Man braucht nicht einmal ein Rezept dafür.»

Sie schaffte es nicht, ihre Stimme in der Gewalt zu behalten, hörte das Schwanken darin selbst überdeutlich. Wo zwischen den Schmerzen und der Panik noch ein bisschen Platz war, tummelten sich die Gedanken, ballten sich zu Knäueln, spielten Katz und Maus mit ihr. Wenn Thomas es nicht schaffte … Wenn er sich nicht dazu aufraffen konnte, etwas zu unternehmen … Wenn der Lamborghini in den nächsten Stunden gefunden wurde …

Vielleicht war auch dann noch nicht alles verloren. Meist

konnte Herbert sich nicht an Einzelheiten erinnern, wenn er aus solch einem Rausch erwachte. Vor ein paar Monaten erst, da war er mit einem übel zugerichteten Gesicht heimgekommen. Aber er wusste beim besten Willen nicht, wo und auf welche Weise er sich die Verletzungen zugezogen hatte, ob durch einen Sturz oder durch ein Paar Fäuste.

Es war ein winziger Hoffnungsschimmer. Diesmal war es ein verdammt großer Rausch, und möglicherweise verstärkten die Tabletten ihn noch. Ein Blackout! Und wenn er aufwachte, sich an nichts erinnerte, grübelte und rätselte, wie das Zeug in seinen Körper gekommen war …

«Man kann doch sicher feststellen, ob er wirklich Tabletten geschluckt hat?», fragte sie. «Und auch wie viele.»

«Ich denke schon», meinte Georg Wassenberg, «mit den entsprechenden Tests kann man eine Menge nachweisen.»

Sie nickte kurz. «Dann werden wir es ja sehen», meinte sie. «Und eines können Sie mir glauben. In dem Fall kann er von mir aus hundertmal erklären, es sei ein Versehen gewesen. Er könne sich gar nicht mehr erinnern. Etwas in der Art wird er nämlich behaupten, um sich aus der Affäre zu ziehen. Er wird das niemals zugeben. Vielleicht fällt ihm sogar noch etwas Besseres ein. Aber egal, was ihm einfällt, ich lasse ihn in die Psychiatrie einweisen. Das macht man doch mit potenziellen Selbstmördern, oder?»

«Ich glaube, ja», sagte Georg Wassenberg.

Sie stützte den Ellbogen auf der Couchlehne ab und den Kopf in der Hand. Die Hoffnung tanzte auf ihren Nerven hinauf und hinunter. Aber sie war nie der Typ gewesen, der sich trügerischen Hoffnungen hingab, schaffte das auch jetzt nicht lange. Es mochte Gedächtnislücken geben, aber kein Mensch vergaß eine Pistole an der Schläfe. Er war davon ja beinahe wieder nüchtern geworden. Und es war kaum anzunehmen, dass die Polizei seine Aussage als ein Hirngespinst abtat. Sie würden zumindest alles sehr gründlich überprüfen, sich mit allen Leuten unterhalten, die Herbert kannten. Und sie würden von allen nur das Gleiche hören: ein lebenslustiger Mensch. Ein Nichtsnutz, ein Tagedieb, aber charmant und immer gut gelaunt.

Sie schloss die Augen. Georg Wassenberg hörte, dass sie leise aufstöhnte. «Sie sollten sich hinlegen», sagte er.

Sie tat so, als hätte sie ihn nicht gehört. Vielleicht hing jetzt alles davon ab, wem am Ende geglaubt wurde.

Auch ein charmanter Nichtsnutz und stets gut gelaunter Tagedieb konnte plausible Gründe haben, seinem Leben ein Ende zu setzen. Wenn sie dem Polizisten diese Gründe begreiflich machen konnte. Nicht auf dem Silbertablett serviert. Er sah aus wie einer, der seine Schlussfolgerungen allein ziehen wollte. Es musste zufällig wirken.

«Sind Sie verheiratet?», fragte sie leise.

«Nein.»

«Sie Glücklicher.»

«Ich bin geschieden», sagte er.

Sie öffnete die Augen wieder, schaute ihn nachdenklich an. Dass sie ihn loswerden konnte, bezweifelte sie. Er war einer von den Hartnäckigen und Präzisen, das war schon aus der Art hervorgegangen, wie er ihr eingangs seine Fragen gestellt hatte.

Zuerst hatte es ausgesehen, als wolle er sich nur vergewissern, dass er sich völlig umsonst herbemüht hatte. Dann war er angesprungen wie ein hochgezüchteter Motor. Er würde nicht eher gehen, bis die Suchaktion einen Erfolg zu verzeichnen hatte. Und dann würde er wiederkommen, morgen oder übermorgen. «Uns liegt jetzt eine Aussage Ihres Mannes vor. Er behauptet …»

«Daran habe ich auch einmal gedacht», sagte sie. Das war keine Lüge, gedacht hatte sie einmal an Scheidung und es gleich wieder verworfen. Weil es unmöglich war, weil es Dinge gab, die man nicht so einfach abstreifen konnte wie einen Trauring. Verantwortung zum Beispiel. Fünfundsechzig Arbeiter und Angestellte, die meisten mit Familie, und alle verließen sich auf sie.

«Vor ein paar Jahren dachte ich, dass ein Leben doch nicht nur aus Arbeit bestehen kann. Dass ich einfach noch zu jung bin, um immer so weiterzumachen. Dass ich wenigstens hin und wieder einen Mann brauche. Einen Mann, der diese Bezeichnung auch verdient, verstehen Sie?»

Als er nickte, fuhr sie mit einem zittrigen Seufzer fort: «Mein Mann vertrieb sich die Zeit mit hübschen Mädchen und schnellen Wagen. Ich weiß nicht, wann er angefangen hat, mich zu betrügen. Es war nie wichtig. Ich hatte anderes zu tun, als mich darüber aufzuregen. Für ihn war ich nur eine Maschine, von morgens sechs bis abends zehn im Einsatz und dann abgeschaltet. Zeitweise habe ich mich auch so gefühlt. Er rührte mich nicht mehr an, nicht einmal mehr ein flüchtiger Kuss auf die Wange oder ein simpler Händedruck.»

Sie lächelte wehmütig. Und Georg Wassenberg fand, dass es ziemlich warm sei im Raum. Vielleicht ging die Wärme nur von ihrem Lächeln aus. Oder von dem sicheren Empfinden, dass sie die Wahrheit sagte, eine ungeheuerliche Wahrheit. Rührte mich nicht mehr an!

«Aber wenn ich mich von ihm getrennt hätte», sagte sie, «was wäre aus der Firma geworden? Mein Schwiegervater wird im Herbst siebzig. Und er hatte vor acht Jahren einen Unfall, seitdem sitzt er im Rollstuhl.»

Und seitdem war sie in erster Linie die Chefin und erst in zweiter Linie eine Frau. Fünfundsechzig Arbeitsplätze, man stellte die Leute nicht ein, um sich auf ihre Kosten ein schönes Leben zu machen. Herbert hatte immer nur die großen Zahlen gesehen und niemals das, was davon bezahlt werden musste. Doch so rosig, wie er sich das vorgestellt hatte, war es schon lange nicht mehr. Man musste hart arbeiten und scharf kalkulieren, wenn man mit der Konkurrenz Schritt halten wollte.

«Man kann nicht alles dem Prokuristen überlassen», sagte

sie. «Thomas Lehnerer ist ein guter Mann. Ich kann wirklich nichts Nachteiliges über ihn sagen. Im Gegenteil, ich bin froh, dass ich ihn habe. Aber es ist nicht seine Firma. Er bekommt sein Gehalt, auch wenn die Auftragslage schlechter ist.»

Die letzten beiden Sätze waren nur noch so dahergesagt, die ursprüngliche Absicht, plausible Gründe für einen Selbstmord zu nennen, irgendwie untergegangen. Ihre Gedanken waren bei dem guten Mann hängen geblieben.

Im Grunde war Thomas das. Und noch war er da draußen. Er mochte zu weich sein auf seine Art, aber es ging auch für ihn um alles oder nichts. Er hatte ein Telefon bei sich, er würde sich melden, innerhalb der nächsten halben Stunde. Er würde sagen, dass er es geschafft hatte, irgendwie. Er musste es schaffen.

Dann kamen die Bilder, quetschten sich zwischen das Stechen und Hämmern in ihren Kopf hinein. Thomas mit einem Wagenheber in der Hand, den er auf Herberts Kopf schlug. Oder mit einem Stück Seil, das er ihm um die Kehle legte, weil er nicht wusste, wie er es sonst zu Ende bringen sollte. Thomas, halb wahnsinnig vor Panik, hinter dem Steuer seines Wagens, entweder noch fahrend oder irgendwo am Straßenrand stehend, darauf hoffend, dass ihr etwas einfiel, dass sie ihn anrief und ihm sagte, wie er vorgehen sollte. Stoßgebete zum Himmel schickend, den Sekundenzeiger der Uhr im Auge behaltend und mitzählend. Fünf Minuten, zehn Minuten. Zwanzig Stunden.

Sie warf einen Blick zur Uhr über dem Kamin. Warum meldete Thomas sich nicht? Er musste sich doch denken können, dass sie nichts unternehmen konnte und verrückt wurde bei dieser Warterei. Mit der bandagierten Hand strich sie ein paar Knitterfalten in ihrem Rock glatt, betrachtete die Blutflecken und zupfte am Saum. Es hatte etwas Traumverlorenes. Und ihr Lächeln dabei.

Es war nur der Schild, hinter dem sich die Gedanken überschlugen. Für Georg Wassenberg war es eine Offenbarung.

Für ihn schloss sich ihr Lächeln nahtlos den Worten an. Von dem Moment an vergaß er zeitweise, warum er bei ihr war, und begann, in erster Linie die Frau zu sehen. Eine faszinierende Frau, tüchtig und selbständig und damit das genaue Gegenteil von Sonja. Sie hatte andere Dinge im Kopf als Anti-Falten-Creme und Junge Mode. Das hatte sie mit dem, was sie bisher gesagt hatte, bewiesen. Aus ihren letzten Sätzen ließ sich noch viel mehr ableiten. Betrogen und ausgenutzt. Allein gelassen. Und so schön.

Mitte dreißig, schätzte er, ein gutes Alter für eine Frau. Und wenn er sie eben richtig verstanden hatte, lebte sie seit Jahren nicht mehr als eine solche. Jedenfalls nicht mit dem eigenen Mann, der hübsche Mädchen und schnelle Wagen vorzog.

Und sie? Ob sie sich einen Liebhaber gesucht hatte? Ob ihr «dass ich wenigstens hin und wieder einen Mann brauche» eine Art Entschuldigung war? Eine vorbeugende Erklärung für den Fall, dass er oder einer seiner Kollegen im Zuge der Ermittlungen über einen Geliebten stolperte? Falls ihr Mann starb und es Ermittlungen geben sollte. Damit sie dann bereits wussten, ein Geliebter hatte mit diesem Selbstmord nichts zu tun, war nur ein kleiner Trost gewesen.

Aber sie hatte auch gesagt, dass die eigenen Wünsche und Bedürfnisse hinter der Firma zurückstehen mussten. Und das bedeutete unter Umständen, sie lebte seit Jahren wie eine Nonne. Unvorstellbar, sie musste ausgehungert sein nach Liebe, Zärtlichkeit, Sex. Allein darüber nachzudenken und sie dabei so dicht vor sich zu haben machte ihn nervös.

Sie bemerkte nicht, was in ihm vorging, sprach weiter, und brachte ihn damit vorübergehend auf andere Gedanken. «Ich brauche den Wagen wirklich. Sonst kann ich die Löhne nicht zahlen. Das sind jeden Monat mehr als dreihunderttausend Mark. Morgen müssen die Überweisungen rausgehen. Sie hätten heute schon rausgehen müssen. Aber er hat am Freitag eine Abhebung vom Geschäftskonto gemacht.

Wir bekamen die Auszüge erst heute Morgen. Als Thomas sie mir auf den Tisch legte, dachte ich, ich würde ersticken. Wovon fünfundsechzig Leute mit ihren Familien einen ganzen Monat leben können, das bringt er an einem Wochenende durch.»

Das war die Wahrheit. Sie sah sich noch einmal an ihrem Schreibtisch sitzen, minutenlang auf die Kontoauszüge starren, ganz hohl im Innern. Da war plötzlich so viel Platz für den Herzschlag, ein Donnern und Poltern von der Kehle bis in den Unterleib. Jeder Schlag ein AUS! Dann hob sie den Kopf, schaute zu Thomas auf, der reglos neben ihr stand und sie mit ausdrucksloser Miene betrachtete.

«Wenn er heute heimkommt», sagte sie, nicht mehr und nicht weniger. Alles andere hatten sie schon so oft besprochen, es nur immer wieder hinausgeschoben. Darauf gehofft, dass sich das Problem von selbst löste. Ein Autounfall, Trunkenheit am Steuer! Herbert war doch jeden Abend unterwegs. Das war er seit Jahren, und er hatte sich auch früher schon an den Firmenkonten bedient.

Im letzten halben Jahr waren die Summen größer geworden. Zehntausend, zwanzigtausend, fünfzigtausend. Sie war gezwungen gewesen, ihr eigenes Einkommen so weit als möglich zu reduzieren. Hundert die Woche, manchmal nur fünfzig, gerade dass es noch für ein paar Nahrungsmittel reichte. Bei jedem seiner Griffe in die Firmenkasse hatte sie zu Thomas gesagt: «So kann es nicht weitergehen.»

Und jetzt dreihunderttausend! Thomas hatte genickt, die Kontoauszüge wieder an sich genommen und ihr Büro verlassen. «Wenn er heute heimkommt!»

Der Zeitpunkt war denkbar günstig, fast ideal. Da waren diese Parkmorde, vier Opfer inzwischen. Penner, sie hatte die Sache in der Zeitung verfolgt. Viel wurde nicht darüber geschrieben, aber es klang immer wieder durch, dass die Kripo bisher keine Spur hatte, keinen Hinweis auf den Täter. Mit anderen Worten, sie hatten alle Hände voll zu tun. Sie würden kaum die Zeit haben, einen Selbstmord bis ins kleinste Detail auszuleuchten. Vielleicht jemanden mit den Ermittlungen beauftragen, den sie gut entbehren konnten, der keine Erfahrung hatte oder überlastet war.

Aber überlastet sah der Polizist in ihrem Wohnzimmer nicht aus, auch nicht dämlich. Er wirkte ruhig, besonnen. Und sehr, sehr aufmerksam.

Noch so ein Seufzer, der deutlich machte, wie sehr der Kampf der letzten Jahre sie zermürbt hatte, wie ihr zumute war. «Er spielt. Und verliert. Wenn er ausnahmsweise einmal gewinnt, spielt er weiter, bis er alles wieder verloren hat. Und dann betrinkt er sich, bis kein Tropfen mehr hineingeht. Früher, als sein Vater ihm noch auf die Finger schaute, waren es nur Spielautomaten. Er war immer pleite. Aber damals war das noch überschaubar. Er hat sich nie an die Firmenkonten herangewagt. Nach dem Unfall seines Vaters war seine Mutter der Meinung, jeder Mensch würde mit der Verantwortung erwachsen. Sie wollte ihn unbedingt auf dem Platz seines Vaters sehen, mit allen Rechten und Pflichten. Die Rechte kamen ihm sehr gelegen, damals entdeckte er die Spielbanken, wo man sich doch mit etwas mehr Stil ruinieren kann. Die Pflichten überließ er mir. Und ich konnte nicht einmal etwas sagen. Wenn ich meinem Schwiegervater erklärt hätte, was Herbert trieb …»

Sie hob die Schultern, ließ sie wieder sinken. Eine resignierende Geste. «Thomas hat es einmal versucht», sagte sie. «Nur zart angedeutet, dass man Herbert die Kontovollmacht entziehen müsse. Mein Schwiegervater wollte ihn über den Haufen schießen, nicht Thomas, Herbert natürlich. Wenn er eine Waffe erreicht hätte, er hätte es getan, da bin ich sicher. So konnte er sich nur aufregen und bekam einen schweren Herzanfall. Wochenlang haben wir gezittert, ob er es überlebt. Thomas hat sich daraufhin entschlossen, sich in Zukunft lieber die Zunge abzubeißen, ehe er noch einmal etwas verlauten ließ. Ich habe auch geschwiegen. Immer den Mund gehalten und versucht, den Schaden zu reparieren. Aber es gibt Grenzen, und … Ich kann einfach nicht mehr.»

Da kam ein Laut hinterher wie ein trockenes Schluchzen. «Als er heute heimkam, keinen Pfennig hatte er mehr in der Tasche. Ich brauche den Wagen, ich …» Sie brach ab, schüttelte den Kopf, ballte die unverletzte Hand im Schoß zur Faust. «Ich muss die Leute bezahlen. Ich kann doch nicht zulassen, dass er alles kaputtmacht, was andere aufgebaut haben. Verstehen Sie das?»

Georg Wassenberg wunderte sich über sich selbst. Aber er verstand sie tatsächlich, konnte nachvollziehen, wie sie sich fühlen musste, und nickte nur.

Sie murmelte: «Den Wagen kann ich verkaufen. Aber das kann ich nur, wenn er nicht mehr da ist. Er wird ihn mir freiwillig nie überlassen. Wenn er allerdings stirbt …»

Sie sprach den Satz nicht zu Ende, hob nur kurz die Achseln und fuhr fort: «Ich kann doch den Leuten nicht sagen, tut mir Leid, seht zu, wie ihr den April übersteht. Mein Mann hat sich ein schönes Wochenende gemacht. Mit der Bank zu reden hat keinen Sinn. Dafür habe ich das in den letzten Monaten zu oft tun müssen. Unser Kreditrahmen ist erschöpft.»

Sie hatte sich regelrecht in Trance geredet, registrierte gar nicht mehr, was sie im Einzelnen sagte. Es waren die Schmerzen und die grausame Angst, dass man ihn fand und er seine Version noch schildern konnte. Oder dass Thomas da draußen einen Fehler machte, der sie beide hinter Gitter brachte. Das verzweifelte Ausloten und Abwägen der wenigen Möglichkeiten, die es für sie selbst gab. Das Bewusstsein, es gab keine, solange sie untätig mit diesem Polizisten im Haus herumsaß. Und das Bedürfnis, sich fallen zu lassen, einfach fallen lassen. Alles zusammen wirkte wie ein starkes Betäubungsmittel. Es betäubte nicht den Körper, nur die Vernunft, den kühlen Verstand, den Kampfgeist.

Dann kam ein winziger lichter Moment, ganz plötzlich wurde ihr bewusst, was sie tat. Dass sie dabei war, sich um Kopf und Kragen zu reden, dem Polizisten nicht etwa die Gründe für einen Selbstmord darzulegen, sondern ihm ein wunderschönes Mordmotiv zu liefern. Sie versuchte, seinen Blick einzufangen, das war nicht weiter schwer.

Er hing mit seinen Augen die ganze Zeit über an ihrem Gesicht. Irgendwie komisch sein Blick. Als ob er mit seinen Gedanken ganz woanders sei und sich gerade etwas ganz Bestimmtes vorstellte. Was denn? Wie er sie in Handschellen abführte?

Sie biss sich auf die Lippen. Irgendetwas Unverfängliches, irgendein Satz, der dem eben Gesagten die Spitze nahm. Zwei, drei Gedanken überschlugen sich, verloren sich im Bohren und Stechen unter dem Verband, dann kam endlich ein brauchbarer, einer, der nichts weiter bezeugte als ihre Hilflosigkeit.

«Was mache ich nur, wenn er den Wagen in seinem Zustand zu Schrott gefahren hat?»

«Über einen Unfall wären wir längst informiert», beruhigte Georg Wassenberg sie. «Es ist jetzt fünf Stunden her, seit Ihr Mann das Haus verlassen hat. Bei der Menge Alkohol dürfte er schnell fahruntüchtig geworden sein. Da muss ich dem Arzt zustimmen. Vermutlich steht der Wagen irgendwo am Straßenrand.»

Sie hielt das Aufatmen im letzten Augenblick in der Kehle zurück, er war noch nicht misstrauisch geworden. Zögernd nickte sie, als sei sie davon nicht so ganz überzeugt, wolle ihm aber aus Gefälligkeit zustimmen. Dann fragte sie unvermittelt: «Möchten Sie einen Kaffee? Ich könnte einen vertragen. Es wird bestimmt eine lange Nacht. Und wenn Sie mir Ihren Arm bieten, komme ich garantiert bis in die Küche.»

Er half ihr von der Couch hoch. Wunderte sich, als sie aufrecht vor ihm stand. Im Sitzen wirkte sie zierlich, aber sie war nur wenig kleiner als er, dabei trug sie nicht einmal Schuhe.

Sie war etwas wacklig auf ihren schlanken Beinen, musste sich gegen ihn lehnen.

«Mir wird schwindlig», murmelte sie, schloss die Augen, atmete flach und mit leicht geöffnetem Mund. Nur nicht ohnmächtig werden jetzt. Der Boden unter ihren Füßen schwankte. Sie klammerte sich an ihn, nur dankbar für den Arm in ihrem Rücken, der sie aufrecht hielt. Es dauerte Minuten, ehe der Boden wieder einigermaßen fest wurde.

«Ich bin zu schnell aufgestanden», murmelte sie. «Moment, es geht gleich wieder.»

Georg Wassenberg hatte keine Eile. Er hielt sie im Arm, und es war ein sehr gutes Gefühl. Ein Gefühl, auf das er schon so lange hatte verzichten müssen, ein Jahr und sechs Monate. Und das letzte Mal mit Sonja war nicht berauschend gewesen, da war schon so viel Abwehr. Er hatte sich einzureden versucht, es sei eben Gewohnheit, nach zwölf Jahren Ehe. Dass die Leidenschaft allmählich abflaute und man sich damit abfinden musste. Aber in Wahrheit war es so gewesen, dass Sonja den Nachmittag mit ihrem Boutique-Besitzer verbracht hatte, rundum satt und zufrieden war und einfach keine Lust hatte, auch noch für seine Zufriedenheit zu sorgen. Das hatte er gefühlt.

Und wenn es hundertmal nur ein Anflug von Schwäche war, der Betty Theißen in seine Arme trieb. Der Griff, mit dem sie sich an ihn klammerte, hatte etwas von Leidenschaft. Er roch ihr Parfüm, der Duft gefiel ihm. Sie gefiel ihm. Er hätte ewig so mit ihr stehen können. Sein Gesicht fast auf gleicher Höhe mit ihrem, ihre Augen so nahe, dass er, als sie die Augen endlich wieder öffnete, den Schleier von Verwirrung und die winzigen braunen Tupfer in der grauen Iris erkannte. Rechts, in ihrem linken Auge gab es nur Grau. Und am unteren Rand seines Gesichtsfeldes ihr Mund, leicht geöffnet, eine Verlockung, nicht zu breit, nicht zu schmal, nicht zu üppig. Ein schimmerndes, dunkles, kräftiges Rot.

Es hätte ihn wundern müssen. Nach all den Stunden und

all dem, was in diesen Stunden angeblich mit ihr geschehen war, ein perfektes Make-up. Sie hatte sich die Wartezeit damit vertrieben, es wieder herzurichten.

Als Thomas unterwegs war und die erste Benommenheit wich, als sie nichts weiter tun konnte, als warten und sich mit der Frage beschäftigen, ob Thomas durchhielt. Bei allem Elend und aller Nervosität, sie war eine Frau. Und die Tuscheränder unter den Augen, die von Tränen streifigen Wangen passten nicht zur Rolle der verärgerten Ehefrau, die nur plötzlich nach einem heftigen Schlag zu Boden gegangen war.

Also hatte sie ihr Gesicht gründlich gereinigt und sich eine Weile mit Puder, Rouge und den diversen anderen Utensilien von den flatternden Nerven abgelenkt. Ihre Haut schimmerte matt, nicht einmal die Nase glänzte, und der Lippenstift wirkte immer noch wie frisch aufgetragen.

Doch darüber dachte Georg Wassenberg nicht nach. Es fiel ihm nicht einmal auf, weil er es gar nicht anders kannte. Sonja hatte den lieben langen Tag nichts Besseres zu tun gehabt, als ihr Make-up zu kontrollieren, zu korrigieren und bei Bedarf zu erneuern. Zwanzigmal am Tag mit dem Puderquast über Stirn und Nase, das Kinn abgetupft und die Lidfalten kontrolliert, weil sich dort der Puder rasch absetzte. Nach jedem Häppchen hatte Sonja sich die Lippen nachgezogen. Manchmal war ihm das tüchtig auf die Nerven gegangen, vor allem, wenn sie es in der Öffentlichkeit tat, nach einer Mahlzeit in einem guten Restaurant. Da hatte er sich immer gefragt, warum sie nicht zur Toilette ging, um sich zu schminken. Jetzt fragte er sich nichts.

Er ließ den Arm um ihre Taille, legte die freie Hand unter ihren rechten Ellbogen und führte sie so auf die Tür zu, quer durch die Diele zu einer großen Küche hinüber. «Wenn Sie mir sagen, wo ich alles finde», bot er an, «mache ich den Kaffee. Es ist bestimmt besser, wenn Sie sich wieder hinsetzen.»

Sie lächelte dankbar und ein bisschen erleichtert. «Sie haben Recht, es ist besser. Mir ist immer noch etwas schwindlig.

Der Kaffee steht da oben im Schrank. Da finden Sie auch das Geschirr.»

Sie ließ sich zu einem Stuhl führen, setzte sich und schaute ihm zu, wie er die bezeichnete Schranktür öffnete, alles Notwendige herausnahm. Kaffeedose, Filtertüte. Die Dose stellte er auf der Arbeitsplatte ab, direkt neben die Kaffeemaschine. Direkt vor einen Holzblock mit fünf Schlitzen, aus denen die Griffe von fünf Messern ragten. Messer in unterschiedlichen Größen. Er registrierte sie, achtete jedoch nicht weiter darauf, faltete die Filtertüte am unteren Ende und an der Seite, hörte hinter sich ihre Stimme. «Man merkt, dass Sie allein leben. Sie haben Routine.»

Es klang nach netter Konversation und dem freundlichen Bestreben, ihm ein kleines Kompliment zu machen. Es klang ganz unverfänglich, und von dem Bemühen, die erneut aufflackernde Panik abzuwürgen, war ihrer Stimme kaum etwas anzumerken.

Es war die Hölle, untätig auf dem Stuhl zu sitzen. Obwohl sie augenblicklich gar nichts anderes hätte tun können mit dem Schwindelgefühl und den rasenden Schmerzen. Sie saß da wie auf glühenden Kohlen, während Thomas mit einem Großaufgebot in der Gegend herumfuhr.

Unter aller Garantie fuhr er noch. Keine Eigeninitiative, sich immer nur an das haltend, was ihm aufgetragen wurde. So hatten sie es ursprünglich abgesprochen. Dass er draußen alle ein bisschen an der Nase herumführen sollte. Er müsse nichts weiter tun, als sie von dem Lamborghini fern halten, hatten sie gedacht. Und nun sollte er dahin zurück. Einen Mann töten, der einmal sein Freund gewesen war. Und er sollte ihn so töten, dass kein Verdacht aufkam. Damit war Thomas überfordert. Welche Möglichkeiten gab es überhaupt noch?

Sie wusste, dass Thomas sich in einem Punkt nicht an ihre Anweisung gehalten hatte. Er hatte es ihr erklärt, und wie er das gesagt hatte, klang es vernünftig. Aber wenn man keine

Wahl hatte, scherte man sich einen Dreck um Vernunft. Man musste Herbert auf den Rücken drehen, dafür sorgen, dass er erbrach und erstickte. Eine widerliche Vorstellung, allein der Gedanke, ihm einen Finger in den Hals stecken zu müssen, schüttelte sie. Sie wusste auch nicht, ob es bei einem Bewusstlosen funktionierte. Aber sie wusste, dass sie es übernehmen musste. Thomas konnte es nicht. Sonst hätte er es längst getan und ihr Bescheid gesagt.

Es war elf vorbei, sie waren seit über einer Stunde draußen. So lange brauchte niemand, um ein paar Polizisten und einen Arzt abzuschütteln. Das war doch das geringste Problem. «Sollten wir uns nicht besser trennen, meine Herren!? Es ist doch viel effektiver, wenn jeder von uns einen bestimmten Bereich absucht. Ich habe ein Telefon dabei, kann jederzeit das Krankenhaus alarmieren und Sie verständigen, wenn ich ihn finden sollte.»

Sie hätte das vorgeschlagen, wenn sie dabei gewesen wäre. Aber sie saß auf einem Küchenstuhl, halb verrückt vom Schmerz, der Warterei und den verschiedenen Zukunftsperspektiven, die sie sich zwangsläufig ausmalen musste. Und ihr Wagen stand auf dem Firmengelände. Zuerst etwas gegen die Schmerzen tun, einen klaren Kopf bekommen, dann dieser Warterei und den Horrorvisionen ein Ende machen. Den Polizisten davon überzeugen, dass sie durchaus einsatzfähig war.

Weiterreden, die Stimme ein bisschen straffer, nicht so auf den Schmerzen schwimmend, einfach die Wahrheit sagen. Es gab eine Menge Wahrheit, die sich risikolos aussprechen ließ. Es ging ihr nicht darum, sich zu rechtfertigen. Ob jemand ihre Motivation verstand, war ihr gleichgültig.

Dreihunderttausend Mark für ein Wochenende. Fünfundsechzig Leute, die sich redlich abmühten, ihre Familien zu ernähren, nicht nur um ihren Lohn betrogen, sondern um den Arbeitsplatz gebracht. Herbert wusste genau, dass sie das Geld nicht beschaffen konnte und Konkurs anmelden musste.

Verstehst du, was ich sagen will, Polizist? Es war ein Notfall. Ich hatte keine Wahl, musste es tun. Ich hätte es schon viel früher tun müssen. Und jetzt ist alles infrage gestellt. Thomas kann das nicht. Er ist zu weich, zu sentimental. Er ist ein lieber Kerl und kein Mörder. Ich brauche deine Hilfe, Polizist. Wirst du mir helfen, wenn ich dich gleich darum bitte?

Weiterreden, auf den Kaffee hoffen und ihn beobachten. Trotz ihres elenden Zustands war ihr eben etwas aufgefallen, die Art, wie er sie im Arm gehalten und dabei angeschaut hatte. Fast so, als wollte er sie küssen. Dass ein Polizist in solch einer Situation auf dumme Gedanken kam, war nur schwer vorstellbar. Aber völlig auszuschließen war es nicht! Auch ein Polizist war ein Mann.

Und er war ein durchaus attraktiver Mann. Typ stiller Genießer, nur ein bisschen zu kurz gekommen in letzter Zeit. Geschieden, hatte er gesagt. In dem Alter war es nicht leicht, eine neue Partnerin zu finden. Und in seinem Beruf hatte er wohl nicht allzu viel Zeit für die Suche. Warum sollte ihm da nicht auffallen, dass er mit einer Frau allein war?

Sie war nicht in der Stimmung für einen Flirt, versuchte nur, ihn einzuschätzen und einzustimmen auf das, was sie von ihm wollte. Es konnte nicht schaden, den Mann in ihm ein wenig zu kitzeln. Er schien empfänglich für die bewussten Blicke, für das gewisse Lächeln. Und eine Küche war ein unverfänglicher Ort.

Georg Wassenberg war später ziemlich sicher, dass es in der Küche begonnen hatte. Oder etwas früher. Als er ihr half, von der Couch aufzustehen, den Arm um sie legte, ihr Gesicht so dicht vor sich hatte. In dem Moment war er nur ein Mann gewesen und sie eine sehr schöne Frau, die hin und wieder einen Mann brauchte. Und dann intensivierte sich das eben. Während er sich um den Kaffee kümmerte, während sie auf dem Stuhl saß, ihm zuschaute, ihn anlächelte.

Es war ein sonderbares Lächeln, ein wenig nachdenklich,

ein bisschen erstaunt. Erstaunt über die eigenen Gefühle möglicherweise, mit denen sie in solch einer Situation nicht gerechnet haben konnte. Plötzlich schien ihr bewusst zu werden, dass sie nicht ausschließlich einen Polizisten vor sich hatte. Da war etwas in ihren Augen, etwas kritisch Abschätzendes und gleichzeitig Begehrliches. Es verursachte ihm ein Knistern im Kopf.

Wenn sie ihm irgendwo in der Stadt begegnet wäre, in einer Bar oder einem Café, wo sie ihn vom Nebentisch aus so angelächelt hätte, wäre die Sache einfach gewesen. Er brauchte nicht nur hin und wieder, er brauchte dringend eine Frau. Sie wären noch in der gleichen Nacht in einem Bett gelandet. In ihrem, weil sein Stolz es ihm verboten hätte, sie mit in seine schäbige Wohnung zu nehmen. Aber so war es noch zu früh. Oder nicht? Nach etlichen Jahren für sie und anderthalb für ihn …

Mit Kaffee und Geschirr wechselten sie wieder hinüber in das große Wohnzimmer. Sie setzte sich erneut auf die Couch, er nahm in einem der beiden Sessel Platz. Ihr Lippenstift büßte merklich von seinem kräftigen Rot ein, während sie zwei Tassen Kaffee trank, schwarz und ohne Zucker. Gegen das Toben in ihrem Kopf richtete er nicht viel aus. Aber er frischte die Lebensgeister so weit auf, dass ihr etwas einfiel. Sie aß noch ein paar Salzkräcker, um ihrem Magen eine Kleinigkeit zu bieten, leckte sich die Krümel von den Lippen und schickte ihn anschließend in ihr Schlafzimmer.

«Im Kleiderschrank steht eine schwarze Handtasche auf dem oberen Bord. Ich glaube, da sind noch ein paar Schmerztabletten drin. Sind Sie so lieb und schauen kurz nach?»

Es war eine alte Tasche, sie stand seit langem im Schrank. Früher hatte sie immer Tabletten bei sich gehabt, zu viel Arbeit, zu viele Sorgen, viel zu wenig Schlaf und als Resultat von allem häufig Kopfschmerzen. Mit ein bisschen Glück hatte sie damals vergessen, die Tabletten aus der Tasche zu nehmen.

Inzwischen konnte sie vor Schmerzen kaum noch atmen. Es war völlig ausgeschlossen, dass sie sich in diesem Zustand zu ihrem Wagen bringen ließ. Sie wäre im nächsten Straßengraben oder an einem Baumstamm gelandet. Den Schnitt in der Hand fühlte sie kaum, aber der Kopf brachte sie fast um. Man hörte es ihrer Stimme an.

Natürlich war Georg Wassenberg so lieb, weil er ihr helfen wollte. Es wäre unmenschlich gewesen, sie auch nur eine Minute länger als notwendig leiden zu lassen. Und da war auch dieses Knistern im Kopf. Er wollte sehen, in welcher Umgebung sie schlief, sich nur einmal umschauen. Niemand konnte wissen, was daraus wurde.

Sonja hatte das gemeinsame Schlafzimmer mit allerlei Schnörkeln versehen, Raffgardinen vor den Fenstern und Parfümflakons auf dem Frisiertisch. Bei ihr erwartete er Strenge, die gleiche Nüchternheit und Neutralität, die sie auszustrahlen versuchte. Es war nur äußerlich, da war er ganz sicher. Sie war so sehr bemüht, ihre Verletzbarkeit nicht zu zeigen. Aber sie war verletzt, nicht nur an Kopf und Hand. Und sie hatte Angst, auch wenn sie sich große Mühe gab, völlig verbergen konnte sie es nicht vor ihm. Wovor sie Angst hatte, spielte kaum eine Rolle. Auch wenn es den Tatsachen entsprochen hätte, dass sie sich nicht um das Leben ihres Mannes sorgte, nur um fünfundsechzig Arbeiter und Angestellte, es hätte immer noch für sie gesprochen, fand er. Doch was er in ihrem Schlafzimmer erwartete, fand er nicht.

Das Bett war zu breit für eine Person. Und es gab zu viel Spiegelfläche. Die gesamte Schrankfront war verspiegelt, die Wand hinter dem Bett und die Decke darüber ebenfalls. So sah er das Bett gleich viermal. Und gleichzeitig sah er ihr Lächeln, das aus der Küche. Es hatte winzige Funken gesprüht, die zwischen ihnen hin und her gesprungen waren wie bei einer elektrischen Entladung. Sie musste es ebenfalls gefühlt haben. So etwas spürte man schließlich.

Er gab sich keine Rechenschaft über das, was in ihm vor-

ging. Seit sechs Monaten geschieden, davor das Trennungsjahr. In dem Sonja allabendlich ihre neue Liebe empfing. Und
er lag nebenan im Bett des Gästezimmers, lauschte den eindeutigen Geräuschen, kam fast um vor Wut, Eifersucht und
dem Bedürfnis, mit Zähnen und Klauen zu verteidigen, was
ein Lackaffe ihm streitig machte. Er war nicht alt genug, um
problemlos auf eine Frau verzichten zu können.

Manchmal war er abends ausgegangen, fünf- oder sechs-
mal in der ganzen Zeit. Aber Frauen, die altersmäßig zu ihm
passten, ihm gefielen und sich für die erste Verabredung auf
später vertrösten ließen, gab es nicht. Es gab andere, durchaus hübsche, aber teure Frauen. Eine Stunde mit ihnen kostete zwischen hundert oder zweihundert Mark. Notlösungen.
Hinterher hatte er sich immer elend gefühlt. Auf diese Frau-
en angewiesen zu sein war eine Demütigung.

Und jetzt stand er im Schlafzimmer einer Frau, die seit
Jahren gezwungen war, wie eine Nonne zu leben – einer Frau,
die ihm gefiel, und das war noch dezent ausgedrückt. Wäre
die Situation nur ein wenig anders gewesen und sie hätte ihm
dann den kleinen Finger gereicht, er hätte zuerst nach dem
ganzen Arm gegriffen und dann nach dem Rest. Sofort, auf
der Stelle. Weil Betty Theißen eine Sonja hundertmal ersetz-
te, weil sie auch das besaß, was er bei Sonja immer vermisst
hatte. Selbständigkeit, Intelligenz, Beherrschung, Verantwortungsgefühl und die Bereitschaft, Opfer zu bringen, wenn es
notwendig war.

Er kannte sie noch nicht ganz drei Stunden, aber so viel
wusste er bereits über Betty Theißen. Berufserfahrung und
ein untrüglicher Instinkt. Eine Art sechster Sinn, der es ihm
erlaubte, sich rasch ein Bild von seinem Gegenüber zu machen. Aus dem, was gesagt wurde, das herauszuhören, was
man nicht erfahren sollte. Betty Theißen hatte ihm eine
Menge verraten, ihr Kleiderschrank verriet ihm noch mehr.

Er war längst nicht so üppig gefüllt wie Sonjas Schrank.
Doch was da auf den Bügeln hing, bewies einen sicheren und

guten Geschmack. Hinter der dritten Tür stand die besagte Tasche auf dem oberen Bord. Es fand sich tatsächlich ein Streifen mit einigen Tabletten darin. Er nahm ihn heraus, stellte die Tasche zurück, direkt neben zwei kleine Stapel Unterwäsche. Nur schwarz und weiß, keine von den auffälligen Farben, die Sonja bevorzugt hatte, weil sie ihrer Meinung nach jugendlich wirkten. Es mochte sein, dass sie das taten, an jungen Mädchen. Eine Frau Mitte dreißig oder gar Anfang vierzig wirkte in neongelben oder blau getupften Unterhöschen nicht jugendlich, sondern nur lächerlich. Sonja hatte das nie begriffen.

Nachdem er sich endlich von ihrem Schrank und all den Spiegeln hatte losreißen können und wieder zu ihr hinunter gegangen war, nahm sie gleich vier Tabletten mit einem halben Glas Wasser, das er ihr aus der Küche holte.

«Ist das nicht ein bisschen viel», fragte er mit sanftem Tadel in der Stimme, «vier Tabletten?» Es waren die gleichen, die ihr Mann mitgenommen hatte. «Sie haben doch gehört, was der Arzt sagte.»

Sie hob kurz die Achseln an, eine fast schuldbewusst wirkende Geste. «Von vier werde ich nicht sterben», murmelte sie und lächelte dabei entschuldigend. «Nur dieses eine Mal. Ich kann kaum noch denken.»

Sie lehnte sich auf der Couch zurück und schloss für einen Moment die Augen. Nach einer Weile fragte sie: «Stört es Sie, wenn ich rede? Mich beruhigt es immer ein wenig.»

Und ihn störte es nicht. Er hatte immer noch die beiden Wäschestapel vor Augen und fragte sich, ob sie Weiß oder Schwarz unter dem kurzen, grauen Rock trug. Seide oder Spitze oder eher etwas Schlichtes.

Und dieser Spiegel über dem Bett. Und der an der Wand. Und die Schranktüren. Es lag nur an den sechs Monaten und dem langen Jahr davor, dass seine Gedanken an den Spiegeln hängen blieben. Konnte es einen besseren Beweis dafür geben, dass sie durch und durch Frau war? Kühl im Geschäftsleben, aber bestimmt nicht in den Momenten, in denen es darauf ankam.

Blitzlichtartig tauchten gewisse Szenen vor ihm auf. Das breite Bett, gleich viermal. Wie das wohl war? Auf dem Bett zu liegen, mit dieser Frau in den Armen. Und dann über sich an der Zimmerdecke oder seitlich, wenn man den Kopf ein wenig drehte, die beiden Körper sehen. Eine erregende Vorstellung. Er musste sich mit Gewalt zur Ordnung rufen, um sich daran zu erinnern, warum er bei ihr saß.

Weil ihr Mann irgendwo da draußen war, wahrscheinlich nur sinnlos besoffen. Alkoholvergiftung, dachte er flüchtig, auch eine Möglichkeit, daran waren schon etliche Leute gestorben. Aber ihr Mann saß in einem sehr auffälligen Wagen, der praktisch schon garantierte, dass man ihn rechtzeitig fand. Und wenn man ihn rechtzeitig fand, war dieser Abend nichts weiter als ein paar Überstunden mehr. In dem Fall konnte er schlecht zurückkommen und sagen: «Ich musste Sie einfach wieder sehen.»

Auslachen würde sie ihn. «Aber, Herr Wassenberg, habe ich Ihnen nicht deutlich genug zu verstehen gegeben, dass ich in erster Linie die Chefin bin? Ich habe nicht all die Jahre gearbeitet, um die Firma einem Spieler zu überlassen und mit einem Polizisten in eine schäbige kleine Wohnung zu ziehen.»

Allein der Gedanke versetzte ihm einen gewaltigen Stich. Er konnte sich nur mit Mühe auf das konzentrieren, was sie ihm erzählte. Zuerst sprach sie noch langsam, die Stimme mühsam kontrolliert und überlagert von den Schmerzen. Dann wurde es allmählich flüssiger und heller.

Sie sprach von einem größeren Projekt, für das sie einen harten Kampf mit den Bewilligungsbehörden ausgefochten hatte. Was einerseits ein Triumph war und andererseits ein Risiko bedeutete, weil es noch gar keine Abnehmer gab. Aber die würden sich finden. Für ein solides und preiswertes Angebot fanden sich immer Käufer. Man musste natürlich äußerst knapp kalkulieren, um die Konkurrenz auch wirklich um einen ansehnlichen Betrag unterbieten zu können. Und ausgerechnet in dieser Situation griff ihr Mann in die Kasse. Aber er war mit diesem Projekt auch nicht einverstanden gewesen.

Einfamilienhäuser! Schlicht und erschwinglich, ganz einfache Bauweise, in den Niederlanden abgeguckt. Die Firma Theißen war ein Bauunternehmen, Hoch- und Tiefbau. Und eine Frau im Chefsessel. Auf Anordnung ihres Schwiegervaters. Der hatte irgendwann begriffen, dass sein Sohn nicht das Zeug dazu hatte.

«Mein Mann hat immer nur utopische Träume», sagte sie, «plant Projekte, die sich kein normaler Mensch leisten kann. Und wenn er seinen Willen nicht durchsetzen kann, wird er bockig. Er ist wie ein Kind.»

Aber das war nicht die Schuld ihres Mannes, auch das erklärte sie. Sie hatte schon vor langer Zeit erkannt, was oder vielmehr wer ihn so gemacht hatte. Seine Mutter! Die hatte ihn nach Strich und Faden verwöhnt. Wenn er in jungen Jahren keine Lust zu arbeiten gehabt hatte, dann hatte er eben keine Lust gehabt. Sein Vater schuftete ja für zwei, kannte keinen Feierabend, kein Wochenende, keinen Urlaub. Wozu hätte Bübchen sich anstrengen sollen? Seine Mutter hatte ihn zum Versager erzogen, das stand fest.

In Gesellschaft war er brillant, da sprühte er vor Witz und Charme. Auch in der Firma betätigte er sich gerne als Alleinunterhalter. Wenn er sich dort einmal sehen ließ, schäkerte er mit den Mädchen im Büro und entwarf Luftschlösser. Zu mehr reichte es nicht.

«Manchmal», sagte sie, «wird ihm anscheinend klar, dass er bisher nichts geleistet hat und nie im Leben etwas leisten wird, wenn er so weitermacht. Dann dreht er durch, verspielt Unsummen, als ob er etwas erzwingen könnte. Wenn er zurückkommt, gibt es regelmäßig solche Szenen wie am Nachmittag.»

Allmählich wurde ihr Kopf wieder klar, das Toben legte sich und gleichzeitig auch ein bisschen von der Angst. Sie konnte wieder logisch denken und damit gezielt vorgehen. Sich um einen halben Meter von der Wahrheit entfernen. Nicht mit jedem Wort, nur mit dem ersten Satz.

«Bei mir kann er sich das leisten», sagte sie, «jammernd im Sessel liegen. Bei anderen spielt er den starken Mann, den nichts aus der Bahn wirft, der mal locker ein paar hunderttausend aus dem Ärmel schüttelt und seine großartigen Ideen schon irgendwann durchsetzen wird, gegen den Widerstand von Vater und Frau. Statt einem Dutzend Reihenhäuser ein oder zwei Villen in die Gegend stellen. So etwas wie das hier. Passt gut in die Landschaft, nicht wahr? Schauen Sie sich ruhig um. Das Haus war das einzige Projekt, für das Herbert sich mal mit einem Architekt zusammengesetzt hat.»

Sie zeigte mit der rechten Hand durch das große Zimmer. Siebzig Quadratmeter mindestens, schätzte Georg Wassenberg, eher wohl achtzig, seine Wohnung hatte zweiunddreißig. Und sie fragte: «Wer, glauben Sie, kann so etwas heute noch bezahlen? Natürlich gibt es ein paar, die das können und auch tun. Aber wem ist damit geholfen, wenn zwei Leutchen auf zweihundertvierzig Quadratmetern Wohnfläche sitzen, und Tausende sitzen auf der Straße. Was wir brauchen, ist preiswerter Wohnraum. Alle brüllen nach der Regierung, die nichts tut, weil das Geld an allen Ecken und Enden fehlt. Privatinitiative ist gefordert. Erschwingliche Einfamilienhäuser, die sich Normalverdiener leisten können. Die Normalverdiener machen dann nämlich Sozialwohnungen frei für solche, die dringend darauf angewiesen sind.»

Sie lächelte spöttisch. «Das klingt, als hätte ich mal für die Heilsarmee gearbeitet, nicht wahr? Habe ich nicht, aber ich weiß, wovon kleine Leute träumen. Und mir waren diese Träume immer sehr wichtig.»

Dann wollte sie unvermittelt wissen: «Warum hören wir eigentlich nichts von Ihren Kollegen? Diese Warterei ist ja nicht auszuhalten. Ich kann das nicht, abwarten, das konnte ich noch nie. Ich muss immer selbst etwas tun.»

«Ich kann nachfragen», schlug er vor. «Aber wenn man Ihren Mann gefunden hätte, wären wir sofort informiert worden.»

«Thomas meldet sich auch nicht», sagte sie, atmete zitternd durch. «Mein Gott, die sind seit fast zwei Stunden unterwegs. So ein auffälliger Wagen, der muss doch zu finden sein.»

Sie schwieg ein paar Sekunden lang, schaute ihn an, kritisch, nachdenklich. Dann erkundigte sie sich: «Was halten Sie davon, wenn wir beide ebenfalls losfahren und suchen?»

Er kam nicht dazu, ihr zu antworten, sie sprach gleich weiter, hastig und beschwörend: «Sie haben doch sicher Funk im Wagen. Sie können Ihre Kollegen verständigen, dann bringen Sie mich rasch zum Firmengelände. Das ist nicht weit, nur zwanzig Minuten. Dann sind es zwei mehr, die sich an der Suche beteiligen. Ich könnte mich ohrfeigen, dass ich mich heute von Thomas heimbringen ließ. Jetzt steht mein Auto da, und ich kann hier nicht weg. Aber ich kann auch nicht länger herumsitzen, ich werde verrückt dabei. Meinem Kopf geht es viel besser. Wirklich, ich fühle mich so weit in Ordnung.»

Georg Wassenberg fühlte sich in dem Moment wie ein Idiot, wie einer, der sich in den eigenen Wunschvorstellungen verlor und dabei das Naheliegende übersah. Wenn eine Frau bei einem Mann blieb, der ihr seit Jahren nichts als Scherereien machte, sie nicht einmal mehr anrührte, hatte sie Gründe dafür. Die Firma mochte ein Grund sein, aber nicht der einzige, das hielt er für völlig ausgeschlossen, daneben musste es auch noch Gefühl geben.

Er schüttelte den Kopf und bemühte sich um einen distanzierten Ton. «Ich halte es für klüger, wenn wir beim Telefon bleiben. Ich glaube auch nicht, dass Sie in der richtigen Verfassung sind, um in der Gegend herumzufahren. Es sind genug Leute draußen, glauben Sie mir.»

«Tut mir Leid», widersprach sie. «Aber das kann ich Ihnen nicht glauben. Genug Leute sind nie da. Und lange halte ich das nicht mehr aus. Wenn Sie mir nicht helfen wollen, rufe ich mir ein Taxi. Verbieten können Sie mir das nicht.»

Er seufzte nachdrücklich. «Warten wir noch eine halbe Stunde», schlug er vor. «Wenn wir dann immer noch nichts gehört haben, beteiligen wir uns an der Suche. Aber wir fahren mit einem Wagen. Sie werden bei mir bleiben. Sie sind verletzt, vergessen Sie das nicht.»

3. Kapitel

Wenige Minuten vor zwölf fuhr ein dunkelgrüner Volvo auf den Parkplatz der Grillhütte. So lange hatte Thomas Lehnerer gebraucht, um ein paar vorbeugende Maßnahmen für den Fall eines Falles zu treffen, sich ein glaubwürdiges, wenn auch nicht zu überprüfendes Alibi zu beschaffen. Gar so feige, wie Betty glaubte, war er nicht. Er war sich schon in ihrem Haus darüber klar geworden, dass es nun einzig und allein von ihm abhing. Ebenso war er sich darüber klar, dass der Verdacht sehr bald auf ihn fallen würde, falls irgendwelche Zweifel auftauchen sollten.

Er fuhr bis zum Ende des Platzes, wo die von Büschen verdeckte Zufahrt lag. Dort stellte er den Motor ab, löschte das Licht und stieg aus. Er hatte eine Taschenlampe bei sich, die er jedoch nicht einschaltete.

Zwanzig Stunden hatte der Arzt gesagt, das war ein Schlag in die Magengrube gewesen. Selbst Betty war in Panik geraten, er hatte es von ihrem Gesicht abgelesen. Zwanzig Stunden. Das Risiko, dass Herbert Theißen noch lebend gefunden wurde, war bei dieser Zeitspanne einfach zu groß. Von vier oder fünf, im Höchstfall sechs Stunden war Betty ausgegangen. Davon waren bereits knappe vier verstrichen, ehe ein Außenstehender informiert wurde. Und noch einmal zwei, ehe die Suchaktion begann.

Zwanzig Stunden! Inzwischen wusste Thomas Lehnerer es etwas genauer. Der Arzt hatte in seinem Beisein die Giftnotrufzentrale in Bonn angerufen und sich genauer informiert. Da war eine kürzere Frist genannt worden, zehn bis zwölf Stunden, es hinge von der allgemeinen körperlichen Verfassung des Betreffenden ab. Die dürfte miserabel gewesen sein. Es war trotzdem noch zu lange.

Es beteiligten sich zu viele Leute an der Suche. Jeder verfügbare Streifenwagen war im Einsatz. Leute von der Feuerwehr waren unterwegs, viele davon in Privatwagen. Der alte Theißen, zu dessen Haus Thomas Lehnerer die Polizisten und den Arzt zuerst gelotst hatte, hatte auf Drängen seiner Frau ein paar Arbeiter mobilisiert. Es war der blanke Horror.

Obwohl die Nacht recht kühl war, schwitzte Thomas Lehnerer sehr stark. Es waren die Nerven, die Entscheidung, die er hatte treffen müssen. Und die Angst, dass ihm bei aller Vorsicht in der letzten Stunde doch jemand gefolgt oder dass er jetzt jemandem begegnet war, der seinen Wagen kannte. Es war trotz der späten Stunde noch viel Verkehr auf der Landstraße gewesen. Im Rückspiegel hatte er nicht erkennen können, wer hinter ihm fuhr. Nicht auszuschließen, dass auch ein Streifenwagen dabei gewesen war. Oder einer von den Arbeitern. Es musste ja nur irgendein Witzbold in dem abbiegenden Volvo ein Liebespaar vermuten, dem er einen Schrecken einjagen wollte.

Thomas Lehnerer wartete minutenlang, rechnete insgeheim damit, dass jeden Augenblick ein Paar Scheinwerfer zwischen den Büschen auftauchte. Erst als nichts geschah, trat er über die am Boden liegende Kette hinweg, ging zögernd und horchend den schmalen Fahrweg entlang. Als er die Rasenfläche erreichte, blieb er wieder stehen. Trotz der Dunkelheit war die Hütte gut auszumachen. Der Lamborghini dagegen war nicht auf Anhieb zu entdecken, er stand auf der anderen Seite.

Auf dem Weg hinter ihm blieb es still. Thomas Lehnerer ging auf die Hütte zu, erst als er sie erreichte, schaltete er kurz die Taschenlampe ein. Der Lichtkegel tastete den Boden ab, holte für einen Augenblick die Reifenspuren aus dem Gras, kroch daran entlang bis zur Ecke. Zweimal leuchtete er hinter sich. Doch seine Fußabdrücke im Gras waren nicht zu erkennen. Dafür waren es am Wochenende zu viele Füße gewesen, die den Rasen bearbeitet hatten. Es war auch sonst nichts zu erkennen, niemand, der sich über die offene Rasen-fläche näherte. Bis zum Waldrand und damit bis zur Einmündung des Weges reichte die Lampe nicht. Und jetzt hier stehen zu bleiben und zu warten war sinnlos.

Er ging um die Hütte herum, hielt den Lichtkegel vor seine Füße. Dicht vor der am Boden liegenden Gestalt blieb er stehen und ging in die Knie. Das Licht wanderte über das Jackett. Thomas Lehnerer meinte zu sehen, wie der Rücken darin sich hob und senkte. Ganz sicher war er nicht, es konnte eine optische Täuschung bedingt durch ein Zittern seiner Hand und den Lichtreflex sein.

Er hätte nach dem Puls fühlen müssen, dazu konnte er sich nicht überwinden. Und wenn man von der kürzesten Frist ausging, welche die Giftnotrufzentrale genannt hatte, zehn Stunden, musste der Rücken sich zwangsläufig noch heben und senken. Und er würde das auch noch mindestens weitere vier Stunden tun, wenn man nichts dagegen unternahm.

Thomas Lehnerer wusste genau, was er unternehmen konnte. Er hatte das schon vorgehabt, als er Herbert Theißen auf das Gelände brachte, es dann allerdings nicht getan. Jetzt verfluchte er sich dafür. Der Teich! Es waren gut und gerne vierzig Meter bis zum Ufer. Vierzig Meter über eine offene, vom Waldrand auch in der Dunkelheit gut überschaubare Rasenfläche.

Es war so still, so entsetzlich still. Nur ein bisschen Wind in den Bäumen. Aber jeden Augenblick konnte es losgehen. Ein Motorgeräusch vom Parkplatz, Schritte auf dem Fußweg. Dann die Stimmen, freudige Überraschung. «Hurra, wir haben ihn, und er lebt noch.»

Thomas Lehnerer stand da wie festgewachsen, steif und aufrecht. Und der Lichtkegel seiner Taschenlampe hüpfte über das Jackett, erweckte den Anschein, als ob ein Kraftsportler tief durchatme. Er konnte es nicht! Sich nicht bücken, keinen Finger rühren. Er konnte sich einfach nicht dazu überwinden, den Mann zu seinen Füßen noch einmal anzufassen.

Ein Schwächling! Nur ein Waschlappen konnte sich so verhalten. Reden und planen, sich das alles zurechtlegen und dann kneifen. Die Frau im Stich lassen, die er …

Er liebte Betty. Es war eine ganz besondere Art von Liebe, sie unterschied sich gewaltig von dem, was er für seine Frau empfand. Betty war Besessenheit, Triumph, ein ununterbrochenes Schwanken zwischen Lust und Schmerz. Der Lust, mit ihr zu schlafen, etwas in Besitz zu nehmen, das eine Mauer um sich gezogen hatte, die normalerweise niemand überwinden konnte. Er konnte, wenn auch jeweils nur für ein paar Minuten. Dem Schmerz, es nicht aller Welt zeigen zu dürfen. Manchmal war es Wahnsinn.

Und so war es seit zwanzig Jahren. Seit sie damals ihre Lehre in der Firma Theißen begonnen hatte. Er sah sie noch im Büro des Alten vor dem wuchtigen Schreibtisch stehen. Für ihn hatte sie keinen Blick. Wie festgesaugt hingen ihre Augen an der kantigen, undurchdringlichen Miene des Alten. Das Zucken auf ihrem Gesicht, die krampfhaft zurückgehaltenen Tränen.

«Ich weiß, dass mein Vater Ihrer Firma einen großen Schaden zugefügt hat. Ich weiß auch, dass mein Bruder lieber trinkt als arbeitet. Aber ich will arbeiten. Ich will Ihnen beweisen, dass wir nicht alle so sind. Warum geben Sie mir keine Chance? Wenn ich versage, können Sie mich doch wieder hinauswerfen.»

Sie bekam ihre Chance, bewies es dem Alten, stürzte sich auf Schreibmaschine und Stenoblock, als gäbe es sonst nichts auf der Welt. Dass es auch Männer gab in den Büros, schien sie nicht wahrzunehmen.

Und dann stand sie eines Abends neben ihrem Fahrrad, betrachtete hilflos und bekümmert den platten Hinterreifen. Sie war wie üblich die Letzte gewesen, die an Feierabend dachte. Außer ihr war nur noch er da, um die Türen zu verschließen.

«Ich glaube, mir hat jemand die Luft rausgelassen. Sind Sie

so nett und nehmen mich mit zurück in die Stadt, Herr Lehnerer? Ich habe schon versucht, den Reifen wieder aufzupumpen, aber er hält die Luft nicht. Bestimmt ist ein Loch im Schlauch. Vielleicht können wir das Rad in den Kofferraum legen. Dann kann ich mich zu Hause darum kümmern.»

Natürlich war er so nett, und bevor sie ausstieg, bedankte sie sich spontan mit einem Kuss auf die Wange für seine Freundlichkeit und Hilfsbereitschaft. Eine harmlose Angelegenheit, wo er doch zu diesem Zeitpunkt bereits seit fast einem Jahr mit Margot zusammen war, schon über die Hochzeit nachgedacht hatte.

Es war bestimmt nicht Bettys Absicht gewesen, ihn mit einem Kuss um den Verstand zu bringen. Sie hatte gewusst, dass er praktisch verlobt war. Hatte nur nett sein wollen. Sie war zu allen Leuten nett. Ein liebes, fleißiges, stets freundliches junges Mädchen aus ärmlichen, asozialen Verhältnissen, das alles daransetzte, den Eindruck zu korrigieren, den Vater und Bruder in der Firma Theißen hinterlassen hatten. Zwei Säufer, die bis zu ihrer Entlassung nicht die Hälfte dessen wert gewesen waren, was sie verdient hatten. Vor allem ihr Vater! Und Betty wollte unbedingt beweisen, dass Kinder nicht grundsätzlich in die Fußstapfen ihrer Eltern traten. Ihr machte es nie etwas aus, abends eine Stunde länger im Büro zu bleiben, um für den angehenden Prokuristen noch den einen oder anderen Brief zu tippen. Selbst am Wochenende war sie dazu bereit, er musste ihr nur erklären, dass es für die Firma wichtig sei und keinen Aufschub dulde. Das hatte er ihr häufiger erklärt. Es war wie ein Rausch gewesen. Er musste sie haben, ob sie wollte oder nicht.

Anfangs wollte sie nicht, war scheu und verlegen. «Nicht, Herr Lehnerer, bitte nicht.»

«Jetzt lass doch das blöde Herr Lehnerer. Sag Thomas.»

«Nicht, Thomas.» Sie hielt seine Hand fest, die er zwischen ihre Schenkel geschoben hatte, drehte das Gesicht zur Seite, sodass seine Lippen nur über ihre Wange streiften. Und ihre

Augen dabei, dieser Blick, ganz weit, ein bisschen verschleiert, voller Abwehr und gleichzeitig voller Erregung. Ein Blick, der nur eines deutlich machte, dass sie selbst hin- und hergerissen war zwischen der Lust, die er mit ein paar Küssen und ein paar Handgriffen in ihr geweckt hatte, und der Angst oder dem Gewissen oder was immer es sein mochte.

«Nur einmal, Betty, sonst werde ich verrückt. Du willst es doch auch, ich fühle, dass du es willst. Wovor hast du denn Angst? Ich passe schon auf, dass du nicht schwanger wirst.»

Das erste Mal auf einem Stuhl vor seinem Schreibtisch. Er umfasste mit beiden Händen ihre Taille und zog sie langsam auf seinen Schoß. Dieser winzige Schrei, als er, den kleinen Widerstand mit einem Ruck überwindend, in sie eindrang. Wie sie den Atem anhielt und die Augen aufriss. Und dann den Kopf zurückwarf, sich seinem Rhythmus anpasste. Ihr verhaltenes Stöhnen, ihr Zittern. Dass beides nur Ausdruck von Schmerzen sein könnte, auf den Gedanken kam er nicht. Für ihn war es Leidenschaft. Danach gab es kein Halten mehr.

Die Initiative war damals eindeutig von ihm ausgegangen. Mochte Margot auch hundertmal behaupten, dahinter stecke eiskalte Berechnung, er sei eingewickelt worden, verhext mit diesem Unschuldslächeln, der vermeintlichen Naivität. Betty habe doch nur über ihn an Herbert Theißen herankommen können, er habe Bettys Strategie einfach nicht durchschaut.

Margot war eben eifersüchtig und heute noch der Meinung, er sei für Betty in all den Jahren nur ein Mittel zum Zweck gewesen. Betty habe vom ersten Tag an kein anderes Ziel gehabt als die Firma Theißen. Die Firma, die ihren Vater dazu gebracht hatte, sich einen Strick um den Hals zu legen. Dieses Ziel sei nicht über den Prokuristen zu erreichen gewesen, nur über den Juniorchef. Und der lag jetzt zu seinen Füßen.

Minutenlang stand Thomas Lehnerer wie gelähmt, dann ging es plötzlich. Ungefähr so wie sich vorhin in ihrem Haus plötzlich ein Knoten gelöst hatte, als ihm klar wurde, dass sie zu allem entschlossen war und es für ihn zwei Möglichkeiten gab. Ihr wie vereinbart helfen oder das Risiko eingehen, sie zu verlieren. Sich in den Bauch schießen! Das war keine leere Drohung, sie war fähig dazu. Wenn es um die Firma ging, war Betty zu allem fähig.

Ohne noch weiter zu zögern, löschte er die Lampe und steckte sie in die linke Hosentasche. Dann zog er seine Schuhe und die Socken aus. Die Socken steckte er in die rechte Hosentasche, die Schuhe ließ er neben dem Lamborghini stehen. Anschließend riss er sich die Jacke über den Kopf, legte sie auf die Schuhe, ließ die Hose folgen.

Es war kalt, er spürte es nicht, fühlte sich wie im Fieber. Jetzt fehlten ihm die Handschuhe und die Duschhaube. Dass er Fingerabdrücke auf Herbert Theißens Kleidung hinterlassen könnte, hielt er für unwahrscheinlich. Aber Kopfhaare! Es gab nur eine Möglichkeit, das zu verhindern. Er zog auch noch seinen Slip aus und stülpte ihn sich wie eine Mütze über den Kopf. Und nicht eine Sekunde lang kam ihm der Gedanke, dass er damit noch lächerlicher aussehen musste als mit der Duschhaube.

Nachdem er seine Sicherheitsvorkehrungen getroffen hatte, bückte er sich wieder und drehte den reglosen Körper auf den Rücken. Nach dem Puls zu fühlen kam ihm nicht noch einmal in den Sinn. Und die Lache, in der Herbert Theißen bis dahin mit dem Gesicht gelegen hatte, bemerkte er nicht gleich. Aber als er ihn in eine sitzende Position hochzog, berührte er mit dem Arm eine Wange. Sie fühlte sich kalt und schmierig an. Er ließ ihn noch einmal zurückfallen, kramte die Lampe aus der Hosentasche. Im Lichtkegel bestätigte sich sein Verdacht. Und Betty hatte ausdrücklich gesagt: «Leg ihn auf den Rücken.»

Die beste Gelegenheit verpasst! Weil er selbst einmal gedacht hatte! Es war nicht mehr zu ändern. Um die eklige Pfütze musste er sich nicht weiter kümmern. Sie befand sich an einer günstigen Stelle, direkt neben der Fahrertür. Sollte jemand darauf aufmerksam werden, musste er annehmen, dass Herbert Theißen sich aus dem Wagen gebeugt hatte, als ihn der Brechreiz überkam. Und was davon am Gesicht haftete, würde das brackige Teichwasser beseitigen.

Thomas Lehnerer hatte Schwierigkeiten beim Atmen. Ein Gefühl, als läge ein glühender Strick um seine Brust. Ein paar feurige Punkte tanzten vor seinen Augen. Der Schweiß tropfte ihm von der Stirn, die feuchte Haut kühlte unter dem leichten, aber beständigen Wind ab. Ein angenehmes Gefühl. Der Fettfleck und die Petersiliensprenkel, die das angebissene Stück Brot auf Herbert Theißens Hosenbein hinterlassen hatten, entgingen ihm. Nicht durch die Aufregung, sie waren in der Dunkelheit nicht auszumachen.

Er wuchtete den schweren Körper hoch, hievte ihn sich mit einiger Mühe über die Schulter und machte sich auf den Weg. Herbert Theißens Kopf schabte ihm bei jedem Schritt über die Brust, einer der Arme baumelte ihm zwischen den Beinen. Jedes Mal, wenn ihm die Hand über die empfindliche Haut am Oberschenkel strich, zuckte er zusammen.

Eine endlos lange Strecke, aufrecht wie ein Leuchtturm, mit solch einer furchtbaren Last auf der Schulter und der Beklemmung in der Brust. Er verfluchte sich noch einmal für die Unentschlossenheit vom frühen Abend. Aber Betty hatte ausdrücklich gesagt, neben den Wagen. Dabei hatte sie sich ja etwas gedacht. Vielleicht hatte sie sich irgendwo informiert, wusste genau, dass ein Mann mit so viel Gift im Körper nicht in der Gegend herumlaufen konnte. Doch jetzt war dieses stinkende Wasserloch die letzte Rettung. Sollte die Polizei sich doch den Kopf zerbrechen, wie er es geschafft hatte, dorthin zu kommen.

Der schlammige Uferstreifen stellte ein Risiko dar. Und der widerliche Geruch, der von dem Wasser ausging, nahm ihm die Luft. Dabei hatte er ohnehin kaum welche. Er trug Herbert Theißen ein Stück weit in das faulige Wasser hinein.

Es war nicht tief, umspülte ihm auch nach vier Schritten nur die Fußsohlen. Dann legte er seine Last bäuchlings, mit dem Gesicht und dem halben Oberkörper ins Wasser.

Er lief zurück zum Lamborghini, spürte zum ersten Mal den kalten Nachtwind auf der feuchten Haut. Fühlte das Zittern und wusste nicht, ob es von der Kälte, der Anstrengung oder dem Grauen herrührte. Noch im Laufen riss er sich den Slip vom Kopf, schlüpfte in Windeseile in Jacke und Hose.

Und wieder zurück zum Teich, noch einmal auf nackten Füßen. Für Socken und Schuhe war später Zeit. Zuerst beleuchtete er seine Fußspuren, die sich in den Morast des Uferstreifens eingedrückt und mit Wasser gefüllt hatten. Der Boden auf diesem Streifen hatte die Konsistenz von Gummi. Es dauerte minutenlang, ehe die Fußspuren ganz allmählich verschwanden.

Trotz des Gestanks atmete er einmal tief durch, ließ den Lichtkegel über Herbert Theißens Rücken wandern, brachte ihn genau zwischen den Schulterblättern zum Stillstand und versuchte, die Lampe ganz ruhig zu halten. Mit zusammengekniffenen Augen betrachtete er eine volle Minute lang die Stelle. Bis er völlig sicher war, dass das Heben und Senken aufgehört hatte.

In dem Moment war er nur erleichtert. Betty würde zufrieden sein. Und dankbar. Sie würde nie vergessen, was er für sie getan hatte. Und irgendwann, in einem halben Jahr vielleicht, wenn die Firma sich von dem Schaden erholt hatte, den Herbert Theißen angerichtet hatte, konnten sie über seine Scheidung reden.

Der Gedanke kam ihm zum ersten Mal. Und die Vorstellung fiel gleich mit solcher Wucht über ihn her, dass er sekundenlang den Herzschlag sogar in den Kniekehlen fühlte. Damals war er davor zurückgeschreckt, sich endgültig von Margot zu trennen. Damals hatte ihn irgendetwas davon abgehalten, sich voll und ganz Betty zuzuwenden. Damals war er ein dummer Junge gewesen, der es eben hinnahm, dass sein Freund dazwischenfunkte und Betty ihre Entscheidung traf. Heute war das alles ganz anders.

Margot würde Schwierigkeiten machen. Natürlich würde sie es nicht so einfach hinnehmen, ihn noch einmal und diesmal endgültig an Betty zu verlieren. Vielleicht würde auch Betty nicht so ohne weiteres einverstanden sein. Aber um Betty zu überzeugen, hatte er jetzt ein gutes Argument. Und was Margot anging, nachdem er das hier überstanden hatte, konnte ihn nichts mehr erschüttern. Er würde ihr und den Kindern einen großzügigen Unterhalt zahlen und endlich aller Welt zeigen können, dass die Chefin zu ihm gehörte, dass er der Mann war, der die Mauer überwunden oder durchdrungen hatte.

Er verlor sich in Träumereien, holte seine Schuhe, behielt sie jedoch in der Hand. Auf nackten Füßen ging er zurück zum Parkplatz. Erst als er seinen Wagen erreichte und sich hineinsetzen konnte, zog er Socken und Schuhe wieder an. Er blieb noch minutenlang sitzen, ehe er den Volvo startete und langsam über den dunklen Parkplatz zur Landstraße rollen ließ. Kurz bevor er die Ausfahrt erreichte, hielt er wieder an.

Es herrschte kaum noch Verkehr auf der Landstraße. Drei Wagen ließ er vorbei, dann lag die Straße völlig frei. Somit konnte auch niemand beobachten, wie er den Platz verließ. Er schaltete die Scheinwerfer ein und fuhr los.

Wir warten noch eine halbe Stunde, hatte der Polizist gesagt, und dass er sie nicht aus den Augen lassen würde. Er meinte das durchaus freundlich, schien ehrlich besorgt um sie. Und sie stellte sich vor, was er wohl sagen würde, wenn sie ihn zu Herbert brachte und bat: «Sind Sie bitte so freundlich und helfen mir? Ich habe Ihnen doch ausführlich erklärt, warum er sterben muss.»

Wenn es nicht so entsetzlich gewesen wäre, wenn Herberts Überleben nicht das Todesurteil für die Firma bedeutet hätte, hätte sie darüber lachen können.

Es wurde mit jeder Minute entsetzlicher. Die Schmerzen waren, bis auf einen dumpfen, aber erträglichen Druck, völlig abgeklungen. Denken konnte sie wieder, schnell, hektisch, chaotisch, wie ein verfilztes Wollknäuel, aus dem niemand mehr den Anfang des Fadens und ganz bestimmt nicht das Ende herausziehen konnte.

Alles umsonst?

Doch noch bevor die Frist abgelaufen war, erlöste Thomas sie, befreite sie mit einem Schlag von allen Problemen. Lieber, guter Thomas. Sie hatte ihn unterschätzt. Er meldete sich telefonisch von unterwegs. Sie stürzte sich förmlich auf das Telefon, brachte nur ein atemloses «Ja?» heraus. Erwartete eine fremde Stimme, die ihr in einem optimistischen und zufriedenen Ton den Boden unter den Füßen wegzog.

Thomas' Stimme brachte etwas in ihr zum Einsturz. Und was immer da zusammengebrochen sein mochte, Wachsamkeit, Instinkt oder Selbstschutz, die Erleichterung riss es augenblicklich fort und spülte es aus der Welt. Kein Gedanke an die Fehler, die Thomas bei seiner Aktion unterlaufen sein konnten. Eine detaillierte Schilderung bot er nicht. Doch die ungewohnte Festigkeit, mit der er sprach, die sorgfältige Wortwahl, die auch einen mithörenden Polizisten in keiner Weise stutzig gemacht hätte, es waren Zeichen der Zuverlässigkeit.

Georg Wassenberg beobachtete sie gespannt, selbst ganz steif vor Erwartung, hin und her gerissen zwischen seinen Empfindungen. Er konnte sich nicht allen Ernstes wünschen, dass ihr Mann starb. Der Mann hatte ihm nichts getan. Er hatte ihm gegenüber nur den Vorteil, eine Frau zu haben. Diese Frau. Aber er wünschte sich Herbert Theißens Tod auch nicht wirklich. Es war nur eine kleine Gedankenspielerei.

Nach dem kurzen Hinweis: «Es ist Thomas», lauschte sie ein paar Sekunden lang, schloss die Augen dabei, wie sie es unter Schmerzen so oft getan hatte, sagte nur ein Wort: «Gut.»

Georg Wassenberg nahm an, dass Lehnerer sich nach ihrem Befinden erkundigt hatte. Was Lehnerer sagte, konnte er nicht verstehen. Er sah nur, dass sie zu lächeln begann, ein schmerzliches Lächeln, und er hörte ihre Antworten. Ein paar Mal Ja, zweimal Nein. Dann meinte sie: «Lieb von dir. Natürlich werde ich aufbleiben, auch die ganze Nacht, wenn es sein muss. Bis sie ihn gefunden haben.»

Dann legte sie den Hörer auf, hob die Schultern, zog die Unterlippe ein und deutete ein Kopfschütteln an. Es war klar, was sie zum Ausdruck bringen wollte, bisher keine Spur. Plötzlich wirkte sie müde, völlig erschöpft. Er rechnete fest damit, dass sie nun erst recht darauf bestand, sich an der Suche zu beteiligen, aber sie murmelte nur: «Wo kann er denn hingefahren sein?»

Einige Augenblicke Schweigen, ein paar tiefe Atemzüge. Sie war gerade sehr zufrieden und wusste genau, dass sie es nicht völlig verbergen konnte, also nutzte sie den Gefühlswechsel. Er harmonierte mit der Rolle, die sie spielte, die ungläubige Ehefrau. «Ich glaube es einfach nicht», sagte sie. «Und Sie werden sehen, dass ich Recht behalte. Gut, er hätte ein paar Gründe gehabt, das zu tun. Und wie der Doktor das sagte, in dem Moment war ich schon ein bisschen schockiert. Aber …»

Noch ein Kopfschütteln, sehr energisch. «Nein, ich kann mir das wirklich nicht vorstellen. Es gehört eine Menge Mut dazu, so etwas zu tun, und er ist von Grund auf feige. Er wird zu einer von seinen Freundinnen gefahren sein, sich dort trösten lassen und seinen Rausch ausschlafen. Und morgen taucht er hier auf, als sei nichts passiert.»

Sie lächelte ihn an, als wolle sie sich bei ihm entschuldigen, dass er seine kostbare Zeit mit ihr verbringen musste für nichts und wieder nichts. «Thomas hat ein halbes Dutzend Bars abgeklappert und auch ein paar von den Mädchen», sagte sie. «Ich hätte Ihren Kollegen nicht einmal ein paar Namen nennen können. Ist irgendwie komisch. Da ist man achtzehn

Jahre lang mit einem Menschen verheiratet, man meint, man kennt ihn ganz genau. Aber wo er sich in den letzten Jahren herumgetrieben hat, weiß man nicht. Von ein paar Spielbanken einmal abgesehen. Es hat mich einfach nicht mehr interessiert, wenn er sich in den Wagen setzte, solange sich das finanziell einigermaßen im Rahmen hielt. War es bei Ihnen auch so?»

«Ungefähr», sagte er. Es stimmte nicht, aber das spielte keine Rolle. Sonja hatte nicht sein Geld ausgegeben, sie bekam genug von ihrem Vater. Auch jetzt noch. Und er war nie von Sonja abhängig gewesen.

Wenn nicht nur die eigene, sondern zusätzlich die Existenz von fünfundsechzig Arbeitern und Angestellten durch solch einen Menschen gefährdet wurde, war das wohl genug Berechtigung für den Satz: «Vielleicht sollte ich die Hoffnung nicht aufgeben. Es besteht ja doch die winzige Chance, dass es diesmal mehr war als eine leere Drohung. Mein Schwiegervater würde die Beerdigungskosten übernehmen, davon bin ich überzeugt.»

Sie lächelte dabei. Erstaunlich, wie viele verschiedene Arten zu lächeln es gab. Das von Knistern begleitete aus der Küche, das schmerzliche, in dem sich ihre Verzweiflung offenbart hatte. Jetzt war ihr Lächeln ironisch und von der gleichen Intensität wie eine grell leuchtende Signallampe. Es blinkte ihm zu: Du weißt genau, dass ich nicht meine, was ich sage. Dass ich nur versuche, mich zu beruhigen.

Natürlich wusste er das, wusste es schon den ganzen Abend. Aber ihr Lächeln löste etwas aus in ihm, ließ ihn völlig vergessen, wie es gewesen war, vor einer Parkbank zu stehen. Vor so einem zusammengesunkenen, nur von einem Strick aufrecht gehaltenen Häufchen Elend, das einmal ein Mensch gewesen war. Die Wut dabei. Die Wahnsinnswut auf den, der das zu verantworten hatte.

Bei den ersten beiden Opfern der Mordserie war er selbst mit draußen gewesen. Und schon beim zweiten hatten sie befürchtet, dass er nicht der Letzte war. Dass da einer herumlief, der sich, aus welchen Gründen auch immer, in den Kopf gesetzt hatte, «minderwertiges» Leben auszurotten. Einer seiner Kollegen hatte es so formuliert und den Verdacht damit in eine bestimmte Richtung gelenkt.

Bisher hatte sich dieser Verdacht nicht erhärten lassen, es sprach sogar einiges dagegen. Keine Spuren von brutaler Gewalt an den Opfern, keine Schläge, keine Tritte. Die Fesseln an Händen und Füßen waren nicht sonderlich stramm gewesen. Mit ein bisschen Kraftaufwand und Geschick hätte sich ein erwachsener Mann durchaus befreien können.

Doch für großartige Gegenwehr oder sonstige Aktionen waren die Männer zu betrunken gewesen. Abgefüllt bis zum Kragenknöpfchen, wie der Gerichtsmediziner es ausgedrückt hatte. Nicht von irgendeinem billigen Fusel. Erlesene Spirituosen. Die entsprechenden Flaschen hatten die Kollegen in Abfallkörben in der Nähe der Bänke entdeckt. Beim bisher letzten Opfer, Jens-Dieter Rasche, war es keine Flasche, sondern ein Steinkrug gewesen. Irischer Whiskey, Tullamore Dew!

Kaum anzunehmen, dass ein von ewig gestrigen Parolen angetriebener Wirrkopf seine Opfer erst noch zu so einem guten Schluck einlud. Nein, da ging jemand ganz systematisch vor. Jemand, der es schaffte, Vertrauen zu wecken, sich als Kumpel zu geben. Ein Biedermann. Einer, der es wieder tun würde und wieder und wieder, in immer kürzeren Abständen. Der Albtraum eines Polizisten. Wie ein Kampf gegen Windmühlen.

Am frühen Abend hatte er die Wut noch gefühlt. Jetzt schien sie unter einem Lächeln geschmolzen. Wirklich eine schöne Frau. Sie schenkte ihm noch ein Lächeln, selbstsicher diesmal, sich ihrer Wirkung auf ihn durchaus bewusst.

Dabei stellte sie fest: «Es ist nicht strafbar, einem Menschen den Tod zu wünschen. Und wie heißt es immer: Unkraut vergeht nicht.»

Dann wechselte sie das Thema. «Jetzt habe ich aber wirklich genug erzählt. Wie wäre es, wenn Sie sich revanchieren? Es ist bestimmt interessant, zu erfahren, wie ein Polizist lebt, wie er denkt. Vielleicht lenkt es auch ein bisschen ab von dem, was jetzt da draußen vorgeht.»

Er tat ihr den Gefallen. Es war ja nichts dabei. Er verriet ihr weder Berufsgeheimnisse noch sonst etwas von Bedeutung. Sprach nur kurz über seine Ehe und woran sie gescheitert war. Keine Zeit, der Beruf war wichtig, und wenn eine Frau so grundlegend andere Interessen hatte.

Sie nickte. Bei ihr war es so ähnlich gewesen. Dann war sie wieder an der Reihe. Sie war anders seit Lehnerers Anruf, viel lockerer. Das fiel ihm auf, aber er empfand es als angenehm und hatte nicht die Zeit, sich Gedanken darüber zu machen.

Für Gedanken gab es auch vorerst keinen Grund. Keine Leiche, nicht den geringsten Hinweis darauf, dass sich zwischen vier und sechs am Nachmittag ein anderes als das von ihr geschilderte Drama abgespielt hatte. Außerdem hatte er das schon so häufig erlebt, dass die Leute nach dem dumpfen Brüten des ersten Schocks in eine fast fröhliche Mitteilsamkeit verfielen. Viele machten sich Mut auf diese Weise. Ihr Verhalten entsprach der gewohnten Norm.

Sie erzählte von ihren anfänglichen Schwierigkeiten, sich in der Firma durchzusetzen. Das abfällige Grinsen der Arbeiter, die einfach nicht glauben wollten, dass ihnen der alte Theißen ein junges Huhn vor die Nase setzte statt seinen Sohn. Wie das gewesen war, wenn sie in der ersten Zeit auf einer Baustelle erschien. Wenn sie ihre Anweisungen gab, vor allem die Anweisungen, wie die Maschinen rationeller eingesetzt werden konnten.

Es gab da ein paar witzige Episoden mit einem Kranführer und einem Polier. Sie konnte das so lebhaft schildern. Er sah es direkt vor sich, wie sie sich vor einem Zweimetermann aufbaute und sich vor versammelter Mannschaft daranmachte, ihre Autorität und Kompetenz unter Beweis zu stellen.

«Es heißt immer, wer schreit, hat Unrecht», sagte sie, «aber auf einer Baustelle muss man brüllen und fluchen können, wenn sonst nichts mehr hilft. Und gerade bei mir.» Sie zuckte mit den Schultern. «Ein paar von den Älteren hatten meinen Vater und meinen Bruder noch gekannt. Sie hatten beide für die Firma gearbeitet. Mein Bruder nur als Hilfsarbeiter, er war nicht lange dabei, nur zwei Monate. Aber mein Vater doch einige Jahre. Er war Polier und ein Säufer, wie er im Buche steht. Durch seine Schlamperei kamen zwei Männer ums Leben, vom finanziellen Schaden gar nicht zu reden. Er wurde fristlos entlassen. Ein paar Wochen später hat er sich aufgehängt.»

Sie nickte versonnen vor sich hin. «Ich war zwar erst vierzehn, als das passierte. Aber, na ja, ich hatte immer das Gefühl, dass ich etwas gutmachen muss. So etwas hängt einem an. Die Sünden der Väter, nicht wahr? Andere vergessen sie ja auch nicht. Es braucht seine Zeit, ehe die Leute begreifen, dass der Apfel auch einmal sehr weit vom Stamm fallen kann.»

Stundenlang hätte er so sitzen und ihr zuhören können. Vorerst nur das. Was da zwischen ihnen vorgegangen war, als er in ihrer Küche Kaffee machte, eingebildet hatte er sich das bestimmt nicht, vielleicht ein bisschen vorgegriffen oder sich für kurze Zeit seinem Wunschdenken hingegeben. Aber das war nicht wichtig; was zählte, waren ganz andere Dinge. Ihre Stärke zum Beispiel, wie sie mit dieser Situation fertig wurde, einfach bewundernswert. Ihr Humor, ihr Temperament, es kam einiges zusammen.

Übers Erzählen geriet der dunkle Schatten des schwarzen Lamborghinis, den sie so dringend brauchte, um die Arbeiter bezahlen zu können, fast völlig in den Hintergrund. Sie blühte auf, war nur noch eine junge Frau, tüchtig, ehrgeizig, lebhaft und leidenschaftlich auf ihre Art.

Und er war, Einbildung hin, Wunschdenken her, ein freier Mann, dem niemand verbieten konnte, ihr zu zeigen, dass sie ihm gefiel. Dass er ihr das unter anderen Umständen ganz direkt gesagt hätte. Aber so etwas ließ sich manchmal mit Blicken viel deutlicher aussprechen als mit Worten. Dass er es so deutlich aussprach, schien ihr zu gefallen. Unangenehm war es ihr jedenfalls nicht.

Es amüsierte sie anfangs. Da war es nur eine Bestätigung dafür, dass sie ihn richtig eingeschätzt hatte. Und das in ihrem elenden Zustand. Später fand sie, dass er es ein bisschen übertrieb. Aber es störte nicht, solange sie mit ihm allein war.

Seit ewigen Zeiten hatte sie dieses Spiel nicht mehr gespielt. Mit wem auch? Mit Thomas war bereits alles Routine, Gewohnheit. Für Fremde hatte sie nie die Zeit gehabt. Auch in den nächsten Wochen und Monaten würde sie die Zeit nicht haben. Nur in dieser Nacht, noch für ein oder zwei Stunden.

Nachdem der Druck von ihr genommen, der Kopf einigermaßen klar war, die Panik nicht länger durch den Bauch schwappte wie Wasser in einem Eimer, den man zu schnell über einen holprigen Weg trug, und sie sich endlich voll und ganz auf ihn konzentrieren konnte, fand sie ihn irgendwie niedlich in seiner unverhohlenen Art, fühlte sich sogar ein wenig geschmeichelt, dass sie eine derartige Wirkung auf ihn hatte.

Er schien völlig zu vergessen, warum er hier war, legte sich keinerlei Zwänge auf. Benahm sich, als säßen sie in einer Bar und müssten nur noch aushandeln: Gehen wir zu mir oder zu dir. Seine Augen glitten an ihr hinauf und hinunter, vom Scheitel zu den Zehenspitzen. Und überall auf dem Weg gab es Punkte, an denen er mit seinen Blicken hängen blieb.

Bei den Beinen, er bohrte ihr förmlich Laufmaschen in die Strümpfe. Der Schoß, der Busen, der Hals, das Gesicht. Sie fühlte es wie einen Druck auf der Haut, wie tastende, vor Erregung zittrige Fingerspitzen. Dabei wirkte er so gemütlich, wie er da im Sessel saß, ein bisschen behäbig und gutmütig. Aber nur bis zur Nasenwurzel, bei den Augen hörte die Gemütlichkeit auf. Ab da war er Mann, ausschließlich Mann. Einer, den weder ein 300 000-Mark-Auto noch ein eventuell Sterbender kümmerten, nur die Frau vor seinen Augen.

Wenn es zu offensichtlich wurde, lächelte sie. Lächelte genauso wie in der Küche. Dann knisterte es wieder. Nicht mehr nur in seinem Kopf, der ganze Raum knisterte, lud sich auf mit Spannung, überall tanzten die Funken.

Doch wenige Minuten nach eins wurden sie abrupt zurück in die verhangene Stimmung befördert. Draußen fuhr ein Auto vor. Sie brach mitten in einem Satz ab und lauschte in Richtung Diele. Als das Motorgeräusch erstarb und gleich darauf eine Wagentür schlug, stellte sie überflüssigerweise fest: «Da kommt jemand.»

Von einer Sekunde zur anderen wirkte sie apathisch und erschöpft. Wie ein Strohfeuer, das nur kurz aufgelodert war und dann wieder erlosch. Wie ein Mensch, der sich plötzlich wieder der Tragik bewusst wird. Sie schaute ihn bittend an.

«Sind Sie wohl so lieb und öffnen die Tür?»

Dass es einer von seinen Kollegen war, glaubte sie nicht. Die Polizisten hatten keinen Grund, hierher zu kommen, ehe ihre Mission nicht beendet war. Mit Thomas rechnete sie auch nicht. Ihm brach doch gleich der Schweiß aus allen Poren, wenn er sich in irgendeiner Form in Bedrängnis sah oder sich das auch nur einbildete. Dass er die Nerven hatte, noch einmal herzukommen, obwohl er wusste, dass ein Kriminalbeamter ihr Gesellschaft leistete, war mehr als unwahrscheinlich. Freiwillig wird Thomas sich nicht noch einmal mit einem Polizisten auseinander setzen, dachte sie. Es konnte eigentlich nur der Arzt sein, der sich davon überzeugen wollte, dass sie noch am Leben war. Und dann war sie besser nicht zu munter, sonst wurde er am Ende noch stutzig.

Natürlich war Georg Wassenberg so lieb, wenn auch äußerst ungern. Das fiel ihr auf. Er erhob sich mit einer Miene aus dem Sessel, als ob er an der Haustür sein persönliches Glück verabschieden müsse. In dem Moment bereute sie, dass sie das Spiel mit ihm so weit getrieben hatte. Nur sah sie darin vorerst keine Gefahr.

Ein kleiner, harmloser Flirt am Rande, um sich abzulenken, jeder vernünftige Mann musste es so sehen. Er konnte das unmöglich ernst genommen haben. Sie schaute ihm nach, wie er in die Diele ging, zog vorsichtshalber die Beine auf die Couch. Aber es war nicht der Arzt.

Wider Erwarten war es doch Thomas. Sie hörte ihn ein paar Worte sagen. Nichts von Bedeutung, nur eine Floskel, und die brachte er erstaunlich ruhig über die Lippen. Es überraschte sie, eine angenehme Überraschung.

Sie kamen zurück, zuerst der Polizist, Thomas gleich hinter ihm. Er sah schlimm aus, völlig erledigt. Die am Abend noch braune Gesichtshaut teigig fahl. Der Jogginganzug wies auf Brust, Rücken und unter den Achseln große Schweißflecken auf. Der Polizist ging zurück zu dem Sessel, in dem er schon die ganze Zeit gesessen hatte, nahm erneut darin Platz. Und Thomas blieb stehen, als hätte man ihm gerade die Leiche direkt vor die Füße gelegt.

Es gab nur zwei Sessel beim Tisch. Und die Couch, auf der sie saß. Hoffentlich kam Thomas nicht auf die Idee, sich neben sie zu setzen. Ihm musste doch auffallen, dass der Polizist ihn kritisch und missbilligend musterte. So betrachtete man einen Störenfried, einen Nebenbuhler! Das konnte ja heiter werden.

«Setz dich doch, Thomas», sagte sie, zeigte auf den freien Sessel. Thomas starrte erst sie an, dann den Sessel, als ob darin ein gutes Dutzend ekliger Tiere herumkrabbelten. Er hatte sich wohl doch etwas zu viel zugemutet, hatte wohl immer noch das sabbernde, röchelnde Bündel vor Augen.

Sie versuchte zuerst mit einem beruhigenden Lächeln, dann mit bezeichnenden Blicken, Thomas von der Couch fern zu halten. Aber er reagierte nicht darauf, kam auf sie zu – und setzte sich neben sie! Nicht direkt neben sie, aber viel Platz war nicht dazwischen. Der Polizist runzelte die Stirn.

Thomas streckte die Beine aus, legte den rechten Arm auf die Rückenlehne der Couch und damit praktisch die Hand auf ihre Schulter. Und der Polizist presste für einen Augenblick die Lippen zu einem schmalen Strich zusammen.

Phantastisch! Wenn er jetzt nur nicht auf dumme Gedanken kam. Er kam, seine Miene sprach Bände. Nur nicht aufregen! Ihn ablenken, ihm deutlich zeigen, dass Thomas nur ein guter Freund war. Und dann zusehen, dass sie ihn loswurde.

«Möchtest du etwas trinken, Thomas», erkundigte sie sich. Und noch bevor er ihr darauf antworten konnte, stand sie bereits neben der Couch und ging langsam auf die Bar zu. «Einen Cognac vielleicht? Ich glaube, Cognac ist noch da.»

Es war keiner da, das wusste sie auch. Es standen zwar eine Anzahl Flaschen herum, aber sie waren fast alle leer. In den letzten Monaten hatte Herbert die Bestände in den wenigen Stunden, die er sich im Haus aufgehalten hatte, nach und nach vernichtet. Und ihr hatte das Geld gefehlt, die Bar wieder aufzufüllen.

Der Wodka war so ziemlich das Letzte gewesen, was sie gekauft hatte, vor ein paar Monaten schon, als der Plan konkrete Formen annahm. Bis zum Nachmittag hatte sie die Flasche versteckt gehalten.

«Ein Mineralwasser wäre mir lieber», sagte Thomas. Sie wollte zur Küche hinüber. Er winkte ab. «Bemüh dich nicht, gib mir einen Cognac.»

Sie suchte zwischen den leeren Flaschen herum. Ein Rest Sherry war noch da. Den füllte sie in einen der großen Cognacschwenker, blieb noch einen Moment an der Bar stehen und schaute zu Thomas hinüber. Wirklich erstaunlich, wie ruhig er wirkte. Er sah nicht gut aus, war blass und übermüdet, aber nervös war er nicht. Er lächelte sie an, das Lächeln des Siegers. Der Trottel! Warum sagte er nicht gleich: «Auftrag erledigt, Betty. Ich habe dich von allen Sorgen befreit.»

Bis dahin war Georg Wassenberg nichts von Bedeutung aufgefallen. Er war verärgert über die Störung. Und dass Lehnerer so selbstverständlich Zusammengehörigkeit demonstrierte, passte ihm auch nicht. Aber es war trotzdem normal. Sie kannten sich seit langem und sehr gut, arbeiteten eng zusammen, waren auch privat befreundet. Warum sollte Lehnerer sich da nicht neben sie auf die Couch setzen und ihr den Arm um die Schultern legen? Unter Freunden war es doch üblich, dass sie sich in solch einer Situation beistanden. Auch dass sie sehr um Lehnerer bemüht war, gleich von der Couch aufsprang und ihm etwas zu trinken anbot, wirkte noch natürlich.

Georg Wassenberg schaute ihr zu, wie sie das Glas füllte. Dann bemerkte er den Blick, den sie Lehnerer von der Bar aus zuwarf. Ein Blick wie eine Ohrfeige, daran änderte auch das herzlich schmerzliche Lächeln nichts, von dem er begleitet wurde.

«Ich habe leider nur Sherry.»

«Macht doch nichts. Ist mir sogar lieber.»

Und dann bemerkte er den Blick, mit dem Lehnerer sie betrachtete. Es war eine Mischung aus Erschöpfung, Ergebenheit und freudiger Erwartung. Wie ein Hund, der das Stöckchen schon mehrfach zur Zufriedenheit seiner Herrin apportiert hat, über Gebühr gelobt wurde und nun auf das nächste Kommando wartet. Und da war noch etwas.

Georg Wassenberg konnte es nicht gleich einordnen. Erst nach ein paar Sekunden wurde ihm bewusst, dass er selbst sie vermutlich den halben Abend genauso angeschaut hatte. Kein Zweifel, Lehnerer himmelte sie an. Aber auch das musste noch nichts bedeuten. Er schätzte sie eben, verehrte sie. Die Chefin, seine Respektsperson.

Sie kam langsam zur Couch zurück, setzte sich jedoch nicht wieder, streckte nur die Hand mit dem Glas aus. Und Lehnerer griff nicht nur nach dem Glas, er hielt auch ihre Hand fest. Es schien sogar, dass er daran zog. Es hatte etwas

Besitzergreifendes. Er wollte, dass sie sich wieder hinsetzte. Neben ihn! Aber sie machte keine Anstalten.

«Wie geht es deinem Kopf?», erkundigte Lehnerer sich. Dabei zuckte es kurz in seinem Gesicht, als hätte er die Schmerzen gehabt und nicht sie.

«Etwas besser», erwiderte sie und entzog ihm ihre Hand, nicht hastig, nicht schuldbewusst wie eine ertappte Sünderin, ruhig und kühl. Die Chefin eben. Und der um ihr Wohlergehen besorgte Prokurist.

Sie schaute Georg an, auch ganz ruhig, mit einem winzigen Lächeln. Nur ein Hauch. Dann ging sie zu dem freien Sessel. Und das war es im Prinzip. Das war der Fehler, den sie machte.

In dem Moment, in dem sie sich setzte, wurde für Georg aus der Frage, die er sich einige Stunden zuvor fast beiläufig gestellt hatte, ein widerlicher Verdacht. Ein Liebhaber! Thomas Lehnerer?

Es sprach einiges dafür. Erstens das unbewusste Empfinden, dass er seit Lehnerers Eintreten als Mann nicht mehr zählte. Dass er auch zuvor nicht wirklich gezählt hatte, nur ein bisschen auf den Arm genommen worden war. Zweitens das Unbehagen in dem letzten Blick, den sie ihm zugeworfen hatte. Die Botschaft, die darin mitschwang. Zieh hier bloß keine falschen Schlüsse, Polizist! Wenn es keine Schlüsse zu ziehen gab, war solch eine Botschaft überflüssig. Drittens die Tatsache, dass sie jung war. Bei aller Arbeit und Verantwortung viel zu jung, um jahrelang völlig auf einen Mann zu verzichten. Nur dürfte ihr bei all der Arbeit und Verantwortung die Zeit gefehlt haben, sich außerhalb der Firma nach einem umzusehen, der ihr gab, was sie hin und wieder brauchte.

Lehnerer sah gut aus, selbst jetzt noch mit den müden Augen und dem schweißfleckigen Anzug. Ein Vorstadtathlet. Frauen mochten das, ein paar Muskeln und kein Gramm Fett auf dem Leib. Bei Lehnerers Größe von fast eins neunzig konnte sich sogar eine Frau wie sie noch anlehnen.

Wie hatte sie eben gesagt? «Ein guter Mann. Ich bin froh, dass ich ihn habe.» Froh schien sie im Augenblick nicht, nur erschöpft. Jedenfalls gab sie sich redlich Mühe, diesen Eindruck zu erwecken. Aber das kaufte Georg ihr nicht mehr so ohne weiteres ab. Dafür war sie Lehnerer zu demonstrativ ausgewichen.

Er vermutete dahinter genau die Absicht, die auch tatsächlich dahinter stand, nämlich ihn loszuwerden. Er fühlte sich zum Zuschauer degradiert, während er sie aufmerksam beobachtete, beide, sich keine ihrer Reaktionen entgehen ließ. Die verräterischen kleinen Gesten, die Blicke, aus denen sich innige Verbundenheit und stumme Übereinkunft ableiten ließen. Nur kam da nicht mehr viel.

Sie hatte Thomas, als sie ihm das Glas reichte, mit einem Fingernagel auf dem Handrücken zu verstehen gegeben, dass da einer mit großen Augen saß. Das hatte er endlich begriffen. Wenn er auch nicht verstand, worüber sie sich aufregte. Er fühlte sich immer noch so stark. Die Stärke resultierte aus der Einschätzung, dass er das Problem brillant gelöst hatte. Und aus der Stärke resultierte die Ansicht, dass ihm kein noch so raffinierter Polizist etwas anhaben konnte.

Nachdem Betty Platz genommen hatte, erklärte er in Georgs Richtung: «Ich habe getan, was ich tun konnte.» Er musste das einfach sagen, genau so. Seine Leistung mitteilen, ohne dass ein Außenstehender stutzig wurde. Nur er und Betty erkannten die Doppeldeutigkeit.

«Es hatte keinen Sinn, noch länger in der Gegend herumzufahren», fuhr er fort. «Mir fallen die Augen fast von alleine zu. Ich wüsste auch nicht, wo ich noch suchen sollte. Tut mir Leid. Ihre Kollegen haben sich noch nicht gemeldet?»

Georg schüttelte den Kopf.

Thomas Lehnerer trank einen Schluck. «Wenn Herbert nicht nur so getan hat, als ob, wird die Zeit allmählich knapp.» Er berichtete vom Anruf des Arztes in der Giftnotrufzentrale, von den Bars und den Mädchen, die er aufgesucht hatte.

Drei Mädchen insgesamt, aber zwei davon hatten ihm nicht geöffnet.

Dass er zuvor per Telefon sichergestellt hatte, dass diese beiden Mädchen nicht daheim waren, musste er nicht sagen. Aber dass er die Straßen rund um ihre Wohnungen abgeklappert hatte, nach dem Lamborghini Ausschau gehalten, ohne Erfolg natürlich, das war sein Alibi. Er trank auch den Rest noch, drehte das leere Glas in der Hand, betrachtete es mit gesenktem Kopf.

«Theoretisch», sagte er langsam, aber mit fester Stimme, «kann er schon tot sein. Die sagten, zehn oder zwölf Stunden, aber das hinge von vielen Faktoren ab. Vor allem natürlich von der Kondition des Betreffenden und von der Menge Alkohol. Das kann ja erheblich mehr gewesen sein als die eine Flasche.»

Er hob den Kopf wieder, heftete den Blick auf Bettys Gesicht, strahlte dabei erstaunlich viel Sicherheit und Ruhe und ein wenig Besorgnis aus. «Du solltest versuchen, ein bisschen zu schlafen, Betty. Ich bleibe hier, wenn du einverstanden bist. Ich sage nur Margot kurz Bescheid, sie wird sich Sorgen machen, wo ich so lange bleibe. Sie weiß ja gar nicht, was los ist.»

Mit Margot war wohl seine Frau gemeint, vermutete Georg.

Als Betty nach einem zweifelnden Blick auf Georg zögernd nickte und mit einem erneuten «Lieb von dir» zu erkennen gab, wie gerne sie Lehnerers Angebot annahm, gab es für Georg wirklich keinen Grund mehr, noch länger bei ihr zu bleiben. Anstandshalber hätte er erklären können, dass er jetzt an Lehnerers Stelle aufbrechen würde, um nach ihrem Mann zu suchen. Doch auch dafür gab es keinen Grund. Er erhob sich.

«Bemühen Sie sich nicht», sagte er, während er bereits auf die Diele zuging, «ich finde alleine hinaus.»

Sie stand trotzdem auf, begleitete ihn zur Haustür, streckte ihm dort die Hand entgegen. «Ich danke Ihnen», sagte sie leise, «für Ihre Geduld und Ihre Vernunft. Wenn Sie nicht gewesen wären, säße ich jetzt vermutlich in meinem Auto. Aber ich bin wirklich nicht in der Verfassung, in der Gegend herumzufahren.»

Das Abschiedslächeln fiel aus wie die Bitte um Verzeihen. Aber es verfehlte seine Wirkung, weil sie nicht mehr dem Mann gegenüberstand, der in ihr die Erfüllung einiger Sehnsüchte sah, sondern einem Mann, der sich betrogen fühlte, an der Nase herumgeführt. Der so deutlich spürte, dass ihm gerade ein kleines Theaterstückchen vorgespielt wurde, als hätte man ihm die Eintrittskarte dafür verkauft. Er fühlte ihre Unsicherheit, und er kannte die Gründe dafür.

Sein abrupter Aufbruch gefiel ihr nicht. Der steife und distanzierte Blick, mit dem er vor ihr stand, gefiel ihr noch weniger. Und ihre Hand ließ er auch gleich wieder los, nachdem er sie nur sehr flüchtig gedrückt hatte. «Am besten tue ich jetzt, was Thomas vorschlug», meinte sie, «lege mich hin und versuche zu schlafen. Wenn etwas ist, wird er mich schon wecken.»

«Auf Wiedersehen», sagte Georg knapp.

Dann saß er im Wagen. In der Diele brannte Licht. Ein breiter Streifen fiel durch das Glas der Haustür auf die Stufen davor. Von dem Licht im Wohnzimmer war nicht mehr zu sehen als ein schwacher Schimmer an der Hausecke. Er fragte sich, ob Lehnerer immer noch allein auf der Couch saß. Oder ob er inzwischen den Platz gewechselt hatte, damit sie sich hinlegen konnte. Oder ob er sich, nachdem sie sich hingelegt hatte, dazugesellte, damit sie nicht so allein lag.

Die Augen des Gesetzes hatten das Feld geräumt, da musste man nicht länger vertuschen. Die Chefin und der Prokurist, dachte er, und ein Ehemann, der zu nichts taugte, das Geld versoff, verspielte oder mit jungen Mädchen durchbrachte, die Firma ruinierte. Es war gar nicht so abwegig.

Andererseits, meldete sich eine leise Stimme in ihm zu Wort, die auf den Namen Hoffnung hörte, war Lehnerer verheiratet. Und wenn er seine Frau anrief, damit sie sich keine Sorgen um ihn machte, konnte es um die Ehe nicht so schlecht bestellt sein. Man hatte sich schnell in etwas hineingesteigert, vor allem, wenn etwas nicht so lief, wie man es sich vorgestellt hatte.

Georg wartete noch minutenlang, ehe er den Wagen startete. Um nicht untätig herumzusitzen und das Haus anzustarren, mit dem verrückten Gefühl, dass er darin ein Liebespaar allein gelassen hatte, erkundigte er sich in der Zeit über Funk in der Polizeizentrale nach den bisherigen Ergebnissen der Suchaktion. Es gab keine.

Es gab nur dieses Bohren im Innern. Eifersucht! Enttäuschung darüber, dass sie nicht ihn gebeten hatte zu bleiben. Es wäre so leicht gewesen und erheblich wirksamer als das Ausweichmanöver. «Ich bin dir sehr dankbar für dein Angebot, Thomas, aber du hast schon genug getan. Fahr jetzt heim und ruh dich aus.» Einfach und ganz unverfänglich. Dass sie ernsthaft erwogen hatte, genau das zu sagen, dass es für sie die Wahl zwischen zwei Übeln gewesen war, konnte er nicht ahnen.

Sie hatte sich entscheiden müssen. Einen eben noch in unverschämter Weise sein Begehren signalisierenden und plötzlich misstrauisch gewordenen Polizisten mit seinem Misstrauen erst einmal allein zu lassen. Oder Thomas, der zwar äußerlich ruhig wirkte, was er aber nach ihren Vorstellungen gar nicht sein konnte, auf den nächsten Tag zu vertrösten. Die Entscheidung fiel aus mehreren Gründen zugunsten Thomas Lehnerers aus.

Zunächst musste sie einfach wissen, wie er bei der Grillhütte vorgegangen war. Am Telefon hatte er kein Wort darüber verloren, auf welche Weise er ihr Problem gelöst hatte. Dann war es auch wichtig, ihm klarzumachen, dass sie sich in nächster Zeit nicht zu sicher fühlen durften. Dass es ein unverzeihlicher Fehler gewesen war, so demonstrativ ihre Nähe zu suchen.

Das wollte sie ihm gleich vom Fenster der dunklen Küche aus vor Augen halten. Der noch minutenlang vor dem Haus stehende Wagen war ein Beweis dafür, dass der Polizist Verdacht geschöpft hatte. Aber Thomas scherte sich einen Dreck darum. Er wurde nicht einmal nervös.

«Lass ihn doch. Von mir aus kann er die ganze Nacht da stehen. Wir sind seit langen Jahren gute Freunde, das wird ihm jeder bestätigen, den er fragt. Ich sehe keinen Grund, sich aufzuregen. Es ist alles in Ordnung, du wirst sehen.»

Nichts war in Ordnung. Ein Mann, der bis dahin jeder auf der Straße kriechenden Schnecke ausgewichen war, hatte seinen einzigen Freund getötet und darüber nicht etwa die Nerven verloren, wie zu erwarten gewesen wäre. Nein! Thomas wurde selbstbewusst, legte ihr in väterlich tröstender Weise die Hände auf die Schultern, legte auch gleich ein Pfund Besonnenheit in seine Stimme.

«Jetzt komm vom Fenster weg, Betty. Mach dich nicht verrückt, Herzchen. Er kann uns nichts. Wenn ihn hier etwas misstrauisch gemacht hat, dann du mit deinen Schießgewehrblicken. Aber das kriegen wir wieder hin, mach dir keine Sorgen. Du legst dich jetzt auf die Couch und versuchst, ein bisschen zu schlafen. Ich setze mich in den Sessel. Dann kann er gerne noch einmal über die Terrasse kommen, um nachzusehen, wie wir uns die Zeit vertreiben.»

Dann lag sie auf der Couch. Thomas saß im Sessel und erzählte der Reihe nach. Zuerst die Mädchen – und dass ihm niemand das Gegenteil beweisen konnte. Dann der Teich. Ihr wurde übel allein vom Zuhören. Da lagen gute sieben Stunden zwischen dem letzten Schluck Wodka und dem Tod. Und der Gerichtsmediziner würde sich garantiert auch um den Inhalt des Magens kümmern. Andererseits, wenn diese Tabletten fast einen ganzen Tag brauchten, um einen Menschen zu töten, dauerte es bestimmt auch seine Zeit, ehe sie ihn bewusstlos machten. Normalerweise jedenfalls! Aber Herbert hatte die Besinnung so schnell verloren, kaum eine Viertelstunde nach dem letzten Schluck. Warum? Was hatte er sonst noch im Leib gehabt?

Bis zum Morgen lag sie auf der Couch, den Kopf so voller Fragen, dass er daran und an den erneut aufwallenden Schmerzen fast zu platzen drohte. Thomas bestand darauf, es sei alles in bester Ordnung, ihm sei kein Fehler unterlaufen.

4. Kapitel

Der Rest der Nacht rückte die Dinge für Georg Wassenberg keineswegs wieder in das Licht, in dem er sie rein vom Verstand her hätte sehen müssen und auch gerne gesehen hätte. Allein im Bett zu liegen, in dieser schäbigen kleinen Wohnung, mit nichts als der Aussicht, dass es auf Jahre hinaus so bleiben konnte, war so bedrückend.

Auf der einen Seite die Vernunft. Eine schöne Frau, das war Betty Theißen ohne Zweifel. Eine Frau, die nichts weiter getan hatte, als ihn anzulächeln. Daraus gleich irgendwelche Rechte abzuleiten, wäre blödsinnig gewesen. Sie war ja auch bei Lehnerer nicht eben sparsam gewesen mit ihren Gunstbeweisen. Und warum nicht? Die jahrelange Sorge um die Firma musste sie zwangsläufig eng zusammengeschweißt haben. Nur ein Mann, für den es plötzlich persönlich wurde, konnte ihnen daraus einen Strick drehen. Auf der anderen Seite die Gefühle, all diese Eindrücke und viel versprechenden Empfindungen.

Er kam nicht zur Ruhe, wälzte sich nur herum und döste vor sich hin. Hatte ihre Stimme noch so deutlich im Kopf und den letzten, ängstlichen Blick vor Augen. Sah einmal sich zwischen den Spiegeln in ihrem Schlafzimmer und einmal Thomas Lehnerer. Fühlte die Wut im Bauch wie einen überschäumenden Milchtopf auf einer glühenden Herdplatte. Wenn sie etwas mit Lehnerer hatte, was über das rein Freundschaftliche und Berufliche hinausging, war das ein Grund, den Tod ihres Mannes ein wenig intensiver zu durchleuchten.

Es gab keine Zweifel an ihrer Version. Herbert Theißens Motive lagen auf der Hand. Ein Spieler, labil, genusssüchtig und am Ende. Es ging nur darum, sie und ihren guten Mann, über den sie nichts Nachteiliges sagen konnte, ein bisschen nervös zu machen. Vorausgesetzt natürlich, ihr Mann wurde nicht doch noch lebend gefunden oder tauchte ganz von allein wieder auf. Doch mit der Möglichkeit wollte er sich nicht beschäftigen, weil sie ihm keinerlei Hoffnung ließ, nicht einmal die, sie wieder zu sehen.

Er spielte lieber mit dem Gedanken an eine gründliche Untersuchung, in deren Verlauf aufgedeckt werden konnte, dass der Herr Prokurist seine besorgte Margot nach Strich und Faden mit der Chefin betrog. Damit war zwar für ihn persönlich gar nichts gewonnen, aber es war auch für die anderen nicht mehr alles eitel Sonnenschein. Es waren kindische Rachegelüste, irgendwann wurde ihm das auch bewusst. Und mit der Erkenntnis kühlte sich die heiße Milch im Bauch ein bisschen ab. Zur Ruhe kam er trotzdem nicht.

Um halb sechs gab er seine Bemühungen auf, doch noch etwas Schlaf zu finden, vertrieb die Müdigkeit mit einem starken Kaffee und einer lauwarmen Dusche. In der Duschkabine fühlte er sich fast wieder normal, nicht viel anders als in den letzten Monaten. Der Verlierer eben, der hundertmal davon überzeugt sein mochte, mehr Mann zu sein als ein schmächtiger Boutique-Besitzer. Am Ende war seine Überzeugung das Einzige, was ihm blieb. Er musste eben zusehen, wie er zurechtkam.

«Ich träumte von weißen Pferden, wilden, weißen Pferden an einem Strand.» Oder von einer schönen Frau. Wie auch immer, das Träumen änderte nichts am Schimmel in der Duschkabine und nichts an der Tatsache, dass die schöne Frau jetzt anderes im Sinn hatte, als sich Hals über Kopf in die Arme eines Polizisten zu stürzen.

Noch vor sieben war er im Büro, nahm um acht an einer Lagebesprechung der Sonderkommission teil. Vier tote Männer auf Parkbänken. Die kriminaltechnischen Untersuchungen im letzten Fall waren noch nicht ganz abgeschlossen. Die Ergebnisse des LKA-Labors in Düsseldorf standen noch aus.

Faserspuren an der Kleidung von Jens-Dieter Rasche. Es würde wieder ein sehr umfangreicher Bericht werden. Man sollte nicht glauben, was es alles an der Kleidung eines Mannes zu finden gab, der sich fast ausschließlich im Freien aufhielt, unzählige Kontakte zu Gleichgestellten pflegte und auch mal einem Fremden den Arm um die Schultern legte, um zu betteln.

Wider Erwarten gab es nun doch einen Hinweis auf die rechtsradikale Szene. Ein mickriger Wicht mit Bürstenhaarschnitt, Springerstiefeln und großer Klappe hatte in einer Kneipe eine entsprechende Bemerkung fallen lassen. Wahrscheinlich hatte er sich nur aufgespielt, niemand glaubte so recht, dass mehr dahinter steckte. Die für die Ermittlung zuständigen Kollegen wollten sich dennoch darum kümmern. Etwas anderes blieb ihnen auch nicht übrig.

Dina Brelach, eine junge Kollegin, die Georg bisher kaum zur Kenntnis genommen hatte, meldete sich zu Wort. Sie hatte Angehörige von Jens-Dieter Rasche ausfindig gemacht, eine geschiedene Ehefrau und eine erwachsene Tochter. Sie lebten sogar in der Stadt. Die Frau war in einer Spirituosenhandlung beschäftigt.

Wie Dina Brelach das betonte, klang es, als wolle sie die Aufmerksamkeit aller Kollegen speziell auf diesen Punkt richten. Immerhin konnte sich Frau Rasche jederzeit in den Besitz von exquisiten Schnäpsen bringen. Dina Brelach vertrat die Ansicht, man müsse sich einmal ausführlich mit der Frau unterhalten.

Einige der Anwesenden grinsten. Der Leiter der Soko stellte ein paar Fragen. Seit wann war die Ehe von Jens-Dieter Rasche geschieden? Seit mehr als zwanzig Jahren, musste Dina Brelach einräumen und fügte gleich hinzu: «Aber die Frau konnte kein überprüfbares Alibi für die Tatzeit vorweisen. Das habe ich schon abgeklärt.»

Wenn schon, es war lächerlich, eine geschiedene Ehefrau zu verdächtigen. Nach zwanzig Jahren! Was für ein Motiv sollte sie gehabt haben? Und was war mit den drei anderen? Dina Brelach hob vage die Schultern, und der Leiter der Soko beschied: Wenn Dina es für wichtig halte, könne sie sich ja noch einmal mit Frau Rasche unterhalten. Am Ball bleiben, auch wenn sich niemand etwas davon versprach. Es klang nach Abschiebung. Als ob man ein Kind zum Spielen in die Sandkiste schickte.

Dina Brelach war Anfang dreißig, sah jedoch erheblich jünger aus. Wie frisch von der Schulbank, hatte mal einer gesagt. Wie ein Teenager, den man sich viel eher knutschend im dunklen Kino als am Fundort einer Leiche vorstellen konnte. Sie war erst seit knapp vier Jahren im Polizeidienst tätig, vorher hatte sie studiert und einen Sohn bekommen, dessen Vater sie nicht hatte heiraten wollen oder können. Das Kind wurde von ihrer Mutter betreut.

Bei der Mordkommission war Dina Brelach seit rund einem halben Jahr. Sie war ehrgeizig, tüchtig war sie auch, ein heller Kopf. Sie litt darunter, dass sie für einige ihrer älteren Kollegen eher ein Farbtupfer als eine ernst zu nehmende Partnerin war. Was sie eben vorgebracht hatte, schien für die Meinung dieser Herren zu sprechen.

Aber das Grinsen in den hinteren Reihen legte sich bald wieder. Die Stimmung war sehr gedrückt. Alle waren sie nervös. Vier Tage waren vergangen seit dem Mord an Jens-Dieter Rasche. Einige waren fest überzeugt, dass sie schon sehr bald mit dem fünften Toten auf einer Parkbank rechnen mussten. Aber niemand sprach aus, was er dachte.

Der Polizeipsychologe bemühte sich zum wiederholten Mal um ein Täterprofil, das so schwammig und nichts sagend war, dass es auf jeden Passanten zutraf. Anschließend diskutierten sie über Schutzmaßnahmen. Verstärkte Kontrollen in den Parks und anderen einsamen Gegenden – und viel zu wenig Leute, um wirklich alles kontrollieren zu können.

Lockvögel, nur ein oder zwei Männer, die für ein paar Tage oder Wochen ins Milieu hinunterstiegen. Und wer, bitte schön, sollte das übernehmen? Und wo sollte er hinuntersteigen? Es gab nicht den geringsten Hinweis darauf, wo der Mörder Kontakt zu den Opfern aufgenommen hatte.

Noch einmal einen Pressebericht. Bisher hatte die Presse sich sehr zurückhaltend gezeigt, als ob es nicht der Rede wert wäre, wenn es ein paar Penner erwischte. Sonst waren die Burschen scharf auf jedes Detail. Dabei war ein detaillierter Bericht genau das, was sie jetzt brauchten, eine deutliche Warnung an alle, die es anging. Sich nicht abzusondern, neuen Bekanntschaften gegenüber äußerst misstrauisch zu sein, nach Möglichkeit in einer Gruppe zu bleiben, sichere Schlafplätze zu suchen.

Dina Brelach murmelte: «Jens-Dieter Rasche hatte einen sicheren Schlafplatz. Das hat ihm nur nicht viel genutzt.»

Sie verließ den Raum zusammen mit Georg Wassenberg. Draußen vor der Tür wollte sie wissen: «Was halten Sie von dem Gedanken, eine Frau. Kein Täter, eine Täterin?»

«Gar nichts», sagte er.

«Was spricht denn dagegen?», wollte Dina Brelach wissen.

«Im Prinzip nichts», sagte Georg. «In diesem speziellen Fall alles. Die zwanzig Jahre. Und die drei anderen.»

«Könnten die ersten drei nicht eine Schutzmaßnahme gewesen sein?» Dina war hartnäckig, es schien ihr durchaus ernst mit ihrer Frage. Georg schenkte ihr einen Blick, in dem sich sämtliche Haare spiegelten, an denen diese Idee herbeigezogen war, dazu schüttelte er unmissverständlich den Kopf. Dina zog eine Schnute und ließ ihn stehen.

Er ging in sein Büro, telefonierte mit dem Leiter der Schutzpolizei. Mit Tagesanbruch war die Suchaktion nach dem Lamborghini ausgeweitet worden. Männer mit Hunden durchkämmten die umliegenden Waldgebiete und Parks. Die Autobahnpolizei war noch in der Nacht verständigt worden und hatte die Rastplätze im weiten Umkreis kontrolliert. Niemand konnte genau sagen, wie weit Herbert Theißen noch hatte fahren können. Und der ganze Aufwand nur, weil ein

Arzt der Meinung war, man müsse jede Selbstmorddrohung ernst nehmen. Im Grunde war es lächerlich, und Georg fragte sich, ob auch nur einer von denen, die jetzt für Herbert Theißen unterwegs waren, sich die gleiche Mühe für einen Stadtstreicher gemacht hätte.

Nach dem Telefonat informierte er seinen Vorgesetzten über den Fall. Vermutlich käme nichts weiter nach, erklärte er, jedenfalls nichts, womit sich die Kripo beschäftigen müsste. Um Trunkenheit am Steuer konnten sich die Kollegen von der Schutzpolizei kümmern. Sollte es wider Erwarten doch einen Toten geben, war es nur ein Selbstmörder. Man konnte es nebenher erledigen, musste das auch notgedrungen, weil die Leute fehlten, einen Routinefall aufzubauschen.

Er würde sich darum kümmern, sagte er, wo er nun schon einmal damit angefangen hatte. Es würde ihn nicht viel Zeit kosten und bestimmt nicht von wichtigen Dingen abhalten. Es lag ja bereits alles vor, die Aussage der Ehefrau, die Motive des Mannes. Das alles musste nur noch überprüft und zu Protokoll genommen werden. Zweifel gab es nicht. Seine ganz privaten Gefühle und Befürchtungen waren nicht von Belang.

Ein Liebhaber! Für Theißen doch nur ein Grund mehr, der Welt den Rücken zu drehen. Und wenn er sich hundertmal an jungen Mädchen schadlos gehalten und in der eigenen Frau nur eine Maschine gesehen hatte. Es änderte nichts an der Tatsache, dass diese Maschine in der Firma das Sagen hatte, mit dem Prokuristen gemeinsame Sache machte, ihn unentwegt zum Versager stempelte, in seinen Augen und mehr noch in den Augen seines Vaters, der ihm nach diesem Wochenende vermutlich das Kreuz gebrochen hätte. Wirklich, Gründe waren doppelt und dreifach vorhanden.

Danach setzte er sich an seinen Schreibtisch und machte mit der Arbeit weiter, die er am vergangenen Abend unterbrochen hatte, um zu ihrem Haus zu fahren. Die Sonderkommission war in mehrere Gruppen unterteilt, er war für die Kriminaltechnik und Spurendokumentation zuständig. Außerdem waren die beiden unaufgeklärten Frauenmorde aus dem Vorjahr auf seinem Schreibtisch gelandet.

Er wäre lieber bei der Gruppe Ermittlung gewesen. Dann hätte er jetzt Kneipen abklappern können, diesen Wicht in Springerstiefeln ausfindig machen. Rechtsradikale, die brauchte man nicht in Watte zu packen, wenn man ihnen ein paar Fragen stellte. Da konnte man auch einmal den eigenen Frust loswerden. Es hätte ihn vorübergehend abgelenkt von dieser Frau. «Auf Wiedersehen», hatte er in der Nacht zu ihr gesagt. Sogar das war fraglich. Dafür brauchte er erst einmal einen Toten.

Am späten Dienstagvormittag wurde Herbert Theißen gefunden. Nicht von der Polizei oder anderen an der Suchaktion beteiligten Personen. Eine Frau, die nur wegräumen sollte, was von der stürmischen Feier am Wochenende übrig geblieben war, entdeckte den Lamborghini und den zur Hälfte im Teich liegenden Körper. Da er mit dem Gesicht im Wasser lag und demzufolge tot sein musste, war große Eile nicht mehr notwendig.

Es gab kein Telefon in der Hütte. Die Frau musste zurück in die Stadt, um die Polizei zu informieren. Um die Mittagszeit trafen die ersten uniformierten Beamten auf dem Gelände ein. Begleitet wurden sie nicht von einem Gerichtsmediziner, sondern von einem Notarzt. Und der äußerte sich nur vage zur Todesursache. Er hatte keine Erfahrung als Leichenbeschauer.

Dem Anschein nach war Herbert Theißen ertrunken. Er zeigte auch auf Lidern, Nasenwurzel, Stirn und Wangen die typischen Ekchymosen, punktförmige Blutungen. Aber die bewiesen letztendlich nur, dass er auf irgendeine Weise erstickt war. Der bei einem Ertrunkenen üblicherweise vorhandene Schaumpilz vor Mund und Nase fehlte. Doch den konnte das Teichwasser beseitigt haben. Die Hautfarbe gab auch keinen Aufschluss.

Der Notarzt wollte sich nicht festlegen, wann der Tod eingetreten war. Vor mindestens zwölf Stunden schätzungsweise, also um Mitternacht, meinte er. Genaueres würde die Obduktion ergeben, falls ein Staatsanwalt sie für erforderlich hielt.

Gleich nachdem die Meldung eingegangen war, fuhr Georg Wassenberg hinaus zur Grillhütte. Dina Brelach begleitete ihn. Es wäre nicht nötig gewesen, zu zweit an den Fundort zu fahren, aber Dina kam zufällig den Korridor entlang, als er sein Büro verließ. Sie wollte unbedingt mit ihm reden. Und da er im Augenblick keine Zeit für sie hatte, bot sie sich freiwillig an mitzukommen.

Auf dem Weg zum Auto unterrichtete Georg seine junge Kollegin über das, was sich am Abend und in der Nacht ereignet hatte. Großartige Ermittlungen würde es nicht geben, nur ein paar Formalitäten. Ein Bericht, eine Mitteilung an die Staatsanwaltschaft. Damit war der Fall schon erledigt. In scherzhaftem Ton fügte er hinzu, dass es diesmal garantiert keine hochgradig verdächtige Ehefrau gab.

Dina Brelach gab sich mit seiner Auskunft zufrieden. Aber die hochgradig verdächtige Ehefrau hätte er besser verschwiegen. Damit war Dina beim Thema. Auf die Einleitung verzichtete sie, kam gleich zur Sache, hatte am Vormittag weitere Details aus dem Leben von Jens-Dieter Rasche ausgegraben.

«Wissen Sie, dass Rasche die Frau noch vor der Geburt seiner Tochter sitzen ließ?» Woher hätte er das wissen sollen?

«Sie hat eine Menge getan, um ihrem Kind ein angenehmes Leben bieten zu können. Sie liebt ihre Tochter abgöttisch», behauptete Dina. Aber es war wohl normal, dass eine Mutter ihre einzige Tochter liebte. Noch dazu, wenn sie all die Jahre allein mit dem Kind gelebt hatte und das Mädchen keinen Anlass zu Klagen bot.

Die Tochter von Jens-Dieter Rasche war inzwischen fünfundzwanzig, hatte studiert, arbeitete für einen Chemiekonzern, war in ihrer Freizeit häufig mit einem Freund zusammen. Aus diesem Grund war die Mutter abends und an den Wochenenden oft allein.

«Und Rasche bekam Sozialhilfe!», erklärte Dina in einem Ton, als sei mit dieser Tatsache der Fall gelöst. Georg konzentrierte sich auf den dichten Verkehr und kam allmählich zu der Ansicht, dass seine Kollegin sich in eine fixe Idee hineinsteigerte.

«Sie waren noch nach altem Recht geschieden», fuhr Dina fort, als er auf ihren letzten Satz nicht einging. «Seiner Frau konnte das Amt nicht in die Tasche greifen, nur seiner Tochter. Sie musste zahlen, seit gut einem halben Jahr. Nicht den vollen Satz, aber einen Großteil davon. Sie hat auf Betreiben ihrer Mutter Beschwerde eingereicht, sogar einen Rechtsanwalt eingeschaltet, genutzt hat ihr das nichts.»

Das alles hatte Dina Brelach erst im Laufe der letzten Stunden erfahren. Damit war klar, warum sie sich erboten hatte, Georg zu begleiten. Sie suchte Kollegen, die sich für ihre Theorie begeistern konnten. Während sie sich dem Stadtrand näherten, behauptete sie: «Ich will mich nicht aufspielen, Herr Wassenberg. Ich weiß auch, dass es unwahrscheinlich klingt. Aber ein Motiv hatte die Frau. Der Bescheid vom Sozialamt muss für sie eine Katastrophe gewesen sein. Die Sachbearbeiterin auf dem Amt sagte, dass sie mehrfach bei ihr vorgesprochen hat. Wobei vorgesprochen noch sehr dezent ausgedrückt ist. Getobt hat sie. Da ist auch der Satz gefallen, dass man solche Schweine, achten Sie auf den Plural, Herr Wassenberg, ausradieren muss.»

«Na, ich weiß nicht», meinte Georg und beschleunigte endlich, als der Verkehr es zuließ, «man sagt viel, wenn man wütend ist.»

«Die war nicht nur wütend», sagte Dina. «Jahrelang hat sie alles getan, um die Belastung, solch einen Vater zu haben, von ihrer Tochter fern zu halten. Jetzt stieß sie mit ihren Bemühungen plötzlich gegen eine Mauer. Wir haben nun mal Gesetze, die die Unterhaltspflicht regeln. Und kein Mensch kümmert sich darum, ob ein moralischer Anspruch besteht. Rasche hatte nie einen Pfennig für seine Tochter übrig. Aber sie hätte für ihn zahlen müssen – bis an sein Lebensende.»

Die Landstraße lag fast frei vor ihnen, war zu beiden Seiten von Wald umstanden. Georg trat das Gaspedal durch, noch fünfzehn oder sechzehn Kilometer bis zum Fundort. «Da gehört aber trotzdem ein bisschen mehr dazu, einen Mann zu töten. Und gleich vier Männer umzubringen», meinte er, «ist für eine Frau ein starkes Stück. Oder meinen Sie, Frau Rasche hätte sich als Trittbrettfahrerin betätigt?»

Aus den Augenwinkeln sah er, dass Dina Brelach die Schultern hob. «Kann ich noch nicht sagen, aber das glaube ich nicht so recht. Frau Rasche ist sehr intelligent. Vielleicht hat sie gedacht, dass der Verdacht automatisch auf sie fallen muss, wenn es nur ihren Exmann erwischt. Und sie ist eiskalt. Ausschließlich auf ihre Tochter fixiert, daneben zählt niemand. Ich halte jede Wette, dass Sie anders darüber denken, wenn Sie sich einmal mit der Frau unterhalten, Herr Wassenberg. Ich hatte ein ganz merkwürdiges Gefühl dabei.»

Er hatte auch ein ganz merkwürdiges Gefühl, als sie bei der Grillhütte eintrafen. Als ob ein ungeheuerlicher, ein menschenverachtender Traum in Erfüllung gegangen wäre. Es war alles so wie erwartet.

Leute von der Spurensicherung oder einen Fotografen hatte niemand angefordert. Ein junger Beamter von der Schutzpolizei schoss ein paar Aufnahmen und tat, was getan werden musste. Er war einer der Ersten auf dem Gelände gewesen und gleich bei seinem Eintreffen auf die inzwischen getrocknete Lache neben dem Lamborghini aufmerksam geworden.

Blutschlieren auf Grashalmen. Auch das angebissene und von Feuchtigkeit durchdrungene Brotstück war ihm nicht entgangen. Er vermutete einen direkten Zusammenhang. Obwohl die Frau, die Theißen gefunden hatte und immer noch herumsaß, von der Feier erzählte und sogar der Notarzt, ein hagerer und eher schweigsamer Typ, sich zu der Bemerkung hinreißen ließ: «Der hat sich mit anderen Sachen verpflegt als mit Butterbrötchen.»

Als Georg Wassenberg und Dina Brelach den Lamborghini erreichten, versuchte der junge Polizist es noch einmal. Das Brotstück hatte er bereits wie ein wichtiges Beweismittel in einem Klarsichtbeutel verstaut. Georg warf einen kurzen, Dina einen längeren Blick auf den zerquetschten und matschigen Klumpen. Dann sagte ausgerechnet Dina: «Vergessen Sie es. Wenn er da reingebissen hätte, hätte er es auch wieder ausgespuckt. Und das hat er nicht.» Niemand achtete darauf, dass der Polizist den Beutel trotzdem zu der Wodkaflasche und dem Messer packte.

Herbert Theißen war noch nicht abtransportiert. Man hatte ihn nur aus dem Wasser gezogen und mit einer Plane zugedeckt. Georg ging zum Teich, stand minutenlang da und schaute auf das dunkle Bündel hinunter. Er konnte sich nicht überwinden, die Plane anzuheben und einen Blick in das Gesicht des Toten zu werfen.

Dina Brelach tat es, bückte sich und betrachtete es eingehend. Dann meinte sie: «Schauen Sie sich mal seine Haut an. Er sieht aus, als hätte er die letzten Stunden auf der Sonnenbank verbracht.» Georg nickte nur.

Dina inspizierte die Kleidung des Toten. Das Jackett war durchnässt und vom Schlamm besudelt. Die Hose dagegen war nur am Bauch feucht. Dina richtete sich wieder auf, beäugte das Gelände bis hinauf zur Hütte mit kritischem Blick. Dann machte sie eine Bemerkung über den Fettfleck mit den grünen Sprenkeln drin. «Er muss dahinten schon mal zu Boden gegangen sein. Sieht so aus, als hätte er zuerst auf dem Brot gelegen.»

Wieder nickte Georg nur. Dina zeigte auf Schuhe und Hosenbeine und meinte: «Er muss hierher geflogen sein, hat nicht ein Grashälmchen an den Sohlen. Vielleicht ist er gekrochen, seine Knie sprechen dafür. Aber warum ist er überhaupt ausgestiegen?»

Das lag auf der Hand beziehungsweise neben der Fahrertür. Doch das Argument Übelkeit ließ Dina Brelach nicht so ohne weiteres gelten. «Wenn ich mich umbringen will, interessiert es mich doch nicht mehr, ob ich mein Auto versaue. Das ist untypisch für einen Selbstmörder. Wer sich vergiftet, läuft oder kriecht nicht anschließend in der Gegend herum. Der legt sich irgendwohin, oder er bleibt in seinem Wagen sitzen.»

Damit hatte Dina in gewisser Weise Recht. Es war untypisch, es war zumindest merkwürdig. Ebenso merkwürdig wie das kleine Messer. Ein lächerliches Ding. Gewiss nicht lächerlich, wenn man damit bedroht wurde und sich die Hand daran zerschnitt. Aber in dem Holzblock bei der Kaffeemaschine auf dem Schrank hatten ganz andere Messer gestanden.

Und ein Mann, der in die Küche rannte, um sich zu bewaffnen, griff nach dem Erstbesten, was ihm vor Augen kam. So ein Mann zog keine Schubfächer auf, wenn er fünf schöne, große Messer vor der Nase hatte. Es gefiel ihm nicht, was ihm durch den Kopf ging. Es war genauso unangenehm und quälend wie die Frage nach einem Liebhaber.

Dina Brelach sprach weiter. Er achtete nicht weiter auf sie. Es war fürchterlich, vor dem Toten zu stehen. Diese zwiespältigen Gefühle. Auf der einen Seite fast schon Erleichterung. Er fragte sich, ob Betty Theißen ebenfalls erleichtert reagierte, wenn er ihr die «frohe Botschaft» brachte. Jetzt konnte sie den Wagen verkaufen, die Arbeiter bezahlen. Und sie musste nie mehr fürchten, dass einer in die Kasse griff und die Firma in Schwierigkeiten brachte.

Auf der anderen Seite war es Scham. Sie füllte ihn aus von den Zehenspitzen bis unter die Haarwurzeln. Er meinte, sein Kopf müsse leuchten wie ein Feuermelder. Daran änderte auch die Tatsache nichts, dass Herbert Theißen, wie man so schön sagte, von eigener Hand gestorben war. War er ja im Prinzip gar nicht. Er war nur sinnlos besoffen gewesen. Zusätzlich voll gestopft mit Medikamenten.

Herbert Theißen musste herumgetorkelt sein, auch wenn es untypisch war. Und von den etwa tausend Quadratmetern, die ihm das Gelände zur Auswahl geboten hatte, hatte er sich ausgerechnet einen der wenigen Meter zum Zusammenbrechen gesucht, wo ihm die Luft ausgehen musste. Und damit hatte er seiner Frau ohne Zweifel einen großen Gefallen getan.

Eine Stunde später war Georg Wassenberg auf dem Weg zu ihr, wieder allein. Dina Brelach ließ sich von einem Streifenwagen zurück zum Präsidium bringen. Die Arbeit der Sonderkommission war vorrangig. Um die Angehörigen eines Selbstmörders zu verständigen, reichte ein Mann aus.

Während der Fahrt hatte er immer noch ein zwiespältiges Gefühl. Er konnte sich das nicht verzeihen, mit dem Gedanken an den Tod eines armen Schweines gespielt zu haben. Mehr war Herbert Theißen kaum gewesen, auch nur einer von denen, die keinen Boden unter den Füßen gespürt hatten. Herbert Theißen unterschied sich von den vier Männern auf den Parkbänken nur dadurch, dass er einen reichen Vater und eine tüchtige Frau gehabt hatte.

Ihre Stimme schwirrte ihm wieder durch den Kopf. «Für mich zählt nur, ob einer arbeiten kann. Und wenn er das nicht will …»

Sie würde kaum verstehen, dass sich ein Mensch aufregte, wenn es ein paar Säufer erwischte, die sich ihren billigen Fusel zusammenbettelten oder stehlen mussten oder wie Jens-Dieter Rasche ihrer Tochter auf der Tasche lagen, kaum dass die finanziell auf eigenen Beinen stehen konnte. Geld war immer das beste Motiv, gleich dahinter kam die Liebe. Und wenn beides zusammentraf … Ein Verhältnis mit ihrem Prokuristen …

Er fuhr zu ihrem Haus. Als ihm dort niemand öffnete, kam ein Moment der Angst, die alles andere überlagerte. Gehirnblutung, das zuckte ihm wie ein heißer Draht durch den Kopf. Der Arzt hatte sie gewarnt und wohl gewusst, wovon er sprach. Aber sie war doch so munter gewesen, hatte erzählt, sogar gelacht. Und vorher vier von diesen verfluchten Tabletten genommen! Ihren Schmerz damit betäubt, die Anzeichen der drohenden Gefahr einfach ausgeschaltet.

Es gab auch eine harmlose Möglichkeit, ihr Pflichtbewusstsein. Der Gedanke beruhigte ihn wieder, er ging zurück zum Wagen. Wenn er jetzt die Zentrale rief, sämtliche Krankenhäuser in der Umgebung abfragen ließ, das dauerte. In der Zeit konnte er sich auch selbst überzeugen. Die Adresse der Firma hatte sie ihm in der Nacht gleich mehrfach genannt.

Um halb drei erreichte er das Firmengelände, hielt den Wagen vor einem schlichten Flachbau, dem einzigen Gebäude auf dem weitläufigen Areal. Es war imponierend, obwohl nur drei größere Maschinen herumstanden und ein Kran, der offensichtlich zu alt war, um noch eingesetzt zu werden. In dem Flachbau waren die Büroräume untergebracht. Gleich im Eingangsbereich gab es einen Empfangsschalter, eine junge Frau hinter Glas vor einer Art Instrumententafel mit Telefon und einer Menge Knöpfchen und Lämpchen.

Georg wies sich aus, verlangte, Frau Theißen zu sprechen, und wurde gebeten, Platz zu nehmen. Die junge Frau lächelte ihn an, ein wenig verunsichert von seinem Ausweis. «Frau Theißen ist in einer Besprechung. Ich werde mal durchrufen, aber es kann einen Moment dauern.»

Es dauerte fast zehn Minuten, Zeit genug, sich umzuschauen. Es gab ein paar großformatige Fotografien an der Wand, an der auch die beiden Sessel standen, auf welche die Empfangsdame ihn hingewiesen hatte. Ein Hochhaus, ein Brückenteilstück und eine kleine Siedlung aus der Vogelperspektive.

Er betrachtete die Bilder, zählte die winzigen Häuschen ab.

Ein rundes Dutzend, und jedes einzelne in einem grünen Viereck. Der Traum des kleinen Mannes, das erschwingliche Eigenheim mit Garten. Musste ein schönes Gefühl sein, die Träume kleiner Leute zu verwirklichen. Und wenn einem dabei ständig Knüppel zwischen die Beine geworfen wurden von einem, der es lieber großkotziger wollte ...

Endlich hörte er ihre Schritte hinter sich. Sie kam den Korridor entlang aus dem rückwärtigen Teil des Gebäudes. Und sie war so anders als in der Nacht. Erschöpft sah sie aus. Der Verband an ihrer linken Hand war verschmutzt. Den Kopfverband trug sie nicht mehr, nur noch einen Mulltupfer, den sie sich in die Haare gesteckt hatte.

Als sie vor ihm stand, bemerkte er die Schatten unter ihren Augen. Sie trug kein Make-up, war blass und müde. Und trotzdem war sie rührend schön. Ein Teil von ihm hätte sie auf der Stelle in die Arme nehmen können. Der andere Teil bemühte sich um einen neutralen und distanzierten Blick, hatte immer noch das lächerlich kleine Messer vor Augen und Dina Brelachs Stimme im Kopf: «Er muss hierher geflogen sein ...»

Er wollte sie auf keinen Fall so anstarren wie in der Nacht. Erst sehen, wie sie auf die Nachricht reagierte. Es war eine verdammt günstige Stelle gewesen, dieses Stückchen Teichufer. Günstig für sie, nicht für ihren Mann.

«Tut mir Leid, dass Sie warten mussten», sagte sie statt einer Begrüßung. Sie fragte nicht, warum er gekommen war, schaute ihn nur an, als könne sie es von seinem Gesicht ablesen. Direkt ängstlich wirkte sie.

Das war sie auch. Der Himmel allein mochte wissen, womit er sich den Rest der Nacht beschäftigt hatte und auf welche Ideen er kam, wenn die Ergebnisse der Obduktion nicht eindeutig waren. Ganz elend fühlte sie sich, Kopfschmerzen hatte sie auch wieder oder immer noch. Bereits zweimal Tabletten geschluckt seit dem Morgen und kaum Linderung verspürt, nur hin und wieder einen Anfall von Schwindel.

Eine Gehirnerschütterung, da war sie ziemlich sicher, weil sie sich auch bereits zweimal hatte übergeben müssen. Sie sollte im Bett liegen, aber das konnte sie sich nicht leisten.

Matt und krank und hilflos fühlte sie sich. Ausgeliefert! Was jetzt noch passierte, konnte sie kaum beeinflussen. Das hing voll und ganz von anderen ab. Von solchen wie ihm zum Beispiel. Ob er bereits ein Haar in der Suppe gefunden hatte, sich ein paar Gedanken gemacht über sie und Thomas und die Motive, die sich daraus ergaben, zusätzlich zu den ohnehin vorhandenen? Unter aller Garantie! Wie er sie anstarrte. Diese reglose, undurchdringliche Miene. Nicht mal mehr ein Rest von der gestrigen Glut im Blick.

«Gehen wir in mein Büro», sagte sie, fühlte den Herzschlag hoch oben in der Kehle und gleichzeitig in den Eingeweiden. Dasselbe hohle Gefühl wie beim Anblick der Kontoauszüge. Es machte die Beine lahm. Angst! Es wäre verrückt gewesen, keine Angst zu haben, speziell vor ihm. Er hatte ihr mit den wenigen Sätzen über das Scheitern seiner Ehe, mehr noch mit der nüchternen, Abstand suggerierenden Art, in der er sie vortrug, eine Menge über sich selbst verraten.

Er mochte ein guter Menschenkenner sein, geschult durch seinen Beruf, zusätzlich ausgerüstet mit einem fast untrüglichen Instinkt. Doch in der Fähigkeit, einen Menschen einzuschätzen, schlug sie ihn um Längen. Er war einer von den Schnellen, wurde schnell wütend, schnell misstrauisch, konnte sich schnell für eine Sache begeistern. Und was ihm einmal zwischen die Finger geriet, ließ er sich weder streitig machen noch wegnehmen. Wenn er sich gestern Abend wirklich Hoffnungen gemacht hatte … Ein in seinem Stolz und seinen Gefühlen verletzter Mann konnte ein fürchterlicher Gegner sein.

Durchhalten! Festhalten an der gewählten Rolle, die nicht verzweifelte, nur gefasste Ehefrau im Widerstreit ihrer Empfindungen. Völlig ahnungslos von dem, was geschehen war, nachdem sie das Bewusstsein verloren hatte. Sie drehte sich um und ging vor ihm her den Korridor entlang. Überlegte dabei, ob sie versuchen sollte, ihn noch einmal an den Punkt zu bringen, an dem sie ihn in der Nacht gehabt hatte. Ein Mann mit Hoffnungen drückte vielleicht ein Auge zu, wenn er über eine Ungereimtheit stolperte.

Ihr Büro lag am Ende des Ganges auf der rechten Seite. Ein großer, heller Raum, zweckmäßig und sparsam eingerichtet. Nichts deutete darauf hin, dass eine Frau ihn benutzte. Sie zeigte mit der Hand auf eine Sitzgruppe in der Ecke. Einfache Möbel aus Stahlrohr und Kunststoff. Erst als er Platz genommen hatte, erkundigte sie sich leise und stockend: «Sie haben ihn gefunden?»

Sie selbst stand noch. Als er nickte, drehte sie den Kopf zur Seite in Richtung Fenster, von dem aus man einen guten Blick auf den alten Kran hatte. Aber Georg hätte geschworen, dass sie nichts davon sah. Ihre Lippen zuckten, als wolle sie weinen und könne die Tränen nur mühsam zurückhalten. Sie musste heftig schlucken, ehe sie die nächste Frage aussprechen konnte: «Wie geht es ihm?»

Das klang, als ginge sie davon aus, dass ihr Mann noch lebte. Und damit erklärten sich scheinbar die zuckenden Lippen und das heftige Schlucken.

«Er ist tot», sagte Georg ruhig und beobachtete sie. Wartete auf den Anflug eines Lächeln, ein Aufatmen, fühlbare Erleichterung. Aber da kam nichts in der Art. Zuerst stand sie noch ganz reglos, fast wie erstarrt, dann begann sie den Kopf zu schütteln, drehte ihm dabei wieder das Gesicht zu, murmelte: «Dann hatte der Doktor also Recht mit seiner …»

Sie brach ab, schüttelte immer noch den Kopf, ging mit steifen Schritten zu einem der Sessel, setzte sich auf die Kante. Ihre rechte Hand verkrampfte sich derart um die kunststoffüberzogene Stahlrohrlehne, dass die Knöchel weiß hervortraten. Den Kopf hielt sie gesenkt, als sie flüsterte: «Ich hätte ihn ernst nehmen müssen. Ich hätte mehr tun müssen, um ihm die Tabletten wegzunehmen. Ich hätte das ganz anders anfangen müssen. Nicht zetern und schreien, sondern ruhig mit ihm reden, und –»

«Er ist nicht an der Vergiftung gestorben», unterbrach Georg sie. «Dem Anschein nach ist er ertrunken.»

Sie riss die Augen auf. «Was?»

Aber nach dem Wagen fragte sie nicht. Obwohl sie nach dieser Auskunft doch davon ausgehen musste, dass der Lamborghini irgendwo im Wasser lag oder gelegen hatte. Die aufgerissenen Augen, das atemlose, ungläubige Erstaunen und das Entsetzen in ihrer Stimme verfehlten ihre Wirkung nicht. Aber Georg hatte ja in der Nacht schon gewusst, dass sie die kühle Geschäftsfrau nur spielte. Wie sie da auf der Sesselkante saß, es sah ganz danach aus, dass sie erneut gegen die Tränen ankämpfte. Und dass sie die Tränen zurückhielt, ihnen nicht vor seinen Augen freien Lauf ließ, nachdem sie ihm am vergangenen Abend erklärt hatte, ihr Mann interessiere sie nicht mehr, sprach auch nur für sie.

Nach einer Weile fragte sie leise: «Sind meine Schwiegereltern schon verständigt?»

«Nein.»

Sie nickte kurz und ergeben. «Dann sollte ich das wohl tun. Kommen Sie mit?»

«Selbstverständlich», sagte er.

Sie erhob sich von der Sesselkante. Er sah, dass sie zitterte. Seine immer noch neutrale, fast schon sezierende Miene und die sachliche Stimme tanzten auf ihren angespannten Nerven. Sekundenlang stand sie da, machte keine Anstalten, zur Tür zu gehen. Erst als er nach ihrem Arm griff, machte sie einen Schritt, nicht auf die Tür, auf ihn zu, murmelte dabei: «Entschuldigung. Es ist so … so unvorstellbar, so endgültig.»

Ihre Stimme kippte, sie ließ den Kopf nach vorn sinken, bis ihre Stirn seine Schulter berührte, murmelte dabei weiter: «Und ich dachte, es wäre alles einfacher, wenn er tot wäre.»

Es funktionierte! Sie hatte ihn richtig eingeschätzt. Obwohl es in ihm noch ein wenig schwankte, griff er zu, sobald sich erneut die Gelegenheit bot. Er legte den Arm um ihre Taille und zog sie an sich. Die Erleichterung machte sie weich und nachgiebig. Für ihn war es das gleiche Gefühl wie in der Nacht, noch ein bisschen intensiver.

Nach ein paar Sekunden flüsterte sie: «Was passiert jetzt mit ihm? Was passiert überhaupt?»

«Nicht viel», sagte er. «Es wird wahrscheinlich eine Untersuchung geben, um die genaue Todesursache festzustellen. Das ist eine reine Formsache.»

Er fühlte ihr Nicken an seiner Schulter. Nach einer Weile löste sie sich von ihm. Als sie den Kopf hob, streifte ihre Stirn an seiner Wange vorbei und hinterließ ein Prickeln auf seiner Haut. Sie schaute ihm ins Gesicht. «Werden Sie die Untersuchung leiten?»

«Ja», sagte er der Einfachheit halber.

Sie lächelte, nickte noch einmal kurz. «Gut», sagte sie.

Die Eilfertigkeit, mit der er sie erneut in die Arme genommen hatte, und die Art, wie er sie hielt, fest an sich gezogen, so fest, dass kein Blatt Papier mehr dazwischen gepasst hätte, beruhigte sie einerseits und stellte sie andererseits vor ein Problem. Mit Hoffnungen wecken war es nicht getan. Damit gab sich kein Mann lange zufrieden. Wenn Thomas nicht gewesen wäre, hätte es keine Überlegungen gegeben. Nur ein Lächeln, ein paar Blicke und ihm dann die Initiative überlassen. Dass er sie ergreifen würde, stand außer Frage. Und er sah nicht übel aus, machte einen gepflegten Eindruck. Die Vorstellung, mit ihm im Bett zu liegen, hatte nichts Abstoßendes.

Ein Verhältnis mit ihm zu beginnen war ein kitzliger Gedanke und ein vernünftiger dazu. Es konnte nur von Vorteil sein, den Ermittlungsbeamten fest an der Seite zu haben. Bevor die ersten Zweifel auftauchten! Und es gab ein paar Leute, die nicht eine Sekunde lang glauben würden, dass Herbert aus eigenem Antrieb gut zwei Dutzend Paramed-Tabletten mit einer Flasche Wodka eingenommen hatte. Seine Mutter zum Beispiel! Oder die Kleine, die er zuletzt mit seiner Leidenschaft und seinem Charme beglückt hatte. Vielleicht auch ein paar von den Büromädchen, die heimlich davon geträumt hatten, die Nächste auf seiner Liste zu sein.

Davon hatte er etwas verstanden, junge Frauen einzuwickeln, je jünger, desto besser. Jung und naiv mussten sie sein, hübsch natürlich und strohdumm. Wie viele er in den letzten Jahren in irgendwelche Hotelbetten gelegt hatte, konnte man nur raten. Wenn sich herausstellte, dass er sich in Bezug auf die Dummheit geirrt hatte, ließ er die Mädchen wieder fallen. Sobald eine Frau auch nur Anzeichen von Intelligenz zeigte, hatte er den Schwanz eingezogen, im wahrsten Sinne des Wortes. Ab einem gewissen Intelligenzgrad war er praktisch impotent gewesen.

Wann er zuletzt mit ihr geschlafen hatte, wusste sie nicht mehr. Es war vor dem Unfall seines Vaters gewesen, also vor mindestens acht Jahren. Und auch vor diesem letzten Mal war nicht viel passiert. Getrennte Schlafzimmer, darauf hatte er irgendwann bestanden. Zeitweise hatte er sie wohl gehasst. Sie ihn nicht. Vielleicht konnte man ab einem gewissen Intelligenzgrad nicht mehr hassen, weil man Zusammenhänge begriff, einen Charakter durchschaute und auch erkannte, was ihn so gemacht hatte. Seine Mutter!

Manchmal hatte sie ihn dafür bedauert. Manchmal war sie wütend auf ihn gewesen. Aber sie hatte ihn nicht töten wollen, um ihm irgendetwas heimzuzahlen oder als Frau frei zu sein. Nur um die Firma zu retten. Ausschließlich aus diesem Grund. Und diese Rettungsaktion im Nachhinein durch einen misstrauischen, eifersüchtigen und wütenden Polizisten zu gefährden wäre unsinnig gewesen.

Ihr selbst konnte er nicht viel anhaben, ihre Geschichte war dicht. Auch dann noch, wenn die Obduktion ergab, dass Herbert um sechs Uhr abends nicht mehr in der Lage gewesen war, sein Auto zu steuern. Sie hatte niemals behauptet, er habe das Haus um die Zeit verlassen und sei weggefahren. Sie hatte eigens gewartet, bis sie sicher sein konnte, dass Margot Lehnerer das Motorgeräusch des Lamborghinis nicht mehr durchs Telefon hörte.

Rein theoretisch konnte Herbert sich in einen Sessel gesetzt haben, nachdem sie mit dem Kopf gegen die Tischkante geprallt und bewusstlos geworden war. Er konnte sie angeschaut haben, wie sie da auf dem Boden lag. Vielleicht hatte er die Tabletten genommen, vielleicht auch nicht. Vielleicht hatte er die Besinnung verloren, vielleicht auch nicht. Vielleicht war er zufrieden gewesen, hatte angenommen, sie wäre tot. Und dann konnte jemand gekommen sein. Thomas!

Wenn jemand auf die Idee kam, es sei nicht alles mit rechten Dingen zugegangen. Wenn sich jemand fragte, wer die Möglichkeit und das Motiv gehabt hatte, bei diesem Selbstmord nachzuhelfen, blieb nur Thomas. Alle würden sich auf ihn stürzen. Der Polizist allen voran. Ob Thomas das durchstand?

Die halbe Nacht hatte sie mit halb geschlossenen Augen auf der Couch gelegen, ihn beobachtet, wie er da im Sessel saß. Verschwitzt, erschöpft und dabei so zufrieden, Stärke und Gelassenheit ausstrahlend. «Du siehst Gespenster, Herzchen.»

Keine Gespenster, nur diesen Polizisten, seinen letzten verschlossenen Blick, den flüchtigen Händedruck. Thomas fühlte sich einfach zu sicher, das gefiel ihr nicht. Sie konnte es sich auch nicht erklären. Eben noch ein zögerndes Nervenbündel, mit einem Mal ein Held.

Ein bisschen instabil war Thomas immer gewesen. Aber es hatte immer mehr in Richtung Schwächling tendiert. In all den Jahren hatte er Angst gehabt, Margot oder der alte Theißen könnten dahinter kommen, dass ihn mit der Chefin mehr verband als die Sorge ums Geschäft. Dabei hätte es ihren Schwiegervater kaum gekümmert, solange die Firma nicht darunter litt. Und seine Frau … Margot Lehnerer war nicht dumm. Sie war stets höflich und distanziert.

Daraus ließ sich ableiten, dass Margot zumindest etwas ahnte. Auch ein Engel aus Eis hatte hin und wieder Sehnsüchte und griff dann auf Bewährtes zurück. Weil es praktisch war, wenn auch nie so berauschend. Es fehlte etwas Entscheidendes. Die Härte, der unbeugsame Wille, das Gefühl, einen Mann zu haben. Einen richtigen Mann! Einen, der sie tagsüber ihre Arbeit tun ließ und sich abends einen Dreck darum kümmerte, ob sie müde war. Danach fragte Thomas immer zuerst, und wenn sie ja sagte, ging er heim zu Margot. Statt sie an die nächstbeste Wand zu drücken oder über den erstbesten Tisch zu legen.

Sie hatte durchaus ihre Sehnsüchte. Und der Polizist sah aus wie ein Mann, fühlte sich so an und benahm sich auch so. Hemmungen hatte er jedenfalls nicht oder nicht viele. Eine Frau, auf die er Rücksicht nehmen musste, hatte er auch nicht oder nicht mehr. Und er ging in seinem Beruf auf, wusste folglich, dass man Prioritäten setzen musste. Eine günstige Konstellation, wenn Thomas nicht gewesen wäre.

Aber Thomas war nun einmal. Und er würde nicht geflissentlich darüber hinwegsehen, wenn sie mit einem Polizisten ins Bett stieg. In seinem neu erwachten Selbstbewusstsein würde er ihre Argumente nicht gelten lassen. Neue Probleme heraufbeschwören wollte sie auf gar keinen Fall. Erst einmal abwarten, wie die Dinge sich entwickelten? Das war nicht ihre stärkste Seite.

Sie war sehr schweigsam, wie sie da neben Georg Wassenberg im Wagen saß, erklärte ihm nur ganz zu Anfang, wo das Haus ihrer Schwiegereltern lag. Dankbar war sie ihm für sein Angebot, sie in seinem Wagen mitzunehmen, und dafür, dass er sie schweigen ließ. Sie hätte nicht reden können während dieser Fahrt. Versuchte, die Kopfschmerzen zu ignorieren, die Gedanken an Thomas und später zu verdrängen und sich auf das vorzubereiten, was ihr unmittelbar bevorstand. Eine hysterische Schwiegermutter, Vorwürfe, wahrscheinlich sogar eine offene Anklage. Sie musste ihn anschließend unbedingt noch eine Weile festhalten, um zu sehen, wie er das aufgenommen hatte.

Sie erreichten das Haus nach gut einer halben Stunde Fahrt. Ein großes Haus, düster und schmucklos. An diesem Eindruck änderte auch die weitläufige Rasenfläche nichts. Georg fuhr den Wagen die breite Auffahrt hoch, hielt ihn direkt vor den Stufen zur Haustür an.

Sie stand neben dem Wagen, noch bevor er Anstalten machen konnte, ihr beim Aussteigen behilflich zu sein. Mit unbewegter Miene stieg sie die wenigen Stufen empor, drückte den Klingelknopf. Die Haustür wurde fast augenblicklich geöffnet von einer älteren Frau im weißen Kittel, offenbar die Haushälterin.

Betty sprach ein paar Worte mit ihr, stellte ihn vor. «Herr Wassenberg von der Kriminalpolizei. Sagen Sie Vater Bescheid, dass wir da sind.»

Die Frau nickte nur und winkte sie mit einer Geste herein. Hinter der Haustür lag eine große Diele, von der mehrere überbreite Türen in die einzelnen Räume führten. Eine ebenfalls sehr breite Treppe hinauf ins Obergeschoss war mit einem Sitzlift ausgestattet. Betty blieb bei der Haustür stehen und starrte den Fußboden an. Die ältere Frau verschwand hinter einer der Türen. Nach nicht ganz einer Minute kam sie zurück, ließ die Tür offen und wies mit der Hand in den Raum hinter sich.

Georg hörte den tiefen Atemzug, mit dem Betty sich in Bewegung setzte, sah, wie sie den Kopf hob und die Schultern straffte. Dann erwachte auch das Lächeln auf ihrem Gesicht, ein ruhiges, beherrschtes, ein sehr kühles Lächeln. Er folgte ihr langsam. Als sie die Tür erreichte, streckte sie beide Hände aus, zog die linke mit dem leicht verschmutzten Verband allerdings sofort wieder zurück. «Hallo, Vater», sagte sie.

Als Georg Wassenberg den Mann im Rollstuhl sah, glaubte er, eine Menge zu begreifen. Das war kein Mensch aus Fleisch und Blut, nur ein Steinklotz. Wenn sie dem gerecht werden wollte, musste sie eine Menge einstecken können und sich selbst geben wie Granit. Groß war er, etwa von gleicher Statur wie sein Sohn. Nicht einmal der Rollstuhl konnte seine imposante Erscheinung verschleiern. Und das Alter – im Herbst wurde er siebzig, hatte sie in der Nacht beiläufig einfließen lassen – sah man ihm nicht an. Dichtes, nicht einmal graues Haar, ein kantiges Gesicht, schwere Hände. Eine davon streckte er ihr entgegen, ergriff ihre Hand und hielt sie fest. Für einen Moment huschte auch so etwas wie ein erfreutes Lächeln um seinen Mund.

«Hallo, Betty.»

Dann wandte er sich Georg zu. «Kriminalpolizei? Sie haben ihn also.» Er sagte nicht gefunden, nickte nur kurz und irgendwie zufrieden, als sei es darum gegangen, einen flüchtigen Straftäter zu stellen.

«Er ist tot, Vater», erklärte sie.

Der Alte nickte erneut und beinahe gleichgültig. Ihre Hand hielt er immer noch fest.

Die Tür zur Diele war offen geblieben. Georg hörte die leichten Schritte einer Frau. Sie kam nur zögernd näher. Bettys Schwiegermutter. Bei der Tür blieb sie stehen, als wage sie nicht, das Zimmer ohne besondere Aufforderung zu betreten. Dabei wirkte sie keineswegs eingeschüchtert, eher unnahbar. Ihre Augen glitten zwischen dem Mann im Rollstuhl und Betty hin und her, die Lippen hielt sie fest aufeinander gepresst. Flinke Augen, ein hasserfüllter und dabei sehr überheblicher Blick, ein schmaler Mund.

«Komm nur herein», forderte Theißen, zeigte mit der freien Hand auf Georg. «Das ist ein Beamter von der Kriminalpolizei. Sie haben ihn.»

Die Frau an der Tür begann zu lächeln, hochmütig und gleichzeitig zärtlich. Der Alte sprach ohne Pause weiter: «Betty sagte mir gerade, er ist tot.»

Es blieb nicht einmal Zeit, das hochmütig zärtliche Lächeln

einfrieren zu lassen. Herbert Theißens Mutter stand noch ein oder zwei Sekunden lang aufrecht, den Blick auf Betty gerichtet. Ihre Lippen bewegten sich. Es war nur geflüstert, aber trotzdem gut zu verstehen. «Du Monsterweib, hast du es endlich geschafft?»

Dann gab sie einen schwachen Laut von sich und brach zusammen. Sie schlug mit dem Kopf ziemlich hart auf dem Boden auf. Georg war mit zwei Schritten neben ihr. Verletzt hatte sie sich nicht, kam auch nach wenigen Sekunden wieder zu Bewusstsein, schlug die Augen auf und begann gleich zu wimmern.

Georg wollte ihr vom Boden aufhelfen, sie stieß seine Hand beiseite, setzte sich auf. Mit zusammengekniffenen Augen und immer noch diese wimmernden Töne von sich gebend, begann sie, den Oberkörper vor und zurück zu wiegen.

Es schien Betty große Überwindung zu kosten, sich ihrer Schwiegermutter zu nähern und sie anzufassen. Ihr Gesicht dabei wirkte wie eine Gipsmaske, ganz steif, weiß und kalt. Aber sie half ihm, die alte Frau vom Boden zu einem Sessel zu schaffen. Dort wiegte Herbert Theißens Mutter sich weiter vor und zurück, wimmerte und schlug dabei mit den Fäusten auf die Sessellehnen ein.

Der Alte sorgte dafür, dass die Haushälterin nach einem Arzt telefonierte. Anschließend befahl er ihr, sich bis zum Eintreffen des Arztes um seine Frau zu kümmern. Er selbst rollte seinen Stuhl auf die Tür zu, erklärte dabei: «Gehen wir nach nebenan. Dort können wir in Ruhe reden.»

Die Verzweiflung seiner Frau und der Tod seines Sohnes schienen ihn in keiner Weise zu berühren. Im Nebenraum erkundigte er sich als Erstes: «Wie geht es jetzt weiter? Wird das viele Scherereien geben? Eine großartige Untersuchung, eine Menge Fragen?»

«Nein», erwiderte Georg. «Nur eine Obduktion. Wenn das Ergebnis vorliegt, wird die Staatsanwaltschaft die Leiche freigeben.»

Der Alte nickte kurz. «Thomas Lehnerer sagte gestern Abend, er hätte eine Menge geschluckt, Tabletten und Schnaps. Aber Thomas sagte auch, es sei noch viel Zeit. Oder hat er das nur gesagt, um sie zu beruhigen?» Er deutete mit dem Kinn in Richtung Tür.

Georg schüttelte den Kopf, erklärte die Situation, schilderte auch, wo und wie man Herbert Theißen gefunden hatte. «Er ist ausgestiegen und anscheinend noch herumgelaufen, bis er zusammenbrach. Und dann fiel er so unglücklich, dass er mit dem Gesicht ins Wasser …»

Der Alte unterbrach ihn mit einem abfälligen Grinsen. «Das sieht ihm ähnlich, in einer Pfütze zu ersaufen. Ich kenne die Hütte, auch den Tümpel. Wir waren im vergangenen Jahr dort.»

Er schaute Betty an. «Erinnerst du dich? Margots Bruder feierte irgendetwas.» Noch bevor sie auf seine Frage antworten konnte, wechselte er das Thema und gleichzeitig den Ton. «Wie kommst du zurecht? Thomas sagte, er hat sich wieder bedient, und diesmal wäre es kein Pappenstiel.»

Es klang nach Inquisition. Sie lächelte, das gleiche kühle und beherrschte Lächeln wie zu Anfang. «Es gibt ein paar Probleme», erklärte sie, intensivierte ihr Lächeln, «aber keine, die ich nicht lösen könnte, Vater. Ich habe gleich heute früh mit den Leuten gesprochen. Wir zahlen die Löhne ein paar Tage später, aber wir zahlen.»

«Wovon denn?», wollte der Alte wissen.

«Ich habe ein paar persönliche Reserven», behauptete sie.

«Das hoffe ich für dich», sagte der Alte noch in gemäßigtem Ton und griff nach ihrer Hand. Dann wurde er plötzlich laut. «Warum habe ich das erst gestern Abend erfahren? Und jetzt erzähl mir nicht, es sei nach langer Zeit wieder das erste Mal gewesen.» Die Stimme wurde noch lauter, der Ton noch eine Spur schärfer: «Was hast du dir dabei gedacht, diesen Schweinehund zu decken? Hinter meinem Rücken die Löcher notdürftig stopfen. Dein Verstand muss dir doch gesagt haben, dass man ihm einen Riegel vorschieben muss. Und zwar beizeiten.»

Sie war so klein in dem Moment. Ihre Hand in der Hand des Alten wie ein Mäuschen in der Falle. Nur ihre Stimme war fest und sicher. «Ich habe es selbst erst gestern Morgen erfahren, Vater. Und da hatte ich anderes zu tun, als mich bei dir auszuweinen. Davor, das waren Lappalien. Warum hätte ich dich damit aufregen sollen?»

Der Alte schnaubte verächtlich, ließ ihre Hand los und verlangte: «Du hältst mich auf dem Laufenden.»

Sie nickte nur. Damit waren sie verabschiedet. Georg hatte zwar das Gefühl, er hätte ein paar Fragen stellen müssen, anstandshalber oder um den Schein zu wahren. Welche Motive könnte Ihr Sohn gehabt haben? Doch Fragen dieser Art erübrigten sich.

Sie wirkte erleichtert, als er sie wieder einsteigen ließ. Gleich nachdem er losgefahren war, sagte sie mit einem Blick über die Schulter zurück: «Davor hatte ich Angst.»

«Vor Ihrem Schwiegervater?»

Aus den Augenwinkeln sah er, dass sie den Kopf schüttelte. «Vor ihr, ihrer Reaktion. Herbert war ihr Ein und Alles. Mit seinem Tod wird sie sich niemals abfinden.»

Es war nicht so gelaufen, wie sie sich das vorgestellt hatte. Eine einzige Bemerkung, und es war fraglich, ob der Polizist sie richtig verstanden hatte. Ansonsten keine Anklage, keine Vorwürfe. Aber das würde kommen, so sicher wie der nächste Tag. Und jetzt würde es kommen, wenn sie nicht dabei war, nicht auf der Stelle durch ihr Verhalten deutlich machen konnte, dass alle Beschuldigungen nur aus der Luft gegriffen waren. Er würde Zeit haben, darüber nachzudenken. Ob sie ihn darauf vorbereiten sollte? Lieber nicht! Sie hatte schon viel zu viel erzählt. Besser handeln als reden.

Sie hielt den Kopf nach vorn gerichtet, sah trotzdem, dass er sie immer wieder von der Seite betrachtete. Er war mit seinen Augen mehr auf ihrem Gesicht als auf der Straße. Na schön! Wenn es sich nicht vermeiden ließ. Ein Mann, der gerade aus dem Bett einer Frau gestiegen war, würde sich schwer tun, anschließend gegen diese Frau zu ermitteln.

Im Prinzip ging es doch nur darum, das Nützliche mit dem Angenehmen zu verbinden. Ein attraktiver Mann, hart geworden durch einen Weichling, den seine Frau ihm vorgezogen hatte. Genau die richtige Mischung, Aggressivität und Begehren. Ich will dich, und ich krieg dich, ob du willst oder nicht. Genau das Gegenteil von Thomas.

Thomas würde nicht einsehen wollen, dass es notwendig war. Aber er musste nicht gleich etwas bemerken. Für den Anfang gab es glaubhafte Ausreden. Noch ein paar Fragen, laufende Ermittlungen. Und da war auch eine Geschäftsreise, seit Monaten geplant. Eigentlich hatte sie selbst fahren wollen. Nur war sie zurzeit nicht abkömmlich. Das würde Thomas einsehen und bereit sein, an ihrer Stelle zu fahren. Für ein paar Tage in die Niederlande, damit er sich dort noch einmal über die Bauweise erschwinglicher Einfamilienhäuser informierte.

Vom Haus ihrer Schwiegereltern aus fuhr Georg Wassenberg mit ihr zum gerichtsmedizinischen Institut. Unterwegs bat sie ihn, bei einer Apotheke zu halten. Sie besorgte sich ein Schmerzmittel, ein stärkeres als Paramed, ließ sich auch gleich ein Glas Wasser geben. Noch vor dem Verkaufstisch stehend, schluckte sie zwei Tabletten, zahlte und bedankte sich, ging zurück zum Wagen.

«Das war das eine», sagte sie beim Einsteigen, «jetzt das andere. Bringen wir es hinter uns.»

Er hätte ihr das gerne erspart, gerade jetzt, wo sie so schweigsam war, so nachdenklich und bedrückt wirkte und anscheinend immer noch Schmerzen hatte. Aber sie musste den Toten identifizieren, auch wenn es keine Zweifel an der Identität gab. Elende Bürokratie. Doch gleichzeitig ein Grund, ihr noch einmal den Arm um die Schultern zu legen, sie an sich zu ziehen, sie zu halten, als sie mit einem kurzen Nicken bestätigte: «Ja, das ist mein Mann.»

Ihr Gesicht, immer noch blass und steif, zuckte für einen Augenblick. Sie streckte die Hand aus, als wolle sie den Toten an der Schulter berühren. Doch bevor sie die erreichte, zog sie die Hand wieder zurück und senkte den Kopf.

Georg brachte sie hinaus. Er ging noch einmal zurück, um sich zu erkundigen, wann die Obduktion stattfinden konnte. Sie hörte ihn mit dem Gerichtsmediziner reden, hörte, wie ein Termin vereinbart wurde, Donnerstag, zehn Uhr vormittags. Es klang in ihren Ohren wie der Termin für eine Urteilsverkündung.

Dann kam er zurück, legte ihr wieder den Arm um die Taille. Auf dem Weg nach draußen murmelte sie: «Mir kommt es vor, als würde ich träumen. Und gleich wache ich auf, und er kommt die Treppe heraufgepoltert. Ich hätte ihm das nie zugetraut.»

Georg führte sie zum Wagen, ließ sie einsteigen, dabei fiel die Erschütterung von ihr ab. Als er losfuhr, verwandelte sie sich ganz allmählich zurück in die Frau, die er in der Nacht gesehen hatte. Jeder Situation gewachsen, sich dem Leben stellend, sie akzeptierte, was auf sie zukam, im negativen wie im positiven Sinne. Er wollte sie heimbringen, sie bat ihn, zurück zum Firmengelände zu fahren.

«Wollen Sie etwa noch arbeiten?», fragte er. Die kleine Uhr am Armaturenbrett zeigte ein paar Minuten nach fünf.

«Nein.» Sie lachte leise. «Um halb fünf ist in den Büros Feierabend. Das gilt auch für mich. Aber mein Wagen steht noch dort.» Noch ein Lachen, begleitet von einem winzigen Seufzer. «Heute Morgen musste ich ein Taxi nehmen. Das kann ich mir nicht jeden Tag leisten.» Der letzte Satz klang ein bisschen vorwurfsvoll.

Der Lamborghini stand inzwischen bei der KTU. Reine Routine, vielleicht würden sie die Fingerabdrücke von Tür und Lenkrad nehmen, vielleicht auch nicht. Wenn er oder ein

Staatsanwalt es verlangten, würden sie es tun, ansonsten ... Es war eigentlich überflüssig.

«Ich werde mich darum kümmern, dass Sie den Wagen Ihres Mannes so schnell wie möglich bekommen», versprach er, machte jedoch eine Einschränkung: «Aber es kann ein paar Tage dauern. Die Entscheidung liegt beim Staatsanwalt.»

Sie zuckte nur mit den Achseln.

Zumindest den Obduktionsbefund musste er abwarten. Doch so deutlich wollte er ihr das nicht sagen. Meist war eine Sektion für die Angehörigen schlimmer als der Tod an sich.

Er fuhr langsam, wollte jede Sekunde auskosten, rechnete damit, dass sie sich auf dem Firmengelände von ihm verabschiedete. Und aufdrängen mochte er sich ihr nicht. Nicht heute, jetzt konnte er sich ja auch getrost ein bisschen Zeit lassen.

Bevor sie ausstieg, hielt sie ihm nicht wie erwartet die Hand hin. Sie schaute ihn an, nachdem sie einen kurzen, aber demonstrativen Blick auf ihre Armbanduhr geworfen hatte. «Sind Sie noch im Dienst?», fragte sie.

Er hob die Schultern. «Das kommt ganz darauf an.» Er hatte noch mit dem Hausarzt reden wollen, sich nach Herbert Theißens Verfassung erkundigen. Das konnte er auch am nächsten Tag noch tun.

Sie fragte nicht, worauf es ankäme, sondern: «Trinken Sie noch einen Kaffee mit mir? Sie dürfen ihn auch selbst aufbrühen, wenn Sie das Risiko scheuen, sich auf meinen Kaffee einzulassen. Ich muss zugeben, Ihrer schlägt meinen um Längen. Vielleicht bin ich zu sparsam mit dem Pulver.» Es klang scherzhaft, sie wurde sofort wieder ernst: «Sie haben doch auch sicher noch ein paar Fragen.»

Nicht ein paar, im Moment nur eine. Warum hat Ihr Mann dieses mickrige kleine Messerchen genommen statt eins von den großen aus dem Block, der ganz offen auf dem Schrank steht? Das sprach er nicht aus. Schaute ihr nach, wie sie über den weitläufigen Platz zu einem roten Kleinwagen ging, ein älteres Modell, direkt schäbig. Der Lamborghini hätte besser zu ihr gepasst.

Er fuhr hinter dem Kleinwagen her bis zu ihrem Haus. Dann stand er wieder in ihrer Küche und brühte Kaffee auf. Sie saß auf einem Stuhl, schaute ihm zu, lächelte, manchmal ein bisschen verlegen, manchmal ein bisschen verträumt, manchmal mit einem Hauch von Sehnsucht in den Augen. Es war fast alles genauso wie in der Nacht.

Als er das Geschirr aus dem Schrank nahm, erhob sie sich. «Ich sollte eine Kleinigkeit essen», erklärte sie, während sie ein Netz mit Tomaten, einen Becher Margarine und ein Paket mit Brotscheiben aus dem Kühlschrank nahm. Viel mehr als diese drei Teile enthielt der Kühlschrank nicht.

«Es stört Sie doch nicht?», wollte sie wissen. «Ich esse immer einen Happen, wenn ich heimkomme. Im Büro fehlt mir meistens die Zeit dazu.»

Er schüttelte den Kopf. Warum hätte es ihn stören sollen, wenn sie etwas aß? Sie musste hungrig sein. Aus einem Schubfach gleich neben dem Kühlschrank nahm sie ein kleines Küchenmesser. Es unterschied sich von dem, das man im Wagen ihres Mannes gefunden hatte, nur durch die Farbe des Griffs, Hellgrün.

Damit schnitt sie eine Tomate in dünne Scheibchen, belegte eine Brotscheibe damit, streute Salz darüber. Anschließend blieb das kleine Messer neben dem Ausguss liegen. Und der war entschieden näher an der Tür als der gut bestückte Messerblock.

Sie blieben in der Küche. Betty aß ihr Tomatenbrot, trank zwei Tassen Kaffee dazu. Aber Fragen hatte er nicht. Die Sache mit dem Messer war geklärt. Sie hatte ja wohl auch gestern einen Happen zu sich genommen, ehe sie die Tabletten schluckte und sich hinlegte.

Es reichte, wenn sie an einem der nächsten Tage ins Präsidium kam und ihre Aussage machte, morgen oder übermorgen. Das erklärte er ihr. Und dass sie ihn am besten vorher anrief, einen Termin vereinbarte, damit sie nicht unnötig warten musste. «Wir können uns zwar auch normalerweise nicht über Langeweile beklagen», sagte er, «aber zurzeit ist es extrem.»

Sie nickte, als sei ihr das bekannt, was es auch war. «Diese vier Männer, nicht wahr? Ich habe in der Zeitung davon gelesen. Arbeiten Sie mit an diesem Fall?»

Er nickte ebenfalls, und sie meinte: «Eine scheußliche Sache. Und so sinnlos. Wer tut so etwas, und was hat er davon?» Ihre Stimme klang ehrlich und verständnislos. Es überraschte ihn ein wenig auf eine sehr angenehme Art. Er hatte eher mit Gleichgültigkeit gerechnet.

Danach sprachen sie nicht mehr viel. Es war überflüssig, hätte nur gestört. Es gab auch kein unverfängliches Thema, nur ein paar Gedanken. Er beobachtete sie, sie ihn. Er musste gar nicht reden, es stand ihm alles im Gesicht geschrieben. Und quer über die Stirn stand, dass er nur auf ein Zeichen von ihr wartete. Das konnte er haben. Nicht heute, das wäre zu früh gewesen. Sie fühlte sich auch noch nicht völlig in Ordnung.

Kurz nach sieben klingelte es an der Haustür. Sie schien ebenso verärgert über die Störung wie er. Stand mit einem Seufzer und einer bedauernden Geste vom Stuhl auf. Auf dem Weg zur Diele meinte sie: «Das kann nur Thomas sein.»

Es war Thomas Lehnerer. Georg hörte sie in der Diele miteinander reden. Zuerst ihr: «Ich dachte mir schon, dass du es bist.»

Dann sein: «Du hast noch Besuch?» Da war ein merkwürdiger Unterton, es konnte ebenso gut Misstrauen wie Nervosität sein.

«Herr Wassenberg ist da», erklärte sie. «Er war so freundlich, mich zu begleiten.»

Dann erzählte sie, was ihr Schwiegervater von sich gegeben hatte, ließ nichts aus, auch nicht den Geburtstag von

Margots Bruder, an den der Alte sie erinnert hatte. Sie sprach langsam, bedächtig und deutlich genug, um in der Küche gut verstanden zu werden.

Anscheinend stand sie immer noch mit Lehrerer bei der Haustür. Zu sehen war nichts. Georg konnte nur zuhören. Dass sie sich fragte, woher Herbert das Gelände gekannt hatte. Dass er eigentlich nur durch einen Zufall dahin geraten sein konnte. Wo er doch bei dieser Geburtstagsfeier nicht dabei gewesen war.

Lehrerer belehrte sie eines Besseren. Natürlich war Herbert da gewesen, allerdings nur für ein paar Minuten, zusammen mit einem Mädchen. Ein exotisches Geschöpf. Krauskopf und dunkle Haut. Sie hatte die beiden nur nicht gesehen, weil sie sich mit ihrem Schwiegervater in der Hütte aufhielt. Und als Herbert erfuhr, dass auch sein Vater unter den Gästen war, zog er es vor, seine kleine Freundin beim Arm zu packen und gemeinsam mit ihr wieder zu verschwinden.

«Ach so», sagte sie. «Aber komm doch herein, Thomas.» Dann das Klappen der Haustür, die Schritte in der Diele. Ihre Stimme: «In die Küche.»

Thomas Lehrerer kam mit einem Kopfnicken herein, das wohl einen Gruß darstellen sollte. Er setzte sich ebenfalls an den Tisch. Einen Kaffee lehnte er ab, erklärte etwas umständlich, dass er von einer Sekretärin erfahren habe, es sei ein Herr von der Polizei da gewesen und zusammen mit der Chefin weggefahren. «Da dachte ich mir schon, dass Herbert gefunden wurde.»

Wie am Abend zuvor trug Lehrerer einen Jogginganzug, dunkelblau mit weißen Streifen, der andere war hellgrau gewesen und auch schon älter.

Der Form halber stellte Georg ein paar Fragen, notierte sich Lehrerers Antworten. Nur eine Wiederholung dessen, was er am vergangenen Abend gesagt hatte. Wann er sie heimgebracht, wann er selbst die Firma verlassen, wann er versucht hatte, sie anzurufen, wann er ihr Haus betreten und was genau er dort vorgefunden hatte. Und noch etwas. Das, was Georg schon einmal kurz beschäftigt hatte.

«Wie sind Sie überhaupt darauf gekommen, dass Herbert Theißen seine Frau niedergeschlagen hatte? Das haben Sie den Beamten von der Schutzpolizei erklärt. Aber Frau Theißen war bewusstlos, von ihr konnten Sie es nicht wissen.»

Lehnerer hob gleichmütig die Schultern, setzte zu einer Antwort an. Doch bevor er das erste Wort über die Lippen bringen konnte, lachte Betty auf. «Wissen konnte er das nicht, aber er konnte es sich denken. Es kam doch sonst niemand infrage. Nach einem Einbruch sah es hier wahrhaftig nicht aus. Und nachdem wir vormittags festgestellt hatten, wie es um das Geschäftskonto stand, konnte Thomas sich wohl lebhaft ausmalen, wie es dann hier weitergegangen war.»

Sie begann zu lächeln. «Wenn ich mich recht erinnere, habe ich sogar gesagt, der kann was erleben, wenn er heimkommt. Ich vermute, Thomas hat nicht versucht, mich anzurufen, um sich nach meinen Kopfschmerzen zu erkundigen, sondern weil er wissen wollte, wie es um die Finanzlage bestellt war. Hätte ja sein können, dass Herbert ausnahmsweise einmal etwas mit zurückbrachte. War es so, Thomas?»

Mit einem Kopfnicken stimmte Lehnerer ihr zu. Dann wurde er gesprächig. Erzählte von den Sorgen, die er sich gemacht hatte, um die Firma und um sie. Um sie ganz besonders, immerhin hatte ihr eine heftige Auseinandersetzung bevorgestanden. Und wenn sie sich auch sonst gut durchsetzen konnte, was wollte sie ausrichten, wenn es wirklich einmal hart auf hart kam und ein Mann handgreiflich wurde? Thomas Lehnerer hatte, während er wie jeden Tag durch den Wald lief, keine ruhige Minute gehabt, sich Vorwürfe gemacht, dass er nicht bei ihr geblieben war, sie in dieser Situation allein gelassen hatte.

Und mit jedem Wort, das er von sich gab, hauchte Thomas Lehnerer dem widerlichen Verdacht und der Eifersucht neues

Leben ein. Aus jedem Satz sprach die Anbetung, das Bedürfnis, diese Frau zu schützen.

Kurz vor acht verabschiedete Georg sich. Dann saß er wieder minutenlang im Wagen, ehe er losfuhr. Er fühlte erneut die Wut, betrachtete das Haus und fragte sich wie in der Nacht, was jetzt darin vorging. In der Küche. An ihr Schlafzimmer und all die Spiegel dachte er gar nicht. Die Küche war irgendwie erotischer. Da knisterte es, da sprühte ihr Lächeln Funken. Da begann es immer, wo es dann weiterging, war nicht so wichtig. Dass es weiterging, zählte. Aber nicht mit dem Waldläufer, jedenfalls nicht ungetrübt. Dafür wollte er sorgen. Und was er tun konnte, hatte er sich in der Nacht ja bereits ausgemalt.

5. Kapitel

Seiner Wut folgend, fuhr Georg Wassenberg zu Lehnerers Adresse. Ein nettes Häuschen! Nicht ganz so prachtvoll wie der Palast, für den Herbert Theißen sich einmal mit einem Architekten zusammengesetzt hatte, aber auch nicht zu verachten und bestimmt seinen Preis wert. Allein der Vorgarten musste dreimal so viele Quadratmeter haben wie die schäbige kleine Wohnung, in die er nach Dienstschluss regelmäßig zurückkehren musste.

Im Prinzip hatte er keine Chance. Mit Lehnerer konkurrieren konnte er nicht. Ihm fehlten ein paar Zentimeter Körpergröße, und um die Taille trug er ein paar Pfund zu viel mit sich herum. Er hatte viel zu wenig Zeit, nur ein bescheidenes Einkommen und keine Ahnung von Bauwirtschaft.

Er war mehr als nur wütend, kannte den Grund dafür nur zu gut, was ihn noch wütender machte. Sonja hatte sich häufig darüber beklagt, dass er zu wenig Gefühl zeige. Jetzt zeigte er für sein Empfinden entschieden zu viel davon. Dabei zeigte es sich praktisch selbst, er hatte es gar nicht unter Kontrolle.

Es wäre entschieden besser für ihn und sein inneres Gleichgewicht gewesen, in die Innenstadt zu fahren, in eine von diesen Bars zu gehen und eine Frau anzusprechen. Geld genug hatte er dabei. Hundert oder zweihundert Mark für eine Stunde. Das war schon in den letzten achtzehn Monaten deprimierend gewesen, und jetzt ging es ums Ganze. Nur noch um diese Frau. Ob Lehnerer immer noch bei ihr herumhing? Mit Sicherheit!

Das Garagentor stand offen, in der Garage ein dunkelgrüner Volvo. Lehnerers Wagen, das hatte er gestern Abend bereits festgestellt. Auf dem Rasen neben dem Plattenweg, der von der Garage zur Haustür führte, lag ein Knabenfahrrad.

Der Herr Prokurist war also nicht nur verheiratet, Vater war er auch. Sogar zweimal, wie sich bald darauf zeigte. Und damit war er eigentlich kein ernst zu nehmender Rivale. Da konnte Georg ihr doch etwas mehr bieten. Mal ein Essen in einem guten Restaurant, ungeniertes Flanieren in der Öffentlichkeit. Das waren Dinge, die ein Familienvater sich nicht leisten konnte.

Auf sein Klingeln öffnete ein Mädchen von zwölf oder dreizehn Jahren. Die Ähnlichkeit mit Thomas Lehnerer war unverkennbar. Georg nannte nur seinen Namen, verlangte die Mutter zu sprechen. Doch bevor die bei der Tür erschien, tauchte erst noch der Besitzer des Rades auf, ein neugieriger Blondschopf von etwa sieben Jahren.

Margot Lehnerer kam aus der Küche, wo Georgs Erscheinen sie bei der Zubereitung des Abendessens unterbrochen hatte. Sie wischte sich mit einem Tuch die Hände ab, schaute ihm mit offenem, fragendem Blick ins Gesicht. Auch eine Frau, die sich sehen lassen konnte, keine Schönheit wie Betty Theißen. Aber sie nur als hübsch zu bezeichnen, wäre eine Untertreibung gewesen. Ende dreißig, höchstens Anfang vierzig, blond wie ihr Sohn, schlank und mittelgroß. Ein ernstes Gesicht, sehr ernst, irgendwie traurig.

Georg stellte sich vor und erklärte sein Anliegen. Nur ein paar Fragen im Zusammenhang mit dem Tod von Herbert Theißen. Margot Lehnerer schickte die Kinder zum Aufräumen in ihre Zimmer. Ihn bat sie in ein großes Wohnzimmer. Die Einrichtung war schwer und gediegen, nicht so luftig und elegant wie die Umgebung, in der Betty lebte.

Bevor sie sich in einem Sessel niederließ, schaltete Margot Lehnerer den Fernseher aus, verlieh dabei bereits ihrer Erschütterung Ausdruck. Thomas hatte ja schon in der Nacht, als er sie anrief, gesagt, dass Herbert sich möglicherweise das Leben nehmen wolle. Unvorstellbar, dass er es wirklich getan hatte. Er hatte gewirkt wie das Leben selbst. Nichts hatte er ausgelassen und alles so leicht genommen, jedenfalls immer getan, als ob ihn nichts erschüttern könne. So einem Mann traute man nicht zu, dass er Hand an sich legte.

«Wie gut kannten Sie Herbert Theißen?», fragte Georg.

Sehr gut! Seit mehr als zwanzig Jahren. Margot Lehnerer hatte ebenfalls in der Firma Theißen gearbeitet, in der Buchhaltung, bis zur Geburt ihrer Tochter. Und Herbert war doch der beste, der einzige Freund ihres Mannes.

Als Kinder waren die beiden unzertrennlich gewesen. Mit den Jahren kam ein bisschen Distanz auf. Da ging es nicht mehr nur darum, die Mädchen am Baggersee unter Wasser zu ducken. Da wurden die Bikinioberteile erbeutet, und darin war Herbert um Längen erfolgreicher als Thomas.

Thomas hatte früher oft davon erzählt. Wie er mit sechzehn oder siebzehn nachts das Kissen voll geheult hatte, weil sein bester Freund ihm wieder einmal so ein Püppchen vor der Nase weggeschnappt hatte. Thomas hatte nur zeigen müssen, dass ihm ein Mädchen gefiel, schon war Herbert zur Stelle gewesen und hatte beweisen müssen, dass er der Bessere war.

Herbert war immer der Bessere, er hatte eben das Geld. Und Thomas hatte ihm dafür manchmal eine unaussprechliche Krankheit an einen bestimmten Körperteil gewünscht, nicht unbedingt die Pest an den Hals. Zu der Zeit hatte die Kinderfreundschaft ein paar Sprünge bekommen. Sie war noch weiter abgekühlt, als der alte Theißen darauf bestand, aus seinem Sohn einen Herrn Doktor zu machen. Betriebswirtschaft oder sonst etwas, aber ein Doktortitel musste es sein. Herbert studierte ein paar Semester, während Thomas in der Firma Theißen zu arbeiten begann. Ganz unten, von da arbeitete er sich mit Fleiß und Ehrgeiz nach oben.

In der Zeit lernte er Margot kennen und konnte sie, ohne den ständigen Rivalen in der Nähe, für sich gewinnen. Margot erlebte, wie er sich vor dem Tag fürchtete, an dem ihm sein leichtlebiger Freund als Chef vor die Nase gesetzt werden würde. Doch so weit kam es nicht. Als der alte Theißen begreifen musste, dass sein Sohn den monatlichen Unterhaltsscheck lieber mit Mädchen oder in Spielhallen durchbrachte, statt sich in Hörsälen aufzuhalten, pfiff er ihn zurück, steckte ihn zu Thomas ins Büro wie einen Lehrling. Vielleicht in der Hoffnung, dass Thomas' Engagement für die Firma ein wenig abfärbte. Da erwachte die alte Freundschaft zu neuem Leben. Thomas hatte damals oft gesagt, dass er nicht mit Herbert tauschen möchte.

Alles schön und gut, was Margot Lehnerer so bereitwillig erzählte. Nur völlig nebensächlich. Georg war nicht interessiert an dem Alten und nicht an Herbert Theißens Jugendjahren. Er fragte sich, ob Betty zu den Püppchen gehört hatte, die Herbert Theißen seinem Freund vor der Nase wegschnappte. Ob Lehnerer sich nun durch die Hintertür holte, was ihm seiner Meinung nach zustand. Hat Ihr Mann ein Verhältnis mit Betty Theißen? Die Frage brannte ihm auf der Zunge, aber vorerst beherrschte er sich, ließ sie weiterreden. Vielleicht kam ja noch etwas Aufschlussreiches.

«Der Alte hat ihn fix und fertig gemacht», sinnierte Margot Lehnerer. Sie hätte eine Menge Aufschlussreiches erzählen können, aber gefragt worden war nur nach Herbert. Und der Rest war viel zu persönlich, um es einem Polizisten auf die Nase zu binden. «Er saß ihm immer mit der Peitsche im Nacken, scheute auch nicht davor zurück, ihn vor versammelter Mannschaft zusammenzustauchen. Er hat ihn sogar einmal verprügelt, vor Kunden. Thomas war dabei.»

Sie nickte gedankenverloren, fuhr fort: «Er konnte einem Leid tun. Herbert war kein schlechter Kerl, wirklich nicht. Labil war er. Aber das war doch kein Wunder. Seine Eltern haben Krieg um ihn geführt. Zuckerbrot und Peitsche, aber nirgendwo ein Halt, nirgendwo ein vernünftiges Vorbild. Dass er nicht so werden wollte wie sein Vater, kann ich verstehen. Für den Alten gab es nie etwas anderes als die Firma, vierundzwanzig Stunden am Tag, dreihundertfünfundsechzig Tage im Jahr. Ich habe doch nur ein Leben, sagte Herbert immer. Er hätte sich bestimmt irgendwann gefangen. Mit der richtigen Frau hätte er es geschafft, da bin ich ganz sicher. Damals nach der Hochzeit war er ein ganz anderer Mensch. Er gab sich Mühe, fuhr jeden Morgen treu und brav ins Büro. Aber mit Betty hatte er keine Chance.»

Diesen dezenten Hinweis erlaubte Margot Lehnerer sich. Ihre Ausdrucksweise gefiel Georg nicht. «Wie soll ich das verstehen?», erkundigte er sich.

Margot Lehrerer holte noch einmal aus, erzählte von einer Schwangerschaft. Betty war noch nicht ganz siebzehn und so verzweifelt, ganz ratlos und hilflos. In ihrer Not wandte sie sich an den Alten. Und der zwang seinen Sohn, die Konsequenz aus seinem «Vergnügen» zu ziehen.

Für Georg ein ganz neuer Aspekt, gleich mehrere neue Aspekte. Aber eins nach dem anderen. «Herbert Theißen wollte sie also nicht heiraten?»

Margot Lehnerer winkte ab. «Er dachte gar nicht daran. Betty war ihm nicht geheuer. Mit ihr zu schlafen war eine Sache, das mag ja aufregend gewesen sein. Aber mit ihr zu leben, das war nicht in seinem Sinne. So viel Tüchtigkeit auf einem Haufen. Wer will schon ein Mädchen heiraten, das ihm dann ständig als gutes Beispiel unter die Nase gehalten wird? Als Betty schwanger wurde, bot er ihr Geld an, wollte einen Arzt suchen. Sie sollte das Kind abtreiben lassen. Sie war entrüstet, wehrte sich mit Händen und Füßen gegen seinen Vorschlag und fand Unterstützung beim zukünftigen Großvater. Der Alte versprach sich von ihr die Wirkung, die er sich von Thomas umsonst erhofft hatte. Und Herbert fügte sich in sein Schicksal, nachdem seine Mutter ihm ebenfalls gut zuredete und versprach, ihm zur Seite zu stehen. Das tat sie auch. Sie sorgte dafür, dass augenblicklich Schluss war mit dem, was ihrem Bübchen am meisten Angst machte, Bettys Ehrgeiz. Seine Mutter bestand darauf, dass Betty fortan das Haus hütete, schließlich müsse eine Schwangere sich schonen, und es könne auch nicht schaden, wenn sie kochen lerne.

Betty musste ihre Ausbildung abbrechen, das hat sie ihrer Schwiegermutter nie verziehen.»

«Aber sie war nicht schwanger», vermutete Georg. Konnte sie doch gar nicht gewesen sein, kein Mensch hatte bisher ein Kind auch nur angedeutet. Der Trick war damals weit verbreitet gewesen. Kleines Biest, dachte er noch, teils amüsiert und ein ganz klein wenig irritiert.

Da sagte Margot Lehnerer gedehnt: «Doch! Doch das war sie. Drei Monate nach der Hochzeit bekam sie einen Sohn, ein süßes Kerlchen. Und alles war eitel Freude und Sonnenschein. Ein stolzer Großvater, eine liebevolle Großmutter. Eine sehr junge Mutter, die sich mit dem gleichen Eifer auf ihr Baby stürzte wie zuvor auf Schreibmaschine und Stenoblock. Als müsse sie aller Welt beweisen, dass nur Kinder optimal Kinder betreuen und erziehen können. Ja, und der junge Vater war ganz närrisch. Da hatte er doch endlich einmal etwas produziert, was Gnade fand in den Augen seines Vaters. Er badete und wickelte, dass er den Kleinen nicht selbst stillte, hat uns alle gewundert. Herbert wurde richtig philosophisch, was hat er uns damals nicht alles erzählt über den Sinn des Lebens, der Arbeit und der Liebe. Sein Sohn war für ihn ein Wunder, etwas Unfassbares. Was wollte er nicht alles tun, um ihm ein schönes Leben zu bieten! Er wollte alles ganz anders machen als sein Vater, immer Zeit haben für den Jungen.»

Ein Sohn, dachte Georg. Es war ein bisschen seltsam, sich Betty als Mutter vorzustellen. Es gelang ihm nicht so recht. Sie hatte von achtzehn Jahren Ehe gesprochen, demnach musste ihr Sohn heute in genau dem Alter sein, knapp achtzehn. Er lebte nicht bei ihr, bei den Großeltern auch nicht, vielleicht in einem Internat? Der Gedanke war nahe liegend. Aber warum hatte sie ihn bisher nicht erwähnt? Sie nicht und auch sonst niemand.

«Wo ist der Junge?», fragte er.

Margot Lehnerer antwortete nicht sofort, räusperte sich

zuerst und senkte den Kopf. Nach ein paar Sekunden murmelte sie: «Tot.» Und nach weiteren drei oder vier Sekunden fuhr sie mit leicht gehobener und merkwürdig unterlegter Stimme fort: «Er starb mit drei Monaten. Der Hund ... Die Theißens hatten einen Schäferhund, Hasso. Er war immer das Kind im Haus gewesen, wenn Sie verstehen, was ich meine. Er war wohl eifersüchtig auf das Baby. Betty brachte den Kleinen in den Garten, das tat sie jeden Tag, legte ihn auf eine Decke und saß immer dabei. Hasso war auch immer dabei. Betty kam gut zurecht mit dem Tier und meinte, er müsse sich an das Kind gewöhnen. So gesehen war das ja auch richtig, und Hasso gehorchte ihr normalerweise aufs Wort. Aber dann muss das Telefon geklingelt haben. Frau Theißen war in die Stadt gefahren. Die Haushälterin hatte frei. Betty lief ins Haus. Und ... Vielleicht hat der Kleine geweint. Es muss alles sehr schnell gegangen sein. Der Hasso hat das Baby am Kopf gepackt und geschüttelt. Betty hat ihn erschossen, weil er nicht losließ. Aber für den Kleinen kam jede Hilfe zu spät, sein Genick war gebrochen.»

Margot Lehnerer hatte nur stockend gesprochen, mit mehr oder weniger großen Pausen zwischen den einzelnen Sätzen. Und mit jedem Satz war ihre Miene undurchdringlicher geworden, fast so, als müsse noch etwas nachkommen, was jedes menschliche Begreifen überstieg. Aber was immer es sein mochte, sie sprach es nicht aus, sagte stattdessen: «Herbert ist fast verrückt geworden darüber. Er fing zu trinken an. Und Betty ... na ja, sie stürzte sich wieder in die Arbeit.»

Der letzte Satz klang sachlich und trotzdem irgendwie sonderbar. Und Georg Wassenberg fand, es reiche nun mit der Vorgeschichte. Er brachte Margot Lehrerer auf die aktuellen Geschehnisse zurück. Sie gab weiterhin bereitwillig Auskunft. Über den mysteriösen Telefonanruf. Sie erinnerte sich lebhaft an das Stöhnen. Sonst hatte sie nichts gehört, absolut nichts. Aber sie hatte auch nicht lange gehorcht.

Und das Stöhnen hatte sie nicht eine Sekunde lang mit

Betty in Verbindung gebracht. Thomas hatte mit keiner Silbe angedeutet, dass Betty in Schwierigkeiten oder krank sei, als er kurz nach fünf aus dem Büro kam. Umgezogen hatte er sich, war zu seinem täglichen Waldlauf aufgebrochen. Erst als er zurückkam, so gegen acht, stürzte er sich auf das Telefon und machte in Panik, fand kaum die Zeit für eine vernünftige Erklärung.

Da war ein kleiner Widerspruch in seinem Verhalten. Und der war auch Margot Lehnerer aufgefallen. «Wenn er mir schon um fünf Uhr etwas gesagt hätte», erklärte sie und klang ein wenig schuldbewusst dabei, «hätte ich doch ganz anders reagiert, als sie hier anrief. Aber ich hatte keine Ahnung, wirklich nicht.»

«Spricht Ihr Mann mit Ihnen über berufliche Dinge, über Probleme in der Firma?»

Margot Lehnerer schüttelte den Kopf und lächelte flüchtig. «Sie meinen finanzielle Probleme? Nein, darüber spricht er nicht. Das hat er nie gemacht. Ich habe hin und wieder von anderen gehört, dass es Schwierigkeiten gab. Meist waren die dann bereits wieder aus der Welt. Und dass es Betty nicht gut ging, vielleicht dachte er, es würde mich nicht interessieren.»

Damit war der kleine Widerspruch aus der Welt.

«Er läuft jeden Tag?», fragte Georg.

Margot Lehnerer nickte. «Andere fahren mit dem Rad ins Büro. Er läuft eben zum Ausgleich. Täglich drei Stunden bei Wind und Wetter. Er ist auch jetzt unterwegs.»

Das war er mit Sicherheit nicht. Und wenn er es jetzt nicht war, war er es vielleicht auch an anderen Tagen nicht. Aber das ließ sich feststellen, und darüber geriet seine ursprüngliche Absicht ein wenig in den Hintergrund. Angesichts der Traurigkeit in Margot Lehnerers Gesicht hätte Georg sich auch sehr schäbig gefühlt, seinen Verdacht zu äußern, ehe daraus eine Gewissheit geworden war.

Der Mittwochvormittag erstickte in einem Papierberg, weitere Ergebnisse der kriminaltechnischen Untersuchung zum Mord an Jens-Dieter Rasche. Ein paar Zeugenaussagen, die am Ende doch nichts von Bedeutung besagten. Zwischendurch fand Georg die Zeit, die Staatsanwaltschaft über einen Selbstmörder zu informieren. Ja, es war alles klar in dem Fall. Obduktion am nächsten Vormittag, das hatte er schon geregelt. Die Anordnung vom Staatsanwalt war nur noch eine Formsache. Und das Auto, es stand da bei der KTU herum, vielleicht konnte man das noch heute freigeben?

«Warten wir den Obduktionsbericht ab», wurde ihm erklärt, «dann machen wir das in einem Aufwasch.»

Am frühen Nachmittag fand er Zeit für ein Gespräch mit dem Hausarzt. Einen Grund, das Arztgeheimnis zu wahren, gab es nicht mehr. Und jede Antwort stützte die Selbstmordthese. Herbert Theißen war in den letzten fünf, sechs Monaten in bedenklicher Verfassung gewesen, körperlich und mehr noch seelisch. Er hatte mehrfach um ein spezielles Medikament gebeten, mit dem er seine Alkoholsucht unter Kontrolle zu bringen hoffte. Antabus.

«Das konnte ich ihm unmöglich in die Hände geben», erklärte der Arzt. «Er war viel zu labil. Wenn er psychologische Betreuung gehabt hätte, ja, aber so nicht. Wenn er das eingenommen und dann getrunken hätte, unter Umständen hätte ein Schluck gereicht, ihn umzubringen. Das habe ich ihm auch gesagt. Er lachte und meinte, das wäre vielleicht die beste Lösung. Dann hätte er doch einen passenden Tod.»

«Wann war das?», fragte Georg.

«Vor vier Wochen», antwortete der Arzt. «Ich habe ihm eine Suchtklinik empfohlen. Inzwischen mache ich mir Vorwürfe. Ich hätte ihn einweisen müssen. Aber ich habe einfach nicht gesehen, wie ernst es ihm war.»

Georg bedankte sich für die Auskünfte, fuhr zurück zum Präsidium und bekam bald darauf entsetzliche Zahnschmerzen. Niemand erhob Einwände, als er sich um halb fünf verabschiedete. All die Überstunden der letzten Zeit und diese fürchterlichen Schmerzen, gegen die man am besten sofort etwas unternahm, die Kollegen zeigten Verständnis.

Kurz nach fünf parkte er seinen eigenen Wagen in der Nähe von Lehnerers Haus. Es war eine ruhige Straße, kaum Verkehr, möglich, dass der Wagen auffiel, aber Lehnerer kannte bisher nur das Dienstfahrzeug.

Nur wenige Minuten später kam der Volvo und bog in die Grundstückseinfahrt. Der Junge kurvte mit seinem Rad um das Haus herum, sprang aus dem Sattel, als das Garagentor sich, wie von Zauberhand gehoben, in luftige Höhen schwang. Fernbedienung! Hatte Georg bis vor sechs Monaten auch gehabt, seitdem musste er zusehen, wo er sein Auto loswurde. Es gab kaum Parkplätze in der Nähe seiner Wohnung.

Als der Volvo in die Garage fuhr, ließ der Junge das Rad auf den Rasen fallen und stürmte mit ausgebreiteten Armen auf das offene Tor zu. Da das Rad auch dienstags auf dem Rasen gelegen hatte, stand zu vermuten, dass Lehnerer jeden Tag auf diese Weise von seinem Sohn begrüßt wurde.

Und nicht nur zu dem Jungen schien er ein äußerst herzliches und inniges Verhältnis zu haben. In einer Hand ein Schlüsselbund, die andere Hand auf der Schulter seines Sohnes, ging er am Haus vorbei auf die Tür zu. Es war ein ungewohntes Bild, ihn einmal in einem konventionellen Anzug zu sehen. Noch bevor er die Tür erreichte, wurde sie geöffnet. Das Mädchen. Mit strahlendem Lächeln. Auf Zehenspitzen gereckt, um Vati mit einem Kuss zu empfangen. Und die besorgte Ehefrau ließ auch nicht auf sich warten. Sie tauchte ebenfalls bei der Tür auf, ließ sich küssen und streckte dann die Hand nach dem Schlüsselbund aus.

Ein wirklich harmonisches Familienleben. Und als besonderes Zuckerstückchen obenauf ein Verhältnis mit der Chefin! Feine Freundschaft. Nicht, dass ihm Herbert Theißen sonderlich sympathisch gewesen wäre. Aber ein wenig verbunden fühlte er sich doch mit ihm, als Leidensgenossen sozusagen. Beide gleichermaßen betrogen.

Während Margot Lehnerer zur Garage ging, sich in den Volvo setzte und aufbrach, um Müsli, Knabberjoghurt oder Früchtetee für den Herrn Gemahl zu besorgen oder sonst etwas in der Stadt zu erledigen, wurde die Haustür geschlossen und blieb das für eine knappe Viertelstunde. Als Lehnerer dann wieder hinaus auf die Straße trat, bot er den gewohnten Anblick. Diesmal war es ein hellgrüner Jogginganzug mit weißem Emblem auf der Brust, er besaß vermutlich ein halbes Dutzend von den Dingern. Er lief los, langsam und gemächlich. Georg ließ ihn laufen.

Es drängte ihn, auf der Stelle zu Betty zu fahren. Dann wäre er dort gewesen, bevor Lehnerer ihr Haus erreichte. Doch dann musste dem zwangsläufig der Wagen auffallen, und er lief vielleicht weiter. Das war nicht der Sinn der Sache. Also fuhr er eine Weile in der Gegend herum, wieder zurück in die Stadt, wo er an einer Imbissbude Halt machte und sich um sein Abendessen in Form einer Brühwurst und eines lappigen Brötchens kümmerte. Anschließend noch eine Cola aus einem Plastikbecher und wieder hinters Steuer.

Es ging auf sechs zu. Wenn Lehnerer zu ihr gelaufen war, befanden sie sich jetzt vermutlich mitten im schönsten Liebesspiel. Es würde eine Weile dauern, ehe sie ihm die Tür öffnen könnte. Und er würde ihr ansehen, dass sie gerade aus dem Bett gestiegen war. Er fuhr schnell, unbewusst mit den Zähnen knirschend und sich nicht unbedingt an sämtliche Verkehrsregeln haltend.

Nach gut einer halben Stunde erreichte er ihr Haus. Vor dem Grundstück stand ein dunkelblauer Mercedes. Ihr Kleinwagen stand in der Einfahrt. Gewohnheit, dachte er flüchtig. Es gab nur eine Garage, die dürfte dem Lamborghini vorbehalten gewesen sein. Der Mercedes war ein Schlag in die Magengrube. Selbst wenn Lehnerer jetzt bei ihr saß, bewies das absolut nichts, allein waren sie jedenfalls nicht.

Aber Lehnerer war gar nicht da. Auf sein Klingeln hin kam sie an die Tür, schien erstaunt, ihn zu sehen. Und begann zu lächeln! Dieses Funken sprühende Lächeln, das zu einem Teil aus Spott, zu einem Teil aus Genugtuung und zu einem Teil aus Bereitschaft bestand. Es tanzte in ihren Augen, huschte um ihre Lippen, zuckte sogar in der Hand, die sie ihm hinhielt.

Er spürte die Funken wie kleine Stromstöße und hielt ihre Hand etwas länger, als unbedingt notwendig gewesen wäre. Und während er sie hielt, glitt ihre Zungenspitze einmal kurz über die Lippen. Ebenso gut hätte sie sagen können: «Heute kommen wir uns bestimmt etwas näher.» Sie wusste genau, warum er kam, darauf hätte er geschworen. Wem immer der Mercedes gehören mochte, er würde sich gleich verabschieden. Und dann …

Es war ein älterer Mann, Anfang sechzig, exzellent gekleidet, mit Brille und einer Lupe. Auf dem Tisch im Wohnzimmer lagen ein halbes Dutzend Etuis, darum verteilt einige Schmuckstücke. Der ältere Mann war Juwelier.

Sie machte beide Männer miteinander bekannt, stellte Georg allerdings nur als Herrn Wassenberg vor wie einen guten Bekannten. Und wie bei einem, der täglich bei ihr ein und aus ging, erkundigte sie sich anschließend, ob er einen Kaffee trinken mochte. Als er nickte, deutete sie auf die Tür. «Sind Sie so lieb und brühen uns einen auf? Möchten Sie auch einen Kaffee?», wandte sie sich an den Juwelier.

Der lehnte dankend ab, und sie sagte: «Also dann nur für uns beide.» Ihr Lächeln dabei schnürte Georg fast die Luft ab.

Während er sich in ihrer Küche um den Kaffee kümmerte, verhandelte sie im Wohnzimmer weiter. Er hörte ihre Stimme, sanft, aber unnachgiebig. Hundertachtzig für das Collier, keine Mark weniger, fünfzig für das Armband, acht für die Ohrstecker, zwölf für die beiden Ringe. Tausend jeweils, wohlgemerkt. Die Summen schwirrten ihm durch den Kopf wie lästige Insekten. Sie warf mit diesen Zahlen um sich wie mit Tennisbällen. Mein Gott, das Zeug war ja auch einmal gekauft worden. Und er war einmal stolz gewesen auf einen Ring für knappe siebentausend, den er Sonja zum fünften Hochzeitstag hatte schenken können. Er hatte eine Weile sparen müssen dafür und sich trotzdem gedacht, dass er auch einem verwöhnten Geschöpf durchaus etwas bieten könne.

Er wartete in der Küche, bis der Juwelier zu verstehen gab, dass er sich verabschieden wollte. Die Verhandlungen waren offenbar zur beiderseitigen Zufriedenheit verlaufen.

Als Georg zurück ins Wohnzimmer kam, war der Juwelier gerade dabei, das letzte Etui in einen kleinen Koffer zu legen. Er schloss den Deckel, rückte seine Brille zurecht, streckte ihr die Hand entgegen und wirkte dabei ebenso glücklich wie sie.

Auf dem Tisch lag ein Scheck, die Summe konnte Georg nicht erkennen, aber dass es sechs Zahlen waren, sah er deutlich. Und wenn er richtig gerechnet hatte, mussten die ersten beiden eine zwei und eine fünf sein, dahinter dann vier Nullen. Eine viertel Million Mark. Aber sie hatte dem Alten ja versprochen, das Geld für die Löhne aus ihren Reserven zusammenzubringen. Noch ein flüchtiger Händedruck, auf Wiedersehen, hat mich sehr gefreut.

Zwei Minuten später war Georg allein mit ihr. «Der Kaffee ist fertig», sagte er.

Sie lächelte wieder. «Dann gehen wir doch in die Küche. Ich habe ohnehin noch nicht zu Abend gegessen. Außerdem ist es da gemütlicher.»

Sie wies auf die Terrassentür. Die Tür stand offen, die zerbrochene Scheibe war notdürftig mit einem Stück Pappe abgedeckt. «Ich muss mich unbedingt darum kümmern, dass die Scheibe ersetzt wird, aber bisher hatte ich Wichtigeres zu tun.» Der Scheck blieb unbeachtet mitten auf dem Tisch liegen.

Während er Geschirr aus dem Schrank nahm und sie wie am Abend zuvor eine Tomate in dünne Scheiben schnitt, um ein

Brot damit zu belegen, fragte er: «Sie haben Ihren Schmuck verkauft?»

Eine überflüssige, fast schon dämliche Frage. Aber mit irgendwas musste er anfangen. Und er hatte in der Küche ein bisschen Zeit gehabt, sich auf die Unterhaltung vorzubereiten.

Er rechnete mit einer Erinnerung an die fälligen Löhne, wusste bereits, auf welche Weise er sich von da aus weiter vorarbeiten konnte. Für sein Empfinden war es äußerst ungewöhnlich, dass eine Frau sich, ohne mit der Wimper zu zucken, von ihrem Schmuck trennte, um ein paar Bauarbeiter zu bezahlen.

Sie war ungewöhnlich, faszinierend, bewundernswert, so schön. Und so allein. Und er war ein bisschen aus der Übung. Es bestand die Gefahr, dass er sich bis auf die Knochen blamierte, wenn er mit seiner Aufzählung begann. Doch dazu kam er nicht.

Sie verhinderte, dass er sich lächerlich machte. «Ja», sagte sie in saloppem Ton, «es war mir sehr daran gelegen, den Eindruck, den ich bisher auf Sie gemacht haben muss, zu festigen. Es waren ausnahmslos Geschenke von meinem Mann, Erinnerungen an glückliche Zeiten. Er konnte wundervolle Geschenke machen, hat sich nie um den Preis gekümmert. Im ersten Jahr unserer Ehe bin sogar ich mehrfach in den Genuss gekommen. Leider wusste ich es nie zu würdigen. Wenn ich jetzt damit tue, was er schon vor Jahren hätte tun sollen, nämlich das Geld in die Firma stecken, beweise ich damit nur einmal mehr meine Opferbereitschaft.»

«Da hatten Sie aber Glück, dass ich dazugekommen bin.» Er ging auf ihren Ton ein, gab sich ebenfalls salopp. «Sonst hätte ich am Ende nichts von Ihrer Opferbereitschaft erfahren.»

«Keine Sorge», erklärte sie, «ich hätte es Ihnen schon erzählt.» Damit war das Thema erschöpft. Aber der Boden war vorbereitet, die Atmosphäre locker und entspannt.

Georg Wassenberg war mit einem Mal ein ganz anderer Mensch, witzig und charmant, fähig zu improvisieren und von keinerlei sonderbaren Instinkten oder zwiespältigen Gefühlen belastet. Höchstens von dem einen, dessen Regungen von ein paar Hormonen gesteuert wurden. Und das empfand er nicht als Belastung.

Sie nippte an ihrem Kaffee, schnitt ihr Tomatenbrot in Stücke und schob sich eins davon in den Mund.

«Ist das eine spezielle Diät?», fragte er.

Sie nickte zuerst nur, nachdem sie den Bissen geschluckt hatte, erklärte sie: «Das ist die Diät für den schlanken Geldbeutel. Ich kann sie wärmstens empfehlen. Sie ist äußerst preiswert und hat darüber hinaus den Vorteil, dass man sich keine Sorgen um die Figur machen muss.»

«Sollte ich vielleicht auch mal versuchen.» Er schaute kurz an sich hinunter, ließ den Blick anschließend wieder über ihr Gesicht und den Hals wandern, nicht tiefer, noch nicht. «Aber Ihnen könnte ein richtiges Abendessen doch nicht viel anhaben. Oder sehe ich das falsch?»

Sie schaute ebenfalls an sich hinunter, schüttelte den Kopf. «Nein, Sie sehen das richtig. Wenn ich mich noch lange an meine Diät halte, falle ich ganz vom Fleisch. Aber ich will nicht jammern. Im Moment ist es ein bisschen knapp, es kommen auch wieder bessere Zeiten, jetzt ganz bestimmt. In zwei oder drei Monaten bin ich aus dem Gröbsten raus. Dann werde ich einmal kräftig in die Kasse langen und mir ein Menü aus mindestens fünf Gängen gönnen.»

«Warum wollen Sie noch zwei oder drei Monate warten?», fragte er und freute sich, dass es so locker und leichthin klang. «Lassen Sie sich doch einfach zu einem guten Essen einladen.»

«Daran habe ich noch gar nicht gedacht.» Sie neigte den Kopf zur Seite. «Aber die Idee ist nicht schlecht. Sie meinen von Geschäftsfreunden oder so?»

«Oder so», sagte er.

Sie nickte wie in Gedanken versunken. «Leider fällt mir auf Anhieb niemand ein, von dem ich mich einladen lassen könnte.»

«Vielleicht nehmen Sie mit mir vorlieb, bis Ihnen jemand einfällt?»

«Warum nicht.» Sie lächelte. «Wenn Sie nichts sehen, ich sehe nichts, was dagegen spricht, Ihre Einladung anzunehmen. Es war doch eine Einladung, oder habe ich Sie jetzt etwa falsch verstanden?»

«Ganz und gar nicht», sagte er.

Sie lächelte immer noch. «Samstagabend? Da darf es auch ein bisschen später werden. Für fünf Gänge braucht man ja etwas mehr Zeit. Und sonntags kann ich ausschlafen.»

«Einverstanden.» Er war sehr zufrieden in dem Moment. «Samstagabend. Ich hole Sie um acht ab, oder lieber um sieben?»

«Sieben», sagte sie. «Ich freue mich darauf.»

Und wieder eine Frage. Worauf freute sie sich? Auf die fünf Gänge oder auf das, was nach dem Essen kam? Sie wusste doch hoffentlich, wo der Samstagabend enden würde. Oder nicht? Ihre Miene war so offen in dem Moment. Fröhlich und unbekümmert, aber in keiner Weise sinnlich. Kein noch so winziges Anzeichen von Bereitschaft oder Begehren. Ihr harmlos-freundlicher Kinderblick machte ihn unsicher.

Und plötzlich hatte er diesen Hund im Kopf. Ein Schäferhund. Wie hatte Biest das noch geheißen? Harro? Nein, so hieß das Vieh von Sonjas Boutique-Besitzer, das nachts vor der Schlafzimmertür lag und aufpasste, damit niemand kam, um Herrchen die transplantierten Haarbüschel genüsslich und einzeln auszureißen und ihm dann den kahlen Schädel zu spalten. Hatte gar nicht gefährlich ausgesehen das Tier, eher freundlich.

Wenn Georg auf den Flur hinaustrat, hob der Hund den Kopf von den Vorderpfoten und deutete ein Schwanzwedeln an. Da konnte er so nette Sätze fallen lassen, direkt vor der

Schlafzimmertür. «Na, bringst du den Schwanz heute nicht höher?» Irgendwie lächerlich, wie er sich benommen hatte. Vielleicht traf es ja wirklich zu, dass Frauen mehr einstecken konnten.

Sie war wirklich durch eine harte Schule gegangen. Der Vater ein Säufer, dem nur der Strick blieb. Ein totgebissenes Baby! Scheußlich! Aber verdammt, es war lange her. Sie hatte es überwunden. Und einen Mann zu verlieren, der ihr ohnehin nichts mehr bedeutet hatte, konnte nicht so schlimm sein.

Nur diese ausgestreckte Hand gestern im gerichtsmedizinischen Institut gab ihm zu denken. Ob sie ihn wirklich noch einmal hatte berühren wollen? Manche wollten das, waren gar nicht zu bändigen, wenn sie da standen. Tobten, schlugen um sich, wenn man sie zurückhalten wollte, warfen sich auf die Leiche und schrien ihren Schmerz hinaus.

Was wusste er denn von ihrem Schmerz? Was wusste er überhaupt von ihr? Nicht viel. Er konnte nur hoffen, dass sie erwachsen war. Erwachsen genug, um zu wissen, was es bedeutete, wenn man die Einladung eines Mannes annahm, der nur aus einem einzigen Grund kam. Und diesen Grund musste sie kennen, wo er jetzt schon zum zweiten Mal bei ihr saß und nicht eine Frage stellte. Wo er bisher nicht einmal die Geschäftskonten überprüft hatte. Deutlicher konnte er doch gar nicht werden.

Vielleicht ein wenig vortasten? Nur einmal ausprobieren, wie sie reagierte. Noch ein bisschen Geplänkel, ein paar schmachtende Blicke und dann nach ihrer Hand greifen. Oder so tun, als wolle er ihr noch einmal Kaffee einschenken. Hinter ihr stehen, ihr Haar anheben, sie auf den Nacken küssen. Das wäre schon ein direkter Angriff gewesen, aber dann wusste sie wenigstens genau, worum es ging. Und wenn sie die Augen schloss, ihn gewähren ließ …

Allein die Vorstellung machte ihn nervös. Er stellte ihn sich schlank vor, ihren Nacken, zierlich, sinnlich. Doch bevor er dazu kam, sich davon zu überzeugen, wurde im Wohnzimmer eine Stimme laut, rief nur ein Wort: «Herzchen?»

Das war entschieden mehr als ein Schlag in die Magengrube. Es war der Sturz von einem Gipfel, tausend Meter tief mindestens. Herzchen! Er sah, wie sie zusammenzuckte, ganz kurz nur, als sei sie einfach über die Stimme erschrocken.

Und noch bevor eine weitere verräterische Äußerung aus dem Wohnzimmer dringen konnte, rief sie: «Wir sind hier, Thomas, in der Küche!» Die Betonung lag unüberhörbar auf dem Wir.

Er kam hereingeschlendert, der Herr Prokurist, die Verlegenheit wie einen Anstrich aus Leuchtfarbe auf den Wangen. Möglicherweise waren sie auch nur gerötet, weil er hierher getrabt war. Offenbar erwartete er, allenfalls noch den Juwelier bei seinem Herzchen anzutreffen. Als er seinen Irrtum erkannte, blieb er stehen wie gegen ein Hindernis gerannt.

So funktionierte das also! Und so funktionierte das mit Sicherheit jeden Tag. Gestern war er ja auch um sieben aufgetaucht. Zwei Stunden Waldlauf für die Kondition und als Alibi für die Ehefrau und danach ein Schäferstündchen. Und er saß da wie ein Trottel vor selbst aufgebrühtem Kaffee, musste erst einmal so tun, als hätte er nichts gehört, wenn er sich nicht auch noch um den Samstagabend bringen wollte.

Sie bemühte sich um Zwanglosigkeit, plauderte drauflos, offerierte Kaffee und einen Stuhl. Lehnerer kam tatsächlich näher an den Tisch heran. Den ersten Meter zögernd, auf dem zweiten fasste er sich, in der Hälfte des dritten wirkte er schon wie die Ruhe in Person.

Aber Kaffee wollte er nicht. Er war auch nur gekommen, um sich zu erkundigen, ob der Juwelier schon da gewesen sei und wie viel die Aktion gebracht habe. Und da er sich dem Grundstück vom Wald aus, also von der Rückseite genähert hatte, hatte er den Wagen nicht gesehen. Wenn er den Wagen gesehen hätte, hätte er nicht gestört. So wichtig war es ja nicht.

Während Lehnerer das erklärte, betrachtete er Georg mit

dem Blick des Besitzers, der sich sein Eigentum teuer erkämpft hat. Komm mir bloß nicht in die Quere! Er schien auch über einen untrüglichen Instinkt oder einen sechsten Sinn zu verfügen, der Waldläufer. Er ließ Georg nicht aus den Augen.

Betty erzählte ihm, was er wissen wollte, bat ihn anschließend, den Scheck an sich zu nehmen und gleich morgen früh bei der Bank vorzulegen. Am besten, bevor er ins Büro kam. Lehnerer weigerte sich, hielt es für vernünftiger, wenn sie den Scheck für die Nacht in ihren Tresor legte und ihn morgen früh mit ins Büro oder vorher schnell zur Bank brachte.

Obwohl Georg ihm am liebsten den Hals umgedreht hätte, musste er ihm zustimmen. Es war entschieden vernünftiger als ihr Vorschlag. Er fragte sich, wie sie überhaupt auf so eine blödsinnige Idee kommen konnte. Wer steckte denn einem Mann im Jogginganzug einen Scheck über eine viertel Million in die Hosentasche, wenn er selbst einen Tresor im Haus hatte? Das konnte er sich nur so erklären, dass sie nicht darüber nachgedacht und einfach nur drauflosgeplappert hatte. Ein Ablenkungsmanöver!

Als er mit seinen Überlegungen so weit gekommen war, zog er es vor, sich zu verabschieden. Sie brachte ihn zur Tür, streckte ihm die Hand entgegen. Als er danach griff, hielt sie seine Hand fest. Und irgendwie schaffte sie es, ihm mit einem Lächeln und den simplen Worten «Auf Wiedersehen» zu erklären, dass Lehnerers Zeit abgelaufen war.

Der Donnerstag begann trostlos. Ein trüber, grauer Himmel, der sich nicht entschließen konnte. Vereinzelt fielen ein paar Tropfen, doch die Quelle versiegte immer gleich wieder. Früh um acht die übliche Besprechung im Präsidium unter grellen Neonröhren, deren Licht in den müden Augen brannte.

Nichts Neues bei den Parkmorden. Der kleine Gernegroß mit Bomberjacke und tätowiertem Hakenkreuz auf dem Oberarm hatte sich als Windei entpuppt. Zwei Stunden hatten ihn die Kollegen in der Mangel gehabt, genau wissend, dass nichts

Vernünftiges dabei herauskommen würde. So war es dann auch gewesen.

Am Mittwochnachmittag, kurz nachdem Georg das Präsidium verlassen hatte, war ein Obdachloser erschienen, wollte Anzeige gegen einen Mann erstatten, der ihn vor einer Kneipe angesprochen und zu einem Schnaps eingeladen hatte. Reporter sei er, habe der Mann gesagt, und dass er für eine Artikelserie über das Leben im sozialen Abseits recherchiere. Der Obdachlose war überzeugt, mit dem Mörder gesprochen zu haben. Er war bereit, bei der Anfertigung einer Phantomzeichnung behilflich zu sein, erkundigte sich jedoch vorsichtshalber erst nach der Belohnung.

Man hatte seine Aussage aufgenommen, einschließlich der Beschreibung des Reporters, der wohl wirklich einer gewesen war. Auch wenn eine telefonische Umfrage bei den im Kreis verbreiteten Tageszeitungen keinen Beweis dafür erbrachte. Vermutlich ein Journalist, der für ein Wochenmagazin arbeitete, den die Morde zu einer Artikelserie inspiriert hatten. Er musste sich ausfindig machen lassen. Damit wussten zwei Leute aus der Gruppe Ermittlung, was sie in den nächsten Tagen zu tun hatten.

Dina Brelach erklärte mit ein paar Sätzen, womit sie sich den Mittwoch vertrieben hatte. Man hörte ihr zu, sonderlich ernst nahm man sie nicht. Ihr Verdacht gegen Frau Rasche stand nicht auf soliden Füßen. Dass die Frau mehr als zwanzig Jahre nach ihrer Scheidung keine Anzeichen von Trauer gezeigt hatte, als sie vom Tod ihres Ehemaligen erfuhr, war verständlich. Dass sie stattdessen ein paar Äußerungen der Genugtuung gemacht hatte, war auch nicht weiter verwunderlich.

Und diese drastische Bemerkung: «Das gesamte Gesocks müsste man ausrotten. Früher hätte es das nicht gegeben.» Obwohl Frau Rasche die herrliche Zeit «Früher» nicht persönlich erlebt hatte, sie war Mitte vierzig, schien sie ein wenig nach rechts zu tendieren. Oder wie Dina es ausdrückte:

braun angehaucht. Von der Sorte gab es wieder viele, und einige sprachen es eben auch offen aus.

Hin und wieder bemühte sich Dina, Georgs Blick zu erhaschen und festzuhalten, wenn sie ihn gefangen hatte. Sie spürte das allgemeine Desinteresse und suchte nach einem, der sich überzeugen ließ, dass liebende Mütter zu allem fähig waren. Dass sie aus falsch verstandenem Verantwortungsgefühl zu Bestien werden konnten. Nicht nur einmal, sondern gleich mehrfach töten. Weil sie entweder der Meinung waren, es generell mit Ungeziefer zu tun zu haben. Oder nur, damit es nicht auffiel, zum Schutz der eigenen Person. Bei Serienmorden suchte kein Polizist mehr nach persönlichen Motiven der Angehörigen.

Warum Dina Brelach ausgerechnet ihn überzeugen wollte, wäre auch eine reizvolle Frage gewesen. Aber die stellte Georg sich nicht. Er war müde, hatte kaum geschlafen in der Nacht. Jedes Mal, wenn er kurz davor gewesen war, hatte ihn ein fragendes «Herzchen» wieder hellwach gemacht.

Nach der Besprechung ein Berg Papierkram. Er konnte sich nicht konzentrieren, fühlte sich wie in der Mitte geteilt. Die eine Hälfte zitterte noch unter dem Schlag, den ihm das Herzchen und die damit verbundene Gewissheit versetzt hatte. Die halbe Nacht hatte er sich gefragt, ob sie jetzt dabei war, ihrem Waldläufer den Trennungsschmerz zu versüßen. Und immer wieder hatte er sich gesagt, dass Lehnerer längst neben seiner Angetrauten liegen musste, wollte er nicht den Familienfrieden aufs Spiel setzen.

Die andere Hälfte bemühte sich darum, die Dinge zu nehmen, wie sie kamen. «Ich träumte von weißen Pferden …» Oder dem Samstag entgegen. Darauf setzte er all seine Hoffnungen. Dann würde sich zeigen, wer die besseren Karten hatte. Ein verheirateter Liebhaber mochte seine Vorzüge haben, wenn man gebunden war und Verpflichtungen hatte, die eine Trennung verboten. Wenn man frei war, sah die Sache anders aus.

Um halb zehn fuhr er zum gerichtsmedizinischen Institut. Er war ein paar Minuten zu früh. Während ein Sektionsgehilfe den Toten vorbereitete und den Schädel öffnete, nutzte der ältere der beiden Gerichtsmediziner, die die Obduktion durchführen sollten, die Zeit, um ein wenig zu plaudern, selbst ein paar Einzelheiten zu erfragen und vorab die bisherigen Ergebnisse mitzuteilen.

Einige Untersuchungen waren gleich nach der Einlieferung des Toten vorgenommen worden. Als Zeuge hatte der junge Polizist fungiert, der auf dem Gelände der Grillhütte die Beweisstücke sichergestellt und ein paar Aufnahmen gemacht hatte.

Herbert Theißen war nicht erst um Mitternacht gestorben, sondern zwei bis drei Stunden früher, also zwischen neun und zehn am Abend. Zum Zeitpunkt seines Todes hatte Theißen exakt vier Promille gehabt. Eine Wahnsinnszahl, aber in keiner Weise beunruhigend.

Georg ging davon aus, dass Theißen das Haus gegen sechs Uhr verlassen hatte. Über den Daumen gepeilt dürfte er zu diesem Zeitpunkt etwas mehr als drei Promille gehabt haben. Damit könnte er noch fahrtüchtig gewesen sein, alles nur eine Sache der Gewohnheit.

«Wir hatten letzte Woche einen hier», erklärte der Gerichtsmediziner, «den hatte es mit zwo Komma acht auf der Autobahn erwischt. Laut Zeugenaussagen soll seine Fahrweise nicht mal auffällig gewesen sein. Nur sein Reaktionsvermögen ließ zu wünschen übrig, als ein Lkw vor ihm ausscherte. Wie weit ist der hier denn noch gefahren?»

«Gute zwanzig Kilometer», sagte Georg.

«Das ist nicht viel für ein schnelles Auto», meinte der Gerichtsmediziner. Und ob Theißen bei Antritt der Fahrt noch gar keine, schon fünf, sechs oder zehn Tabletten im Leib gehabt hatte, spielte überhaupt keine Rolle. So kurz nach der Einnahme konnte das Medikament ihn noch nicht beeinträchtigt haben.

«Wer sich mit Paramed umbringen will», erklärte der Gerichtsmediziner in harmlosem Plauderton, «muss sich ein Wochenende Zeit nehmen. Bei uns ist das selten der Fall, in England passiert es häufiger. Die Schwiegertochter der Queen, Gott hab sie selig, soll's auch mal versucht haben.»

Die Schwiegertochter der Queen kümmerte Georg nicht. Der Gerichtsmediziner beschrieb die Wirkungsweise der Tabletten entschieden ausführlicher, als der Hausarzt das hatte tun können. Übelkeit, Erbrechen, Fieber, Schwindel, Schweißausbrüche, Gerinnungsstörung des Blutes, bis hin zum Leberzerfall.

Herbert Theißens braune Hautfarbe, die Dina Brelach so bemerkenswert erschienen war, erklärte sich in einer beginnenden Gelbsucht, eine Folge der vorgeschädigten Leber, und der Vergiftung. Vermischt mit dem bläulichen Ton, den der Sauerstoffmangel verursacht hatte, war daraus dieser gesunde, sonnengebräunt wirkende Farbton entstanden.

Äußere Verletzungen gab es keine, nicht die kleinste Hautabschürfung, Prellung, kein noch so schwach ausgeprägtes Hämatom. Sämtliche Körperteile, die bei einem Sturz in Mitleidenschaft gezogen werden konnten, waren makellos.

«Einfach umgefallen ist er nicht», sagte der Gerichtsmediziner dazu. Es war immer nur der ältere, der sprach. Der jüngere arbeitete schweigend. Auch Georg schwieg erst einmal, erinnerte sich an die Grasflecken auf den Hosenbeinen, auf die Dina Brelach aufmerksam geworden war, die darauf hindeuteten, dass Theißen ein Stück gekrochen sein musste. Dann hatte er sich eben vorsichtig auf die Knie niedergelassen, als er nicht mehr aufrecht stehen konnte.

Inzwischen war auch der Brustkorb offen. Was genau die beiden Gerichtsmediziner machten, konnte Georg nicht sehen, wollte er auch gar nicht. Er hielt sich nach Möglichkeit immer ein wenig im Hintergrund bei solchen Aktionen. Man musste dabei sein, aber man musste sich das nicht unbedingt aus der Nähe ansehen. Herz, Lunge, Leber, Speiseröhre. Er hörte die beiden Männer leise miteinander reden. Ein bisschen Fachchinesisch. Fortgeschrittene Zirrhose. Variköse Venen. Aspiration. Dann drehte sich der ältere zu ihm um.

«Er ist nicht ertrunken. Aber das dachte ich mir gleich. Ich war nur ein bisschen verunsichert, weil Sie sagten, er lag mit dem Gesicht im Wasser. Wir schauen es uns natürlich noch genau an, aber ich glaube nicht, dass sich unter dem Mikroskop am Befund etwas ändert. Er hatte eine heftige Blutung in der Speiseröhre, war bewusstlos, hat das Blut eingeatmet, auch einen Teil vom Mageninhalt, keine festen Stoffe, nur Flüssigkeit.»

Im ersten Moment war es nur ein Kribbeln im Bauch. Georg erinnerte sich an die blutdurchsetzte Pfütze neben der Fahrertür, an das Brotstück und den Fettfleck auf Theißens Oberschenkel. «Kann er sich während dieses Erstickungsvorgangs zum Teich geschleppt haben? Ungefähr vierzig Meter weit.»

Der jüngere Gerichtsmediziner schüttelte den Kopf, bedachte ihn mit einem Blick, als ob er so viel Dummheit bei einem erfahrenen Kriminalbeamten niemals erwartet hätte. Der ältere lächelte kurz. «Keinen einzigen Meter. Ich sagte doch, er war bewusstlos.»

«Das würde bedeuten», sagte Georg ungläubig und fassungslos, «es hat ihn einer in den Teich gelegt, als er schon tot war!?»

«Ob ihn jemand irgendwohin gelegt hat, kann ich Ihnen nun wirklich nicht sagen», erwiderte der Gerichtsmediziner. «Ich bin kein Hellseher. Aber dass er tot war, als er mit dem Gesicht ins Wasser geriet, gebe ich Ihnen schriftlich. Der Bericht geht morgen früh raus. Sie kriegen eine Kopie.»

«Moment», sagte Georg, «Moment. Können Sie mir wenigstens in etwa sagen, wann er das Bewusstsein verloren hat?»

Das spielte gar keine Rolle mehr. Er fragte auch nur, weil es so ungeheuerlich war und er sich selbst erst mit dem Gedanken auseinander setzen musste. Und mit all den Gedanken, die in rasender Eile auf den einen folgten. Es hat ihn einer in den Teich gelegt. Einer! Er hätte auch gleich einen Namen nennen können. Es kam nur einer infrage.

«Bei vier Promille?» Der Ältere schaute den Jüngeren an, als erwarte er eine Antwort. Als der Jüngere nur viel sagend die Schultern anhob, meinte er: «Schwer zu sagen. Jeder Normalbürger, der sich nur hin und wieder ein Gläschen gönnt, wäre mit vier Promille scheintot. Viel anders dürfte es bei ihm auch nicht gewesen sein. Vermutlich war der Wert ursprünglich sogar noch ein bisschen höher. Wann, sagen Sie, hat er sein Haus verlassen?»

«Gegen achtzehn Uhr.»

«Ist das hundertprozentig?»

Georg nickte nur.

«Ja», sagte der Gerichtsmediziner zögernd, «das wären dann noch drei oder vier Stunden gewesen. Und die Flasche war noch zu drei viertel voll, sagten Sie. Wodka. Damit kann er sich ja noch ein Weilchen beschäftigt haben. Er kann durchaus noch ein oder zwei Stunden mobil gewesen sein, hatte ja Übung, der Knabe. Aber irgendwann ist Schluss, auch für einen, der normalerweise aus dem Eimer säuft. Als er einmal lag, lag er. Den hätte so schnell nichts auf der Welt wieder zu sich gebracht. Hängt davon ab, in welcher Zeit er sich den Rest reingekippt hat. Darüber gibt uns die Analyse des Mageninhalts vielleicht Aufschluss. Feste Kost hatte er nicht im Leib, sagte ich ja schon. Bei einem leeren Magen ist der höchste Alkoholspiegel zehn bis höchstens zwanzig Minuten nach dem letzten Schluck erreicht. Aber das kriegen Sie alles morgen, und dann ganz exakt. Einverstanden?»

Das musste er wohl sein, also nickte er und verabschiedete sich. Er fühlte sich fast so, wie Dina Brelach sich fühlen musste, wenn sie vor ungläubigen Zuhörern aufzählte, was ihrer Meinung nach gegen Frau Rasche sprach.

Während der Fahrt zurück zum Präsidium spukte ihm Dinas Stimme im Kopf herum. «Er muss hierher geflogen sein.» Das wohl kaum, getragen worden. Er war wütend auf sich selbst, weil er nicht viel früher an diese Möglichkeit gedacht hatte. Er wurde noch wütender, als er begriff, was es letztlich bedeutete, wenn der schriftliche Bericht sich mit dem deckte, was er eben gehört hatte.

Mordversuch – an einem Toten!

So dämlich sah er gar nicht aus, der Herr Prokurist. Aber in der Eile und der Aufregung. Lehnerer hatte es getan, alles sprach dafür. Verdachtsmoment Nummer eins! Theißens Größe und sein Gewicht. Zweiundneunzig Kilo durch die Gegend zu schleppen war eine reife Leistung. Da musste man über eine gute Kondition verfügen. Verdachtsmoment Nummer zwei! Das Motiv. Ein guter Freund des Hauses, ein verantwortungsvoller Mitarbeiter der Firma, ein treu ergebener Liebhaber, der sich sagte, dass man eine gute Gelegenheit beim Schopf packen musste. Verdachtsmoment Nummer drei! Der Vortrag des Hausarztes über das langsame Sterben. Es war alles so simpel.

Thomas Lehnerer hatte allen Grund gehabt, Theißen aus dem Weg zu schaffen. Die Möglichkeit hatte er auch gehabt. Er war, wie er selbst zugegeben hatte, einige Stunden allein unterwegs gewesen. Und er hatte ja auch, ebenfalls seine eigenen Worte, ein paar Plätze gekannt, an denen sich die Suche lohnte.

Doch damit zum Staatsanwalt gehen, der würde ihn auslachen. Er brauchte ein winziges Fünkchen Leben im Obduktionsbericht, und sei es nur das allerletzte Flämmchen, gerade im Erlöschen begriffen. Er brauchte eine einzige Kieselalge in Herbert Theißens Atemwegen.

Georg hatte bereits mehr als einen Obduktionsbericht von Ertrunkenen gesehen. Und egal, wo sie ertrunken waren, in einem Bach, einem Fluss oder einem Teich, es fanden sich immer reichlich von diesen aus Kieselsäure bestehenden Ske-

letten in den Lungen. Sie ließen sich nur mikroskopisch nachweisen. Darauf setzte er jetzt seine Hoffnung. Diatomeen war
das Zauberwort, das einen Mord daraus machte.

Der erste Griff in seinem Büro galt dem Telefon. Er setzte
sich mit der KTU in Verbindung und veranlasste, dass der
Lamborghini auf Fingerabdrücke untersucht wurde. Viel versprach er sich nicht davon. Lehnerer hatte den Wagen nicht
unbedingt anfassen müssen. Die Tür konnte Theißen noch
selbst geöffnet haben. Und dann seitlich herausgekippt sein,
sodass Lehnerer ihn nur noch vom Gras pflücken musste.
Aber wenn er ihn getragen hatte, musste er an Theißens Anzug Spuren hinterlassen haben.

Theißens Kleidung lag noch in der Gerichtsmedizin. Es
hatte keine Notwendigkeit bestanden, sie ins LKA-Labor
nach Düsseldorf zu schicken. Jetzt bestand eine. Georg veranlasste auch diese Untersuchung, das Hauptaugenmerk solle
dabei auf Faserspuren gerichtet werden.

Er war nicht unbedingt ruhig und zufrieden, nachdem er
das in die Wege geleitet hatte. Dafür wusste er zu gut, dass es
ihm nicht viel bringen würde. Mordversuch an einem Toten!
Und dann noch an einem, der zu seinen Lebzeiten lauthals
verkündet hatte, dass es ihm reiche. Ein guter Anwalt machte
daraus selbst im Fall eines positiven Diatomeenbefundes einen Versuch der Beihilfe zum Selbstmord. Aber darüber
konnte sich der Staatsanwalt den Kopf zerbrechen. Ungeschoren würde Lehnerer nicht davonkommen. Dafür wollte
Georg auf jeden Fall sorgen.

Ihm die Hölle heiß machen, so heiß es nur eben ging. Ihn
ausschalten, den Konkurrenten, den Nebenbuhler, den Rivalen. Und wenn es hundertmal eine ganz persönliche Sache
war, Georg Wassenberg hatte das Gesetz im Rücken. Und sie
vor Augen.

Am späten Nachmittag rief sie an, wie er es ihr empfohlen
hatte. Er machte sich sofort daran, Dina Brelach aufzutreiben.
Es kostete ihn ein paar Telefongespräche und ein bisschen

Lauferei. Ein paar verständnislose Blicke brachte es ihm auch ein. Was wollte er denn mit dem Küken? Er war ja wohl imstande, die Aussage der Witwe eines Selbstmörders aufzunehmen. Es war doch alles klar in dem Fall.

Gar nichts war klar. Sie hatte ein Verhältnis mit Lehnerer, das bewies das Herzchen. Ihm kochte die Galle über, wenn er nur an den Waldläufer dachte. Und er wusste nicht, wie er gegen ihn vorgehen konnte, wenn der Gerichtsmediziner mit seiner ersten Diagnose Recht behalten sollte.

Mordversuch an einem Toten! Aber die böse Absicht blieb. War am Montag ziemlich nervös gewesen, der Herr Prokurist, zu Anfang jedenfalls, später nicht mehr. Da hatte er genau gewusst, dass es keinen Grund mehr gab zur Nervosität, er hatte sich das zumindest so gedacht. Die Frage war: Wusste sie inzwischen davon? Und wenn sie es wusste, wie dachte sie darüber? War sie bereit, Lehnerer für seine Mühe zu entschädigen? Tut mir Leid für dich, Georg Wassenberg, aber ich habe jetzt andere Verpflichtungen. Das verstehst du sicher. Du weißt doch, wie viel mir daran lag, meinen Mann loszuwerden. Und der liebe Thomas hat die Sache für mich erledigt.

Irrtum, Herzchen! Die Sache hatte sich schon vorher erledigt. Der liebe Thomas hat sich nur in die Scheiße gesetzt. Und daraus werde ich ihm einen hübschen Strick drehen.

Während er nach ihrem Anruf auf sie wartete, war er halbwegs entschlossen, ihr zu sagen, dass sie das Essen verschieben mussten. Erst einmal abwarten, bis die Ermittlungen abgeschlossen waren. Und dann sehen, wie sie sich dazu stellte. Aber als sie hereinkam, vor seinem Schreibtisch Platz nahm, war sein Entschluss wie weggewischt.

Perfektes Make-up, so perfekt, dass man annehmen konnte, sie hätte keins aufgetragen. Alles wirkte völlig natürlich, sogar der silbergraue Lidschatten und der sattrote Lippenstift. Sie trug ein schlichtes, dunkles Kostüm. Nicht schwarz, und der Rock war nicht lang genug, um auch einen Anschein von Trauer zu erwecken.

Von ihrer Nervosität, den tausend Ängsten, die sie ausstand, den Gedanken, die ihr beim Anblick der jungen Frau an seiner Seite durch den Kopf fuhren, und den Schlüssen, die sie aus Dina Brelachs Anwesenheit zu ziehen versuchte, war ihr nichts anzumerken. Sie saß da wie die Verkörperung aller Sehnsüchte, die Beine lässig übereinander geschlagen, die Hände locker im Schoß. Schlanke Hände, die linke von einem frischen, schneeweißen Verband umwickelt, die rechte gepflegt und schmucklos.

Er kam nicht umhin, sich vorzustellen, wie sie ihm eine davon in den Nacken schob, wie sie sich mit beiden an ihn klammerte. Eine kleine Tasche baumelte ihr am Riemen von der Schulter. Es war die Tasche aus ihrem Kleiderschrank. Und er sah sofort die beiden Wäschestapel vor sich, schwarze Spitze, weiße Spitze, und ihre ruhige, beherrschte Miene.

Mit kühler, sachlicher Stimme wiederholte sie die wesentlichen Punkte. So kam auch Dina Brelach in den Genuss einer fast kompletten Version ihrer Story und wurde an keiner einzigen Stelle misstrauisch. Wie denn auch, wenn diese Version den Tatsachen entsprechen musste! Vor ihren Augen vergiftet, zumindest damit gedroht. Sie hatte alles getan, um es zu verhindern. Mehr hatte sie wirklich nicht tun können. Und dann war sie bewusstlos gewesen, konnte nicht einmal genau sagen, ob ihr Mann das Haus sofort verlassen hatte oder nicht.

Das war der Moment, in dem Georg Hoffnung schöpfte. Zwar hatte sie das montags schon einmal gesagt. Nur hatte er dem da noch keine Bedeutung beigemessen und es dann vergessen. Aber Lehnerers Frau hatte keinen Motor gehört! Theoretisch hätte sie ihn durchs Telefon hören müssen, wenn Theißen hinausgelaufen und sofort losgefahren wäre.

Nur einmal angenommen, Theißen hatte das Haus nicht sofort verlassen! Hatte sich in den Sessel gesetzt und dort weitergesoffen, die Tabletten geschluckt, das Bewusstsein verloren. Und dann kam sein bester Freund. Wie üblich um sieben. Vorn öffnete ihm niemand, also ging er ums Haus rum. Es gab keine Gardinen vor der Glasfront zur Terrasse. Lehnerer sah, was da drin los war. Er schlug die Terrassentür ein.

Sie ließ er vor dem Tisch liegen, möglich, dass ihm das Herz dabei geblutet hatte. Deshalb war er später auch so besorgt um sie. «Wie geht es dir Betty? Wie fühlst du dich?» Aber zuerst war es wichtiger, den besten Freund um die Ecke zu bringen. Die Chance, die sich ihm da bot, musste Lehnerer auf Anhieb erkannt haben. Er hatte nur den Fehler gemacht, ihn nicht gleich in den Teich zu legen.

Lehnerer lief zurück, kaltblütig genug, zuerst nach Hause zu laufen. Und dann zu ihr. Eine Stunde insgesamt für die Fahrt zur Hütte, Theißen auf den Fahrersitz gezerrt, die eigenen Spuren verwischt, zurückgelaufen. Über die Landstraße? Wo ihn zwei oder drei Dutzend Autofahrer sehen konnten? Es gab bestimmt auch einen Weg durch den Wald. Das würde sich feststellen lassen.

Nur einmal angenommen! Es konnte so gewesen sein. Und dann musste Lehnerer sich anhören, dass sich das Sterben seines besten Freundes noch ein wenig hinziehen konnte. Georg erinnerte sich genau an das Erschrecken auf Lehnerers Gesicht. An sein Zögern, als sie ihn anflehte, sich an der Suche nach ihrem Mann zu beteiligen. Hatte wohl ein bisschen Schiss gehabt der Waldläufer, weil er ja nicht allein losfuhr, um zu suchen.

Und ihr später von seiner Meisterleistung erzählen war nicht gut möglich. Immerhin hatte Lehnerer mit ihrem Leben gespielt, als er sie vor dem Tisch liegen ließ. Sie konnte keine Ahnung haben. Also konnte er auch mit ihr essen gehen.

Nachdem sie ihre Aussage unterschrieben hatte, verabschiedete sie sich mit einem Händedruck und einem Lächeln, das kaum mehr war als eine Andeutung. Bei Dina Brelach fiel es eine Spur wärmer aus als bei ihm. Dafür war es bei ihm mehr eine bange Frage. Das gab ihm neuen Auftrieb.

An der Tür drehte sie sich noch einmal um, sagte ein zweites Mal: «Auf Wiedersehen.» Das war schon alles, aber es war mehr als genug. Er konnte das eben, aus einem Lächeln und zwei Worten so viel heraushören, dass der Rest sich von allein sagte. Der Platz zwischen den Spiegeln war ihm sicher, zumindest für den Samstag. Danach musste man weitersehen.

Als sie die Tür hinter sich zugezogen hatte, blies Dina Brelach die Backen auf, ließ die Luft langsam zwischen gespitzten Lippen entweichen. Es sah aus, als wolle sie pfeifen. Aber es kam nur ein: «Schade, dass ich keinen Martini hatte, ich hätte gar kein Eis dafür gebraucht. Die ist aus demselben Holz geschnitzt wie die Rasche, sie sieht nur entschieden besser aus. Das Gesicht! Da kann man ja direkt neidisch werden.»

Dina grinste, während sie ihn betrachtete. «Und Sie sitzen da wie ein steifer Klotz. Fällt Ihnen eigentlich nie auf, dass Sie ein Mann sind, wenn Sie es mit einer Frau zu tun haben?»

«Doch», erwiderte er, es klang direkt heiter, richtig fröhlich und unbekümmert, «hin und wieder fällt es mir schon auf.»

Dina grinste immer noch. «Dann ist ja noch Hoffnung.»

Am Freitagmorgen wurde ihm zuerst der Bericht der hauseigenen kriminaltechnischen Untersuchung vorgelegt. Brauchbare Fingerabdrücke von nur einer Person an Fahrertür und Lenkrad des Lamborghinis. Die Abdrücke im oberen Bereich des Lenkrads waren verwischt. Im unteren Teil waren sie deutlich. Als ob Theißen den Wagen zeitweise nur mit den Fingerspitzen im unteren Bogen des Lenkrads gesteuert hätte. Vielleicht hatte er das für eine sportliche Fahrweise gehalten.

Dass Lehnerer am oder sogar im Wagen gewesen war, ließ sich mit Fingerabdrücken nicht beweisen. Und alles andere musste wie die Kleidung in Düsseldorf unter die Lupe genommen werden. Viel war es nicht. Der Lamborghini hatte Ledersitze. Die Spurensicherung hatte nur ein paar Haare, ein paar Fasern und etwas Dreck aus den Matten im Fußraum sicherstellen können.

Kurz vor Mittag traf der Obduktionsbefund ein. Geschrieben klang es viel nüchterner als ausgesprochen. Todesursache, Promillegehalt, Zeitpunkt des Todes, das waren feststehende Tatsachen. Es hatten sich keine Kieselalgen in Theißens Atemwegen nachweisen lassen. Damit stand unverbrüchlich fest, dass er nicht ertrunken sein konnte.

Ebenso stand fest, dass er mindestens vier Stunden vor seinem Tod das letzte Schlückchen Wodka zu sich genommen hatte. Das Gleiche galt für die letzte Paramed-Tablette. Plus/ minus einer halben bis einer Stunde Zeitdifferenz. Bei einer Stunde kam es hin, deckte sich noch mit ihrer Aussage. Es schloss auch nicht aus, dass Theißen zwischen sechs und halb sieben allein zur Hütte gefahren war und sich dort das allerletzte Tröpfchen aus der Flasche einverleibt hatte. Kurz darauf musste er das Bewusstsein verloren haben.

Außer dem Wodka hatte er an seinem letzten Tag noch ein halbes Dutzend anderer Schnäpse genossen. Feste Nahrung schien er nur häppchenweise und nur in den frühen Morgenstunden zu sich genommen zu haben. Im Magen selbst hatten sich neben den diversen Alkoholika und Resten des Medikaments nur noch Spuren von Kamillentee und Blut nachweisen lassen. Das Blut stammte aus den kaputten Venen der Speiseröhre.

Es war nicht viel. Es war praktisch gar nichts. Einen Toten von einer Stelle zur anderen zu transportieren war nicht strafbar. Aber einen Sterbenden hinaus in die freie Natur zu schaffen, da sah die Sache anders aus. Georg ging mit den Unterlagen zum Staatsanwalt. Verwies ausdrücklich darauf, dass der Lamborghini für die weiteren Ermittlungen nicht mehr von Interesse war und auch die Leiche freigegeben werden konnte. Dann kam er zum Kernpunkt.

Die Theorie vom treu ergebenen Mitarbeiter, der aus Sorge um die Firma gegen sieben Uhr abends bei der Chefin vorbeischaute und eine günstige Gelegenheit nutzte, wollte dem Staatsanwalt nicht einleuchten. Für Thomas Lehnerer hätte es in Theißens Haus nichts gegeben, was auf einen Selbstmord hinwies, meinte er. Kein Abschiedsbrief! Eine leere Medikamentenschachtel auf dem Tisch einer Frau, die Stunden zuvor über Kopfschmerzen geklagt hatte. Thomas Lehnerer hätte davon ausgehen müssen, dass Betty Theißen die letzten Tabletten aus der Schachtel genommen hatte. Und die leere Flasche in der Hand eines Bewusstlosen, den er als Säufer kannte, auch eine eindeutige Sache. Wenn Thomas Lehnerer in dieser Situation eine Chance hätte nutzen wollen, hätte er Theißen sofort in den Teich legen müssen, nicht wahr?

Die Argumentation des Staatsanwalts hatte einiges für sich. Dagegen konnte Georg nur einen Toten mit Flügeln setzen, die ihn vierzig Meter weit hätten tragen müssen. Der Staatsanwalt nahm die Sache durchaus ernst, nur war die Rechtslage ein bisschen kurios. «Wir brauchen wenigstens einen Beweis, dass Lehnerer da draußen war.»

«Keine Sorge», versprach Georg, «den finde ich schon. Ein paar graue Fussel an Theißens Anzug genügen doch. Aber ich brauche den Jogginganzug, den Lehnerer montags getragen hat zum Vergleich.»

Der Staatsanwalt schüttelte den Kopf. «Nicht mit dem, was wir bisher haben. Warten Sie damit, bis der Laborbericht vorliegt.»

«Und wenn er ihn bis dahin beseitigt hat?»

«Warum sollte er, solange er nicht weiß, dass Sie ihn im Visier haben? Oder haben Sie ihn sich schon vorgeknöpft?»

«Nein», sagte Georg. Damit war das Gespräch beendet.

Am späten Nachmittag kam Theißens Mutter ins Präsidium. Man schickte sie zu ihm ins Büro, hatte ihr auch seinen Namen als den des zuständigen Beamten genannt, aber der

Name sagte ihr wohl nichts. Sie kam zur Tür herein, genauso stolz und aufrecht, wie sie dienstags in ihrem Haus das große Zimmer betreten hatte. Und gleich bei der Tür blieb sie stehen, starrte Georg an, das Erkennen setzte ein.

«Mit Ihnen rede ich nicht!» Kurz und knapp und bündig. Dann raffte sie sich doch zu einer weiteren Erklärung auf: «Das wäre absolut sinnlos. Sie waren bei ihr am Dienstag. Ich will einen unvoreingenommenen Beamten sprechen.»

Er hätte sie darauf hinweisen können, dass sie entweder mit ihm oder mit niemandem vorlieb nehmen musste, wenn sie etwas Wichtiges vorzubringen hatte. Das schaffte er nicht. Er sah sie noch vor sich auf dem Boden liegen, im Sessel sitzen, die Armlehnen mit ihren Fäusten bearbeiten. Er hatte ihr Wimmern noch im Ohr, konnte nur freundlich sein. «Möchten Sie lieber mit einer Kollegin reden?»

«Mit einer Frau?» Sie starrte ihn immer noch an, feindselig und geringschätzig. Als er nickte, meinte sie: «Mit einer Frau jederzeit.»

Er telefonierte nach Dina Brelach. Glücklicherweise war sie im Haus. Es dauerte nur einige Minuten, ehe man sie aufgetrieben und zu ihm ins Büro geschickt hatte. Und die ganze Zeit über stand Theißens Mutter bei der Tür, kam nicht einen Zentimeter näher an den Schreibtisch heran, obwohl er ihr mehrfach einen Platz davor anbot.

Als Dina den Raum betrat, erklärte Georg: «Wenn es Ihnen lieber ist, lasse ich Sie jetzt allein mit Frau Brelach.»

«Von mir aus können Sie bleiben. Mich stört es nicht, wenn Sie zuhören. Viel habe ich ohnehin nicht zu sagen.»

Also blieb er. Theißens Mutter erkundigte sich zuerst, wie weit sie bisher mit ihren Ermittlungen gekommen seien. Dina Brelach vergewisserte sich mit einem kurzen Blick bei ihm, wie die Dinge standen. Da er nur vage die Schultern anhob, antwortete sie: «Wir haben noch nicht alle Fakten zusammen.»

Theißens Mutter nickte. «Das weiß ich. Sie können erst

alle Fakten zusammenhaben, wenn Ihnen die Aussage seiner Frau vorliegt.»

«Die ist bereits zu Protokoll genommen», erklärte Dina Brelach. Georg hielt sich im Hintergrund.

Theißens Mutter lachte kurz und geringschätzig auf. «Sie meinen Bettys Aussage. Das kann ich mir denken. Aber Betty war seit Jahren nicht mehr seine Frau. Sie war es.»

Mit den letzten Worten zog sie einen Zettel aus ihrer Handtasche, schob ihn über den Schreibtisch zu Dina Brelach hinüber und verlangte: «Sie werden mit ihr reden. Wenn Sie es nicht tun, gehe ich direkt zum Staatsanwalt. Ich werde Beschwerde gegen Sie einlegen.»

Georg hatte mit einer direkten Anschuldigung gegen Betty gerechnet, die blieb aus. Auf dem Zettel standen eine Anschrift und ein Name, Eugenie Boussier. «Sie werden sie am Abend antreffen», erklärte Theißens Mutter noch, während sie bereits auf die Tür zuging. «Tagsüber wahrscheinlich nicht. Sie arbeitet tagsüber, und ich weiß nicht genau, wo.»

Den Freitagabend strichen sie für das Gespräch mit Eugenie Boussier gleich aus ihren Gedanken. Dina Brelach wollte sich mit den Resten der Familie Rasche befassen, sich mal mit der Tochter unterhalten. Und allein wollte Georg sich nicht mit Theißens letzter Freundin auseinander setzen. Das hielt er nicht für ratsam.

Am Wochenende hätten sie Eugenie Boussier wahrscheinlich auch unter der angegebenen Adresse angetroffen. Nur hatten sie für das Wochenende bereits andere Pläne. Noch bevor Georg andeuten konnte, dass er hin und wieder ein bisschen Privatleben brauche, erkundigte sich Dina Brelach: «Können wir es am Montag erledigen? Sonst müssen Sie alleine zu der Frau fahren.»

«Es hat Zeit bis Montag», erwiderte er. «Ich warte ohnehin noch auf einen Bericht vom LKA-Labor, der dürfte frühestens Mitte der nächsten Woche eintreffen.»

Dina Brelach war erstaunt. «Irgendwelche Zweifel?»

Er nickte, zeigte auf die Ecke seines Schreibtischs, auf der die dünne Mappe mit den beiden Berichten und Betty Thei-ßens Aussage lag.

Dina vertiefte sich in die Berichte, studierte sie sorgfältig, meinte anschließend: «Das ist ja ein Ding! Aber habe ich nicht gleich gesagt, dass seine Schuhe zu sauber waren?!» Dann wollte sie wissen: «Haben Sie schon eine Ahnung, wer ihn da runtergetragen hat?»

Georg hatte mehr als eine Ahnung, und irgendwie wollte er es auch beweisen, irgendwie.

6. Kapitel

Den halben Samstag verbrachte Georg im Präsidium – zusammen mit Dina Brelach in seinem Büro über den vorliegenden Ermittlungsunterlagen zu den Parkmorden. Obwohl sie sich die halbe Nacht in einer Diskothek um die Ohren geschlagen hatte, wirkte Dina frisch und munter.

Sie war am Freitagabend der Tochter von Jens-Dieter Rasche und deren Freund gefolgt, opferte ihre Freizeit, weil es keinen offiziellen Auftrag gab, hielt an ihrem Verdacht fest mit der gleichen Intensität oder Besessenheit, die Georg auf Thomas Lehnerer verwandte. Im Gegensatz zu ihm hatte Dina allerdings Erfolge vorzuweisen. Sie jedenfalls nannte es so.

Es war ihr gelungen, die Unterhaltung der observierten Personen mitzuhören. Zudem hatte sie zwei Szenen mit Bekannten erlebt, junge Männer in beiden Fällen, von denen einer auffällig gekleidet gewesen war. Rechtsdrall! Mit dem hatte sich der Freund von Rasches Tochter über Toni unterhalten. Komischerweise hieß auch der Knirps, den die Kollegen sich mittwochs vorgeknöpft hatten, Toni. Dina wähnte sich nun erst recht auf einer heißen Spur.

Die Kollegen telefonierten immer noch hinter dem Reporter her, der einen Obdachlosen zu einem Schnaps hatte einladen wollen. Dina suchte nun in den Zeugenaussagen nach einem Hinweis, ob Toni oder der Reporter zuvor bereits in Erscheinung getreten waren. Es gab natürlich keine unmittelbaren Tatzeugen, nur ein paar Männer, die die vier Opfer gekannt hatten, ein paar Stunden vor deren Tod noch mit ihnen zusammen gewesen waren, auch mit ihnen getrunken hatten. Georg stolperte viermal über die Promillewerte.

Abgefüllt bis zum Kragenknöpfchen, der Satz ging ihm

nicht aus dem Kopf. Bei Herbert Theißen hatte der Gerichtsmediziner sich eine derartige Bemerkung verkniffen. Dabei hatte keiner der vier Stadtstreicher den Wert erreicht, den man bei Theißen festgestellt hatte. Und trotzdem waren sie hilflos gewesen, völlig wehrlos.

Georg wollte sich nicht damit beschäftigen. Mit den Parkmorden schon, aber nicht mit Theißen. Nicht an diesem Tag, dessen Ausklang ihm bereits in den Leisten zuckte. Nur kam er immer wieder darauf zurück.

Eine Flasche Wodka für Herbert Theißen!

Und irischer Whiskey für Jens-Dieter Rasche, Tullamore Dew in einem Steinkrug. Beim dritten Opfer war es ein Chivas Regal gewesen, beim zweiten ein Ballantine's, beim ersten nur ein simpler Johnnie Walker. Tullamore Dew war mit Abstand das teuerste Gesöff von den vier Marken.

«Er steigert sich», stellte Dina Brelach fest. Dass sie ein männliches Pronomen benutzte, hatte überhaupt nichts zu bedeuten. Vielleicht wollte sie Georg nur nicht wieder auf die Nerven fallen. «Er lässt sich seinen Spaß von Mal zu Mal mehr kosten. Wenn er bei Whisky bleiben will, kommt er jetzt ernsthaft in Schwierigkeiten. Aber vielleicht war der Tullamore das Finale.»

Der irische Whiskey regte sie auf. «Die Rasche hatte den auch in ihrer Wohnung. Da stand so ein Krug ganz offen auf einer Anrichte, auf einem Tablett mit vier Gläsern. Sie grinste jedes Mal, wenn ich dahin schaute, als ob sie sagen wolle, und jetzt beweis mir mal was. Sie selbst trinkt nicht, hat sie mir erzählt. Aber wenn mal Gäste kämen, möchte sie etwas anbieten können. Sie hat überhaupt keine Kontakte, wer soll sie denn besuchen?»

Das wusste Georg nicht. Er wusste auch nicht, wo und mit wem er den Samstagabend verbringen sollte. Ein dumpfes Gefühl in seinem Innern beharrte darauf, es wäre entschieden besser für ihn, die Verabredung mit Betty Theißen abzusagen. Berufliche Gründe wären ein Vorwand, sogar ein unverfänglicher. Sie wusste schließlich, dass er der Sonderkommission angehörte. Und dass bei der Aufklärung einer Mordserie Überstunden an der Tagesordnung waren, dass freie Abende, auch Wochenenden gestrichen wurden, konnte er ihr bestimmt begreiflich machen.

Der Sonntagabend war beruflich verplant. Er sollte Dina für ein paar Stunden Gesellschaft leisten. Überwachung von Frau Rasche, das immerhin hatte Dina dem Leiter der Soko abgetrotzt. Es glaubte zwar niemand so recht daran, aber schaden konnte es nicht. Man musste einfach die von Mord zu Mord kürzer werdenden Zeitabstände berücksichtigen. Es konnte jetzt jeden Tag wieder so weit sein. Wer wollte sich denn anschließend vorwerfen lassen, er hätte eine bestimmte Spur nicht ernst genommen?

Zuerst hatte Georg gegen die Anweisung protestieren wollen, sich das jedoch rasch anders überlegt. Vielleicht wurde der Samstagabend eine einzige Pleite; so wie er sich momentan fühlte, durfte er das nicht ausschließen. Dann war er am Ende dankbar für ein bisschen Ablenkung am nächsten Tag.

Die Gedanken ließen sich nicht abstellen. Eine Flasche Wodka! Für Lehnerer hatte sie nur einen Rest Sherry gehabt. Er konnte unmöglich mit ihr essen gehen. Und mit ihr zwischen den Spiegeln liegen, undenkbar. All die leeren Flaschen in der Bar. Und Tomatenbrote. Kein Geld im Haus! Kein Wunder bei einem Spieler und Säufer. Aber eine volle Flasche Wodka war noch da gewesen, als es darauf ankam! War schon seltsam, auf welche Gedanken ihn die Akten der Parkmorde brachten. Die Schlussfolgerung daraus war nicht seltsam, nur erschreckend.

Um vier machte er Feierabend, fuhr heim in diese schäbige Bude. In der zweifelhaften Erwartung der nächsten Stunden wirkte alles noch trister. Zu Hause bleiben? Noch war Zeit, die Verabredung abzusagen. Er schaffte es nicht, griff nur einmal nach dem Telefonhörer. Aber die winzige Wohnung war doch kein Zuhause, man konnte ja nicht mal nervös hin und her laufen. Und sie saß ihm wie ein halber Zentner Juckpulver in den Knochen.

Es konnte alle möglichen, harmlosen Erklärungen für die Wodkaflasche geben. Und er musste doch nicht mit ihr schlafen. Nur ein Essen, in der Öffentlichkeit, in allen Ehren. Er zog die Hand wieder vom Telefon zurück und ging mit entschlossenen Schritten in das verschimmelte Loch, das sich Duschbad nannte.

Eine ausgiebige Dusche, kein Lied auf den Lippen diesmal. Er war viel zu nervös, um zu singen. Und es hatte sich ausgeträumt von weißen Pferden. Jetzt spukten ihm eine Wodkaflasche und ein paar graue Fussel im Kopf herum. Die Flasche verdrängte er gewaltsam aus seinen Gedanken. Aber die Fussel brauchte er unbedingt, wenn er Lehnerer ans Fell wollte. Nur gab es dazu keinen Schlager.

Pünktlich um sieben hielt er seinen Wagen vor ihrem Haus. Ihr Kleinwagen parkte wieder in der Einfahrt. So schnell ließen sich Gewohnheiten wohl nicht abstellen. Sie öffnete ihm die Tür, noch bevor er diese ganz erreicht hatte.

Schon fix und fertig zum Ausgehen stand sie vor ihm. Ein schwarzes Ensemble, enger Rock, der gerade eben ihre Knie freigab, taillierte Bluse mit v-förmigem Ausschnitt, die etwa in Höhe des Nabels von einem einzigen Knopf zusammengehalten wurde. Darunter trug sie etwas aus Spitze, ebenfalls schwarz. Einen Body vermutlich, er kannte das noch von Sonja. Druckknopf- oder Häkchenverschluss im Schritt. Wenn er erst einmal so weit gekommen war, eine atemberaubende Vorstellung. Darüber konnte er zeitweise eine ganze Menge vergessen.

Der Verband an ihrer linken Hand war gegen ein breites Wundpflaster ausgetauscht. Das bekam er am Rande mit. Sie ließ ihm kaum die Zeit für einen Händedruck. Strahlte ihn an mit diesem offenen und freundlichen Kinderblick, der ihn schon mittwochs irritiert hatte, so gar nicht zu ihrem Kleid passte, ihm aber trotzdem das Gefühl gab, dass es ein Abend in allen Ehren werden könne. Vorerst brauchte er dieses Gefühl noch.

«Von mir aus können wir», sagte sie. «Ich habe den ganzen Tag gefastet, damit der Appetit für fünf Gänge reicht.»

«Tun es auch drei Gänge?», fragte er. «Ich habe keinen Tisch mehr für fünf bekommen.»

Sie seufzte. «Wir werden sehen. Sonst muss ich eben später noch ein Tomatenbrot essen.»

«So weit lassen wir es nicht kommen», versprach er. «Da verzichte ich eher auf mein Dessert.»

Er bot ihr den Arm, altmodisch oder unverfänglich. Sie verschloss die Haustür, ließ sich die drei Stufen hinunterführen. Als er ihr die Wagentür öffnete, erklärte sie: «Ich kam mir ein bisschen dumm vor, als ich eben vor dem Spiegel stand. Ich war nicht mehr sicher, ob Sie überhaupt kommen. Sie haben sich nicht mehr gemeldet, und am Donnerstag erschienen Sie mir sehr –»

Zurückhaltend oder reserviert, wollte sie sagen, er unterbrach sie. «Am Donnerstag war es dienstlich. Jetzt ist es privat.»

Er hatte sich gar nicht um einen Tisch gekümmert, fuhr auf gut Glück mit ihr zu einem Restaurant, in dem er früher häufig mit Sonja gegessen hatte. Es war noch früh genug, um auch ohne Reservierung einen guten Platz zu bekommen.

Während sie die Speisekarte studierte und er sie betrachtete, sagte er: «Ihre Schwiegermutter war gestern bei mir.»

Sie schaute ihn mit ruhigem Blick über den Rand der Speisekarte hinweg an. «Sind wir immer noch privat? Oder wird es jetzt dienstlich?»

«Keine Sorge», sagte er. «Ich dachte nur, es würde Sie vielleicht interessieren, wie Ihre Schwiegermutter die Sache sieht.»

Es interessierte ihn, wie sie auf das Verlangen ihrer Schwiegermutter und den Namen Eugenie Boussier reagieren würde, aber das musste er nicht aussprechen.

Sie hob die Schultern, wirkte unschlüssig. «Ich weiß nicht, ob es mich wirklich interessiert. Das sollte es wohl. Aber was ändert sich dadurch? Nichts. Ich versuche seit Tagen, es von mir wegzuschieben. Ich sage mir die ganze Zeit, dass es für mich keinen Unterschied gibt. Es ist alles genau so, wie es immer war. Auch wenn Herbert noch leben würde, könnte ich jetzt hier mit Ihnen sitzen. Er wäre unterwegs, es würde ihn nicht stören. Ich glaube jedenfalls nicht, dass es ihn stören würde. Warum auch? Er würde keinen Gedanken an mich verschwenden. Wer denkt schon an Maschinen, wenn er seine kleine Freundin –»

«Eugenie Boussier», unterbrach er sie.

Sie schaute ihn mit fragendem Blick an, zuckte mit den Achseln. «Müsste es jetzt bei mir klingeln? Tut mir Leid, der Name sagt mir nichts.»

«Ihre Schwiegermutter ist der Meinung, wir sollten uns mit Eugenie Boussier unterhalten.»

Sie lächelte unbefangen. «Tun Sie es, wenn Sie eine Notwendigkeit sehen.» Dann widmete sie sich wieder der Speisekarte.

Eugenie Boussier, es klang nach Frankreich oder irgendeinem Inselchen in der Karibik. Eugenie Boussier war der Krauskopf, von dem Thomas gesprochen hatte. Sie hatte das dunkelhäutige Mädchen, mit dem Herbert für ein paar Minuten beim Geburtstag von Margots Bruder aufgetaucht war, nicht gesehen.

Aber den Namen kannte sie natürlich, hatte ihn häufiger von Thomas gehört. Zuletzt in der Nacht zum Dienstag, als Thomas seine Vorgehensweise schilderte und seine Umsicht. Thomas war immer noch überzeugt, dass er keinen Fehler gemacht hatte und niemand Verdacht schöpfen konnte. Vielleicht hatte er Recht. Im anderen Fall hätte der Polizist es sich doch nicht leisten können, hier mit ihr zu sitzen. Sie musste sich nicht ruhig geben, sie war ruhig. Jetzt war sie es. Es war das Ergebnis des logischen Überlegens.

Am Donnerstag war sie beinahe verrückt geworden. Von zehn Uhr an hatte sie nicht mehr denken können. Immer nur einen nüchternen, zweckmäßig gekachelten Raum und einen Tisch aus Edelstahl vor sich gesehen, der mehr einer Schlachtbank glich. So kannte sie es aus Filmen. Die Leiche auf dem Tisch, Messer, Zangen, Sägen und weiß der Teufel, was sie sonst noch brauchten, in den Händen von grün bekittelten Männern.

Trotz dieser Wahnsinnsbilder hatte sie es geschafft, bis zum späten Nachmittag zu warten. Ihn dann anrufen, ins Präsidium fahren, seine Miene studieren und dieses junge Huhn neben ihm. Er hatte sich Verstärkung geholt, das sah nicht gut aus.

Den ganzen Freitag kämpfte sie mit sich, ob sie ihn anrufen sollte. Nur kurz nachfragen, ob es bei ihrer Verabredung blieb. Lieber nicht! Abwarten, sich nicht aufdrängen und gewiss keine vorzeitigen Erklärungen abgeben.

Am Freitagnachmittag kam die Mitteilung von der Staatsanwaltschaft. Die Leiche war zur Bestattung freigegeben, auch der Lamborghini konnte abgeholt werden. Das schien ein gutes Zeichen. Trotzdem flatterten ihre Nerven. Die Mitteilung allein musste noch nichts bedeuten. Schließlich konnte man Leiche und Wagen nicht auf ewige Zeit festhalten.

Freigegeben hieß auf gar keinen Fall, dass nun alles überstanden war. Sie hatten sich genommen, was sie für ihre Untersuchungen brauchten. Hier ein Pröbchen und da eins. Und jedes einzelne unters Mikroskop. Dann Ergebnisse. Sieben Stunden Zeitdifferenz zwischen dem letzten Schluck und dem Tod! Der Mann war nicht mehr in der Lage, sein Auto zu steuern!

Und der Polizist wusste inzwischen, dass Thomas meist so gegen sieben kam. Am Freitagnachmittag rechnete sie damit, dass er plötzlich in der Firma auftauchte, um Thomas in die Mangel zu nehmen. In dem Fall hätte es schlecht ausgesehen. In der Nacht schlief sie kaum, überlegte stattdessen, was sie tun sollte, konnte oder musste, wenn er sich nicht blicken ließ am Samstagabend. Eine verrückte Situation, unüberschaubar.

Aber jetzt war alles in bester Ordnung. Jetzt saß er ihr gegenüber und benahm sich nicht anders als in der langen Nacht zum Dienstag. Wahrscheinlich bestand nicht mehr die Notwendigkeit, mit ihm ins Bett zu gehen. Die Berichte mussten ihm inzwischen vorliegen und eindeutig sein. Eugenie Boussier konnte ihm nichts von Bedeutung erzählen. Und die Alte schien er nicht ernst zu nehmen. Das ging aus der Art hervor, wie er das gesagt hatte. «Ihre Schwiegermutter war gestern bei mir.»

Die Alte hatte ihr Pulver schon verschossen und offenbar nichts vorbringen können, was ihn misstrauisch oder hellhörig gemacht hatte. Sie konnte ihn nach dem Essen wegschicken. Vielleicht noch ein Kaffee in ihrem Haus, den durfte er gerne selbst aufbrühen. Und dann: «Auf Wiedersehen!»

Sie hätte froh sein müssen, dankbar und erleichtert, dass trotz all der unverhofft aufgetauchten Schwierigkeiten alles so glatt gegangen war. Auch glücklich, dass sie kein weiteres Risiko eingehen, keine Scherereien mit Thomas heraufbeschwören musste. Aber wie er ihr gegenübersaß! Er fraß sie förmlich auf mit seinen Blicken, ließ nicht den geringsten Zweifel, dass ihm der Sinn nach einem anderen Dessert stand als weißer Rum-Mousse mit Mangofilets und Himbeersauce.

Ein ausgezeichnetes Essen, für ihren Geschmack exquisit, in dieser Hinsicht war sie nicht sehr verwöhnt. Sie war rundherum satt und zufrieden, fühlte die Spannung wie ein Prickeln im Hirn. Nur einmal! In dieser Hinsicht war sie auch nicht verwöhnt. Und Thomas musste nie davon erfahren. Nur einmal den Unterschied erleben zwischen Thomas und einem Mann, der sich nicht einmal von einem Toten beeindrucken oder gar aufhalten ließ.

Kurz vor elf brachen sie auf. Während der Fahrt schwiegen sie beide. Er fühlte sich wie unter Strom stehend, ein Kribbeln auf der Haut und ein Summen im Kopf. Plötzlich störte ihn ihr Lippenstift, er wusste nicht, warum. Während des Essens hatte das Rot sich abgenutzt. Das war normal, war bei Sonja auch so gewesen. Und Sonja hatte den Schaden ungeniert am Tisch behoben, was ihm stets irgendwie peinlich gewesen war. Sie hatte sich nach dem köstlichen Dessert erhoben und für einen Augenblick entschuldigt. Dann war sie in Richtung der Toiletten verschwunden. Als sie zurückkam, war es wieder dieses üppige Rot gewesen. Ganz normal – wie bei Sonja.

Vielleicht war es nur das, was ihn störte, wie bei Sonja. Oder es war das Wissen, dass das Rot abfärbte und man wie ein Clown aussah nach einem Kuss. Wenn schon! Man konnte es ja vorher abwischen, und ein Kuss war erlaubt.

Er war fest entschlossen, sich auf keinen Fall mit einem Händedruck an der Tür abspeisen zu lassen. Wenigstens ins Haus musste er sie begleiten. Wenn sich die Tür erst geschlossen hatte, konnte man weitersehen. Musste man auch zwangsläufig, er wäre sonst daran erstickt oder geplatzt.

Sie war im Zweifel, hin- und hergerissen zwischen Gefühl und Verstand. Der kühle Verstand scheute das Risiko, das Gefühl suchte die Erfüllung alter Sehnsüchte. Ihn mit ins Haus nehmen!? Sie wusste nicht, wie sie es bewerkstelligen sollte, um auch tatsächlich von ihm zu bekommen, was sie wollte. Der obligatorische Kaffee war zu platt und würde nur zu einem ganz gewöhnlichen Erlebnis führen, das sich allenfalls durch den Reiz des Neuen von Thomas unterschied. Sie wollte den Mann, der am Mittwoch in ihrer Küche gesessen hatte. In den Minuten, kurz bevor Thomas hereinplatzte. Ich will dich, und ich krieg dich, ob du willst oder nicht.

Es ging leichter als erwartet. Er war ganz Kavalier, half ihr beim Aussteigen, begleitete sie zur Haustür, nur die Hand an ihrem Ellbogen. Dann nahm er ihr den Schlüssel aus den Fingern, öffnete die Tür, ließ sie eintreten, folgte ihr. Und kaum hatte er die Tür hinter sich geschlossen, zog er sie an sich.

Länger hätte er auch nicht warten können.

In der ersten Minute geschah gar nichts, er hielt sie nur fest im Arm, schaute sie an. Den Blick erwiderte sie mit einem Gemisch aus Neugier, Furcht und Erwartung in den Augen, ansonsten blieb sie völlig passiv. Er zog ein Tuch aus der Hosentasche, ein weißes, sauber gewaschen und gebügelt. Damit wischte er ihr die Lippen ab, steckte das Tuch zurück und brachte sein Gesicht langsam näher an ihres heran, leicht verunsichert und irritiert von ihrer Passivität und diesem Hauch von Furcht in ihren Augen. Doch zu diesem Zeitpunkt hätte sie ihn noch abwehren können, nur sagen müssen: «Lassen Sie das!» Oder sich aus seinem Arm befreien.

Nichts dergleichen, nur der merkwürdig zittrige Blick. Die braunen Sprenkel in der grauen Iris. Ihr Mund war längst aus seinem Blickfeld verschwunden. Er fühlte ihn nur noch. Und im gleichen Augenblick, in dem er ihn unter den Lippen fühlte, war es mit seiner Beherrschung endgültig vorbei.

Er hatte gar nicht so über sie herfallen, sich viel mehr Zeit lassen wollen. Doch plötzlich gab es keine Zeit mehr, nur noch Haut. Und ihre Hände, die sich an ihn klammerten. Und ihren Atem, der merklich schneller wurde. Sie murmelte etwas, er verstand sie nicht gleich. Erst als sie die Worte zum dritten Mal wiederholte, wurden sie für ihn deutlich. «Zeig es mir.»

Er schob sie vor sich her auf die Küche zu, kam ihren Fingern in die Quere, die ihm nur helfen wollten, den Blusenknopf zu öffnen und den Rock hochzuschieben. Der Body darunter hatte einen Druckknopfverschluss, wie er sich gedacht hatte. Da sie Strümpfe trug, musste er nur einmal kurz ziehen. Und sämtliche Empfindungen legten sich in die Fingerspitzen.

In der Nähe der Treppe stutzte sie, ließ ihn jedoch gewähren. Schritt für Schritt zurück, die Tür zur Küche stand offen, drei Meter bis zum Tisch. Er hob sie hoch. Als ihr klar wurde, was er beabsichtigte, nahm sie die Hände von seinen Schultern und stützte sich damit nach hinten ab.

Es war der blanke Wahnsinn, so anders als mit Sonja, so anders als mit jeder anderen. So musste es sein, weil sie ganz anders war. Er konnte es nicht einmal ahnen, aber es erging ihm mit ihr ebenso, wie es Thomas Lehnerer vor Jahren mit ihr ergangen war und immer noch erging. Ein Stück Eis, das man nicht zum Schmelzen, nur zum Glühen brachte.

Da fehlte etwas. Das fühlte er deutlich. Er wusste nur nicht genau, was es war. Er glaubte, es wäre noch gekommen, wenn er nicht zu schnell gewesen wäre. Viel zu schnell. So hatte er sich das nicht vorgestellt.

Wie sie da vor ihm auf der Tischkante saß, die Beine noch um seine Hüften geschlungen, die Arme wieder nach vorn nehmend und um seinen Nacken legend, wie sie mit einem winzigen Lächeln feststellte: «Man merkt rasch, dass du allein lebst. Ein Freund der schnellen Küche.» Das war wie ein Schlag ins Gesicht. Sie war ganz weich dabei, wirkte durchaus zufrieden. Nur konnte sie das gar nicht sein, nicht in der kurzen Zeit.

«Ich bin auch ein Freund von Schlafzimmern», sagte er.

«Und was ist mit Bädern?», fragte sie. «Magst du die auch?»

Sie ließ die Lippen über seine Stirn, die Schläfen, die Wangen zu den Mundwinkeln gleiten. Es war noch nicht vorbei, es war nur der Anfang gewesen.

«Bäder mag ich besonders gerne», murmelte er. «Sie müssen nur groß genug sein, dass man sich zu zweit darin aufhalten kann.»

Den Lippen folgte die Zungenspitze. Sie küsste mit geschlossenen Augen, ganz weich und intensiv, systematisch, gründlich, minutenlang. «Komm mit», sagte sie anschließend, nahm die Beine herunter, rutschte von der Tischkante, «dann zeige ich dir so ein Bad. Wir nehmen eine Dusche. Danach sehen wir weiter.»

Das Bad, in das sie ihn führte, war ein Traum aus weißem Marmor. Eine riesige Wanne, fast ein kleiner Pool, war im

Boden eingelassen. Die Wände fugenlos glatt. Ein mannsho-hes, üppig wucherndes Farngewächs stand in der einen Ecke, die Dusche befand sich in der anderen. Und sie war natürlich nicht verschimmelt, war ebenso makellos wie sie.

In der Duschkabine hätten drei Leute bequem Platz gefun-den und sich nicht einmal beim Einseifen behindert. Es war keine der üblichen Duschtassen, sondern eine Vertiefung im Boden. Der Boden und die Wände aus Marmor, die Tür aus Glas. Unter der Tür eine Schwelle, die eine Überschwem-mung verhinderte. Das Wasser kam gleich von vier Seiten.

Bevor sie sich zwischen die pulsierenden Strahlen stellte, zog sie das Pflaster von der Hand ab und warf es in einen klei-nen Abfallbehälter. Der Schnitt schien gut zu verheilen, trotz-dem hielt sie die Hand nach Möglichkeit vom Wasser fern. Sie drückte ihm eine Flasche mit Duschgel in die Finger, die nicht zum übrigen Luxus passte, ein billiges Produkt aus einem der billigsten Supermärkte, in denen normalerweise Leute ihren Bedarf deckten, die mit jedem Pfennig rechnen mussten.

Es lenkte ihn für einen Moment ab. Zwei der Opfer auf den Parkbänken hatten ihre wenigen Habseligkeiten in Plas-tiktüten aus diesem Supermarkt mit sich getragen und waren unter den Tüten erstickt. Unwillkürlich sah er sie in ihrem alten Kleinwagen auf den Parkplatz eines Supermarktes fah-ren, zwischen den Regalen durchgehen, umgeben von Pen-nern und anderen armseligen Gestalten. Aber der Eindruck verschwand gleich wieder.

«Hier», sagte sie, «zeig mir, wie gut du mit den Händen bist. Vielleicht brauchen wir sie später. Ich bin aus der Übung und weiß nicht, ob es auf normalem Weg noch funktioniert. Aber an Hände bin ich gewöhnt.»

Irgendwann lag er neben ihr auf dem Bett zwischen all den Spiegeln, und in seinem Hinterkopf sagte der Gerichtsmedi-ziner: «Als er einmal lag, lag er.» Dass einem solche Dinge immer in unpassenden Momenten einfallen mussten. Aber ungefähr so war es. Er war völlig erschöpft, viel zu träge, um noch mit einem Zeh zu wackeln. Nur zufrieden war er nicht, nicht völlig.

Er verschränkte die Arme im Nacken, betrachtete sich im Spiegel an der Decke. Und sie, die sich neben ihm ausstreckte, wirkte so entspannt dabei, so satt. Ein wildes Tier, das seinen Hunger gestillt hatte. Zeitweise hatte er es so empfunden.

Spätestens als sie das Bett erreichten, war nicht mehr zu bestimmen, wer über wen herfiel. Sie war wie ein Sturz in einen reißenden Strom gewesen, hatte ihm keine Zeit gelassen für einen Gedanken. Jetzt war sie nur noch ein schlanker Körper, glatte Haut. So glatt wie ihr Badezimmer, fugenlos.

«Hast du was mit deinem Prokuristen?», fragte er.

Es war ein denkbar ungünstiger Zeitpunkt. Er hätte sie besser nach der Flasche fragen sollen. Ihm waren während des Essens ein paar Gedanken dazu durch den Kopf gegangen. Ein paar hübsche Sätze, die alle mit dem unscheinbaren Wörtchen «wenn» begannen.

Einmal abgesehen davon, dass der Wodka wahrscheinlich gar keine besondere Bedeutung hatte, ganz bestimmt nicht aus böser Absicht in die Bar gestellt worden war: Wenn er die leeren Flaschen nicht erwähnte, würde sich kein Mensch Gedanken über eine volle Flasche machen. Wenn er sie in der Nacht nicht so aufmerksam beobachtet hätte, wäre ihm gar nicht aufgefallen, dass die anderen Flaschen in der Bar leer waren. Wenn ihn Lehnerers Erscheinen und dessen augenfällige Demonstration von Zusammengehörigkeit nicht wütend gemacht hätten, hätte er sie nicht so aufmerksam beobachtet. Das ganze Elend begann und endete mit Lehnerer, nicht mit der Flasche.

Er beobachtete sie genau im Spiegel, wartete auf das Zusammenzucken, das Erschrecken oder die Verlegenheit. Aber sie war nicht eine Sekunde lang verblüfft, musste auch nicht nachdenken, sich keine Antwort zurechtlegen. Sie lachte nur hell auf.

«Mit Thomas? Wie kommst du denn darauf?» Sie lachte noch einmal, leise und amüsiert, hielt seinen Blick im Spiegel fest. «Willst du mir schmeicheln? Willst du mir allen Ernstes einreden, ich könne mit seiner Margot konkurrieren? Du hast sie doch bereits kennen gelernt.»

«Willst du mir allen Ernstes einreden, du hättest jahrelang wie eine Nonne gelebt?», hielt er dagegen.

«Nonnen leiten keine Baufirmen, mein Lieber», konterte sie und richtete sich auf, stützte den Oberkörper auf einem Arm ab, schaute mit spöttischer Miene auf ihn hinunter. «Nonnen haben auch keine Schwiegerväter, die mit Argusaugen über die Bilanzen wachen. Ob du mir glaubst oder nicht, ich war ziemlich beschäftigt in den vergangenen acht Jahren. Zu beschäftigt jedenfalls, um einen biederen Familienvater zu verführen. Noch dazu einen, bei dem ich genau wusste, dass ich mir nur eine Abfuhr hole. Wozu soll man sich anstrengen, wenn man genau weiß, dass es die Mühe nicht lohnt.»

«Ich glaube dir nicht», sagte er.

Sie lachte noch einmal – spöttisch. Beleidigt war sie nicht, rollte sich auf den Bauch, legte den Kopf auf seine Brust und murmelte träge: «Dann lass es. Für mich spielt es keine Rolle, was du glaubst. Du wirst dich gleich verabschieden, und das war's dann. Es war nett mit dir. Doch, wirklich, das Essen war ausgezeichnet, du warst auch nicht übel. Aber mir ist klar, dass ich so etwas nicht jeden Tag haben kann. Muss ich auch nicht. Ich bin schmale Kost gewöhnt. Solange ich Tomaten und Brot im Kühlschrank habe und mir nicht ausgerechnet den Mittelfinger breche, komme ich gut allein zurecht.»

Wie sie das ausdrückte, fand er es abstoßend. Sie schien ihm so kalt in dem Moment, dass er unwillkürlich neben ihr fror. Natürlich durfte man nicht voraussetzen, dass eine Frau ausschließlich aus Liebe oder auch nur Verliebtheit mit einem Mann schlief. Aber ein bisschen Gefühl durfte man schon erwarten.

Ihm war danach, sie zu schlagen. Ein ungewohntes Bedürfnis, das er bei Sonja selbst in der schlimmsten Zeit nicht empfunden hatte. Es ernüchterte ihn, machte ihm unvermittelt bewusst, dass er sich an ihr nur die Hände verbrennen konnte. Auch Eis brannte Löcher ins Fleisch. Er stieß die Luft aus und gleichzeitig dieses Wort: «Mittelfinger!? Erzähl das, wem du willst, aber nicht mir. Herzchen!»

Da kam ein lang gezogener Ton wie ein Seufzen oder Stöhnen, ehe sie feststellte: «Ach, das ist es. Hätte ich mir denken können, dass du dich darüber aufregst. Da hat der gute Thomas ja etwas Schönes angerichtet mit seiner Sentimentalität. Aber wenn es nur das ist, können wir das kleine Missverständnis leicht aus der Welt schaffen. Das Herzchen ist ein Überbleibsel aus unseren Jugendjahren. Wenn es mir dreckig geht, nennt er mich immer noch so. Auf diese Weise erinnert er mich daran, dass er für mich da ist. Er fühlt sich verpflichtet, mir in Notlagen seinen starken Arm zu offerieren. Vor allem in den Notlagen, die ich seinem Freund zu verdanken habe. An den bin ich nämlich nur geraten, weil Thomas sich damals nicht entscheiden konnte.»

Sie begann mit der linken Hand über seine Brust zu streicheln, einfach nur hinauf und hinunter, ganz mechanisch. Es war ein unangenehmes Gefühl, weil das Wundpflaster dabei über seine Haut schabte. Nach dem Duschen hatte sie ein neues aufgeklebt.

Leise, fast melancholisch sprach sie weiter: «Der gute Thomas war mein erster Mann, musst du wissen. Nur war er leider, als er seine Leidenschaft für mich entdeckte, bereits eine ganze Weile mit Margot zusammen. Und sie wollte er auch unbedingt heiraten. Das kann ich ihm nicht mal verdenken. Margot ist zur Ehefrau und Mutter geboren, das konnte man ihr damals schon ansehen. Prädestiniert, um ihre Lieben zu bekochen und zu betätscheln, das Haus in Ordnung zu halten und den Garten zu pflegen. Der Traum eines jeden Mannes, der es gerne gemütlich und sorgenfrei hat. Mit mir wollte Thomas nur ins Bett beziehungsweise auf seinen Bürostuhl.

Wir haben es immer im Büro getrieben, nach Feierabend oder am Wochenende. Er ließ mich Überstunden machen oder bestellte mich für Überstunden in die Firma. Er versprach mir das Blaue vom Himmel. Und irgendwann habe ich ihn gelassen. Er war nett, und …»

Da kam eine winzige Pause, ein Hauch von Bitterkeit, ehe sie den Satz zu Ende sprach. «Ich habe ihm geglaubt, dass er es ernst meint. Dass er nur ein bisschen Zeit braucht, um mit Margot über die Trennung zu reden. Dass er das ganz vorsichtig tun muss, weil er sie nicht verletzen will. Soll ich weitererzählen?»

«Nur zu», forderte er, «ich mag Märchen beim Einschlafen.»

«Und ich mag wilde Männer», sagte sie, richtete sich auf, drehte ihm den Rücken zu, zog die Beine an und schlang die Arme um die Knie. «Aber das heißt noch lange nicht, dass ich mir alles von ihnen bieten lasse. Aus dem Alter bin ich herausgewachsen. Ich glaube, es ist besser, wenn du jetzt gehst.»

Mit gepresstem Atem und leicht gebeugtem Rücken saß sie neben ihm. Er konnte ihre Wirbel abzählen, tat das auch, es war besser als Schäfchen zählen. Es war auch besser, als sich verrückt zu machen. Und wenn sie was mit Lehnerer gehabt hatte, letzte Woche noch, es war doch verständlich. Eine junge Frau, all die Jahre allein. Dass sie es jetzt leugnete, war eigentlich ein positives Zeichen.

«Komm her», murmelte er, griff nach ihrem Arm und zog sie zu sich herunter, bis sie wieder mit dem Kopf auf seiner Brust lag. Er mochte das, den leichten Druck auf den Rippen und den Atem auf der Haut. Sonja hatte es nie gemocht. «Du kannst mir den Rest beim Frühstück erzählen. Wenn es kein Märchen ist, taugt es nicht zum Einschlafen.»

Er legte den Arm um sie, zog sie fester an sich, fühlte Feuchtigkeit auf der Haut, da, wo sie mit ihrem Gesicht lag. Ein oder zwei Tränen, mehr waren es auf keinen Fall, aber sie machten sie so schutzbedürftig.

«Hast du ihn geliebt?»

«Natürlich», flüsterte sie. «Natürlich habe ich ihn geliebt. Ich war sechzehn. In dem Alter liebt man noch mit dem ganzen Herzen. In dem Alter geht die Welt unter, wenn man merkt, dass man nur hingehalten wird. Und dann wird man gemein, dann will man Rache. Und wenn einem dann plötzlich der Juniorchef schöne Augen macht ... Ich wusste doch nicht, wie das funktionierte, dass ein Mädchen für Herbert erst interessant wurde, wenn Thomas signalisierte, dass es sich lohnte, ein Häppchen zu nehmen. Thomas spielte den Vorkoster. Er tat es nicht einmal mit Absicht. Es hat ihn hart getroffen, als ich ihm sagte, dass es aus ist mit uns, dass ich mit Herbert geschlafen hatte. Thomas hat mich sogar gewarnt, nur war es dafür leider schon zu spät.»

Sie brach ab, atmete gepresst, so sprach sie auch weiter: «Ich hatte mich in eine ausweglose Lage manövriert. Aber erspare mir die Einzelheiten, ich kann nicht darüber reden. Thomas sagte damals – na ja, das Übliche eben. Dass wir gute Freunde bleiben. Dass ich mich auf ihn verlassen kann, wenn es Schwierigkeiten gibt. Reicht das jetzt?»

Er nickte. «Morgen ist auch noch ein Tag.»

«Auf Frühstück bin ich nicht eingerichtet», sagte sie. «Einen Kaffee kannst du gerne haben. Auch ein Tomatenbrot.»

Sie hatte tatsächlich nichts weiter im Haus. Ihn störte es nicht, dass er sich mit Kaffee begnügen musste. Auf das Tomatenbrot verzichtete er freiwillig. Die Woche über hielt er es meist auch so, besorgte sich erst im Laufe des Vormittags ein paar belegte Brötchen.

Sie frühstückten in der Küche. Und wie sie ihm gegenübersaß, hätte er sie gleich noch einmal auf den Tisch setzen können. Er tat es nicht, weil da noch ein Rest Trägheit war, eine schöne Nacht. Eine hinreißende Frau. Der irritierende Moment in der Nacht war vergessen. Für das Bedürfnis, sie zu schlagen, schämte er sich in Grund und Boden. Die abstoßende Äußerung aus ihrem Mund war bei genauer Betrachtung weder obszön noch sonst etwas gewesen, wahrscheinlich nur ein Ausdruck von Verletztheit. Er hätte sich noch im Nachhinein ohrfeigen mögen für seine unpassende Frage nach einer Affäre mit Lehnerer. Es war wirklich nicht der richtige Zeitpunkt gewesen.

Minutenlang schaute er ihr zu, wie sie eine Brotscheibe mit Tomatenscheibchen belegte und in mundgerechte Stücke schnitt. Sie wirkte so frisch und ausgeruht, war nur einmal mit dem Kamm durchs Haar gefahren und damit bereits schön. Zu schön und zu perfekt, um sie sich von einem Waldläufer streitig machen zu lassen. Noch dazu von einem Trottel, der nicht einmal bemerkte, dass er einen Toten durch die Gegend schleppte.

Irgendwie musste er ihr das klarmachen. Nicht auf die harmlose Tour, eher drastisch. Dann würde sie schon die Finger von Lehnerer lassen. Er begann vorsichtig, ganz behutsam, legte keinen Spott in die Stimme, keine Wut, nur Ruhe und Neutralität, wollte keine erneute Auseinandersetzung und damit wahrscheinlich den endgültigen Rauswurf riskieren.

«Es tut mir Leid, dass ich dich noch einmal fragen muss, Betty. Hast du ein Verhältnis mit Thomas Lehnerer?»

Sie antwortete ihm gar nicht, schaute nur kurz und kalt in sein Gesicht und wies mit dem Kopf zur Tür hinüber.

«Nein», sagte er ernst, «so nicht. Ich brauche eine klare Antwort, Betty.» Um seinen Worten den richtigen Nachdruck zu verleihen, fügte er hinzu: «Und ich frage dich nicht als Mann, verstehst du?»

Und ob sie verstand, das verstand sie auf Anhieb. Sie hatte es doch geahnt die ganze Zeit über, hatte sich nur vorübergehend in Sicherheit wiegen lassen von seinem Verhalten. Äußerlich war ihr nichts anzusehen, obwohl er den Blick nicht von ihrem Gesicht ließ. Der Aufruhr spielte sich gut verschlossen in ihrem Innern ab.

Ihre Kehle zog sich zusammen, der letzte Bissen blieb ihr fast im Hals stecken. Sie schluckte ihn mit Mühe hinunter, spülte mit Kaffee nach, um die plötzliche Trockenheit im Mund zu vertreiben. So lief das also bei ihm. Er hatte seinen Spaß gehabt, jetzt wurde er dienstlich.

Sie deutete ein Kopfschütteln an, als ob seine Frage keine klare Antwort wert sei. Das musste er wohl oder übel akzeptieren. Sie beobachtete ihn aufmerksam, sah, wie er sich quälte.

«Na schön», meinte er nach ein paar Sekunden, längst noch nicht bereit, so einfach aufzugeben und die Sache auf sich beruhen zu lassen. «Aber ich hatte den Eindruck, Lehnerer wäre nicht abgeneigt und auch bereit, eine Menge für dich zu tun.»

Jetzt protestierte sie verhalten. «Natürlich! Dass Thomas eine Menge für mich tut, bestreite ich nicht. Das tut er seit Jahren. Den Rest kannst du vergessen. Thomas ist verheiratet, sehr glücklich verheiratet, soweit ich das beurteilen kann. Er hat kein Interesse an anderen Frauen. Er liebt Margot und vergöttert seine Kinder.»

«Das eine schließt das andere nicht aus», sagte er leise.

«Wie meinst du das? Kannst du es vielleicht auch deutlicher ausdrücken?» Sie war wirklich nicht ganz sicher, worauf er anspielte, noch einmal auf ein Verhältnis oder auf den Tod ihres Mannes.

Er griff nach ihrer Hand, zog sie über den Tisch zu sich heran und hielt sie fest. «Hör zu, Betty, ich …» Er brach kunstvoll ab, ein bisschen Schauspielerei gehörte zum Handwerk. Zwei Sekunden Pause, dann weiter. «Ich dürfte dir das eigentlich nicht sagen, das ist dir hoffentlich klar. Wenn ich mit dir darüber rede, dann nur, weil ich selbst mit dir zusammen war zur fraglichen Zeit. Also kann ich dich mit Sicherheit ausschließen.»

In ihren Augen blitzte etwas, kalte Wut oder Verunsicherung, das konnte er nicht beurteilen, sprach langsam und bedächtig weiter: «Wir sind sicher, dass dein Mann … Nun, er hatte mehr als vier Promille im Blut. Damit läuft normalerweise niemand mehr in der Gegend herum. Rein theoretisch müsste er zumindest bewusstlos gewesen sein, als er in den Teich geriet.»

So war es perfekt ausgedrückt. So formuliert, war es Mord. Sie begriff das auch, das war deutlich zu sehen. Sie starrte ihn erschreckt an, stellte die Tasse, die sie gerade angehoben hatte, mit einem vernehmlichen Klirren zurück auf die Untertasse. «Was heißt das, normalerweise und rein theoretisch? Die Leiche ist freigegeben. Er wird am Dienstag beerdigt. Den Wagen kann ich auch haben. Ich will ihn morgen früh abholen. Den würden sie mir doch nicht geben, wenn nicht alles in Ordnung –»

«Die Freigabe hat nichts zu bedeuten», unterbrach er sie. «Aber mehr kann ich dir wirklich nicht sagen. Wir haben noch nicht alle Ergebnisse, tut mir Leid. Lass es mich so ausdrücken: Wir gehen davon aus, dass jemand deinen Mann vom Wagen zum Teich geschafft hat. Dieser Jemand muss sehr kräftig gewesen sein und einen triftigen Grund gehabt haben, oder siehst du das anders?»

Sie antwortete nicht gleich, begann den Kopf zu schütteln, murmelte erst nach ein paar Sekunden: «Du bist verrückt. Einen triftigen Grund, das ist …» Ihre Stimme wurde ein wenig heller, als sie feststellte: «Du denkst an Thomas! Natürlich denkst du an ihn. Deshalb hackst du die ganze Zeit auf ihm herum. Vergiss es! Das ist völlig ausgeschlossen. Sie waren gute Freunde. Natürlich konnte Thomas nicht immer gutheißen, was Herbert trieb, aber das ist doch kein Grund.» Sie lachte kurz auf. «Das ist lächerlich.» Zuletzt hatte sie wieder sehr erregt geklungen, fast so, als wolle sie im nächsten Moment erneut und diesmal endgültig auf die Tür zeigen.

«Betty», sagte er beschwichtigend und drückte ihre Hand. «Ich behaupte nicht, dass Thomas Lehnerer deinen Mann getötet hat. Nur sehe ich sonst niemanden, der solch ein Gewicht alleine vierzig Meter weit tragen kann. Der Körper wurde nicht geschleift, das steht fest. Aber wir wollen nicht darüber streiten, bis es Gewissheit gibt.»

Er lächelte sie an, zuversichtlich und ein wenig wie ein Verschwörer, es fehlte nur das Blinzeln. «Wir werden feststellen, wer mit dem Anzug deines Mannes in Berührung gekommen ist. Da kann einer noch so vorsichtig gewesen sein. Spuren bleiben immer, ein winziger Fussel, ein Haar, ein Hautschüppchen. Ein Tropfen Blut oder eine Schweißprobe reichen aus. Du hast sicher schon vom genetischen Fingerabdruck gehört. Die Untersuchungen sind sehr aufwendig und kostspielig, aber Resultate gibt es immer.»

Die Hälfte seiner Behauptungen war reine Erfindung. Er nahm an, dass sie das nicht wusste.

So war es auch. Sie dachte an die Schilderung, die Thomas ihr geboten hatte, wie er vorgegangen war am Teich. Hautschüppchen, Schweißprobe! Frustriert verzog sie das Gesicht und murmelte: «Es ist lächerlich, anzunehmen, dass Thomas … Da würde ich viel eher denken, dass mein Schwiegervater …»

Die letzten beiden Worte kamen nur zögernd. Sie brach mitten im Satz ab, schwieg zwei nachdenkliche Sekunden lang. Als sie weitersprach, klang ihre Stimme wieder ruhig, beinahe sachlich und dabei immer noch zögernd, fragend. «Er hat doch gesagt, dass Thomas in der Nacht bei ihnen war. Also wusste er Bescheid. Er kannte die Hütte und das Gelände ringsum. Und er hat die Arbeiter losgeschickt. Wenn du Thomas verdächtigst, sind ein paar von den Arbeitern ebenso verdächtig. Ich könnte dir ein Dutzend Namen nennen von Männern, bei denen mein Schwiegervater nur zu pfeifen brauchte.»

Es war die Art, wie sie ihm das beizubringen versuchte, die ihn unvermittelt wütend machte. Wenn sie es bei ihrem Protest belassen hätte, das wäre glaubwürdig gewesen. Aber ihm gleich anschließend einen anderen Verdächtigen zu servieren! In dem Moment war er sich seiner Sache völlig sicher. Sie wusste Bescheid. Und sie versuchte, Lehnerer zu schützen. Irgendwie klang es sogar vernünftig, was sie sagte.

Gute Freunde! Ein biederer Familienvater, der Frau und Kinder liebte, die Chefin anbetete und sie aus purer Sentimentalität hin und wieder Herzchen nannte. Und was die Arbeiter anging und ihren Schwiegervater … Der Alte hatte ja wirklich mit keiner Wimper gezuckt. Raffiniertes Luder! Manch einer hätte den Brocken gefressen, er nicht. Er glaubte, daran zu ersticken.

Sie sah, wie sich die Wut auf seinem Gesicht ausbreitete, fühlte das Herz hoch oben in der Kehle schlagen. Seine Hand lag immer noch auf ihrer. Ihr wurde übel, als sie sich vorzustellen begann, was alles hätte geschehen können, wenn sie ihn weggeschickt hätte in der Nacht. Nicht auszudenken. Er war schlimmer als eine Kiste voll Dynamit.

Sie wollte irgendetwas sagen, irgendeine Bemerkung machen, die ihn beschwichtigte. Ihr fiel nur nichts ein. Der Kopf war wie leer gepustet. Aber, verdammt nochmal, wenn es zutraf, was er sagte, durfte er doch gar nicht hier sitzen.

Allmählich füllte sich das Loch in ihrem Hirn wieder. Nachdem erst ein Ansatz gefunden war, ging es rasend schnell. Ein Verhältnis mit Thomas, danach hatte er zuerst gefragt, aber trotzdem zu spät. Sie begann zu lächeln.

«Was soll ich jetzt davon halten?» Eine Gelegenheit zu antworten gab sie ihm nicht. «Seit wann weißt du das? Oder besser gefragt, seit wann vermutest du, dass jemand nachgeholfen hat? Und dann habe ich gleich noch eine Frage. Du darfst nicht mit mir darüber reden, aber mit mir ins Bett gehen darfst du, ja?»

Sie beobachtete sein Gesicht, während sie sprach. «Ich meine, du verdächtigst mich, ein Verhältnis mit Thomas zu haben. Du verdächtigst ihn, meinen Mann umgebracht zu haben. Gehen wir einmal davon aus, dass du es nicht aus Eifersucht tust, sondern wirklich triftige Gründe hast. Dann führst du mich zum Essen aus und hast anschließend nichts Eiligeres zu tun, als mich hier auf den Tisch zu setzen. Wie passt das zusammen?»

Sie lächelte immer noch, ein bisschen intensiver jetzt, mit einem Hauch von Glut im Blick und einem Berg Enttäuschung, der ihre Mundwinkel nach unten drückte. «Nicht, dass ich mich beschweren will, ich bin ja auch auf meine Kosten gekommen. Aber ein bisschen benutzt komme ich mir schon vor. War das eine neue Verhörtechnik? Schade! Ich hatte gedacht, es könnte mehr daraus werden.»

Das reichte. Er war wirklich einer von den Schnellen, begriff auf Anhieb. «Das hatte ich auch gedacht», sagte er, «und deshalb fand ich, wir sollten ein paar Dinge klären.»

«Haben wir sie geklärt?», fragte sie.

Er drückte ihre Hand noch einmal und grinste dabei, fast ein bisschen verlegen. «Ich hoffe es.»

Bis zum Mittag gab er ihr ausreichend Gelegenheit, seinen Verdacht weiter zu zerstreuen. Nicht den, der sich auf die Anwesenheit von Thomas beim Teich bezog, nur den, der das Verhältnis betraf. Einmal in der Küche, gleich nachdem sie das Geschirr vom Tisch geräumt hatte. Dann unter der Dusche, schließlich noch einmal im Schlafzimmer, als er ihr half, das Bett herzurichten. Ausgehungert, das musste sie nicht spielen. Er reizte sie, seine Art, dieses Fordernde, Drängende, das Zärtlichkeit an den Schluss stellte und Sanftheit überhaupt nicht kannte. Gewollt werden und einfach genommen, ein wahnsinniges Gefühl.

Zu Mittag fuhren sie in die Stadt, in seinem Wagen, aßen irgendwo, dabei wirkte er locker und entspannt. Doch davon ließ sie sich nicht täuschen. Immer wieder fielen ihr die kurzen, wachsamen Blicke auf, mit denen er sie streifte. Er grübelte unentwegt, wälzte diese eine Frage in seinem Hirn hin und her, das sah sie deutlich. Wenn er ihr direkt ins Gesicht schaute, dann meist mit einem Lächeln. Und das verlor sich sofort wieder, wenn sie den Blick senkte – oder es für ihn so aussehen musste, als richte sie ihre Augen auf etwas anderes.

Auf dem Rückweg hielten sie an einer Konditorei, nahmen ein paar Kuchenstücke mit. Den Nachmittag verbrachten sie auf der Terrasse. Sie beobachtete ihn genau und bemerkte, wie seine Aufmerksamkeit nachließ, träge wurde.

Es war sonnig, für den ersten Sonntag im April bereits angenehm warm. Sie lagen dicht beieinander auf zwei Polsterliegen. Sie trug nur einen schwarzen Badeanzug, der ihre Figur betonte und ihrer leicht gebräunten Haut einen matten Schimmer verlieh. Aber die Nacht und der Vormittag hatten diesen Kelch bis zur Neige geleert. Bis zum Kaffee schwiegen sie.

Sie dachte nach über das Gespräch vom Vormittag, über Hautschüppchen und Schweißproben und die Konsequenzen, die sich daraus ergeben mussten. Er döste ein wenig, blinzelte in die Sonne oder zu ihr hinüber, wirkte einigermaßen zufrieden.

Nach dem Kaffee schaute sie in den Garten hinunter, seufzte und stellte fest: «Ich muss unbedingt den Rasen mähen.»

«Machst du das selbst?»

«Wer sonst? Ich mache alles selbst. Und weißt du, was ich als Nächstes mache? Ich werde ein paar Sträucher pflanzen. Das wollte ich schon immer tun. Ich bin nur nie dazu gekommen. Wenn ein Mann einen Baum pflanzen soll, reichen bei einer Frau bestimmt ein paar Sträucher.» Sie lachte leise. «Ich mache das ja mit den Häusern wieder wett, auch wenn ich die nicht selbst baue.» Dann zeigte sie mit der rechten Hand auf die Rasenfläche direkt vor der Terrasse. «Gleich hier vorne, damit das nicht so eintönig grün aussieht. Schöne, große Sträucher. Oleander vielleicht, aber ich glaube, den gibt es hier nur in Kübeln. Und er wird auch nicht so hoch, wie ich mir das vorstelle. Flieder ist besser! Es wäre gerade die richtige Zeit, er blüht ja schon im Mai.»

Sie seufzte noch einmal. «Hoffentlich ist es noch nicht zu spät für Flieder. Ich weiß nicht genau, wann man ihn pflanzt, im September glaube ich. Aber es geht sicher auch jetzt noch, Flieder ist robust. Ich werde ein tiefes Loch graben. Flieder wurzelt sehr stark.»

Sie lächelte wehmütig. «Meine Eltern hatten einen Strauch im Garten. Ein wunderschöner, üppiger Busch. Er war schon alt. Und eines Tages fand meine Mutter, er sei zu alt. Sie wollte ihn weghaben, weil sie den Platz für Kartoffeln brauchte. Mein Bruder hat mächtig schwitzen müssen, ehe er all diese Wurzeln aus der Erde hatte. Es war ein richtiger Krater.»

Die Wehmütigkeit war bereits wieder verflogen. Da war so ein Glitzern in ihren Augen, wie ein Lachen, das sie in der Kehle festhielt. Sie betrachtete ihn von der Seite. «Hilfst du mir beim Graben?»

In dem Moment sah er sich vor der Terrasse stehen, einen Spaten in der Hand, Erdbrocken um die Füße verteilt, Schweißperlen auf der Stirn. Die Vorstellung behagte ihm nicht, weckte Erinnerungen an seine Ehe, an das große Haus. Der Garten war auch sehr groß und immer sein Ressort gewesen. Es hatte ihm Spaß gemacht, weil es jahrelang sein Garten gewesen war. Und dann hatte Sonja ihm klargemacht, dass ihm nur gehörte, was er auf dem Leib trug und durch die Gegend fuhr. Zwei Koffer voll Kleidung und ein Auto waren geblieben. Er war überzeugt, dass sein Widerwille nur daher rührte.

«Ich glaube nicht, dass ich Zeit für deinen Garten habe», sagte er, die Stimme eine Spur gröber als beabsichtigt.

Sie tat so, als bemerke sie es nicht, lachte leise. «Macht nichts. Es war eine dumme Frage. Wenn ich jeden Abend ein Stündchen grabe, schaffe ich in ein paar Tagen ein Loch, das sich sehen lassen kann. Du wirst es erleben.»

Es konnte nur ein Scherz sein. Ihre Stimme klang auch danach. Eine Frau, die sich im Privatbereich so einschränken musste, dass es nur für Tomatenbrote reichte, konnte nicht allen Ernstes mit dem Gedanken an Fliedersträucher für den Garten spielen. Und graben mit ihrer verletzten Hand wäre pure Unvernunft gewesen. Es tat ihm Leid, dass er sie so grob angefahren hatte. Ganz offensichtlich bemühte sie sich nur um ein wenig Geplänkel. Er versuchte es ebenfalls.

«Deine Hand wird sich freuen», sagte er. «Oder kannst du mit einer Hand graben?»

Sie zuckte mit den Achseln. Er grinste gegen die aufsteigende Beklemmung an, gegen dieses Bild vor dem inneren Auge. Er mit einem Spaten in ihrem Garten! Sie schaute ihm von der Terrasse aus zu. Dann kam Lehnerer angeschlendert, grinste ihn kameradschaftlich an und ging mit ihr ins Haus. Verfluchte Eifersucht! Jetzt machte sie auch noch den Nachmittag kaputt.

«Kauf dir für das Geld lieber ein paar saftige Steaks», schlug er vor, krampfhaft um einen locker lässigen Ton bemüht. «Davon hast du mehr als von einem Fliederstrauch.»

Sie hob die rechte Hand, spreizte drei Finger ab. «Drei, mein Lieber, nicht einer, drei. Zwei weiße und einen blauen, der kommt in die Mitte, so war es damals auch im Garten meiner Eltern.»

Dann wurde sie unvermittelt wieder ernst. «Wirst du mir sagen, was diese Untersuchungen ergeben? Oder darfst du das nicht? Was sind das überhaupt für Untersuchungen? Ich habe noch nie von so etwas gehört. Ich meine, wie isoliert man denn eine Schweißprobe aus einem Anzug?»

Ihm war, als habe er geahnt, dass da noch etwas nachkommen musste. Sie konnte das Gespräch vom Frühstückstisch nicht so einfach auf sich beruhen lassen. Nicht mit der Erinnerung an Lehnerers schweißfleckigen Jogginganzug. Im ersten Moment war er nur dankbar für ihre letzte Frage. Sie ersparte es ihm, die beiden ersten zu beantworten.

«Frag mich nicht», sagte er. «Ich bin kein Chemiker und habe denen auch noch nie bei der Arbeit zugeschaut. Aber ich glaube, es ist nicht mal allzu schwierig. Und das haben wir dem Rauschgiftschmuggel zu verdanken. Es kommt häufig vor, dass Stoffe mit Rauschgiften durchtränkt werden. Wenn man das Gift wieder isolieren kann, gelingt das auch mit anderen Substanzen.»

«Ich verstehe», murmelte sie. «Und du meinst, sie finden etwas? Du meinst wirklich, dass da jemand war, der Herbert …»

Als sie abbrach, sagte er einfach: «Was ich meine, spielt keine Rolle, Betty. Es wird sich zeigen.»

Sie schüttelte den Kopf. «Ich kann es mir nicht vorstellen.»

«Du konntest dir auch nicht vorstellen, dass dein Mann sich wirklich umbringen wollte.»

Ein paar Sekunden lang schwieg sie, dann sagte sie: «Nein, das konnte ich nicht! Und wenn du mit deinem Verdacht richtig liegst, hatte ich Recht. Er wollte nicht wirklich sterben. Warum hat er überhaupt das Haus verlassen? Dachte er, ich wäre tot, als ich bewusstlos wurde? Ist er deshalb in Panik geraten?»

«Möglich», sagte er.

«Vielleicht dachte er, er bekommt mildernde Umstände, wenn er einen Selbstmord inszeniert», fuhr sie fort. «Er hat die Tabletten für harmlos gehalten, darauf verwette ich meine rechte Hand. Und vielleicht dachte er, dass man bei der Hütte zuerst nach ihm sucht.»

Bis dahin klang sie ein wenig ratlos. Dann steuerte sie in eine bestimmte Richtung. «Vielleicht war er häufiger dort, mit einem Mädchen. Er hatte mal was mit einer Kleinen aus dem Büro. Sie lebte noch bei ihren Eltern. Da konnte er sich kaum mit ihr beschäftigen. Um mit ihr in ein Hotel zu gehen, war sie noch zu jung. Ins Haus gebracht hat er nie eine. Ich komme im Moment nicht auf ihren Namen, Brigitte Sowieso. Ich kann nachsehen, wenn du möchtest. Sie war nicht lange bei uns, nur ein knappes halbes Jahr. Ein hübsches Ding, aber zu dumm, um die einfachsten Zusammenhänge zu begreifen. Sie verdrehte lieber den Arbeitern die Köpfe.»

Wieder schwieg sie einige Sekunden lang, als wolle sie ihm Gelegenheit geben, ihre Worte zu verinnerlichen. Dann sprach sie weiter: «Sie hatte auch eine Affäre mit einem der Arbeiter. Ich weiß nicht genau, mit wem. Aber wer immer es war, er hat sie einmal zusammen mit Herbert erwischt, irgendwo draußen, im Auto. Er hat sie verprügelt, die Kleine ebenso wie meinen Mann. Herbert behauptete, er sei gestürzt. Aber die Kleine kam montags auch mit einem blauen Auge in die Firma und erzählte, was sich tatsächlich abgespielt hatte. Und irgendeiner meinte, ich sollte es wissen.»

Georg fühlte sich zunehmend unwohl, war überzeugt, dass sie nur wieder versuchte, ihn von Lehnerers Fährte abzubringen. Und sie ging sehr geschickt vor, servierte ihm häppchenweise eine andere Theorie. Zuerst ihren Schwiegervater und ein paar treu ergebene Arbeiter. Dann beschränkte sich das plötzlich auf einen, der einmal Grund gehabt hatte zuzuschlagen. Späte Rache. Es klang sogar plausibel, aber er wünschte sich, sie hätte geschwiegen.

Das tat sie dann auch, erhob sich und trug das Kaffeegeschirr in die Küche. Es war fünf vorbei. Er folgte ihr nach ein paar Minuten. Und kurz darauf verabschiedete er sich, weil die Pflicht rief, Observierung von Frau Rasche. Sie ging noch mit ihm hinaus zum Wagen, küsste ihn, bevor er einstieg, schaute ihm nach. Eine neue Verabredung hatten sie nicht getroffen.

Wozu auch, er würde zwangsläufig noch ein paar Mal kommen müssen. Unangemeldet vermutlich. Sie zog unbehaglich die Schultern zusammen, ging am Haus vorbei zur Garage, öffnete das Tor, es war nicht verschlossen. Sich noch einmal zurück auf die Terrasse zu setzen und den milden Abend zu genießen war ihr unmöglich. Sie war viel zu angespannt, musste sich beschäftigen, sich ablenken von Schweißproben und Hautschüppchen.

Fliederbüsche, zwei weiße und einen blauen. In einer Ecke der Garage stand Werkzeug, der Rasenmäher, ein Spaten,

Harken und Rechen. Mit dem Spaten verließ sie die Garage wieder durch die Tür, die auf der Rückseite hinausführte, direkt zur Terrasse.

Die Erde war von den heftigen Regenfällen Anfang März zusammengebacken, inzwischen getrocknet und sehr fest. Sie konnte sie nur in kleinen Brocken abheben und zur Seite werfen. Jedes Mal wenn sie mit der linken Hand zupackte, spürte sie den Schnitt. Doch vorerst ignorierte sie den Schmerz.

Wie lange mochten diese Untersuchungen dauern? Ob er sich jetzt wirklich erst einmal um die Arbeiter kümmerte? Sich jeden einzelnen vorknöpfte, der an der Suche beteiligt gewesen war. Jeden einzelnen fragte, ob er Brigitte Sowieso gekannt habe. Gekannt, geliebt und aus Eifersucht verprügelt. Es war ein Motiv, aber ein dürftiges. Es schien auch nicht so, dass er es geschluckt hatte. Und selbst wenn, es war nur ein Zeitaufschub.

Sie grub bis weit in die Dunkelheit hinein, bis der Schmerz in beiden Händen sie zum Aufhören zwang. In der rechten Hand hatten sich Blasen gebildet. Die linke war durch das breite Wundpflaster zwar geschützt gewesen, aber es klopfte und stach darin wie bei einer Entzündung. Sie zog das Pflaster ab und betrachtete die Wunde im Licht der Terrassenlampen. Der Schnitt nässte. Die Wundkruste war an mehreren Stellen aufgebrochen. Die Wundränder waren gerötet und ein bisschen angeschwollen. Sie ließ den Spaten einfach in der Erde stecken, ging zurück ins Haus, um sich erst einmal zu verarzten.

Der Abend mit Dina Brelach brachte für Georg zwar ein wenig Ablenkung. Aber sie reichte nicht aus, um das Unbehagen völlig zu betäuben. Immer wieder brach es durch, warf einen Haufen Fragen auf, auf die es keine Antworten gab. Und wenn doch, waren es Antworten, die seine Unruhe noch verstärkten.

Ein gerissenes Luder oder ein ahnungsloser Engel? Ob sie

mit Lehnerer über Hautschüppchen und Schweißproben sprach? Garantiert! Wahrscheinlich hatte sie ihn sofort angerufen, nachdem er weg war. Ansonsten würde sie es ihm spätestens morgen früh erzählen. «Die Polizei hat dich im Verdacht. Und sie haben eine neue Untersuchungsmethode.» Und dann würden sie gemeinsam überlegen, was nun zu tun sei. Gemeinsam! Zwei gegen einen. Und der eine war er. Benutzt, dachte er. Er war nicht mehr sicher, wer wen benutzte. Er war verrückt nach ihr, aber blöd war er nicht.

Dina Brelach bemerkte irgendwann, dass er in sehr gedrückter Stimmung war. Sie erkundigte sich nicht lange nach dem Grund, versuchte nur, ihn aufzuheitern. Das tat sie auf eine sehr eigenwillige Art. So stundenlang nebeneinander in einem Auto zu sitzen und eine Hausfassade zu betrachten. «Wir fallen allmählich auf», meinte sie. «Vielleicht sollten wir ein Liebespaar spielen.»

Er betrachtete sie kopfschüttelnd von der Seite. «Ideen haben Sie. Vielleicht sollten wir uns einfach mal die Beine vertreten.»

Danach schlenderten sie die Straße hinauf und wieder hinunter. «Legen Sie mir wenigstens den Arm um die Schultern», verlangte Dina.

«Und wozu soll das gut sein?»

Dina winkte ab. «Vergessen Sie es. Es ist ein Kreuz mit euch geschiedenen Männern. Entweder ihr jammert einem vor, wie einsam ihr seid, und anschließend wollt ihr gleich ins Bett. Oder ihr macht einen Bogen um alles, was nur einigermaßen nach Frau aussieht.»

Dann wurde sie beruflich. Sie war samstags zwei Stunden länger im Präsidium gewesen als er, hatte noch mitbekommen, wie die Telefonaktion der Kollegen einen scheinbaren Erfolg brachte. Es gab tatsächlich einen freien Journalisten in der Stadt, der mit dem Gedanken spielte, einen Artikel über die Armut in einer reichen Gesellschaft zu schreiben. Damit hatte sich der Ärmste nun ganz schön in die Klemme gebracht. Ihm waren auf der Stelle zwei Leute auf die Bude gerückt, hatten ihn zu einer Gegenüberstellung abschleppen wollen und dann gar nicht gewusst, wohin schleppen. Der wichtige Zeuge hatte doch keine feste Adresse. Es war ein einziges Durcheinander gewesen am Samstagabend.

«Wollen Sie mal meine Meinung hören?»

Georg wollte eigentlich gar nichts hören, wollte lieber nachdenken, zur Ruhe kommen, zu irgendeinem Ergebnis.

«Es gibt keinen Reporter», sagte Dina. «Unser Zeuge wollte nur ein paar Mark lockermachen. Ich glaube auch nicht, dass wir ein fünftes Opfer bekommen werden. Die Rasche hat ihr Ziel erreicht. Und bisher kann man ihr nichts beweisen. Sie müsste verrückt sein, wenn sie jetzt noch ein Risiko eingeht.»

Auch das half ihm nicht. Es gab in jedem Satz Punkte, von denen aus sich Verbindungen knüpfen ließen. Vielleicht war Frau Rasche verrückt. Vielleicht war Dina Brelach verrückt, sich so in diese Frau zu verbeißen. Vielleicht war er verrückt nach einer Frau, der man lieber nicht über den Weg trauen sollte. Die mit unschuldigem Kinderblick die dicksten Lügen auf den Tisch legte. Wo denkst du hin, ich habe doch kein Verhältnis mit Thomas! Die einem derart das Hirn vernebelte, dass man Schwarz und Weiß nicht mehr voneinander unterscheiden konnte. Dass man sogar mit dem Gedanken spielte, sie zu decken, für den Fall eines Falles. Und der Fall hieß Mord. Ein geplanter Mord, ausgeführt mit Hilfe des Liebhabers. Vertuscht von einem verrückten Polizisten.

Bis um zwei hielten sie sich in der Nähe des Hauses auf, in dem Frau Rasche zusammen mit ihrer Tochter eine Dreizimmerwohnung gemietet hatte. Das Licht hinter den Fenstern war schon um elf ausgegangen. Kurz nach zwei kam die Ablösung.

Georg fuhr Dina heim. Bevor sie ausstieg, erkundigte sie sich: «Was halten Sie eigentlich von Frauen, die einem Mann ganz unverblümt sagen, dass er ihnen gefällt?»

«Weiß ich nicht», sagte er. «Habe ich noch nie drüber nachgedacht.»

Dina stand bereits neben dem Wagen, beugte sich noch einmal zu ihm hinein und grinste ihn an. «Tun Sie's mal. Und sagen Sie mir, was dabei rauskommt, ja?»

Dann war sie weg, lief auf ein Mehrfamilienhaus zu, in dem sie eine kleine Wohnung hatte, in dem auch ihre Eltern lebten. Sie lief wie ein Teenager, und hinter einem der Fenster schlief ihr kleiner Sohn. Kinder waren nie sein Fall gewesen. In dem Punkt hatte zwischen ihm und Sonja immer Übereinstimmung geherrscht. Nur keinen Schreihals in die Welt setzen, der einen nachts um den Schlaf brachte und die Tage mit beschissenen Windeln, durchbrechenden Milchzähnen, Windpocken oder sonstigem Ungemach füllte.

Für Dina war ihr Kind eine Aufgabe, deren sie sich sehr bewusst war, die sie aber irgendwie nebenher erledigte. Er hatte einmal gehört, wie sie darüber sprach, als es darum ging, wie viele Überstunden man einer jungen Mutter aufbrummen durfte und wie sich Verpflichtungen gegenüber einem Kind auf die Karriere auswirken konnten. «Kein Problem», hatte Dina gesagt. «Ich habe nicht nur ein Kind, ich bin auch eins. Und meine Mutter wohnt nur ein Stockwerk tiefer.»

Und Bettys Sohn war tot! In eine ausweglose Lage manövriert, so hatte sie es ausgedrückt. Er war wohl nur eins von diesen Zufallskindern gewesen, zu kurz auf der Welt, um großartige Eindrücke oder Gefühle zu hinterlassen. Von einer Halbwüchsigen geboren, von einem Hund getötet.

Wenn Betty danach noch Kinder gewollt hätte, hätte sie bestimmt welche bekommen, vor langen Jahren. Aber sie konnte gar keine gebrauchen, sie hatte dieses pflegebedürftige Riesenbaby, die Firma. Und er hatte einen Beruf, der ihm nicht viel Zeit ließ für Frau und Familie. Es war eine ideale Kombination. Und so konnte es bleiben, er musste sich nur dazu durchringen, ein paar Dinge als gegeben hinzunehmen. Dass Thomas Lehnerer ungeschoren davonkam, zum Beispiel. Und Lehnerer wäre nicht der erste Mörder, der vom Gesetz unbehelligt blieb.

Ein Gerichtsmediziner hatte einmal gesagt: «Wenn auf jedem Grab eines Mordopfers, auf dessen Totenschein eine natürliche Todesursache stand, eine Kerze brennen würde, wären manche Friedhöfe in den Nächten taghell erleuchtet.»

Am nächsten Morgen sagte er zu Dina Brelach: «Ich habe die ganze Nacht darüber nachgedacht. Ich glaube, die altmodische Art gefällt mir besser.»

Dina grinste. «Sie ahnen nicht, was Ihnen entgeht. Schade! Aber ich dachte, fragen kostet nichts. Und den Versuch war es mir wert.» Sprach's und verschwand, um auf irgendeinem Amt irgendwelche Nachforschungen anzustellen. Aber Dina hatte an dem Montagmorgen auf der ganzen Linie Pech. Sie erfuhr nichts von Bedeutung.

Er dagegen erfuhr eine Menge Brauchbares. Er musste sich dafür nicht einmal aus seinem Büro bemühen und auch nicht bis zum Abend warten.

Kurz vor zehn erschien Eugenie Boussier vor seinem Schreibtisch. Im Gegensatz zu Theißens Mutter hatte seine Freundin keine Bedenken, mit einem voreingenommenen Ermittlungsbeamten zu reden. Dass sie erst nach fast einer Woche kam, um ihre Aussage zu machen, hatte mehrere Gründe.

Thomas Lehnerer hatte in der Nacht, als er bei ihr war, um sich nach Theißen zu erkundigen, mit keinem Wort erwähnt, warum er Herbert suchte. Das hatte Eugenie Boussier erst am Mittwochabend von Theißens Mutter erfahren. Die war bis Mittwoch krank gewesen, und nach ihrem Anruf war dann Eugenie Boussier krank geworden.

Sie war noch sehr jung, Anfang zwanzig, Herbert Theißen musste doppelt so alt wie sie gewesen sein. Und hübsch war sie, exotisch mit ihrer braunen Haut und dem kurzen, krausen Haar. Eins von den schmalen, dunklen Gesichtern, wie man sie hin und wieder bei exklusiven Models sah. Nur hätte ihre Figur zurzeit nicht mit einem Model konkurrieren können. Eugenie Boussier war im siebenten Monat schwanger, von Herbert Theißen, daran ließ sie keinen Zweifel.

Sie waren gut ein Jahr zusammen gewesen, fast jeden Abend und jedes Wochenende. Nicht in Spielcasinos, die hatten sie nur ganz zu Anfang ein paar Mal besucht. Herbert hatte ein bisschen gesetzt, ein bisschen verloren, ein bisschen getrunken, von allem nur ein bisschen.

Eugenie Boussier sprach mit dem melodischen Akzent einer Französin. Sie lebte seit drei Jahren in Deutschland und arbeitete als Maniküre in einem Friseursalon. Da hatte sie Herbert Theißen auch kennen gelernt, seine Hände gepflegt.

Am letzten Wochenende musste sie ihn pflegen. Es waren traurige Tage und Nächte. Herbert war krank, wollte nicht essen, nur trinken, musste sich mehrfach übergeben, spuckte sogar Blut. Aber es war auch voller Hoffnung, das letzte Wochenende mit ihm. Kurz vor drei am Montagnachmittag verließ er sie und versprach beim Abschied fest, schwor ihr sogar, endlich mit seiner Frau über die Scheidung zu sprechen.

Als Eugenie Boussier so weit gekommen war mit ihrer Schilderung, wurde sie unterbrochen, als wäre die Scheidung das Stichwort gewesen. Das Telefon auf Georgs Schreibtisch klingelte. Er bat Eugenie Boussier um einen Augenblick Geduld, nahm den Hörer ab. Und beinahe hätte er ihn sofort zurückgelegt.

Sonja! Nach einem Jahr und sechs Monaten erinnerte sie sich wieder, dass es jemanden gab, den sie notfalls um Rat fragen konnte. Der Gedanke, dass sie ihren Boutique-Besitzer inzwischen abserviert hatte und ihr plötzlich die alten Zeiten in den Sinn gekommen waren, kam ihm nur ganz flüchtig. Und falls mit dem Gedanken irgendeine Art von Hoffnung aufgekommen wäre, hätte Sonja sie schon mit den ersten Sätzen zerstört. Es ging nur um den Hund.

Dieses liebe, sanftmütige Tier. Georg kannte es doch und war immer so gut mit ihm zurechtgekommen, wenn er nachts auf dem Flur an ihm vorbeimusste. Der Harro, eine

Seele von einem Hund, nicht wahr? Noch ein bisschen verspielt, aber zufrieden und genügsam und freundlich zu allen Leuten.

Nun verhielt es sich leider so, dass der Besitzer dieses Ausbunds an Freundlichkeit zu einer Modemesse reisen musste, nach Madrid. Es war keine richtige Modemesse, nur eine Veranstaltung, aber eine wichtige, und Sonja musste ihn unbedingt begleiten. Nur konnten sie den Hund nicht mitnehmen. Allein lassen konnten sie ihn auch nicht. Sie hatten bereits verzweifelt überlegt, ob sie es dem armen Tier zumuten könnten, ein paar Tage in einer Tierpension zu verbringen. Aber der Harro war so ans Haus gewöhnt, er würde sich in fremder Umgebung unglücklich fühlen.

Es war wie in alten Zeiten. Sonjas Probleme, ihre Ansichten, ihre Sorgen, ihr gesamtes Leben und sein Leben, da klaffte ein unüberbrückbarer Spalt. Ein unglücklicher Hund und eine hochschwangere Frau, deren Hoffnung auf Zukunft vor genau einer Woche an seinem eigenen Blut erstickt war.

Georg wollte in dem Moment nichts weiter, als Sonja jetzt und hier und ein für alle Mal klarmachen, dass ihre Ehe geschieden war und sie nichts mehr miteinander zu tun hatten. Dass sie den Köter ihres Freundes seinetwegen unterwegs auf der Autobahn aussetzen konnten, falls sie mit dem Wagen fuhren. Ansonsten konnten sie ihn auch auf einem Flughafen anbinden. Er würde sich dann schon darum kümmern, dass man sie beide wegen Tierquälerei an den Haken nahm.

Ihm war klar, worauf es hinauslief. Und um da gar keine falschen Illusionen aufkommen zu lassen, fragte er zuerst: «Warum erzählst du das mir?» Erklärte im Anschluss nachdrücklich: «Ich habe keine Zeit, mich um das Vieh zu kümmern. Ich habe auch keinen Platz, ihn unterzubringen.»

Das mit der Zeit wusste Sonja natürlich, aber das war nicht weiter tragisch. Es reichte völlig aus, wenn er dem armen Harro zweimal täglich den Napf füllte und ihn dann vielleicht auch einmal kurz ins Freie ließ. Und was den Platz anging, das Haus war nun wirklich groß genug. Georg konnte für ein paar Nächte in einem der Gästezimmer schlafen.

Zuerst wollte er nein sagen, klipp und klar, schlicht und ergreifend nein. So wie sie es vor achtzehn Monaten mit ihm gemacht hatte. Das tat er dann doch nicht. Er hatte das Gefühl, er müsse inzwischen genügend Abstand haben. Das Haus be- und Sonja gegenübertreten, das musste zu schaffen sein, ohne gleich in Wut zu geraten.

Die Wut war das Grundübel. Sie hing an ihm wie eine Klette. Er wurde sie einfach nicht los, egal, wie sehr er sich anstrengte. Monatelang Wut auf Sonja und ihr mickriges Fritzchen in den bunten Seidenhemden. Jetzt war es Thomas Lehnerer, den er liebend gerne in die Wüste geschickt hätte. Aber was, wenn es ihm wirklich gelang, dem Waldläufer einen Mord oder Mordversuch nachzuweisen, wenn Lehnerer sie dabei mitriss?

«Ich komme vorbei», sagte er zu Sonja. «Dann reden wir in Ruhe. An einem der nächsten Abende, wenn ich Zeit habe. Jetzt habe ich keine.» Damit war Sonja einverstanden.

Noch während er den Hörer auflegte, hatte er sie bereits vergessen und war wieder bei Betty. Eugenie Boussier hatte von Scheidung gesprochen. Das ließ sich nicht so einfach unter den Tisch kehren. Betty war tüchtig, ehrgeizig und kompetent, aber im Fall eines Falles hätte ihr das wohl nicht viel geholfen. Ihr Mann war der leibliche Nachkomme, sie nur angeheiratet. Sie hätte die Firma verloren. Er kam nicht sofort dazu, sich intensiv mit diesem Gedanken und den Folgen oder Konsequenzen auseinander zu setzen. Noch war Eugenie Boussier nicht fertig.

Sie nahm den Faden wieder auf mit dem Wochenende, das sie größtenteils damit verbracht hatte, Tee aufzubrühen für Herberts kranken Magen, literweise Tee. Leider hatte Herbert nur ein paar Schlückchen davon zu sich genommen. Er zog es vor, ein paar halb volle Flaschen zu leeren. Er war so nervös, so deprimiert, weil ihm eine heftige Auseinandersetzung mit seiner Frau bevorstand, die eigentlich nie richtig seine Frau gewesen war. Erst zu jung, fast noch ein Kind, dann zu kalt und eine Maschine.

Herbert war halbwegs überzeugt, dass er ein paar Argumente vorbringen konnte, denen Betty sich nicht verschließen würde. Welche Argumente, das verriet er Eugenie Boussier nicht, deutete nur an, dass Betty ihm daraufhin vielleicht sogar seinen letzten Griff in die Kasse verzieh.

Die Lohngelder hatte Herbert übrigens nicht verspielt. Im Casino war er schon lange nicht mehr gewesen. Was immer er in den letzten Monaten lockermachen konnte, händigte er umgehend seiner Geliebten aus. Es sollte der Grundstock sein für die gemeinsame Zukunft. Ein Mann mit Plänen! Es klang nach erfreulichen Perspektiven und ganz anderen Absichten als denen, Selbstmord zu begehen.

Äußerlich gab Georg sich ruhig, kühl und beherrscht. Im Innern fühlte er eine große Faust, die Herz und Magen mit festem Griff umklammert hielt. Noch ein paar Fragen. Hatte Theißen an dem Wochenende zum ersten Mal von Scheidung gesprochen?

Nein, das hatte er unentwegt getan, seit er wusste, dass er wieder Vater wurde. Er wollte das Kind unbedingt. In den ersten Wochen war er sogar überzeugt, es würde einen anderen Menschen aus ihm machen.

Er versprach Eugenie Boussier sehr viel zu Beginn ihrer Schwangerschaft. Aber er brachte die Kraft nicht auf, sein schönstes Versprechen einzulösen, die Ehe. Er hatte Angst, immerzu Angst. Vor seiner Frau, seinem Vater, einer brotlosen Zukunft in Eugenies winziger Wohnung, am meisten vor diesem Dämon, den er im Leib trug.

Wäre sie nur nicht so ehrlich gewesen. Es war eine besondere Art von Ehrlichkeit, nicht zu vergleichen mit dem, was er bei Bettys als Offenheit empfunden hatte. Eugenie Boussier strahlte keine Stärke aus, nur Verzweiflung, sie war nicht gefasst, sondern zerbrochen. Aus ihrem Leben war kein Hindernis verschwunden, nur der Mensch, den sie liebte.

Herbert hatte viel geweint in den letzten Wochen, auch das sagte sie mit ihrer besonderen Ehrlichkeit, der jedes Täuschungsmanöver fremd war. Sie wiederholte sogar seine Worte.

«Schlag mich tot, Eugenie. Ich habe dir nur Unglück gebracht, meine Kleine. Wir sollten zusammen weggehen, weit weg. Dahin, wo wir ganz allein sind, nur wir beide und unser Baby.»

Zuerst wusste Eugenie nicht, welchen Ort er meinte. Er zeigte ihn ihr, zwei Wochen vor seinem Tod, nicht auf einer Landkarte, in Form von zwei Kapseln, die er irgendeinem zwielichtigen Menschen abgekauft hatte. Der Ort hieß Zyankali. Und Eugenie nahm seine Hand, legte sie auf ihren Leib, ließ ihn das Leben darin fühlen, sein Kind. Dann spülten sie die beiden Kapseln unter Tränen gemeinsam die Toilette hinunter. Jetzt waren vielleicht ein paar Ratten an den schönen Ort gezogen. Und Herbert schwor bei allem, was ihm lieb und teuer war, beim Leben seines ungeborenen Kindes und dem der werdenden Mutter, nie, niemals wieder einen so dummen Gedanken zu haben.

Seine Mutter wusste davon und hatte Eugenie strikt untersagt, diese «Dummheit» irgendwann und irgendwo zu erwähnen. Die Leute, die das hörten, würden nur falsche Schlüsse ziehen. Das sah Eugenie anders.

«Er wollte nicht mehr sterben», versicherte sie mit tränenverschleiertem Blick. «Glauben Sie mir, er wollte das nicht mehr. Er wollte jetzt ein Mann sein und ein guter Vater.»

So ganz glauben konnte Georg ihr das nicht. Er versprach ihr trotzdem, alles in seiner Macht Stehende zu tun, um den Tod von Herbert Theißen aufzuklären.

Dann saß er wieder allein an seinem Schreibtisch, immer noch mit der Faust im Innern. Scheidung! Er wusste noch so gut, welchen Schlag es ihm versetzt hatte. Und bei ihm war es nur um ein Haus gegangen, aus dem er nicht ausziehen wollte, nur um die Bequemlichkeit einer jederzeit verfügbaren Ehefrau. Für Betty hatte alles auf dem Spiel gestanden.

«Betty musste ihre Ausbildung abbrechen», sagte Margot Lehnerer irgendwo in seinem Hinterkopf. Und kein Wort davon, dass sie den Abschluss später nachgeholt hatte. «Betty stürzte sich in die Arbeit!»

Achtzehn Jahre für nichts!

Er versuchte sich an der Vorstellung, wie das gewesen sein könnte. Um drei Uhr verließ Theißen seine Freundin, um fünf kam er heim. Er hatte nicht zwei Stunden gebraucht für den Weg. Vielleicht hatte er unterwegs noch an der einen oder anderen Kneipe Halt gemacht. Ein paar Gläser Mut, ein bisschen Zeitverzögerung und dann ab in die Schlacht. Mit etlichen Promille im Leib zur Stärkung, einer halben Tasse Kamillentee und den Abschiedsküssen seiner Freundin. Betty lag schlafend auf der Couch, als er hereinkam. Theißen weckte sie.

Sie hatte seine Scheidungsabsicht mit keinem Wort erwähnt!

«Mir reicht es. Ich mache Schluss!»

Um vieles wahrscheinlicher war doch, dass Theißen auf ihre Vorhaltungen gesagt hatte: «Mir reicht es. Ich lasse mich scheiden.» Brotlose Zukunft hin, winzige Wohnung her. Sein Vater mochte ihm die Hölle heiß machen, aber letztlich blieb er der Sohn. Und er hatte eine Mutter, die ihn bestimmt nicht hängen ließ.

Und Betty? Ihr musste der Boden unter den Füßen weggebrochen sein! Was hatte sie gemacht? Ihm zugeschaut, wie er sich noch ein Schlückchen auf das neue Glück genehmigte? Aus der einzig vollen Flasche in einer ansonsten leeren Hausbar! Und die Tabletten lagen griffbereit auf dem Tisch. Zufall? Und dann ein blitzschneller Entschluss? Wie hatte sie ihn dazu gebracht, die Tabletten zu schlucken? Das kleine Messer an seine Kehle gesetzt? Unsinn! Darüber hätte ein

Mann wie Theißen nur gelacht, auch wenn er abgefüllt war bis zum Kragenknöpfchen, dann erst recht. Ein Griff, und er hätte ihr das lächerliche kleine Ding weggenommen.

Die Pistole! Sie hatte von einer Pistole gesprochen. Das war ein überzeugendes Argument, einen Mann zum Schlucken zu bewegen. Und dann?

Ihm wurde übel bei seinen Gedanken. Auf Lehnerer gewartet. Er kam um sieben, er kam ja immer um die Zeit. Er half ihr natürlich, der treue Freund in allen Lebenslagen. Sie schafften Theißen ins Auto, fuhren ihn zu der Grillhütte. Als sie zurückkamen, schlug Lehnerer sie nieder, rannte heim und stellte per Telefon fest, dass der Chefin etwas zugestoßen sein musste.

Keine Fingerabdrücke im und am Lamborghini! Na und? Heutzutage wusste jeder Knirps im Kindergarten, dass man sich Handschuhe überzog, wenn man ein krummes Ding vorhatte. Das sah man schließlich jeden Tag im Fernsehen.

Aber in dem Fall hätten sie Theißen doch gleich in den Teich legen können. Kein Mensch hätte Fragen gestellt! Diatomeennachweis positiv. Jede Menge Kieselalgen in den Atemwegen. Daran hatten sie wohl nicht gedacht, kein Mensch konnte an alles denken.

Wie hatte sie gesagt: «Er hat die Firma in den letzten Jahren mehr als einmal an den Rand des Ruins gebracht.» Und sie hatte sie immer wieder vom Rand fortgezogen. Sie hätte sich auch durch die fehlenden Lohngelder gewurstelt, wenn es nur das gewesen wäre. Die letzten Reserven flüssig gemacht, ihren Schmuck verkauft. Um Ideen, das marode Unternehmen zu sanieren, war sie nicht verlegen. Aber Scheidung, das war das Aus für sie selbst. Sie war doch nur die Schwiegertochter.

Und er hatte mit ihr geschlafen!

7. Kapitel

Eine knappe Stunde nachdem Eugenie Boussier sein Büro verlassen hatte, saß Georg dem alten Theißen gegenüber. Die quälendste Frage war schon nach wenigen Minuten beantwortet. Seit einigen Jahren existierte ein Testament, in dem Betty als Alleinerbin bezeichnet war.

Der Sohn des Hauses hätte zwar auch etwas bekommen. Sein Elternhaus und das Grundstück, auf dem es stand. Damit wäre er schon mehr als reichlich abgefunden gewesen, meinte sein Vater. Rein vom materiellen Wert hätte der Nichtsnutz damit sogar erheblich besser abgeschnitten als seine tüchtige Ehefrau.

Die Firma bestand aus ein paar Maschinen und diesem Flachbau, dafür hätte man natürlich noch etwas bekommen, hätte man es verkauft. Aber reich geworden wäre man nicht. Das wirkliche Kapital war Muskelkraft und Köpfchen, Energie und Einsatzbereitschaft, Zielstrebigkeit und eiserner Wille. Betty machte den wahren Wert aus, sie war das Vermögen.

«Ein tüchtiges Mädchen», sagte der Alte. «Ich hoffe nur, dass Sie ihr nicht unnötig Knüppel zwischen die Beine werfen. Was soll überhaupt diese Fragerei? Ich denke, das geht ohne Scherereien über die Bühne.»

«Es gibt ein paar Unklarheiten», erwiderte Georg.

«Und die wären?» Diese Stimme, nicht ganz so unbeteiligt wie am vergangenen Dienstag, aber immer noch kalt genug. «Hören Sie, das ist jetzt eine Woche her. Er wird morgen begraben. Und damit sollte das eigentlich vom Tisch sein. Wenn es noch Unklarheiten gibt, kann ich Ihnen bestimmt helfen, sie zu beseitigen und die Sache endlich zu einem Abschluss zu bringen. Ich nehme an, meine Frau hat Ihnen die Ohren voll gejammert und Ihnen zusätzlich dieses Negerweib auf den Hals gehetzt. Vergessen Sie mal schnell wieder, was die beiden Ihnen erzählt haben. Jetzt werde ich Ihnen etwas erzählen.»

Georg bekam keine Zeit für Einwände oder Protest. Negerweib, das stieß ihm sehr bitter auf. Er hatte schon einen scharfen Kommentar auf der Zunge. Doch der Alte sprach ohne Pause weiter.

«Mein Sohn war ein Hanswurst, der jeder Entscheidung aus dem Weg ging. Egal, was er seiner Freundin zuletzt erzählt oder versprochen hat. Er war noch nicht halbwegs daheim, da hatte er sich das bereits dreimal überlegt. Dafür garantiere ich Ihnen. Er hätte niemals den Mumm aufgebracht, sich von Betty scheiden zu lassen. In dem Fall nämlich hätte er ohne einen Pfennig auf der Straße gestanden. Seinen Palast hätte er abschreiben können. Darauf liegt eine saftige Hypothek. Betty kann sie abtragen, er hätte das nicht gekonnt. Hier wäre die Tür endgültig für ihn zu gewesen, auch nach meinem Tod. Dafür hätte ich gesorgt. Er hätte nicht einmal einen Pflichtteil bekommen, bei grob unbilligem Verhalten erlischt der Anspruch darauf. Natürlich hätte ich ihn angezeigt wegen Veruntreuung. Jeden Pfennig hätte ich ihm aus der Tasche pfänden lassen. Er wäre seines Lebens nicht mehr froh geworden. Und wenn er sich noch einmal auf dem Firmengelände hätte blicken lassen …»

Er sprach den Satz nicht zu Ende, grinste nur böse, das war deutlich genug. Ein paar Sekunden lang herrschte Schweigen. Als Georg dann immer noch nicht reagiert hatte, erklärte der Alte: «Was ich Ihnen klarmachen will, ist Folgendes: Da war ein Mann Anfang vierzig, der beruflich nichts vorzuweisen hatte. Er war voll und ganz abhängig von dem, was seine Frau leistete. Mit ihr leben wollte er nicht. Sich von ihr trennen konnte er nicht, weil er von ihr lebte. Jetzt hatte der Mann ein junges Ding geschwängert, das ihn unter Druck setzte. Druck von allen Seiten, verstehen Sie? Was tat der Mann also?»

Es brauchte keine Antwort auf diese Frage. Der Alte nickte, ging wohl davon aus, dass Georg begriffen hatte.

«Weiß Ihre Schwiegertochter von diesem Testament?»

Der Alte hob kurz die Schultern an. «Das nehme ich an. Sie kennt meine Einstellung, also dürfte ihr das klar sein.»

Das sah Georg ein klein wenig anders. Einstellungen waren keine Garantie. «Weiß sonst jemand davon?», fragte er.

«Mein Sohn wusste es. Und Thomas Lehnerer vermutlich auch. Er hat mich damals zum Notar gefahren.»

Damit sah es anders aus. Der gute Thomas hatte seinem Herzchen vermutlich sofort erzählt, dass ihr Schwiegervater zu ihren Gunsten verfügt hatte. Das kleine Wörtchen vermutlich ging irgendwie unter. Kein Motiv!, war alles, was Georg denken konnte. Betty hatte kein Motiv gehabt. Eine volle Flasche in einer leeren Hausbar, wahrscheinlich nur ein Zufall. Vielleicht trank sie hin und wieder selbst einen Schluck Wodka. Zur Entspannung, nach einem harten Tag.

Der schwarze Vormittag rückte von ihm ab. Dieser Stachel im Fleisch, all die blödsinnigen Gedanken. Eine Pistole! In dem Fall hätte sie ihn auch gleich erschießen können. Eine durchaus glaubwürdige Art zu sterben für einen Mann, der nicht mehr ein und aus wusste.

Aber die Unklarheiten waren noch nicht alle beseitigt. Er bat den Alten um die Namen der Arbeiter, die an der Suche beteiligt gewesen waren. Nach einem gelinden Wutausbruch wurden sie ihm genannt. Sechs insgesamt.

Beim Verlassen des Hauses stieß er in der Diele fast mit Theißens Mutter zusammen. Anscheinend hatte sie bei der Tür gestanden und gehorcht. Sie betrachtete ihn mit einem Blick, so überheblich und abfällig, dass es einen sensibleren Menschen gedrängt hätte, sich in eine Ecke zu verkriechen. Georg rechnete nicht damit, dass sie ein Wort an ihn verschwendete. Doch das tat sie, nicht nur ein Wort. Sie sprach leise, wollte wohl nicht gehört werden von ihrem Mann.

Mit vorgerecktem Kinn deutete sie kurz auf die Tür, die

Georg gerade hinter sich geschlossen hatte. «Für ihn war sie vom ersten Tag an ein Mensch nach seinem Geschmack. Aus dem gleichen Holz geschnitzt wie er. Zuerst wollte er ihr nicht mal eine Lehrstelle geben. Ihr Vater war ein Säufer gewesen, ihr Bruder auch nicht besser. Und er sagte, die ganze Familie taugt nichts. Ich weiß nicht, wie sie ihn umgestimmt hat. Nicht mit ihrem jungen Fleisch, auf so etwas war er nie aus. Aber eines Tages kam er und sagte, das Mädchen verdient eine Chance. Man kann sie nicht alle über einen Kamm scheren.»

Es war nur ein Gemurmel. Georg hatte Mühe, sie zu verstehen. Er war auch nicht sicher, ob es ihm galt oder ob sie zu sich selbst sprach. Ihr Blick hatte sich längst auf dem Fußboden verloren. «Sie erreicht immer, was sie will. Sogar ich bin ihr damals auf den Leim gegangen. Sie hat den Teufel auf ihrer Seite. Satan ist auch nur ein Mann. Und er war ihr stets gewogen. Doch darauf allein hat sie sich nicht verlassen. Sie hat ihm ein Opfer gebracht, ein unschuldiges Kind, meinen Enkel, hat sie der Bestie zum Fraß vorgeworfen.»

Es klang, als hätte die alte Frau den Verstand verloren. Doch so wirkte sie nicht. Ganz ruhig stand sie da. Ihr Blick löste sich von den Steinplatten, kam langsam in die Höhe und heftete sich auf Georgs Gesicht. Ein klarer Blick, begleitet von einem schmerzlichen Lächeln. «Ich weiß, dass Sie mir nicht glauben. Wenn ein Mann auch einmal länger als fünf Minuten allein mit ihr war, kann man ihn abschreiben. Warum also die Mühe? Weil ich will, dass Sie es wissen. Sie sollen später nicht sagen können, es hätte Sie niemand vor ihr gewarnt. Was Sie mit Ihrem Wissen tun, ist Ihre Sache. Sie hat meinen Sohn getötet, zuerst ihren, dann meinen. Beweisen kann ich es nicht. Aber ich fühle es hier.»

Sie klopfte sich mit einer Faust gegen die Brust. «Ich fühle es, als ob ich dabei gewesen wäre. Und es wird noch mehr Tote geben. Sie muss es wieder tun. Satan will Blut, er gibt keine Ruhe. Was er einmal in den Klauen hat, lässt er nie mehr los.

Denken Sie daran, wenn Sie ihr das nächste Mal gegenübertreten.»

Georg konnte nur nicken. Dann stand er draußen, vor diesem düsteren Klotz, für den es nun keinen Erben mehr gab. Die Stimme der alten Frau war ihm in die Knochen gefahren, der beschwörende Ton und der heilige Ernst. Erst ihren, dann meinen. Satan will Blut. Auf welche Ideen manche Leute kamen. Der Bestie zum Fraß vorgeworfen! Ob sie damit den Hund meinte oder Satan persönlich? Er hatte schon eine Menge erlebt, auch eine Menge Unsinn gehört, aber so etwas noch nicht.

Es drängte ihn, auf der Stelle zu Betty zu fahren, in die Firma, sie nur kurz sehen. Er musste ihr ja auch von dem Geld berichten, das sie zurückverlangen konnte. Ihr auf diese Weise ein wenig Abbitte leisten für den eigenen, fürchterlichen Verdacht. Dann konnte er in einem Aufwasch auch gleich mit den Arbeitern reden.

Sie traf er nicht an. Die Chefin habe mehrere Termine außer Haus, wurde ihm erklärt. Das Glaskastenmädchen war nicht sicher, ob sie noch einmal zurück in die Firma kam. Herr Lehnerer war auch nicht zu sprechen, ebenfalls unterwegs. Nein, nicht zusammen mit der Chefin. Die sei schon am frühen Morgen aufgebrochen, Herr Lehnerer erst nach Mittag. Und er hatte sogar noch gefragt, wo die Chefin denn hin sei.

Die sechs Arbeiter, die sich an der Suche nach Herbert Theißen beteiligt hatten, konnte Georg auf einer Baustelle interviewen. Er fuhr zu der genannten Baustelle, sprach mit den Männern. Der erste ging bereits auf die fünfzig zu, der zweite und der dritte waren auch nicht viel jünger. Der vierte war seit zwei Jahren verheiratet und Vater eines vier Monate alten Zwillingspärchens. Der fünfte war erst seit drei Monaten in der Firma beschäftigt. Der sechste war ein schmächtiges Kerlchen, bei dem Georg sich fragte, ob er überhaupt einen Sandeimer heben konnte. Doch schwer heben musste das schmächtige Kerlchen nicht, nur schwindelfrei sein. Er war Kranführer.

Geglaubt hatte Georg ohnehin nicht an einen der Arbeiter. Und dass sie daran geglaubt hatte, hielt er für zweifelhaft. Ein Ablenkungsmanöver, dachte er, während er dem schmächtigen Kerlchen zuschaute, wie es wieselflink hinauf in die Kanzel des Krans stieg. Thomas Lehnerer, dachte er, während er durch den aufgewühlten Dreck zurück zum Wagen stapfte. Die verrückten Äußerungen ihrer Schwiegermutter hatte er schon fast vergessen. Thomas Lehnerer zu vergessen war ihm unmöglich.

Ein Testament, das sie zur Alleinherrscherin über ein kleines, aber an sich wertloses Imperium machte. Und Lehnerer wusste davon. Vielleicht hatte er davon geträumt, eines Tages an ihrer Seite zu sitzen und die Macht mit ihr zu teilen. Nur dachte sie nicht an Scheidung. Warum nicht?

War doch komisch, dass sie in all den Jahren nicht nach der legalen Möglichkeit gegriffen hatte, die Firmenkonten vor weiteren Zugriffen zu schützen. Oder auch nicht komisch. Wenn eine Frau sich jahrelang nach Strich und Faden betrügen ließ, immer beide Augen zudrückte, den Mann, der ihr nur noch auf der Tasche lag, sogar vor dem berechtigten Zorn seines Vaters schützte, indem sie den Mund hielt, seine Eskapaden duldete und die Löcher, die er riss, notdürftig stopfte, dann hatte sie gute Gründe. Ein Rest von Liebe vielleicht, viel eher ein Schuldgefühl.

Ein totgebissenes Baby! Man durfte nicht übersehen, wie jung sie damals gewesen war, ganze siebzehn Jahre alt. Da setzte sich so etwas leicht fest. Und dann trug man ein Leben lang daran. Mit der Hälfte ihres bisherigen Lebens hatte sie für einen Augenblick der Unaufmerksamkeit gebüßt. Armes Herz. Lehnerers Herzchen.

Kurz nach fünf rief er zum ersten Mal in ihrem Haus an. Es wurde nicht abgehoben. Er hatte noch im Präsidium zu tun und beschäftigte sich erst einmal. Um sechs versuchte er es zum zweiten Mal, wieder ohne Erfolg. Es waren wohl längere Sachen, ihre Termine außer Haus. Um sieben noch ein Anruf. Es ging niemand ran. Und er hatte das Bett vor Augen, all die Spiegel. Und den lieben Thomas genau in der Mitte. Und da lag er nicht allein! Manche Leute gingen eben nicht ans Telefon, wenn sie gerade mit wichtigen Dingen beschäftigt waren.

Um halb acht hielt er es nicht mehr aus. Wenige Minuten nach acht hielt er seinen Wagen an. Nicht direkt vor ihrem Haus, gute hundert Meter entfernt, damit sie nicht durch das Motorgeräusch gewarnt wurden, falls sie zusammen waren. Zu Hause musste sie sein. Ihr Kleinwagen stand in der Einfahrt. Aber hinter keinem der vorderen Fenster brannte Licht, weder in ihrem Schlafzimmer noch in der Küche. Und auf sein Klingeln an der Haustür reagierte niemand.

Ihm war danach, mit den Fäusten gegen die Tür zu schlagen und zu brüllen: «Mach auf, du Biest. Ich weiß genau, dass du da bist.» Natürlich schlug er nicht, brüllte auch nicht los, steckte die Fäuste in die Hosentaschen und schlenderte um das Haus herum zur Rückseite – in der festen Absicht, es genauso zu machen wie Lehnerer, einfach mal reinschlendern. Nicht unbedingt nach ihr rufen, nur nach ihr suchen, falls die Terrassentür offen war.

Das war sie. Aber er musste nicht ins Haus schleichen, nicht die Treppen hinauf zu ihrem Schlafzimmer. Sie war im Garten. Und sie war allein. Zuerst hätte er sie beinahe übersehen im letzten Rest Tageslicht, das den Waldsaum bereits schwarz wirken ließ und den Rasen in Grau tauchte. Sie ragte aus dem Rasen heraus, als wäre sie bis an die Knie darin versunken. Er war in dem Moment so erleichtert von diesem verrückten Anblick, dass er gegen seinen Willen in Lachen ausbrach.

Einer der üblichen Röcke, beigefarben, eng geschnitten, knapp über den Knien endend. Dazu trug sie eine rostrote

Bluse und ein Band um die Stirn, damit ihr die Haare nicht ins Gesicht fielen. Einen Spaten in der Hand. Auf einer Länge von gut zwei Metern hatte sie wild drauflosgebuddelt. Rundum auf dem Gras lagen die Erdhäufchen. Ihre Schuhe hatten die gleiche Farbe wie die Bluse, elegante Pumps mit halbhohem Absatz. Und damit stand sie mitten im aufgewühlten Dreck.

Wie sie da vor ihm stand, mehr unter ihm, mit teils erschreckter, teils verblüffter Miene zu ihm hochschaute, da konnte er nicht anders. Lachte und lachte und lachte, schüttelte den Kopf dazu. Er hatte es doch für einen Scherz gehalten. Fliedersträucher!

«Du bist ein verrücktes Huhn», japste er, als er sich endlich so weit beruhigt hatte, dass er wieder sprechen konnte. Dann sah er den Verband an ihrer linken Hand, schmutzig und unordentlich gewickelt. So eine himmelschreiende Unvernunft, genauso unvernünftig wie das Schuldgefühl, das sie an der Seite ihres Mannes festgehalten hatte.

«Jetzt komm schon raus da», verlangte er. «Ich glaube, für heute hast du genug gegraben.»

Sie lachte ebenfalls, nicht ganz so fröhlich wie er, ein bisschen unsicher. Sie hatte ihn nicht kommen hören, auch den Wagen nicht, war sehr erschrocken, als er plötzlich auf der Terrasse stand. «Was man anfängt, muss man auch zu Ende bringen», sagte sie. «Die Sträucher habe ich bereits bestellt. Ich hatte heute Morgen ohnehin in der Stadt zu tun, da bin ich gleich in eine Gärtnerei gegangen. Wenn ich es nicht sofort getan hätte, wäre doch wieder nichts daraus geworden. Ich habe mir drei Prachtexemplare ausgesucht. Sie werden am Freitag geliefert. Du wirst staunen.»

«Das tue ich jetzt schon. Und was sagt deine Hand dazu?»

Sie seufzte, zuckte die Achseln, betrachtete den schmutzigen Verband mit bedrückter Miene, zupfte irgendetwas ab und ließ es zu Boden fallen. «So ganz einverstanden ist sie nicht. Aber ich schone sie, so gut es geht.»

Er ging die paar Schritte, die ihn noch von der Grube trennten, sprang zu ihr hinunter und nahm sie in die Arme. Sie nur kurz fühlen, ihre Wärme durch den dünnen Stoff ihrer Bluse und seines Hemdes. Sie war verschwitzt. Ihre Stirn glänzte. Auf ihrer Schulter war die Bluse verschmutzt. Er kümmerte sich nicht darum, nahm ihr den Spaten aus der Hand.

«Muss ich doch helfen», stellte er fest und warf der Form halber ein paar Erdbrocken nach oben. Aber er war nicht zum Graben hergekommen. Nach dem dritten Spatenstich schlug er ihr einen Tauschhandel vor. «Wenn du mir einen Kaffee anbietest, erzähle ich dir ein paar Neuigkeiten, die dich sicher freuen werden.»

«Muss ich den Kaffee machen?»

«Nicht unbedingt, den mache ich zur Not sogar selbst.»

«Gut», sagte sie und strahlte ihn an dabei. «Was für Neuigkeiten?» Es konnte sich nur um die Laborergebnisse handeln, so heiter und gelöst, wie er wirkte. Sie hatten nichts gefunden! Thomas war der festen Überzeugung, dass sie nichts finden konnten. Hautschüppchen, Schweißproben. Thomas hatte darüber gelacht. Wie sie denn auf solch eine Idee gekommen sei?

Das hatte sie ihm natürlich nicht sagen können. Und Thomas hatte abgewinkt. «Mach dir keine Sorgen, Herzchen. So etwas gibt es nicht, und etwas anderes können sie nicht finden.»

«Jetzt sag schon», drängte sie wie ein Kind, das drei Tage im Voraus wissen will, was es zum Geburtstag bekommt. «Sind die Untersuchungen abgeschlossen?»

Er antwortete nicht, rammte den Spaten in die Erde, war mit einem Satz aus der Grube und half ihr heraus. Zog sie dabei gleich noch einmal in seine Arme. Ihre Nase glänzte ebenfalls ein wenig. Ihre Schuhe waren rundum von Erde verklebt.

Endlich sagte er: «So schnell geht das nicht. Aber weißt du, dass dein Schwiegervater vor einigen Jahren ein Testament gemacht hat?»

«Sind das deine Neuigkeiten?», fragte sie.

«Warte», sagte er, während er sie langsam auf die Terrasse zuschob, «nicht so schnell. Ich war noch nicht fertig. Und weißt du auch, wen er als Erben eingesetzt hat?»

Er sagte mit Absicht Erben. Da war ein kleiner Rest Unsicherheit, dass sie sich achtzehn Jahre lang von einem Schuldgefühl hatte anbinden lassen. Eigentlich war sie nicht der Typ. Wenn sie keine Ahnung hatte, musste sie jetzt zwangsläufig auf ihren Mann tippen. Er hielt sie zwar fest, und es war auch gut so. Aber tief im Innern ballte sich doch eine Faust, wartete nur darauf, ihm einen kräftigen Hieb zu versetzen.

Sie verzog das Gesicht zu einem wissenden Lächeln, stemmte beide Hände gegen seine Schultern. Sie wusste nicht, worauf er hinauswollte. Natürlich hatte der Alte ein Testament gemacht. Thomas hatte ihn kurz nach dem Unfall zum Notar gefahren und ihr davon erzählt. Aber Thomas war nicht dabei gewesen, als das Testament aufgesetzt wurde. Und wer der Erbe war, da musste man nicht lange überlegen, bei nur einem Sohn.

Sie begriff nicht, was das Ganze sollte. Warum Georg danach fragte. Es musste einen Grund geben. Und der Himmel allein mochte wissen, was von ihrer Antwort abhing. Das Lächeln behielt sie bei, schaffte es sogar, einen lockend spöttischen Ton in die Stimme zu bringen. «Was passiert mit mir, wenn ich es weiß? Wirst du mich dann wegen Schnüffelei verhaften?»

Er schüttelte den Kopf, drückte die Lippen gegen ihre Schläfe, schmeckte ein bisschen Salz und ein bisschen Puder. «Wegen Schnüffelei wird niemand verhaftet», murmelte er. «In solchen Fällen legen wir die Leute nur mal kurz über einen Tisch.» Sein Blick dabei war deutlich genug. Er schob sie noch ein Stückchen zurück, bis ihr Fuß gegen die unterste Stufe zur Terrasse stieß.

«Und das willst du gleich besorgen?», fragte sie, «noch vor dem versprochenen Kaffee?»

«Der kann in der Zeit durchlaufen.»

Auf der Terrasse ließ er sie los, griff allerdings sofort nach ihrer Hand und zog sie hinter sich her zur offenen Tür zum Wohnzimmer. Er ließ ihr kaum die Zeit, die schmutzigen Schuhe abzustreifen, zog sie quer durch das Zimmer und die Diele zur Küche hinüber. Dort ließ er ihre Hand los und ging zur Kaffeemaschine.

Die Sache mit dem Testament schien gar nicht so wichtig zu sein, sonst hätte er sie doch nicht so einfach abgehakt. Oder wollte er später darauf zurückkommen?

«Nicht dahin», sagte er, als er sich zu ihr umdrehte und feststellte, dass sie sich auf einen Stuhl gesetzt hatte. Sie stand auf und setzte sich auf die Tischkante.

«So ist es besser», sagte er.

Als er begann, die Knöpfe ihrer Bluse zu öffnen, umfasste sie sein Gesicht mit beiden Händen, küsste ihn und bat anschließend: «So nicht! Lass mich wenigstens zuerst unter die Dusche. Ich bin völlig verschwitzt.»

«Selber schuld», murmelte er nur, «kein Mensch hat dir gesagt, du sollst deinen Garten umgraben.»

Die Bluse war offen, mit ihrem Büstenhalter hielt er sich nicht auf, zerrte ihren Rock in die Höhe, fragte dabei: «Du hast doch hoffentlich einen guten Anwalt? Ich kenne mich nicht aus mit den entsprechenden Gesetzen. Ein guter Anwalt weiß bestimmt besser als ich, wie du vorgehen musst.»

Dass sie ihm nicht antwortete, fiel ihm gar nicht auf. Während er ihr den Slip auszog und den Gürtel seiner Hose löste, sprach er weiter: «Du brauchst nämlich den Lamborghini nicht zu verkaufen. Den kannst du selbst fahren, wenn dir danach ist. Er würde gut zu dir passen. Das Geld ist noch da, und es ist Firmeneigentum, soweit ich das beurteilen kann. Dein Mann hatte kein Recht, sich daran zu bedienen. Du kannst alles zurückverlangen. Und es ist vermutlich viel mehr, als du denkst. Dein Mann war seit fast einem Jahr nicht mehr in einem Spielcasino. Er hat treu und brav alles abgeliefert, damit seine Freundin es für die gemeinsame Zukunft auf die hohe Kante legt.»

Zwei, drei Sekunden lang schob sich das schmale, dunkle Gesicht, in das er nur wenige Stunden zuvor geschaut hatte, mit all seiner Trauer und Verzweiflung zwischen sie und ihn. Er fühlte sich sehr schäbig in diesen paar Sekunden, wie ein elender Verräter, wie Judas, der um den Preis von dreißig Silberlingen seinen Herrn verriet. Es verging gleich wieder, als er in sie eindrang. Da fühlte er nur noch sie.

Seine Worte über den Anwalt hatten sie ganz steif gemacht. Das war ihm entgangen in seinem Eifer, ihr den Slip vom Leib zu zerren. Und dann ging es wieder so schnell. Zuerst fühlte sie gar nichts neben der Angst. Dann kam die Erleichterung, grenzenlose Erleichterung, nicht nur, weil das Geld noch da, mehr, weil er ahnungslos war. Endlich konnte sie sich konzentrieren auf das, was er tat. Allmählich stieg Erregung auf, aber da stand er bereits wieder still.

«Bleib so», flüsterte sie, zog ihn mit den Beinen enger an sich heran, legte den Kopf in den Nacken, schloss die Augen. «Und erzähl weiter.»

Sie bewegte sich nicht, nur ihre Muskeln zogen sich zusammen, und ihr Atem wurde schneller. Er erzählte ihr noch ein wenig von Eugenie Boussier, von der Scheidungsabsicht ihres Mannes. Dann von seinem Besuch bei ihrem Schwiegervater und wie der sich dazu geäußert hatte. Zuletzt von ihrem Erbe. Ob sie ihm zuhörte, war nicht ersichtlich.

Er sprach leise, ließ den Blick nicht von ihrem Gesicht. Es war faszinierend, ihr zuzusehen. Sie atmete mit leicht geöffnetem Mund, hielt die Augen geschlossen, gab keinen Laut von sich, zuckte nur plötzlich mehrfach zusammen wie unter kleinen Stromstößen, warf den Kopf nach vorn und presste das Gesicht gegen seine Schulter. Dabei kam etwas wie ein

Wimmern über ihre Lippen. Ihre Beine zitterten, die Arme ebenfalls. Sie hob den Kopf wieder, öffnete die Augen, schaute ihn mit einem leicht glasigen Blick an.

«Das war gut», murmelte sie, zog seinen Kopf zu sich heran und begann ihn zu küssen.

Aber für den Moment war ihm nicht nach Zärtlichkeit. Er war erst einmal zufrieden und wollte noch ein paar Antworten, um die letzten Unklarheiten zu beseitigen. Ob sein Verhalten sie verstimmte, der abrupte Wechsel vom Mann zum Polizisten, ließ sie nicht erkennen. Mit ruhiger, neutraler Stimme gab sie Auskunft.

Die Wodkaflasche in der Bar?

«Ich habe mich nie um die Bar gekümmert. Wenn man einen Alkoholiker zum Vater hatte und dann auch noch mit einem verheiratet ist, kauft man keinen Schnaps. Außerdem hätte ich das Geld dafür nicht gehabt. Herbert hat die Bar aufgefüllt, er hat ja auch sonst für sich eingekauft. Mal ein Döschen Kaviar zum Frühstück, aber nur Beluga, zu Mittag mal ein exquisites Fertiggericht, Rinderfilet im Reisrand, natürlich nur argentinisches Rind. Oder meinst du, ich hätte noch für ihn gekocht? Das habe ich ja nicht einmal für mich getan.»

Es klang glaubwürdig. Und die Scheidungsabsicht?

«Er hat nicht von Scheidung gesprochen, nicht letzten Montag und auch vorher nie. Wenn er den Vorschlag gemacht hätte, egal zu welcher Zeit, ich hätte ihm bestimmt keine Steine in den Weg gelegt. Im Gegenteil.»

Während sie sprach, hatte sie die Szene noch einmal deutlich vor Augen und die Stimme ihres Mannes in den Ohren. «Ich verschwinde, okay?» Das war es vermutlich. Er hatte auch ein paar Andeutungen gemacht, die darauf schließen ließen, dass er Bescheid gewusst hatte über das Testament seines Vaters. Dieser Idiot! Bescheid gewusst und nie ein Wort verlauten lassen. Er könnte noch leben, wenn er vorher schon einmal …

Aber sich zu fragen, warum er all die Jahre den Mund zu- und neben ihr ausgehalten hatte, war überflüssig. Weil sie ihn augenblicklich auf die Straße gesetzt hätte. Weil er ihr diesen Triumph nicht lassen konnte, nicht nach achtzehn Jahren Kampf. Da hatte er derjenige sein wollen, der zuletzt trium- phierte. «Ich trinke auf morgen früh!» Sie hörte das noch so deutlich. Hatte er sich wirklich eingebildet, ihr mit seinem letzten Griff in die Kasse den Todesstoß zu versetzen? Aus- gerechnet er? Der ewige Verlierer!

Für Georg war wieder alles in bester Ordnung. Besser konnte es gar nicht sein. Jetzt war ihm nach Zärtlichkeit. Nur war es ihm nicht vergönnt, sie lange zu genießen. Er stand immer noch vor dem Tisch, sie saß darauf, die Arme um sei- nen Nacken geschlungen, die Beine um seine Hüften, die Lip- pen in seinem Gesicht, als es an der Haustür klingelte.

Sie zuckte zusammen. Es war nicht der sanfte Gong von der Haustür, der sie erschreckte, es war vielmehr die unver- mittelt aufsteigende Erinnerung an das, was sie ihm in der langen Nacht zum Dienstag alles erzählt hatte. Vor allem die- ser eine Satz: «Aber wenn ich mich von ihm getrennt hätte, was wäre aus der Firma geworden?»

Er hatte es vergessen. Er musste es vergessen haben, sonst hätte ihm doch auffallen müssen, welche Bedeutung dieser Frage zukam. Aber er stand da vor ihr, mit heruntergelasse- ner Hose, ließ sich küssen, hielt die Augen dabei geschlossen.

«Wir machen einfach gar nicht auf», murmelte er, als der Gong zum zweiten Mal anschlug.

«Bist du verrückt.» Sie flüsterte nur. Ihr war klar, wer vor der Tür stand. Es kam nur einer infrage. «Er sieht doch, dass mein Auto draußen steht. Legst du es darauf an, dass er über die Terrasse kommt? Die Tür ist noch offen. Mir kann das egal sein, du bist derjenige, der sich hier kompromittiert.»

Im Bruchteil einer Sekunde war sie auf dem Fußboden, hatte den Rock bereits nach unten gezogen, schloss die Knöp- fe der Bluse, während sie bereits in die Diele ging. Mit einem

Blick über die Schulter verlangte sie leise: «Jetzt mach schon.»

Es klingelte erneut. «Moment!», rief sie. «Ich komme.»

Sie hatte Recht, das wusste er. Er konnte es sich nicht leisten, mit ihr in einer eindeutigen Situation erwischt zu werden, noch nicht. Und bestimmt nicht von Lehnerer. Sie hatte die Haustür erreicht. Er hörte sie reden, ganz unbefangen. Auf ihre Art war sie wirklich ein Biest. «Tut mir Leid, wenn du warten musstest. Ich war im Garten. Warum bist du nicht einfach hinten herum gekommen? Das machst du doch sonst auch.»

Dann kam sie zurück, Lehnerer dicht hinter ihr. Seine Kleidung hatte Georg in Ordnung gebracht, ihren Slip vom Fußboden gerafft und ihn sich in die Hosentasche gestopft. Die verräterischen Spuren waren damit beseitigt. Aber er konnte es sich nicht verkneifen, zum Schrank zu gehen und Geschirr herauszunehmen. Der Kaffee war längst durchgelaufen. Thomas Lehnerer starrte ihn an, die Feindseligkeit in seinem Blick war nicht zu übersehen.

Georg grinste, stellte Geschirr für zwei Personen auf den Tisch und erklärte dabei: «Sie ersparen mir einen Weg, Herr Lehnerer. Ich wollte ohnehin noch zu Ihnen.»

Das konnte er sich auch nicht verkneifen. Nur ein paar Fragen. «Am besten notieren Sie mir, welche Strecke Sie in der Nacht gefahren sind. Ab dem Zeitpunkt, wo Sie alleine unterwegs waren. Und schreiben Sie auch die Namen der Mädchen dazu, die Sie aufgesucht haben.»

Lehnerer starrte ihn immer noch an, nicht mehr so feindselig wie zu Beginn, eher ein bisschen spöttisch. «Aufgesucht habe ich nur die Boussier. Die anderen habe ich nicht angetroffen. Aber das habe ich doch schon einmal gesagt.»

«Ich weiß», sagte Georg, «aber ich brauche es schriftlich. Ich muss Sie bitten, an einem der nächsten Tage ins Präsidium zu kommen und Ihre Aussage zu unterschreiben.»

Während er sprach, ging er zur Kaffeemaschine, nahm die Kanne, kam zurück zum Tisch und füllte die beiden Tassen.

Thomas Lehnerer stand noch bei der Tür. Als Georg sich setzte, kam er näher, nahm sich ebenfalls einen Stuhl, schaute zu Betty hin und lächelte. Es war ein sehr selbstbewusstes Lächeln.

«Kann ich auch einen Kaffee haben?»

«Natürlich», sagte sie, brachte ihm eine Tasse.

Dann saßen sie zu dritt da. Georg stellte ein paar Fragen, schaffte es auch mehrfach, sie bedrohlich klingen zu lassen, wie die Frage nach der Blutgruppe. Er hoffte, dass es Lehnerer ungemütlich wurde, dass er verschwand.

Aber er machte keine Anstalten, rührte versonnen in seiner Tasse herum, obwohl er weder Milch noch Zucker hineingetan hatte. Georgs Fragen beantwortete er ruhig, manchmal ein bisschen spöttisch, manchmal leicht gelangweilt, aber immer sicher. Und das war nicht die Sicherheit eines Mannes, der sich keiner Schuld bewusst war. Es war die Sicherheit eines Mörders, der darauf vertraute, dass man ihm nichts beweisen konnte.

Georg kannte dieses Gehabe aus zahlreichen Vernehmungen. Anfangs fühlten sie sich immer sicher, aber später … Nur waren sie noch am Anfang, und es blieb ihm nichts anderes übrig, als sich kurz vor acht zu verabschieden und sämtliche Hoffnungen auf den Laborbericht zu setzen. Nur ein paar graue Fussel!

Sie brachte ihn zur Tür, zuckte bedauernd mit den Achseln, drückte einen Finger erst gegen ihre, dann auf seine Lippen.

Nachdem sie die Tür hinter ihm geschlossen hatte, lehnte sie sich für einen Moment dagegen und atmete tief durch. Dann ging sie langsam zurück in die Küche.

Thomas schaute ihr mit finsterem Blick entgegen. «Der fühlt sich ja hier schon wie zu Hause, weiß sogar, wo die Tassen stehen. Ich hatte das Gefühl, ich bin in einem ungeeigneten Moment gekommen. Habe ich euch bei irgendwas gestört?»

Er war wütend, sehr aufgebracht, auch wenn er seine Stimme einigermaßen beherrscht klingen ließ. Es war ihm an der Nasenspitze anzusehen. Sie kannte ihn gut genug, um zu wissen, wie sie seiner Wut begegnen musste.

«Ja, hast du», erwiderte sie ruhig, kam zum Tisch und blieb neben ihm stehen. «Und ich wäre dir wirklich sehr verbunden, wenn du es dir vorübergehend abgewöhnen könntest, hier jeden Abend auf der Matte zu stehen.»

«Ach.» Thomas gab sich erstaunt, seine Stimme quoll über vor Sarkasmus. «Heißt das etwa, er besucht dich jeden Abend?»

«Hör auf mit dem Blödsinn», wies sie ihn zurecht. «Du weißt genau, wie ich das meine. Er war am vergangenen Dienstag hier und am Mittwoch, und beide Male tauchtest du auf. Und dann kommst du auch noch mit einem Herzchen über die Terrasse. Für wie blöd hältst du ihn? Meinst du, er kann nicht eins und eins zusammenzählen?»

Thomas presste für einen Augenblick die Lippen aufeinander. «Lass ihn doch zählen. Ich hab dir schon mal gesagt, er kann uns nichts. Es ist für ihn völlig uninteressant, wie ich dich nenne.»

Es war kein Sarkasmus mehr in seiner Stimme, nur noch unverhohlene Wut. «Es sei denn, er ist selbst scharf auf dich. Und das ist er. Das war er von der ersten Minute an. Er war noch nicht ganz hier zur Tür rein, da fing er schon an, dich mit den Augen auszuziehen. Und dir gefällt das, du heizt ihn auch noch an. Oder meinst du, ich bin blind? Ich sehe doch, was hier los ist. Ich warne dich, Betty, treib keine Spielchen mit mir. Ich habe eine Menge riskiert, und das habe ich nicht umsonst getan.»

Sekundenlang starrte sie ihn verblüfft an, dann schüttelte sie bedächtig den Kopf: «Nein, das hast du vermutlich nicht. Es könnte dich gut und gerne fünfundzwanzig Jahre kosten. Und bilde dir nicht ein, du könntest mich mitreißen, wenn es hart auf hart kommt. Ich habe ein Alibi für die fragliche Zeit.

Kein Geringerer als er hat hier bei mir gesessen. Davon abgesehen hatte ich kein Motiv. Ich hätte Herbert jederzeit auf die Straße setzen können. Das habe ich eben erst erfahren. Der Alte hat ein Testament zu meinen Gunsten gemacht.»

Wütend war Thomas immer noch: «Wie schön für dich. Aber so leicht bin ich nicht vom Thema abzubringen.»

Sie lachte kurz auf. «Ich auch nicht! Bleiben wir beim Thema, ein verliebter Polizist. In einem Punkt stimme ich dir zu. Es gefällt mir. Und ich tue, was ich tun kann, um ihn bei Laune zu halten. Ich bin nett zu ihm, lasse ihn Kaffee machen, wenn er einen haben will. Ich gebe ihm das Gefühl, dass ich nicht ausschließlich den Polizisten in ihm sehe. Vielleicht kann ich ihn auf diese Weise dazu bringen, mir vorab ein paar Informationen zu geben. Damit wäre uns beiden geholfen.»

Thomas begann zu grinsen. «Informationen worüber? Über Hautschüppchen und Schweißproben?»

Sie ging zu ihrem Stuhl und setzte sich. «Zum Beispiel», sagte sie. «Er hat dich ja nicht umsonst nach deiner Blutgruppe gefragt.»

Sein Grinsen wurde noch eine Spur breiter. «Dann hat *er* dir also diesen Floh ins Ohr gesetzt. Das dachte ich mir. Du kommst doch nicht von allein auf so eine verrückte Idee. Betty, merkst du nicht, wie er dich austrickst? Solche Untersuchungen gibt es nicht. Er blufft, will dich nur verunsichern. Sie können eine Menge, aber sie können keine Wunder vollbringen. Es gibt Grenzen.»

«Das sagst du», meinte sie. «Du gehst ja auch jeden Tag mit dieser Materie um. Aber selbst wenn du Recht hast, ist der Verdacht gegen dich damit noch nicht aus der Welt. Und vielleicht findet sich etwas anderes. Wenn er auch nur den kleinsten Beweis dafür findet, dass du beim Teich warst …»

Sie brach ab, wartete auf eine Reaktion. Es kam nichts. Das Grinsen war wieder verschwunden. Seine Miene neutral und abwartend. Langsam sprach sie weiter: «Vielleicht solltest du für ein paar Tage auf Reisen gehen. Dann sehen wir, ob er nur blufft. Er hat etwas gegen dich, das steht fest. Aber ob er dich wirklich verdächtigt oder in dir nur einen Nebenbuhler sieht, finden wir erst heraus, wenn du ihm nicht mehr vor der Nase herumtanzt. Ich werde ihm signalisieren, dass er bei mir landen kann. Das kann er ja erst, wenn er den Fall abschließt. Und abschließen kann er ihn nur, wenn alles in Ordnung ist.»

Thomas grinste wieder, fröhlich oder sarkastisch war es nicht. «Das hast du dir fein zurechtgelegt. Ich verschwinde für ein paar Tage, dann hast du freie Bahn. Mit Signalisieren gibt der sich doch nicht zufrieden, das weißt du auch. Aber das hatten wir schon mal, Betty. Das müssen wir nicht unbedingt wiederholen.»

Sie schaute ihn an, als hätte sie nicht verstanden, was er gesagt hatte. Nach ein paar Sekunden schüttelte sie den Kopf, stellte gleichzeitig mit fassungslosem Unterton in der Stimme fest: «Das war gemein. Wer hat denn damals wen in die Wüste geschickt? Wer hat wen monatelang an der Nase herumgeführt? Wer hat wem das Blaue vom Himmel versprochen? Ich war sechzehn, verdammt! Ich habe dir geglaubt. Du weißt genau, warum ich mich damals mit Herbert eingelassen habe. Weil ich dachte, ich könnte dich damit verletzen. Ich wollte dich verletzen, ich wollte dir so wehtun, wie du mir wehgetan hast. So blöd kann man nur mit sechzehn sein. Dir kam es doch sehr gelegen. Da musstest du dich wenigstens nicht entscheiden.»

«Das ist nicht wahr, Betty», widersprach er. «Das ist –»

Sie winkte ab und unterbrach ihn damit. «Ach, hör auf. Ich habe keine Lust, alte Geschichten aufzuwärmen. Wir haben Wichtigeres, worüber wir uns den Kopf zerbrechen sollten. Wenn deine einzige Sorge darin besteht, dass ich mit einem Polizisten ins Bett steige, kann ich nur sagen, du bist dir deiner Sache wirklich sehr sicher. Aber du wirst mir zugestehen, dass ich es nicht bin. Wenn nun bei diesen Untersuchungen doch etwas von Bedeutung herauskommt? Ich weiß, dass du nicht daran glaubst, aber nehmen wir an, die Möglichkeit bestünde doch. Wenn du dann für ihn erreichbar bist, hat er dich. Ich hoffe, das ist dir klar. Aber wenn du nicht da bist ...»

Sie sprach den Satz nicht zu Ende, beugte sich vor und legte ihm eine Hand aufs Knie. «Thomas, ich weiß, was du für mich getan hast. Ich werde es nie im Leben vergessen. Und ich will nicht, dass du dafür ins Gefängnis musst. Das ist ein Grund mehr, dich für ein paar Tage fortzuschicken. Mir wäre sehr viel wohler, wenn du einverstanden wärst.»

Sie sah, dass er etwas erwidern wollte, und sprach rasch weiter: «Es ist mir bitterernst mit dem, was ich sage. Ich habe Angst, Thomas. Wenn es sein muss, wenn ich damit verhindern kann, dass es dir an den Kragen geht, gehe ich auch mit ihm ins Bett.»

«Phantastisch», erwiderte er mit einer gehörigen Portion Sarkasmus. «Und wie weit reicht deine Opferbereitschaft, für einmal, zweimal oder öfter?»

«Einmal reicht wahrscheinlich», erklärte sie. «Danach schaffe ich ihn mir vom Hals.»

«Und du denkst, er bedankt sich für deine Gunst und geht freiwillig? So sieht er aber nicht aus.»

«So sah Herbert auch nicht aus», sagte sie. «Und trotzdem war es zuerst ein glaubhafter Selbstmord.»

Thomas begriff, worauf sie hinauswollte, und schüttelte ungläubig den Kopf. «Bist du verrückt? Der Mann ist Polizist.»

«Aber nicht unsterblich», sagte sie. «Er ist geschieden, frustriert, einsam, enttäuscht, verbittert. Es wäre mit ihm noch leichter als mit Herbert. Niemand würde sehr viele Fragen stellen, wenn man ihn tot in seinem Wagen fände, vielleicht eine Vergiftung mit Abgasen. Dafür bräuchte ich keine Hilfe.»

Dann lachte sie leise. «Aber wahrscheinlich reicht es, wenn ich einmal mit ihm essen gehe.»

Mit leicht geneigtem Kopf schaute sie ihm ins Gesicht. «Sei lieb und vertrau mir. Ich weiß schon, was ich tue. So übel ist es nicht, wenn ein Ermittlungsbeamter nur noch rosa Herzchen sieht.»

Dann erklärte sie ihm, wie sie sich das vorstellte. Dass er an ihrer Stelle für ein paar Tage in die Niederlande fahren sollte, offiziell eine Geschäftsreise, inoffiziell Wartestellung und ein kleiner Erholungsurlaub. «Wenn du am Donnerstagmorgen fährst, hast du zwei Tage Zeit, dir die Häuser anzuschauen und dich ausführlich beraten zu lassen. Ich rufe van Beuren an und sage ihm, dass du kommst. Du kannst bestimmt bei ihm wohnen – bis Freitag. Wenn der Bulle wirklich etwas von mir will, bringe ich ihn dazu, am Freitagabend mit mir essen zu gehen. Und wenn ich ihn so weit habe, erfahre ich auch, was es mit diesen Untersuchungen auf sich hat.»

Sie lächelte ihn an, dieses unwiderstehliche Kinderlächeln, eine Mischung aus Unschuld und Verlangen. «Ich buche ein hübsches Hotel an der Küste. Was hältst du von Renesse? Und wenn alles in Ordnung ist, komme ich am Samstag nach. Dann machen wir uns zwei schöne Tage. Einverstanden?»

«Und wenn nicht alles in Ordnung ist?» Thomas war immer noch skeptisch, verärgert und unentschlossen, auch ein wenig besorgt, dass sie es ernst gemeint haben könnte mit einem toten Polizisten. Aber das schien nicht der Fall.

«Dann reicht ein Anruf», sagte sie, «und du weißt Bescheid. In diesem Fall sorge ich dafür, dass du dir für die nächste Zeit keine finanziellen Sorgen machen musst, auch keine um Margot und die Kinder.»

Sie lächelte wieder, streichelte mit den Fingerspitzen über sein Bein. «Aber du glaubst ja nicht, dass er dir etwas beweisen kann, also lass uns nicht zu schwarz sehen. Stellen wir uns lieber auf ein schönes Wochenende ein.»

Dann stand sie auf, setzte sich auf seinen Schoß und schlang die Arme um seinen Nacken. Ein paar von den leichten Küssen, die er so mochte. Ganz allmählich wurde er weich, zog sie an sich, drückte sein Gesicht gegen ihren Hals. Zwei schöne

Tage hatte sie gesagt, dazwischen lag eine Nacht. Er hatte noch nie eine Nacht mit ihr verbracht. Wusste nicht, wie es war, neben ihr einzuschlafen und neben ihr aufzuwachen.

«Und was soll ich Margot erzählen, wenn ich übers Wochenende wegbleibe? Da kauft sie mir doch keine Geschäftsreise ab. So dumm ist sie nicht.»

«Ich bin sicher, dir fällt etwas ein.» Sie fühlte, wie seine Arme fester zupackten. «Ruf sie einfach an am Freitag und sag ihr, van Beuren hätte dich übers Wochenende eingeladen.»

Er nickte. «Das klingt gut.»

Als er begann, ihre Bluse zu öffnen und eine Hand ihren Schenkel hinaufschob, hielt sie seine Hände fest und murmelte: «Nicht jetzt, ich bin so furchtbar verschwitzt, muss zuerst unter die Dusche. Und dann brauche ich dringend einen neuen Verband.»

Sie hielt ihm die linke Hand hin. Und als er sie fragte, wovon sich die Wunde entzündet hatte, erzählte sie ihm von den Fliedersträuchern. Drei Stück, und Flieder wurzelte doch so stark. Es musste ein tiefes Loch werden.

Während sie unter die Dusche ging, ging Thomas Lehnerer hinaus, schaute sich das Loch an und schüttelte den Kopf. Und dann grub er. Anschließend verband er ihr die Hand neu, ging selbst hinauf ins Bad und von dort gleich weiter in ihr Schlafzimmer. Sie lag bereits auf dem Bett, schaute ihm mit einem kleinen Lächeln entgegen. Es war eigentlich schon zu spät, er hätte längst daheim sein müssen. Margot würde sich wundern, wo er so lange blieb.

Er nahm sie in die Arme, war sanft wie immer, ließ sich Zeit, sehr viel Zeit. Mit geschlossenen Augen erwiderte sie seine Zärtlichkeit. Irgendwann murmelte er: «Ich liebe dich.»

«Ich dich auch», flüsterte sie zurück, zog ihn fester an sich und wiederholte: «Ich dich auch.»

Thomas Lehnerer blieb noch eine Viertelstunde. Für seine Frau fand er eine Erklärung, die Margot mit unbewegter

Miene hinnahm, auch wenn sie ihm keinen Augenblick lang glaubte, er sei an ein paar Plätzen gewesen, an denen er als Kind viel Zeit mit Herbert verbracht habe.

Am Dienstagnachmittag wurde Herbert Theißen beerdigt. Georg Wassenberg dachte kaum einmal daran. Für ihn begann der Dienstag mit Hektik. In den frühen Morgenstunden entdeckte ein Jogger den fünften Toten auf einer Parkbank. Georg wurde noch vor sechs ins Präsidium gerufen.

Kurz nach ihm traf Dina Brelach ein. Die von ihr verdächtigte Frau Rasche war auch montags überwacht worden, hatte ihre Wohnung am frühen Abend betreten und nicht wieder verlassen, so viel stand fest. Damit waren die ohnehin dürftigen Verdachtsmomente restlos ausgeräumt. Dina nahm es gelassen. «Jeder kann sich mal irren.»

Am späten Nachmittag rief Sonja an, um sich zu erkundigen, ob es Georg am Abend genehm sei, die Einzelheiten des Hundesittings zu besprechen. Den Hund hatte er völlig vergessen, er war auch nicht sicher, ob er es an dem Abend schaffte.

«Wenn es spät wird», versicherte Sonja eifrig, «macht es gar nichts. Vor Mitternacht gehen wir nie ins Bett. Aber wir fliegen am Donnerstag sehr früh. Du wirst dir nicht auf die letzte Minute den Schlüssel holen wollen. Und morgen Abend habe ich keine Zeit, da muss ich packen.»

Um neun rief er Betty an, wollte sie fragen, ob sie Lust habe, ihn zu begleiten. Das Telefon klingelte eine Weile, ehe endlich abgehoben wurde. Sie klang atemlos.

«Wobei habe ich dich gestört?», fragte er. Das Misstrauen war auf der Stelle da, aber ein Blick auf die Uhr und ihre Erklärung besänftigten ihn wieder. Sie war nur im Garten gewesen.

«Was hast du denn da gemacht? Es ist doch schon dunkel. Jetzt erzähl mir nicht, du hast wieder gegraben. Lass doch den Unsinn, denk an deine Hand.»

So schlimm sei es nicht mit der Hand, versicherte sie. Und sie hatte Licht auf der Terrasse. Außerdem hatte sie sich ein wenig ablenken wollen von der Stunde auf dem Friedhof. Lust, ihn zu seiner Exfrau zu begleiten, hatte sie nicht.

«Sei mir nicht böse», bat sie. «Ich habe nicht erwartet, dass mir das so zu schaffen macht. Seine Freundin war auch da. Als ich sie sah mit ihrem dicken Bauch …»

Sie brach ab, er hörte sie atmen, drei, vier heftige Atemzüge. «Ich will jetzt nur ein bisschen Ruhe, verstehst du?»

Natürlich verstand er. Er war auch nicht böse, nur enttäuscht. Es wäre ein Triumph gewesen, sie und Sonja miteinander bekannt zu machen. Sonjas Gesicht dabei, nach dem ersten Erstaunen, ihn in weiblicher Begleitung zu sehen, ein Anflug von Neid. Und wenn sie sich verabschiedet hätten, hätte Sonja erst einmal ihre Fältchen gezählt, ihrem Fritzchen einen Vortrag über Liposome oder sonst einen Quatsch gehalten und sich versichern lassen, dass sie die Schönste sei. Nur hätte Sonja das dann nicht mehr glauben können.

«Vielleicht komme ich morgen etwas früher hier weg», sagte er, als er sich verabschiedete. Er selbst glaubte nicht daran. «Ich rufe dich an. Schlaf gut.»

«Du auch», sagte sie.

Mittwochs fand er nur die Zeit für ein kurzes Telefongespräch. Ein sehr kurzes. Sie rief ihn an, um zu fragen, ob er am Abend vorbeikäme und wann. Sie lachte leise und sehr sinnlich: «Ich will nur sicherstellen, dass du mich nicht wieder dreckig und verschwitzt im Garten überraschst.»

«Tut mir Leid», sagte er. «Heute geht es nicht.»

Der Mittwoch war nicht weniger hektisch als der Dienstag. Es gab einen Zeugen, einen richtigen Zeugen, einen brauchbaren. Er war mit dem fünften Opfer zusammen gewesen. Am späten Montagnachmittag hatten sie sich in der Nähe eines Pfarrhauses aufgehalten, wo sie hin und wieder ein paar Mark, manchmal nur einen Teller Suppe ergattern konnten.

So gegen sechs Uhr wurden sie dort von einem jüngeren Mann angesprochen. Er gab sich als Journalist aus, zeigte irgendeinen Ausweis und gab vor, für eine Artikelserie über Obdachlose zu recherchieren.

Der Zeuge hatte eine gehörige Portion Stolz über den Abstieg gerettet und keine Lust, einem Fremden Rede und Antwort zu stehen, nur damit andere in der Zeitung lesen konnten, wie ein Leben vor die Hunde ging. Das Opfer blieb mit dem vermeintlichen Journalisten allein zurück. Der Zeuge konnte eine gute Beschreibung liefern, erinnerte sich auch an ein Auto, einen grauen Honda.

Die Straßenverkehrsämter wurden abgefragt. Ein grauer Honda, älteres Modell, zwei Zahlen vom Kennzeichen hatte der Zeuge sich merken können, eine Sieben und eine Drei.

Am späten Vormittag schneite Dina Brelach kurz ins Präsidium. Die allgemeine Aufregung schien sie nicht im Mindesten zu berühren. Ein paar Hänseleien bezüglich ihrer absurden Theorie der liebenden und mordenden Mutter nahm sie gelassen hin. Bevor sie wieder verschwand, erschien sie vor Georgs Schreibtisch und schob ihm einen Zettel hin. Das Lächeln auf ihrem Gesicht war eher müde als siegesbewusst.

«Der Freund von Rasches Tochter fährt einen grauen Honda», sagte Dina. «Das ist das Kennzeichen.» Die Sieben war darin enthalten, eine Drei gab es nicht, stattdessen eine Acht.

«Die Zahlen sind sehr blass», erklärte Dina, «aus der Entfernung kann man sich leicht täuschen. Ich habe gehört, der Wagen soll auf der anderen Straßenseite gestanden haben. Der Zeuge hat das Kennzeichen nur von der Seite gesehen. Sie brauchten ein fünftes Opfer, um von sich abzulenken. Wahrscheinlich bin ich der Rasche zu oft auf die Pelle gerückt. Oder sie hat bemerkt, dass sie observiert wurde. Da hat er es eben übernommen.»

Georg betrachtete die Zahlen und murmelte einen Fluch. Dann nahm er den Zettel und ging damit zum Leiter der Soko.

Als er zurück in sein Büro kam, lag mitten auf seinem

Schreibtisch ein Umschlag, der heiß ersehnte Bericht des LKA-Labors. Er las ihn zweimal. Die Ausbeute aus dem Lamborghini war mager. In der Hauptsache stammten die Haare von Theißen und die Fasern von seinem Anzug.

Auch die Untersuchung der Kleidung hatte nicht viel gebracht. Es gab ein paar graue Fasern, Schurwolle und Trevira. Die konnten nicht von Lehrerer stammen. Jogginganzüge wurden aus anderem Material hergestellt. Ein paar Haare, kurze Stücke silberblonder Spitzen, wie sie bei gespaltenem Haar häufig abbrechen, mussten von Betty stammen. Außerdem ein paar dunkle, krause, die vermutlich zu Theißens Freundin gehörten. An einem Ärmel des Jacketts war ein einziges Schamhaar sichergestellt worden. Georg ging davon aus, dass auch dieses Haar von Eugenie Boussier stammte.

Bis dahin brachte der Bericht nichts. Aber da waren ja noch Theißens Schuhe gewesen. An ihnen waren Teppichfasern in rauen Mengen gefunden worden, ein paar Sandkörner, kein Gras, kein Erdklümpchen. Die Analyse der Grasflecken auf der Hose hatte nicht klären können, ob Theißen herumgekrochen oder stundenlang auf einem Fleck gelegen hatte.

Damit war er genauso weit wie vor Tagen schon. Ausgetrickst. Wie immer Lehrerer es angestellt hatte, er hatte keine Spuren hinterlassen. Vielleicht war es gut so. Es verhinderte, dass Lehrerer sie mit in den Dreck zog. Die Vernunft sagte ihm, dass er den Aktendeckel zuklappen und die Sache auf sich beruhen lassen sollte. Sein Gefühl sträubte sich dagegen. Wenigstens einen Denkzettel wollte er dem Waldläufer verpassen.

Um halb fünf stand er vor Lehrerers Haustür. Der Herr Prokurist war noch nicht daheim. Das hatte Georg auch nicht erwartet, und bei dem, was er vorhatte, konnte er ihn gar nicht sofort gebrauchen. Margot Lehrerer öffnete. Ihr Gesicht wirkte immer noch ernst und traurig, aber jetzt war es auch ängstlich. Sie bat ihn herein, versuchte bereits vorab zu erfahren, was ihn zu seinem Besuch veranlasste.

So dumm war Margot Lehnerer nicht, dass sie die Zeichen nicht hätte deuten können. Die beiden Plastikplanen in der Garage, die Thomas an dem verfluchten Montag von seinem Waldlauf mitgebracht hatte. Kaum anzunehmen, dass er sie irgendwo im Wald gefunden hatte. Das Werkzeug, wie eine riesige Zange, das Margot vor dem Montag der vergangenen Woche nie gesehen hatte. Und was schlimmer wog, Thomas war seitdem nicht mehr Thomas, nicht mehr der sanfte, liebevolle Mann, mit dem sie seit langen Jahren zusammenlebte. Er wich ihr aus, konnte ihr nicht mehr in die Augen schauen. Er bemühte sich, so zu tun, als sei alles in Ordnung. Und er wirkte so verkrampft dabei, so schuldbewusst. Aber Margot Lehnerer hätte sich eher die Zunge abgebissen, als dass sie auch nur mit einem Ton angedeutet hätte, was ihr seit Tagen durch den Kopf ging und sie nachts um den Schlaf brachte. Dieser grauenhafte Verdacht, dass Thomas etwas mit Herberts Tod zu tun hatte.

Georg ging gar nicht erst bis zur Wohnzimmertür, blieb mitten in der Diele stehen, erwiderte den ängstlichen Blick mit ausdrucksloser Miene. «Ich muss Sie bitten, mir die Kleidung auszuhändigen, die Ihr Mann am Montagabend der vergangenen Woche getragen hat.»

Insgeheim hatte Margot damit gerechnet, dass etwas in dieser Art passierte. Sie hatte sich das nur nicht eingestehen wollen, jeden Gedanken daran verdrängt. Nun, wo es so weit war, starrte sie den ungebetenen Gast an. «Welche Kleidung?»

«Es war ein grauer Jogginganzug», half Georg ihr.

«Wozu brauchen Sie den?»

Er antwortete ihr nicht. Und sie kam nicht auf die Idee, ihn zu fragen, mit welcher Berechtigung er die Kleidung ihres Mannes verlangte. «Der ist oben im Schrank. Aber ich habe ihn gewaschen.»

«Das macht nichts», sagte Georg. «Wir brauchen ihn nur für einen Faservergleich.»

«Einen Faservergleich», wiederholte Margot tonlos. Sie wurde blass, konnte das nicht verhindern. «Ich weiß nicht genau ... Ein grauer Anzug. Mein Mann hat mehrere graue. Vielleicht warten Sie lieber auf ihn. Er muss jeden Augenblick heimkommen.»

«Natürlich», sagte Georg.

Thomas Lehnerer kam wenige Minuten nach fünf. Georgs Wagen hatte er bereits gesehen, Sorgen machte er sich deshalb nicht. Auch Georgs Verlangen brachte ihn nicht eine Sekunde lang außer Fassung. Er schickte seine Frau, den verlangten Anzug zu holen. Georg wartete, bis sie zurückkam. Es war nur so ein Gefühl. Ihr Verhalten, ihre offensichtliche Angst. Sie wusste etwas, oder sie vermutete es zumindest.

Als sie ihm den Anzug in einer Tüte überreichte, als Thomas Lehnerer sich mit einem spöttischen Lächeln erkundigte: «Brauchen Sie sonst noch etwas, Herr Kommissar? Vielleicht ein Paar Schuhe?», da grinste Georg ebenfalls, genauso spöttisch und überheblich. «Es kann sicher nicht schaden, wenn Sie mir das Paar einpacken, das Sie in der Nacht getragen haben. Wissen Sie noch, welches Paar es war?»

Thomas Lehnerer schüttelte den Kopf.

«Dann lassen Sie nur», sagte Georg. «Schuhe brauchen wir nicht unbedingt. Der Anzug reicht für den Nachweis vollkommen.»

Endlich erlosch das Grinsen. «Welchen Nachweis?», wollte Thomas Lehnerer wissen.

Georg ließ es genüsslich über die Zunge fließen: «Sagt Ihnen der Begriff Diatomeen etwas, Herr Lehnerer?»

Noch ein Kopfschütteln und die ersten Anzeichen von Unsicherheit. Georg grinste weiter. «Ich bin auch nur Laie auf dem Gebiet und nicht sicher, ob ich Ihnen auf die Schnelle in verständlicher Weise erklären kann, was es bedeutet, wenn in einem Laborbericht steht: Diatomeennachweis negativ.»

Zwei Sekunden ließ er noch verstreichen, genoss das Zerfließen der Selbstsicherheit seines Gegenübers. «Ich schlage vor», sagte er dann, «wir besprechen es morgen früh in allen Einzelheiten. Ich erwarte Sie um neun Uhr im Präsidium.»

Margot Lehnerer begleitete ihn zur Haustür. Sie zitterte, als sie nach der Klinke griff, um die Tür für ihn zu öffnen. Georg nickte ihr freundlich zu, dann ging er zu seinem Wagen und fragte sich, ob Lehnerer jetzt den Duden wälzte.

Sollte er! Mehr als Diatomee gleich Kieselalge würde er darin nicht finden. Dann war er genauso klug wie zuvor. Es war nicht anzunehmen, dass ihm das Handbuch für angewandte Gerichtsmedizin zur Verfügung stand. Ein billiger Triumph, wenn man es genau nahm. Nur eine schlaflose Nacht für den Waldläufer.

Es wäre doch noch Zeit gewesen, Betty einen kurzen Besuch abzustatten. Er hatte das ursprünglich auch vorgehabt, obwohl er ihr am Telefon unmissverständlich erklärt hatte, dass er heute auf gar keinen Fall kommen könne. Eine kleine Überraschung, ihm machte es nichts aus, wenn er sie verschwitzt aus der Grube holen musste. Nur war ihm die Lust darauf in den letzten Minuten vergangen.

Für Betty mochte der Tod ihres Mannes eine große Erleichterung sein. Die gönnte er ihr auch, von ganzem Herzen. Aber die anderen … Lehnerers Frau tat ihm Leid, genauso Leid wie Eugenie Boussier und Theißens Mutter. Es blieben immer ein paar auf der Strecke zurück mit ihrer Verzweiflung, wenn andere wieder zur Tagesordnung übergingen.

Er fuhr noch einmal zurück ins Präsidium und brachte Lehnerers Anzug auf den Weg nach Düsseldorf. Unnötige Arbeit für die Leute vom Labor, aber was sollte es. Dann fuhr er in seine Wohnung, packte ein paar Sachen zusammen und machte sich auf den Weg zu dem Haus, in dem er lange Jahre mit Sonja gelebt hatte. Die Nacht verbrachte er in einem der Gästezimmer.

Am Donnerstagmorgen wartete er vergeblich. Thomas Lehnerer erschien nicht zur vereinbarten Zeit. Um zehn rief

Georg in der Firma an. Das Mädchen am Telefon war überaus freundlich, verband ihn auf der Stelle mit Lehnerers Büro. Dann hatte er eine weitere Frauenstimme im Ohr, die Sekretärin des Herrn Prokuristen. Herr Lehnerer war leider nicht zu sprechen. Er war auf Geschäftsreise und wurde erst am nächsten Montag oder Dienstag zurückerwartet. Ganz genau wusste die Sekretärin es nicht.

Im ersten Augenblick kochte die Wut in ihm über. «Dann verbinden Sie mich mit Frau Theißen.»

Das war leider auch nicht möglich, die Chefin war nicht im Haus. «Kann ich etwas ausrichten?», fragte Lehnerers Sekretärin.

«Nein, vielen Dank.»

Was da auszurichten war, wollte er persönlich übernehmen. Aber zuerst führte er eine kurze Unterredung mit dem Staatsanwalt. Alle Bedenken und Befürchtungen, dass Lehnerer sie in die Sache hineinzog, warf er über Bord. Sollte er es doch versuchen, der Waldläufer, ausrichten würde er nicht viel. Da würde Georg ihm schon einen Riegel vorschieben.

Für den Haftrichter reichte es nicht. Und der Staatsanwalt war skeptisch. «Sie denken, er hat sich abgesetzt?»

Natürlich dachte er das. Ein Laie, der hinter dem negativen Diatomeennachweis wer weiß was vermuten mochte.

«Wie äußert sich Frau Theißen zu dieser Geschäftsreise?»

«Mit ihr habe ich noch nicht sprechen können.»

«Dann tun Sie das mal zuerst. Wenn Frau Theißen keine Ahnung von dieser Geschäftsreise hat, sieht die Sache ein bisschen anders aus. Aber auch nur ein bisschen, das sage ich Ihnen ganz offen. Wir haben doch nichts in der Hand, absolut nichts. Bis auf die Tatsache, dass jemand den Toten von einem Platz zum anderen getragen haben muss. Und das ist noch nicht mal eine Tatsache, sondern nur eine logische Schlussfolgerung. Beweisen lässt es sich nicht.»

Kurz vor Mittag rief Georg zum zweiten Mal in der Firma an. Betty war immer noch nicht zu sprechen. Er fuhr zu Lehnerers Haus. Margot öffnete ihm. Sie sah verweint aus. Eine leichte Beute, dachte er, was sich aber als Trugschluss erwies.

Er brachte kein Wort aus ihr heraus, bis auf die Behauptung, die Geschäftsreise sei schon seit einiger Zeit geplant gewesen. Mit seinem gestrigen Besuch habe es garantiert nichts zu tun. Thomas habe wohl in der Aufregung nur vergessen, es zu erwähnen. Sogar einen leichten Vorwurf brachte Margot Lehnerer über die Lippen. Wenn der verlangte Besuch im Präsidium so wichtig war, hätte er Thomas darauf hinweisen müssen, dass er sich zur Verfügung zu halten habe und auf keinen Fall ins Ausland reisen dürfe.

Georg glaubte, sich verhört zu haben. Ins Ausland?

Natürlich nicht nach Südamerika, erklärte Margot Lehnerer rasch. Nur nach nebenan. In die Niederlande. Nach Roosendaal. «Was werfen Sie meinem Mann überhaupt vor? Glauben Sie etwa, er hätte etwas mit Herberts Tod zu tun?»

Ihre Stimme schwankte. Und ihr Blick, all die geplatzten Äderchen in den Augäpfeln, die Wundspuren an den Nasenflügeln. So sah nur jemand aus, der sehr lange geweint hatte.

«Das glaube ich nicht nur», sagte Georg ruhig. «Das weiß ich. Und Sie wissen es auch, Frau Lehnerer. Ihr Mann hat ein Verhältnis mit Betty Theißen.»

Es kam kein Erstaunen, kein Erschrecken, keine Abwehr in ihren Blick. Nur ein bedächtig energisches Kopfschütteln. Danach schaute sie mit trotziger Miene an ihm vorbei in Richtung Fenster. Es hatte keinen Sinn, sich noch länger mit ihr aufzuhalten.

Er fuhr zurück ins Präsidium. Zuerst versuchte er, Betty daheim zu erreichen. Wie erwartet wurde nicht abgehoben. Dann versuchte er es noch zweimal im Abstand von einer Stunde in der Firma, beide Male ohne Erfolg. Jedes Mal bekam er die lapidare Auskunft: «Frau Theißen ist nicht im Haus.»

Beim zweiten Mal platzte ihm endgültig der Kragen. «Und wo, zum Donnerwetter, ist Frau Theißen?»

Das wusste offenbar niemand so genau. Angeblich hatte sie mehrere Termine.

«Sie hat nicht zufällig Herrn Lehnerer auf seiner Reise begleitet?», fragte er.

Nein, das hatte sie bestimmt nicht, wurde ihm versichert. Sie war um neun im Büro gewesen, aber nicht lange. Sie hatte nur ein paar Unterlagen geholt.

Er schaffte es erst am späten Abend, zu ihr zu fahren. Es war schon fast zehn. Und sie war daheim. Hinter einem der oberen Fenster an der Straßenfront brannte Licht. Er wusste nicht, welcher Raum hinter dem Fenster lag, es interessierte ihn auch nicht. Wie üblich stand ihr Auto in der Einfahrt, nicht allein, der Lamborghini leistete dem Kleinwagen Gesellschaft. Aber auf sein Klingeln hin passierte erst einmal gar nichts.

Er wartete eine geschlagene Minute lang vor der Haustür, dann ging er zur Rückfront. Das Wohnzimmer lag im Dunkeln, die Terrassentür war geschlossen. Vor der Terrasse war eine beachtliche Grube ausgehoben, sah fast aus wie ein Schützengraben. Der Spaten steckte seitlich in einem Erdhaufen.

Er rief ein paar Mal ihren Namen, dann ging er wieder zur Haustür, drückte den Daumen auf den Klingelknopf, so oft, bis endlich das Licht auf der Treppe aufflammte. Sie kam im Bademantel an die Tür, weißes Frottee. Ihr Haar war nass, ihr Gesicht so klein und blass, dass er im ersten Augenblick tüchtig erschrak. Krank sah sie aus, richtig krank. Das dämpfte die höllische Wut ein wenig.

«Geht es dir nicht gut?»

«Ich habe Kopfschmerzen», hauchte sie. «Eine fürchterliche Migräne, schlimmer als letzte Woche. Übel ist mir auch. Ich habe mich schon zweimal übergeben.»

Sie blinzelte ihn an, als habe sie auch Sehstörungen. «Ich dachte, ein warmes Bad würde mir helfen. Tut mir Leid, dass ich nicht sofort runtergekommen bin. Ich bin heute nicht so schnell.»

Anstalten, ihn ins Haus zu bitten, machte sie nicht. Und

sie log ihn an, da war er sicher. Sie konnte nicht im Bad gewesen sein. Das Licht brannte in einem der vorderen Räume. Aber das war schnell geklärt. Das erleuchtete Fenster gehörte zum Gästebad, die Wanne dort war kleiner.

«Ich wollte ja nicht schwimmen», murmelte sie.

Er schob sie an den Schultern zurück in die Diele und sich an ihr vorbei. In der Diele sah er, dass ihr Bademantel vorn auf der Brust verschmutzt war. Es sah aus wie Erbrochenes. Auch am Kragen war eine schmierige Stelle. Aber das sah aus wie …

«Du hast Blut da oben», sagte er.

«Was?» Ihre Stimme klang ganz matt.

«Blut! Da oben am Kragen.»

Er zeigte auf den Streifen. Sie verdrehte den Kopf, folgte seinem ausgestreckten Finger mühsam mit den Augen. Es schien ihr schwer zu fallen, den Kopf zu bewegen.

«Mist», fluchte sie leise, betrachtete die rote Schwellung in ihrer linken Hand, ballte die Hand zur Faust. Einen Verband oder ein Pflaster trug sie nicht. «Ist das schon wieder aufgegangen.»

Dann schlug sie vor: «Gehen wir ins Wohnzimmer. Ich muss mich hinlegen.»

Er griff nach ihrem Ellbogen, schloss die Haustür und führte sie ins Wohnzimmer, begann dabei mit seinem Verhör: «Wo warst du den ganzen Tag?»

«Hier.»

«Das ist nicht wahr: Ich habe hier angerufen.»

«Vielleicht war ich gerade draußen.»

«Du bist wirklich nicht mehr ganz bei Trost! Du hast doch nicht in dem Zustand gegraben?»

«Nein», sagte sie matt. «Nicht im Garten. Ich … Georg, bitte, schrei mich nicht an, mir platzt der Schädel.»

Nachdem sie sich auf der Couch ausgestreckt hatte, erklärte er ihr den Grund für seine Wut. Dass sein Ton dabei schärfer klang als sonst, ließ sich nicht vermeiden. «Ich war gestern bei ihm, habe ihn für heute früh ins Präsidium bestellt. Da hat er mit keiner Silbe verlauten lassen, dass er auf Reisen gehen will.»

«Ja, ich weiß», murmelte sie. «Er hat es mir gesagt heute Morgen.»

«Wann hast du ihn gesehen?»

«Um acht. Er war hier und hat sich die Unterlagen geholt. Ich hatte sie gestern mitgenommen. Er sagte, er könne erst später fahren, du hättest ihn für neun Uhr bestellt. Aber ich hatte ihn für die Mittagszeit bei unserem Geschäftspartner angekündigt. Ich habe ihm gesagt, dass ich das mit dir regele. Tut mir Leid, wenn ich einen Fehler gemacht habe. Aber die Sache ist für uns sehr wichtig. Er musste fahren. Seine Aussage kann er doch auch später unterschreiben.»

Georg lachte kurz auf. «Ich pfeife auf seine Aussage.»

Sie hatte die Augen geschlossen und einen Arm über die Stirn gelegt. Ihre Lider flatterten, als sei es sehr mühsam, die Augen wieder zu öffnen.

«Kannst du bitte etwas leiser sprechen?», bat sie erneut «Und würdest du mir vielleicht erklären, worüber du dich so aufregst. Was willst du denn von Thomas?»

Er dämpfte die Stimme ein wenig, dennoch klang die Wut durch. «Was wohl? Erzähl mir nicht wieder etwas von Arbeitern, die springen, wenn dein Schwiegervater pfeift.» Er war viel zu erregt, um sich hinzusetzen, ging vor dem Tisch auf und ab, ließ sie nicht aus den Augen dabei.

«Thomas war draußen beim Teich», erklärte er bestimmt, «daran gibt es nichts zu rütteln. Seine Frau sagte, diese Reise sei seit längerem geplant gewesen. Seit wann denn? Seit Sonntag oder Montag? Hast du ihn gewarnt, Betty? Hast du ihm geraten zu verschwinden?»

«Das ist doch Unsinn», protestierte sie kläglich. «Georg, bitte, schrei hier nicht herum. Und setz dich hin. Lass uns vernünftig reden, ja? Thomas war nicht an diesem verdammten Teich. Wenn er dort gewesen wäre, hätte er es mir gesagt. Er hatte keinen Grund, mich zu belügen. Ich habe ihn gefragt. Das wird ja wohl erlaubt sein, nach dem Zirkus, den du aufgeführt hast. Er hat mich angeschaut wie … Ach, vergiss es. Thomas könnte so etwas gar nicht. Glaub mir doch, du irrst dich. Ich habe ihn in die Niederlande geschickt.»

Sie sprach langsam, mit verwaschener Stimme, fast so wie in der Nacht, in der ihr Mann gestorben war. «Der Termin stand seit Wochen fest, so kurzfristig absagen konnten wir nicht. Eigentlich wollte ich selbst fahren. Aber ich kann im Moment nicht weg, hier ist so viel zu regeln. Gestern war ein Händler da, der sich den Wagen angeschaut hat. Er wollte heute wieder kommen mit einem Interessenten. Den ganzen Tag habe ich hier gewartet. Um vier rief er endlich an, dass er es heute nicht schafft, morgen vielleicht. Ich hatte einen Termin beim Rechtsanwalt, wegen des Geldes. Den Termin musste ich absagen. Im Moment weiß ich nicht, wo mir der Kopf steht, es ist so viel auf einmal. Deshalb musste Thomas die Fahrt übernehmen. Er kommt am Montag zurück. Darauf kannst du dich verlassen.»

Wütend war Georg immer noch, sehr wütend sogar. Aber wie sie da auf der Couch lag. Es ging ihr wirklich sehr schlecht. Sie spielte ihm nichts vor. Man konnte eine Menge spielen, aber nicht diese Totenblässe. Ein wenig besänftigte ihn ihr elender Zustand. «Soll ich dir einen Kaffee machen?», bot er an.

Sie lächelte gequält. «Lieb von dir. Aber der käme augenblicklich zurück. Ich habe nicht mal die Tabletten im Leib behalten. Ich muss ins Bett. Wie reden morgen weiter, ja? Thomas läuft dir nicht weg. Er hat gar keinen Grund. Glaub mir.»

Ahnungsloser Engel, dachte er. Aber er dachte es mit sehr viel Ironie. Er war sicher, dass sie Lehnerer gewarnt hatte. Zumindest über den Verdacht gesprochen hatte sie, und das gab sie auch offen zu. Da kam so eine Geschäftsreise sehr gelegen. Und wenn sie auch noch auf der Fahrt bestanden hatte. Es war leider nicht mehr zu ändern. Vielleicht hätte er sich selbst dafür in den Hintern treten müssen. Diatomeennach-weis negativ! Verdammte Eifersucht.

«Warten wir eben bis Montag», sagte er. «Und jetzt mach, dass du ins Bett kommst. Soll ich dir hinaufhelfen und dir die Hand neu verbinden?»

«Das schaffe ich schon alleine. Wenn du nur so lieb bist und die Tür fest hinter dir zuziehst. Ich bleibe noch ein Weilchen hier liegen. Sehen wir uns morgen?»

«Kann ich dir nicht versprechen. Bei uns ist im Moment die Hölle los.»

Sie nickte kaum merklich, murmelte: «Ich habe davon gelesen. Dann hast du wohl auch am Wochenende keine Zeit?»

Er schüttelte vage den Kopf. Sie lächelte mit ein wenig Bedauern darin. «Macht nichts. Du bist zu nichts verpflichtet. Die Arbeit geht vor. Ich bin daran gewöhnt, mir das bisschen Freizeit allein zu vertreiben. So ein richtig fauler Sonntag tut mir bestimmt gut. Vielleicht fahre ich auch zu meiner Mutter. Ja, das könnte ich machen. Ich war lange nicht mehr da. Und wenn ich meine Mutter besuche, musst du kein schlechtes Gewissen haben, weil du keine Zeit hast.»

Bevor er sie verließ, ging er zur Couch und küsste sie leicht auf den Mund. «Gute Besserung», flüsterte er.

«Danke», sagte sie.

Freitags und samstags schaffte er es nicht einmal, sie kurz anzurufen, um sich zu erkundigen, ob es ihr inzwischen wieder besser ging. Die Ermittlungen liefen auf Hochtouren. Die beiden Ziffern im Kennzeichen eines grauen Honda allein besagten noch nicht viel. Genau genommen war es auch nur eine Ziffer. Man versuchte, den Zufall auszuschalten, den Kreis so eng wie möglich zu ziehen. Ein gutes Dutzend Fahrzeughalter musste überprüft und mit Sicherheit ausgeschlossen werden, ehe man sich mit dem Freund von Rasches Tochter befasste. Allerdings wurde der junge Mann, ebenso wie Frau Rasche, rund um die Uhr beobachtet.

Sonntags fand Georg ein wenig Zeit. Nur ein paar Stunden am Nachmittag. Er rief bei ihr an, damit er nicht vergebens hinausfuhr. Das Telefon klingelte wiederholt, er nahm schon an, dass sie wie angekündigt zu ihrer Mutter gefahren sei, da wurde doch noch abgehoben. Sie klang verschlafen, erzählte ihm, sie habe sich nach Mittag hingelegt. Natürlich ging es ihr inzwischen wieder gut, die Migräneattacke war längst überstanden. Sie war auch einverstanden, dass er vorbeikam. Mehr als das, in ihrer Stimme schwang unverkennbar Sehnsucht.

«Bringst du uns ein Stück Kuchen mit?», bat sie.

«Mach ich», sagte er.

Nicht nur Kuchen. Er musste auch den Hund mitbringen. Es wäre zwar nicht unbedingt notwendig gewesen, er hätte ihn im Haus lassen können. Da war das arme Tier nun seit Donnerstag eingesperrt, gerade dass er es einmal frühmorgens und einmal spätabends oder nachts hinaus in den Garten ließ.

Er war nicht eben ein Tierfreund, ebenso wenig wie er ein Freund kleiner Kinder war. Aber jedes Mal, wenn er ins Haus kam und der Hund ihn jaulend oder winselnd und schwanzwedelnd begrüßte wie den Retter in höchster Not und ihm vor lauter Wiedersehensfreude auch noch die Hände leckte, dann tat ihm das Tier in tiefster Seele Leid.

Ein bisschen Auslauf. Bettys Garten war doch groß genug. Nur war er nicht sicher, ob er ihr das zumuten konnte, hoffte auf den Abstand, den sie in achtzehn Jahren gewonnen haben musste, und auf ihr Verständnis. Er erklärte ihr die Situation, spürte ihr Zögern durchs Telefon.

Dass Margot Lehnerer ihm von ihrem Baby und dessen furchtbaren Tod erzählt hatte, wusste sie nicht. «Wenn du ihn mir vom Leib hältst», sagte sie nach endlosen Sekunden. «Ich bin zwar nicht ängstlich, aber ich habe schlechte Erfahrungen gemacht.» Das war sehr dezent ausgedrückt.

«Ich bin in einer halben Stunde da», sagte er. «Meinst du,

du bringst bis dahin einen Kaffee zustande, den man trinken kann?»

Sie lachte leise. «Werd nicht unverschämt. Es hat sich noch nie ein Mensch über meinen Kaffee beklagt. Und es hat noch nie jemand Nasenbluten davon bekommen.»

Schon während der Fahrt gebärdete der Hund sich wie ein Verrückter. Im Wagenfond hielt es ihn keine zwei Minuten. Dann saß er auf dem Beifahrersitz und mühte sich ab, Georg das Gesicht zu lecken. Bei den Händen war ihm das schon mehr als unangenehm, obwohl er die immer sofort anschließend waschen konnte. Aber das Gesicht, er hatte nicht mal ein Erfrischungstuch dabei, es notdürftig abzureiben, ehe Betty ihn begrüßte.

«Jetzt lass mal die Sauerei», verlangte er, wehrte den Hund mit dem Arm ab. «Platz, mach schön Platz. Sitz, Harro, sitz, na los doch. Jetzt setz dich hin, blöder Köter. Wir sind ja gleich da, dann kannst du laufen.»

Sie stand bereits an der Tür, als er den Wagen vor dem Haus hielt, schaute ihm mit gemischten Gefühlen entgegen. Ihr Blick glitt zu dem Hund, und ihre Augen weiteten sich vor Erschrecken oder Entsetzen. Dass er einen Schäferhund mitbrachte, hatte er nicht angekündigt. Sicherheitshalber fasste er den Hund am Halsband, damit er nicht gleich auf sie losstürmte. War wirklich ein verrückter Köter, durch und durch ein Menschenfreund. Egal wer ihm vor die Nase kam, jeder wurde beleckt und beschnüffelt. Die Leine hielt er zusammen mit dem Kuchentablett in der anderen Hand.

Ihre Augen fanden gar nicht mehr in die Höhe, sie schluckte heftig. «Du hast mir nicht gesagt, dass es ein Schäferhund ist.»

«Ist das ein Problem für dich?», fragte er.

Sie nickte, biss sich auf die Lippen, überlegte, ob sie ihn bitten sollte, den Hund im Wagen zu lassen. Aber davon wäre er kaum begeistert, und verärgern wollte sie ihn nicht.

Er versicherte ihr eilig: «Er tut dir nichts. Er ist ganz friedlich, wirklich.»

Der Hund wedelte mit dem Schwanz, schaute zu ihr auf, als hätte er jedes Wort verstanden und könnte das nur bestätigen.

Sie begann zu lächeln, immer noch unsicher. «Es ist schon in Ordnung.»

Der Kaffee war fertig und nicht zu dünn. Den Tisch hatte sie im Wohnzimmer gedeckt. Georg registrierte es mit gelinder Enttäuschung. Es war herrliches Wetter draußen.

«Können wir uns nicht auf die Terrasse setzen?»

Er ging bis zur Tür, den Hund immer noch am Halsband haltend. Die Tür stand offen. Ein mildes Lüftchen wehte hinein. Und vor der Terrasse standen drei mächtige Fliederbüsche.

Georg grinste. «Sieht wirklich prachtvoll aus», sagte er. «Komm, ich helfe dir. Wir tragen den Kram hinaus. Dann kann ich deinen Flieder aus der Nähe bewundern. Hast du was dagegen, wenn ich den Hund loslasse? Er wird dir nicht zu nahe kommen, er wird gleich in den Garten laufen.»

Sie nickte und sammelte das Geschirr ein. Dann saßen sie draußen in der Sonne. Der Hund jagte mit regelrechten Bocksprüngen über den Rasen, hetzte hin und her, schnappte nach Fliegen, wälzte sich vor Begeisterung im Gras.

Sie gab sich große Mühe, ihn nicht ununterbrochen zu beobachten. Aber ihre Augen glitten immer wieder in den Garten hinunter. Jetzt war er ganz hinten, hetzte die Rasenkante am Zaun entlang, kam quer über den Rasen zurück. Die Zunge hing ihm aus dem Hals, die Zähne waren deutlich zu sehen. Vor den Stufen zur Terrasse blieb er stehen, schaute zu Georg auf.

«Ja, ja», sagte er, «bist ein guter Kerl. Lauf noch ein bisschen. Tob dich mal richtig aus.» Und zu ihr: «Er war seit Donnerstag im Haus eingesperrt. Wenn ich ein bisschen mehr Zeit für ihn gehabt hätte, hätte ich dir das nicht zugemutet. Ich weiß von ...» Er wusste nicht, wie er es ausdrücken sollte, stockte kurz und vollendete den Satz einfach mit: «... der Sache. Lehnerers Frau hat mir davon erzählt.»

Sie senkte den Blick auf ihren Teller. Ihre Stimme hatte einen hysterischen Beiklang, war atemlos und zu schnell. «Ich will nicht darüber reden, Georg. Ich kann das nicht.»

«Natürlich nicht. Das verstehe ich.»

Sie lachte kurz auf, es war nur ein trockener, kehliger Ton. «Du verstehst das! Natürlich! Du weißt genau, wie das ist, wenn so ein Vieh vor dir steht mit deinem Baby im Maul. Und alle geben sie dir die Schuld. Alle! Du hättest ja aufpassen können. Man lässt einen Säugling nicht mit einem Hund allein. Zuerst heißt es immer, er tut keinem etwas, er ist ganz friedlich. Später heißt es dann, jeder vernünftige Mensch weiß doch, dass Tiere unberechenbar sind.»

Der Hund stand immer noch vor den Stufen. Sie starrte ihn an, als könne sie ihn mit ihrem Blick vertreiben. Und tatsächlich drehte er sich endlich um und trottete ein Stück zur Seite, erreichte die Fliederbüsche, lief daran entlang, die Nase im Dreck. Lief hin und zurück, einmal um die Büsche herum. Bellte kurz auf, schaute zu Georg hinüber, wedelte mit dem Schwanz. Dann begann er in der lockeren Erde zu scharren, schnüffelte und lief ein Stück zurück.

Im gleichen Augenblick hörte Georg das Klirren. Ihr war die Tasse aus der Hand gefallen. Sie starrte mit weit aufgerissenen Augen in den Garten hinunter, schüttelte den Kopf dabei. Plötzlich sprang sie aus ihrem Sessel auf, stand ganz steif und aufrecht, begann zu schreien: «Tut mir Leid, es geht nicht. Ich halte das nicht aus. Ich kann nicht sehen, wie er da herumläuft. Er lief immer durch den Garten. O mein Gott! Tu etwas, jetzt tu doch endlich etwas. Schaff das Vieh hier weg!»

Er wollte sie in die Arme nehmen, sie beruhigen. Sie wehrte ihn ab, die Augen immer noch so weit aufgerissen, die Lippen zuckten. Sie zitterte am ganzen Körper.

«Es tut mir Leid», stammelte sie. «Ich dachte, ich könnte es. Es ist schon so lange her. Ich wollte uns nicht den Nachmittag verderben. Es tut mir Leid.»

Dann legte sie eine Hand an die Lippen und begann zu weinen. Georg rief den Hund zu sich, dreimal rief er, ging dann hinunter und nahm ihn an die Leine, weil er von selbst nicht kam. Sie stand immer noch so steif und aufrecht auf der Terrasse, das Gesicht wie aus Stein gemeißelt.

8. Kapitel

Margot Lehnerer hatte Angst, seit fast zwei Wochen schon. Die erbärmliche Angst einer Frau, der plötzlich das ganze Leben auseinander brach. Eine wahnsinnige Angst, die sie ganz lahm machte, so hohl im Innern, unfähig zu kämpfen. Bis zum Mittwoch der vergangenen Woche war es schlimm gewesen. Danach war es unerträglich geworden.

Zuerst kam dieser Polizist und verlangte Thomas' grauen Jogginganzug. Nachdem er das Haus verlassen hatte, rief Thomas Betty an. Er sagte nicht viel, nur: «Du hattest wieder einmal Recht. Ich fahre am besten sofort.» Er lauschte noch zwei Sekunden, legte auf. Dann ging er ohne jede Erklärung hinauf ins Schlafzimmer und packte einen Koffer.

Margot wusste seit Jahren, dass sie betrogen wurde. Nur hatte sie immer geglaubt, sein Verhältnis mit Betty könne nie zu einer Gefahr für ihre Ehe werden. Betty konnte doch gar keinen Mann gebrauchen, der immerzu um sie herum war. Betty wollte nur ein bisschen Sex hin und wieder. Dass es ausgerechnet Thomas sein musste, war schlimm. Doch damit konnte Margot leben, solange er sich alle Mühe gab, seine Seitensprünge vor ihr zu verbergen. Jetzt war er anscheinend der Meinung, gar so viel Mühe sei nicht mehr nötig.

Angeblich war der Koffer für die Geschäftsreise bestimmt, die er schon montags flüchtig erwähnt hatte. «Kann sein, dass ich in nächster Zeit für ein paar Tage nach Roosendaal muss.»

Und dann packte er eins von den großen Strandlaken und zwei Badehosen ein. Margot stand dabei und glaubte, innerlich zu zerreißen. Irgendwie schaffte sie es, ihn zu fragen, ob er nicht auch meine, es sei zum Schwimmen noch ein bisschen zu kalt.

Er schaute sie an, so gequält und schuldbewusst. «Mach es

mir nicht schwerer, als es ohnehin schon ist, Margot. Wir reden in aller Ruhe, wenn ich zurück bin. Am Montag wahrscheinlich. Ich rufe dich an.»

Da erst begriff sie, dass der Koffer nicht für den nächsten Morgen gedacht war. «Und du musst jetzt fahren? Abends? Gleich nachdem ein Polizist hier war und deinen Anzug geholt hat?»

«Das hat damit nichts zu tun», behauptete er und wollte zur Tür. Als sie vor ihm stehen blieb, ihm den Weg versperrte und ihm eine Erklärung abverlangte, sagte er: «Es hat keinen Sinn, Margot. Ich kann dir jetzt nichts erklären. Lass mir die Zeit bis Montag, das ist doch nicht zu viel verlangt.»

Dann schob er sie von der Tür weg, ging mit seinem Koffer hinunter und verabschiedete sich von den Kindern. Für sie hatte er nur noch einen wunden Blick. Er konnte das nicht, einen Menschen verletzen. Und er wusste, wie sehr er sie verletzte in diesem Moment. Und dann verließ er das Haus.

Eine Geschäftsreise, begonnen am Mittwochabend, nach einem Anruf bei Betty, mit Badesachen im Koffer. Lächerlich, eine so billige Ausrede. Nachdem die Kinder zu Bett gegangen waren, verließ Margot Lehnerer das Haus. Er war zu Betty gefahren, da war sie völlig sicher. Ein Wagen stand ihr nicht zur Verfügung. Sie holte sich das Rad ihres Sohnes aus der Garage.

Es ging auf zehn zu, als sie ihr Ziel erreichte. Zur Straße hin lag Bettys Haus im Dunkeln. Das Garagentor war geschlossen. Bettys Kleinwagen und der Lamborghini parkten einträchtig beieinander in der breiten Einfahrt. Margot lehnte das Rad vorsichtig gegen die Wand, schlich wie ein Dieb um die Garage herum. An der Rückseite gab es neben der Tür auch ein Fenster.

Viel war nicht zu erkennen in der Dunkelheit. Eine Taschenlampe hatte sie nicht eingesteckt, nicht daran gedacht in all dem Elend. Aber auch ohne Lampe war der wuchtige Umriss eines Wagens auszumachen. Leer war die Garage jedenfalls nicht. Margot hätte einen Eid darauf geschworen, dass der Volvo ihres Mannes in der Garage stand.

Auch die Rückfront des Hauses lag weitgehend im Dunkeln. Nur hinter einem Fenster im Obergeschoss brannte Licht. Margot kannte das Haus. Sie waren im großen Bad. Es tat entsetzlich weh, wie ein geprügelter Hund schlich sie zurück, stieg wieder aufs Rad.

Daheim angekommen, griff sie nach dem Telefon. Doch dann siegte der Stolz. So weit kam es noch, dass sie jetzt bei Betty anrief und ihn anflehte zurückzukommen. Sie konnte warten, er würde auch so zurückkommen, schon sehr bald. Und dann würde er kommen wie ein geprügelter Hund. Weil Betty ihn abserviert hatte.

Am Donnerstag früh rief sie in der Firma an. Jedes Wort dreimal abgewogen. «Ist mein Mann noch im Büro? Er hat etwas vergessen.»

Das klang unverfänglich und keineswegs nach ahnungsloser und betrogener Ehefrau. Die Antwort beruhigte sie zuerst ein wenig. Thomas war gar nicht mehr ins Büro gekommen. Die Chefin war kurz da gewesen und hatte erklärt, dass Herr Lehnerer morgens früh aufgebrochen sei.

Danach kamen die Tränen. Bis zum Mittag war das Schlimmste überstanden. Als die Kinder aus der Schule kamen, hatte Margot sich gefasst und wartete auf einen Anruf ihres Mannes. Nur das übliche «Ich bin gut angekommen».

Das kam nicht. Stattdessen kam der Polizist noch einmal. Er kochte vor Wut, setzte ihr gehörig zu. Aber sie behielt die Nerven.

Dann kamen ein langer Freitag und ein fürchterlicher Samstag. Margot war sicher, dass Thomas inzwischen aus Roosendaal zurück war und wieder bei Betty. Sie war auch noch mutig genug, sich Gewissheit zu verschaffen. Es ging ja nicht ausschließlich um ihren Stolz, es ging auch um die Kinder.

Im Laufe des Samstags rief sie mehrfach bei Betty an,

nicht einmal wurde abgehoben. Am späten Nachmittag machte sie einen Spaziergang. Die Kinder wollten unbedingt mit. Zuerst sagte Margot nein, dann dachte sie, es sei vielleicht gar nicht so schlecht, sie mitzunehmen. Die Kinder würden ihn zur Vernunft bringen. Aber Thomas war nicht da, niemand war da. Die Garage leer, auch die beiden Autos in der Einfahrt waren verschwunden.

Zwei Badehosen und ein Strandlaken. In der Sonne konnte man bestimmt schon liegen. Man musste ja nicht unbedingt ins Wasser gehen. Ein paar Mal kam ihr der Gedanke, dass es nur die Belohnung war, ein Wochenende für treue Dienste. Aber das war eine Sache, mit der sie sich nicht auseinander setzen konnte. Ihr Mann, der gutmütige, sanfte, hilfsbereite Thomas, ein Mörder!?

Ein grauenhafter Sonntag, kein Ton von ihm. Die Kinder schlichen durchs Haus, waren völlig verunsichert und verstört. Margot konnte nur mit Mühe die Tränen zurückhalten. Sehr spät am Abend rief sie noch einmal bei Betty an. Es war schon elf vorbei. Und diesmal hatte sie Glück, wenn man es so nennen wollte. Sie nannte nicht erst ihren Namen, fragte gleich: «Wo ist Thomas? Ist er bei dir?»

«Nein.»

«Wann kommt er zurück?»

Sekundenlang stand Schweigen in der Leitung wie ein Fragezeichen. Dann erkundigte Betty sich vorsichtig: «Was heißt das, wann kommt er zurück? Ist er noch nicht da?»

«Nein! Er hat mich auch nicht angerufen bisher. Er hat es versprochen, aber getan hat er es nicht.»

«Das verstehe ich nicht», sagte Betty zögernd.

Margot lachte bitter. «Tu mir einen Gefallen, Betty, verkauf mich nicht für blöd. Seit Jahren läuft Thomas jeden Tag drei Stunden durch den Wald. Und zwei- oder dreimal in der Woche kommt er heim, dann ist zwar sein Anzug verschwitzt, aber er selbst ist es nicht. Wir müssen uns nicht gegenseitig etwas vorlügen. Bist du so nett und bestellst ihm etwas von mir? Sag ihm, dass ich sehr vergesslich bin. Vielleicht besinnt er sich irgendwann darauf, dass er eine Familie hat. Von mir aus können wir dann so weitermachen wie bisher, wenn es sein muss. Es wäre natürlich toll, wenn es nicht sein müsste. Du kannst es dir doch jetzt aussuchen.»

Wieder war es für ein paar Sekunden still in der Leitung. Margot wollte bereits auflegen, da sagte Betty: «Moment, ich … Es tut mir Leid, Margot. Ich hatte keine Ahnung, dass du … Ich weiß nicht, was ich jetzt sagen soll. Warum hast du nie etwas gesagt?»

«Hätte das etwas geändert?»

«Ich weiß es nicht. Ich …» Wieder geriet Betty ins Stammeln, ganz allmählich wurde es flüssiger. «Ich hatte nie vor, eure Ehe zu zerstören. Das musst du mir glauben, Margot. Das habe ich Thomas auch gesagt, als er am Mittwochabend hier ankam. Er sprach von Scheidung. Ich habe versucht, ihm das auszureden. Ich will ihn nicht heiraten, Margot, das wollte ich nie. Ich wollte das Wochenende mit ihm in Renesse verbringen, nicht mehr und nicht weniger. Damit war er nicht zufrieden. Die halbe Nacht haben wir diskutiert. Ich dachte, er hätte es eingesehen. Und ich dachte auch, dass es falsch ist, ihm Hoffnungen zu machen. Deshalb bin ich nicht nach Renesse gefahren.»

«Und wo warst du dann gestern?», fragte Margot. «Zu Hause warst du nicht.»

«Nicht ununterbrochen, ich habe Einkäufe gemacht.»

«Samstags schließen die Geschäfte um zwei», sagte Margot.

«Aber die Cafés nicht», hielt Betty dagegen. «Und das hatte ich mir seit Ewigkeiten nicht mehr leisten können.»

Was Betty sagte, mochte zutreffen oder auch nicht. Margot wusste nicht, was sie glauben sollte. Sie ließ sich von Betty die Telefonnummern des Bauunternehmers in Roosendaal und des Hotels in Renesse geben.

Am nächsten Morgen, kaum dass die Kinder aus dem Haus

waren, rief sie zuerst im Hotel an. Thomas war nicht da, war gar nicht dort gewesen. Wozu auch, wenn er schon mittwochs begriffen hatte, dass Betty nicht daran dachte, ihr Versprechen zu halten. Aber Thomas war auch nicht in Roosendaal. Margot bekam dieselbe Auskunft wie im Hotel, er war gar nicht dort gewesen. Und zurückgekommen war er auch nicht, nachdem Betty ihm zu verstehen gegeben hatte, dass er sich von ihr nichts erhoffen durfte.

Margot Lehnerer saß minutenlang neben dem Telefon und wusste nicht weiter. Noch einmal bei Betty anrufen? Oder in der Firma? Wozu? Ein paar konfuse Gedanken, ein verzweifelter Versuch, sich in die Lage ihres Mannes zu versetzen. Sehr weit kam sie nicht damit, blieb immer bei dem Polizisten und diesem fürchterlichen Verdacht hängen. Abwarten, darauf hoffen, dass Thomas nichts getan hatte, dass er nur ein paar Tage brauchte, um seine Enttäuschung zu verarbeiten. Dass er sich meldete, wenn er den Mut aufbrachte, sie um Verzeihung zu bitten.

Am Montagabend stand der Polizist erneut vor der Tür, schob einen Berg von Wut vor sich her. Er hatte gewartet, natürlich hatte er, fühlte sich getäuscht, sah sich wohl einem Komplott gegenüber. Dass Thomas nicht nach Roosendaal gefahren war, wusste er bereits. Von dem Hotel in Renesse hatte er keine Ahnung. Betty hatte also geschwiegen. Margot schloss sich ihr an. Und musste nicht einmal lügen. Sie wusste wirklich nicht, wo ihr Mann sich aufhalten könnte.

Georg Wassenberg gab sich Mühe, seine Wut hintanzustellen, sprach wie mit Engelszungen auf sie ein, ließ auch ein paar Drohungen einfließen. Haftbefehl! Als er endlich ging, hatte Margot große Mühe, die Kinder zu beruhigen. Und dabei war ihr selbst zumute, als hinge ihr ein Zentnerstein um den Hals.

Untergetaucht, das Wort hatte der Polizist benutzt, und er hatte auch gesagt, es sei praktisch ein Schuldgeständnis.

Es war eine von den Wochen, die Georg am liebsten aus dem Kalender gestrichen hätte. Der Montag, die Hektik im Präsidium. Sie hatten den Freund von Rasches Tochter in der Mangel. Ein sturer Bengel, aber sie würden ihn schon weich kochen. Und wenn nicht, spielte das auch keine große Rolle mehr. Er war eindeutig identifiziert als der angebliche Journalist.

Georg hatte mit den Verhören nichts zu tun, konnte sich auf seinen persönlichen Fall konzentrieren. Natürlich tauchte Lehnerer nicht auf. Ein Anruf in der Firma und einer in den Niederlanden. Betty gab sich ratlos und ein wenig schockiert, dafür hätte er sie verprügeln mögen. Ein Gespräch mit dem Staatsanwalt. Reichte es für einen Haftbefehl oder nicht? Es reichte nur für einen guten Rat. «Knöpfen Sie sich seine Frau nochmal vor.»

Das tat Georg, ohne Erfolg. Von Lehnerers Haus fuhr er weiter zu Betty, nicht mehr im Dienst, auch nicht ganz privat. Sie spielte weiter die Ahnungslose. Konnte sich das Verschwinden ihres Prokuristen überhaupt nicht erklären, beim besten Willen nicht. Das war nicht seine Art, Frau und Kinder, Firma und Chefin im Stich zu lassen.

Verprügeln konnte er sie nicht. Aber irgendwo brauchte die Wut ein Ventil. Das fand er auf dem Küchentisch. Er setzte sie nicht lange auf die Platte, drückte sie einfach vornüber. Sie schrie auf, als er in sie eindrang, kein Laut der Erregung, nur ein Ausdruck von Schmerz.

Danach fühlte er sich ein bisschen besser, machte Kaffee, saß mit ihr im Wohnzimmer. Das Thema Thomas war nach einer halben Stunde abgehakt. Er wusste, dass sie ihn belog, aber er konnte es ihr nicht beweisen. Anschließend entschuldigte sie sich noch einmal, weil ihr sonntags die Nerven durchgegangen waren.

«Ich dachte wirklich, dass es mir nichts mehr ausmachen dürfte. Es ist schon so lange her. Mein Gott, ich habe in all den Jahren mehr als einen Hund gesehen, zwar nicht in meinem Garten, aber ich habe nicht an damals gedacht. Seit letzten Dienstag denke ich fast ununterbrochen daran. Seit ich seine Freundin mit ihrem Bauch gesehen habe. Sein Baby. Immer hat es nur geheißen, sein Baby. Als ob ich nichts damit zu tun gehabt hätte. Es war auch mein Baby. Und wenn es nicht gestorben wäre, hätten wir eine Chance gehabt. Wir hätten nicht all die Jahre in der Hölle leben müssen. Nach der Geburt damals, er war wie umgewandelt. Er spielte nicht, trank nicht, fuhr jeden Morgen in die Firma. Und wenn er am Spätnachmittag heimkam, führte ihn der erste Weg immer ins Kinderzimmer.»

Sie erzählte dasselbe wie Margot Lehnerer, es klang nur ganz anders. Und er wollte es nicht hören, weder so noch so. «Jetzt hör auf, dich dafür zu entschuldigen», sagte er missmutig. «Ich hätte den Köter nicht mitbringen dürfen.»

Sonntags hatte sie gesagt: «Ich will nicht darüber reden.» Jetzt wollte er nicht. Nicht über ihr Baby, nicht über das, was in ihr vorging. Er war wieder so hin- und hergerissen, diesmal zwischen Wut und Triumph. Auf der einen Seite das Wissen, dass sie Lehnerer deckte, auf der anderen Seite die Genugtuung, dass er den Rivalen in die Flucht geschlagen hatte.

Er blieb bis elf bei ihr. Ein paar Küsse auf der Couch, ein bisschen Zärtlichkeit. Sie war so weich und anschmiegsam, hätte es wohl gerne gesehen, wenn er über Nacht geblieben wäre. Er konnte sich nicht dazu durchringen.

Auch als sie sich bei der Haustür von ihm verabschiedete – mit einem intensiven Kuss, einem sehnsuchtsvollen Blick und der Frage: «Sehen wir uns morgen?» –, wusste er nicht, was er ihr antworten sollte. Er wusste überhaupt nichts mehr.

Natürlich wollte er sie. Und er wollte, verdammt nochmal, von ihr hören, dass sie lange Jahre ein Verhältnis mit Lehnerer gehabt hatte. Dass sie es durchaus für möglich hielt, dass der liebe Thomas versucht hatte, ihren Mann aus dem Weg zu räumen. Und dass es vorbei war, endgültig vorbei, weil es jetzt ihn gab.

Dienstags rief sie ihn im Präsidium an. Sie klang sehr bedrückt und niedergeschlagen, hatte irgendetwas Merkwürdiges entdeckt. Am Telefon wollte sie nicht darüber reden. «Es wäre schön, wenn du heute Abend vorbeikommen könntest.»

Zeitlich war es kein Problem. Die Kollegen waren inzwischen mit Dina Brelachs Zielperson beschäftigt, der hochintelligenten und eiskalten Frau Rasche. Die Beweislage gegen sie war äußerst dürftig, so ähnlich wie die gegen Lehnerer. Ihrem Schwiegersohn in spe konnten sie zumindest beweisen, dass er Kontakt zum fünften Opfer gehabt hatte, als einer der Letzten. Aber die Frau hatte niemals ein Mensch in solchen Kreisen gesehen.

Um acht fuhr Georg zu ihr. Sie wirkte noch genauso niedergeschlagen, wie ihre Stimme am Telefon geklungen hatte. «Ich weiß nicht mehr, was ich denken soll», begann sie und erkundigte sich, ob er sich an den Scheck vom Juwelier erinnere.

Eine viertel Million. Das Geld war bisher nicht den Firmenkonten gutgeschrieben worden. Dabei war es nun über eine Woche her, am Donnerstag wurden es bereits zwei Wochen, seit Thomas den Scheck bei der Bank hatte vorlegen sollen.

Nein, nein, sie hatte das nicht selbst übernommen. Sie hatte den Scheck nur für die Nacht in ihren Tresor gelegt und ihn morgens mit in die Firma genommen. Und weil Thomas ohnehin in die Stadt musste, hatte sie ihm den Scheck mitgegeben.

«Hat er dir anschließend nicht diesen Wisch vorgelegt? Man bekommt doch so einen Zettel, wenn man einen Scheck einreicht, irgendein kleines Formular?», fragte Georg.

Nein. Aber das hätte Thomas auch nicht ihr vorlegen müssen, nur in der Buchhaltung abgeben. Und da war nichts. Während sie sprach, zupfte sie unentwegt an einem Zipfel des Verbandes. Ein ziemlich dicker Verband, unsauber und sehr nachlässig gewickelt. Den Blick hielt sie gesenkt. Dass

Thomas vergessen hatte, den Scheck zur Bank zu bringen, konnte man ausschließen. Kein Mensch vergaß eine viertel Million, wenn die bitter nötig gebraucht wurde.

Außerdem, das kam sehr zögernd, sie hob den Kopf dabei, richtete die Augen auf Georgs Gesicht, ein sehr bedrückter Blick, in dem auch so etwas wie ein erstes, leises Zugeständnis mitschwang. Der Scheck war eingelöst worden. Mit dem Juwelier hatte sie bereits gesprochen. Und der behauptete, sein Konto sei inzwischen mit der Summe belastet worden.

Georg fasste es nicht gleich, brauchte zwei Sekunden, um zu begreifen, was sie ihm zu sagen versuchte. Sie verdächtigte Lehrerer, das Geld unterschlagen zu haben.

«Ich kann mir das nicht erklären», sagte sie. «Ich traue ihm das auch nicht zu. Er weiß doch, wie es um die Firma steht. Gut, ich habe den Wagen verkauft, ich habe die Arbeiter bezahlt. Und ich bekomme auch das Geld von der Boussier zurück. Das ist fast eine halbe Million. Sie macht uns keine Schwierigkeiten. Aber das wusste Thomas noch nicht, als er am Donnerstag losfuhr.»

Auf die Worte folgte ein herzzerreißender Seufzer. «Was soll ich jetzt machen?»

«Ihn anzeigen», sagte Georg kalt.

Sie schüttelte den Kopf. «Das kann ich nicht, Georg. Tut mir Leid. Thomas war in all den Jahren … Er war immer …»

«… ein lieber, netter Mensch», vollendete er ihr Gestammel, «der keiner Seele etwas zuleide tun kann, Frau und Kinder liebt, sich ein Bein ausreißt für die Firma und die Chefin. Der sogar bereit war zu töten, als sich eine günstige Gelegenheit bot. Und als er begriff, dass es ihm deshalb an den Kragen gehen konnte, setzte er sich ab. Und dafür brauchte er eben ein bisschen Bargeld.»

Sie schwieg, betrachtete ihre linke Hand, grau verschmutzter Mull. Wieder zupfte sie nervös an einem losen Ende. Endlich meinte sie: «Wenn er ein bisschen Bargeld gebraucht hätte, um sich abzusetzen, ich hätte es ihm gegeben.

Das wusste er auch, aber eine viertel Million! Ich weiß nicht, was ich dazu sagen soll.»

«Wie wäre es mit der Wahrheit?», fuhr er sie an. «Ich weiß es doch ohnehin. Du magst ja überzeugend sein in deiner Rolle, aber Lehrers Frau ist keine gute Schauspielerin. Ich habe sie gefragt, Betty, ob du was mit ihrem Mann hast. Du darfst dreimal raten, was sie mir zur Antwort gab.»

Sie sackte ein wenig in sich zusammen. «Also gut», räumte sie endlich ein. Dann schrie sie: «Ja! Ja, verdammt, ich habe mit ihm geschlafen. Hin und wieder. Es hat sich irgendwann so ergeben. Mir hat mal einer erzählt, man kommt nicht so leicht los vom ersten Mann. Vielleicht war es das. Aber es war ja auch sonst nie jemand für mich da. Ich bin doch auch nur ein Mensch. Ab und zu wollte ich einfach wissen, ob ich auch noch eine Frau bin. Aber ich wollte nichts kaputtmachen. Ich dachte immer, seine Ehe sei stabil genug. Natürlich sagte er manchmal, dass er mich liebt. Aber das sagt man eben in solchen Situationen. Ich habe es auch gesagt, und ich dachte, wir würden es beide nicht so ernst nehmen.»

Sie hatte ihre Stimme wieder unter Kontrolle, sprach nach einem vernehmlichen Atemzug in ruhigem Ton weiter: «Ich kann nicht glauben, dass er mich um eine viertel Million betrügt. Er sprach plötzlich von Scheidung. Ich habe versucht, ihm das auszureden. Herrgott, er hat doch Familie. Wir hatten einen fürchterlichen Streit. Er rechnete mir vor, was er alles für mich getan hat. Jetzt schau mich nicht so an, er hat kein Geständnis abgelegt. Er warf mir nur vor, dass ich es auf dich abgesehen hätte. Er sei ja nicht blind, sagte er. Wenn ein Mann schon wüsste, wo die Tassen stehen. Er war so wütend, richtig außer sich, so hatte ich ihn noch nie erlebt.»

«Wann war das?» Georg war ebenfalls ruhig, alle Wut mit einem Schlag verflogen. Er sah, dass sie heftig schluckte, sich auf die Lippen biss, als habe sie Angst vor der Antwort.

Es kam auch nur ein Flüstern. «Am vergangenen Mittwoch. Abends, kurz nachdem du bei ihm gewesen warst. Er kam mit einem Koffer hier an. Dein Besuch hatte ihn ziemlich aufgeregt. Er meinte, du seist scharf auf mich und würdest versuchen, ihn mit üblen Tricks auszubooten. Aber er ließe sich nicht so einfach abschieben.»

«Und dann?»

Sie hob die Schultern. «Ich sagte doch, wir hatten Streit. Die ganze Nacht haben wir gestritten. Um sechs in der Früh ist er losgefahren. Da wirkte er eigentlich wieder ganz vernünftig.»

«Er war die ganze Nacht bei dir?»

Sie nickte nur, starrte ihn an mit einem ängstlichen Blick. Nach ein paar Sekunden erklärte sie: «Keine Sorge, ich bin nicht mit ihm im Bett gewesen, Georg. Wenn du mir das nicht glaubst, kann ich es auch nicht ändern.» Dann wollte sie wissen: «Was wirst du jetzt tun?»

«Ich?», fragte er ironisch. «Ich tu gar nichts. Du wirst etwas tun. Du wirst Anzeige erstatten wegen Unterschlagung.»

«Nein!» Sie schüttelte heftig den Kopf. «Nein, das tue ich auf gar keinen Fall. Das muss ich auch nicht. Du wirst doch bestimmt nach ihm fahnden lassen. Und wenn ihr ihn findet, wird er mir das Geld zurückgeben.»

«Du solltest dich nicht auf uns verlassen», sagte er. «Unsere Möglichkeiten sind begrenzt. Um nach ihm fahnden zu lassen, müsste ich zuerst etwas gegen ihn in der Hand haben.»

Sie schaute ihn verständnislos an. «Aber das hast du doch. Was ist denn mit diesen speziellen Untersuchungen? Du meinst, er sei am Teich gewesen, und du hast doch diesen negativen Nachweis –»

«Mit meiner Meinung», unterbrach er sie, «kann der Staatsanwalt nicht viel anfangen. Beweise gegen Lehnerer habe ich nicht. Nicht einen einzigen Fussel. Und selbst wenn ich einen hätte, es ist nicht verboten, einen Toten von einem Fleck zum anderen zu transportieren. Genau das hat er getan. Und das wollte ich ihm erklären am Donnerstag. Diatomeennachweis negativ, wenn er sich erkundigt hätte, was das heißt, hätte er nicht Hals über Kopf abhauen müssen.»

Sekundenlang starrte sie ihn nur an, dann flüsterte sie: «Du Schweinehund. Du gemeiner, elender Mistkerl. Einen Toten! Du hast ihn ausgetrickst. Du hast ihn dazu gebracht, hier alles stehen und liegen zu lassen, alles, was ihm wichtig war.»

«Es war die einzige Möglichkeit», sagte er und grinste dabei. «Ein anderes Geständnis hätte ich nie von ihm bekommen. Und ich wollte es wenigstens wissen. Ich lasse mich nicht gerne für dumm verkaufen.»

Sie antwortete ihm nicht mehr, drehte den Kopf zur Seite. Erst als er zur Tür ging, rief sie hinter ihm her: «Ich will mein Geld zurückhaben.»

«Wir können erst etwas tun, wenn eine Anzeige vorliegt», rief er zurück und zog die Tür hinter sich zu.

Am nächsten Morgen kam sie zu ihm ins Präsidium, ihre Wut wie einen Panzer aus Eis um sich herum tragend. Er hatte keine Lust, mit ihr zu streiten, schickte sie ein paar Zimmer weiter. Unterschlagung war kein Fall für die Mordkommission. Er riet ihr auch, am besten gleich mit dem Staatsanwalt zu sprechen, damit die Sache zügig vorangetrieben wurde. Sie nickte nur dazu.

Der grüne Volvo wurde zur Fahndung ausgeschrieben und schon donnerstags gefunden. Am späten Nachmittag kam die Meldung. Lehnerers Wagen stand in Düsseldorf am Flughafen. Es war alles klar. Es musste nur noch überprüft werden, mit welchem Flug er sich abgesetzt hatte und wohin die viertel Million vom Konto des Juweliers überwiesen worden war.

Georg fuhr zu Margot Lehnerer, erklärte ihr den Sachverhalt, erhoffte sich einen Hinweis, wenigstens eine Andeutung, wenn er sie mit den Tatsachen konfrontierte. Stattdessen bekam er eine unbewegte Miene präsentiert. Dann stellte Margot ihrerseits ein paar Fragen. «Was ist mit dem Anzug meines Mannes? Haben Sie Ihren Vergleich inzwischen angestellt?»

Georg nickte nur.

«Und was hat sich dabei ergeben?»

Er erklärte es ihr und fühlte sich ziemlich schäbig dabei. Er erwähnte auch, dass die Sachlage jetzt eine andere sei.

Margot Lehnerer blieb ruhig. «Mein Mann hätte sich niemals an Firmengeldern vergriffen.»

«Es waren keine Firmengelder, Frau Lehnerer. Es waren private Reserven, die Frau Theißen flüssig gemacht hatte.»

«Ach so», sagte Margot Lehnerer nur. Sie lächelte dabei, ganz kurz und irgendwie zufrieden. Anscheinend war es ihr eine Genugtuung.

Freitags rief er Betty an. Nur um ihr zu sagen, dass er jetzt viel Zeit hatte, bis Montag früh. Es war ein Versuch, nicht mehr. Er rechnete mit Wut und einer Absage. Rutsch mir den Buckel runter, du elender Mistkerl. Nichts dergleichen.

Sie klang zuerst nur spöttisch. «Wie schön für dich», meinte sie. «Und jetzt willst du wissen, ob ich auch Zeit habe?»

«Ja!»

«Im Prinzip hätte ich welche», erklärte sie. «Aber die ist mir zu schade, um sie mit einem wütenden Bullen zu verbringen. Du hast dich benommen wie der Elefant im Porzellanladen und bildest dir auch noch ein, du wärst im Recht damit.»

Es entstand eine kurze Pause, zu kurz, um ihr zu antworten. Er hätte auch nicht gewusst, was er sagen sollte, sich zu entschuldigen kam überhaupt nicht infrage.

Dann sprach sie weiter: «Gestern Abend war Margot Lehnerer bei mir. Sie will, dass ich die Anzeige zurückziehe. Ich werde das tun. Ich sage es dir nur, damit du Bescheid weißt. Das Geld schreibe ich ab. Ihr braucht gar nicht nachzuforschen, wo es geblieben ist. Nennen wir es eine Abfindung für treue Dienste. Wenn Thomas sich wirklich darum bemüht hat, Herbert umzubringen, hat er sich das Geld redlich verdient. Wenn du meine Einstellung akzeptieren kannst, darfst du vorbeikommen. Aber ich sage dir gleich, ein Wort über Thomas, und du stehst wieder vor der Tür. Ein für alle Mal. Ich will endlich meine Ruhe haben.»

«Einverstanden», sagte er nur.

Es wurde ein ruhiges Wochenende. Samstags machten sie ein paar Einkäufe in der Stadt. Sonntags standen sie zusammen in der Küche, brutzelten sich etwas auf dem Herd. Manchmal war es direkt albern. Und am Nachmittag gemütlich. Sie wirkte zufrieden und entspannt, wie sie da neben ihm auf der Terrasse lag. Mit geschlossenen Augen, das Gesicht der Sonne zugewandt. Friedlich und schön, stundenlang hätte er sie anschauen können. Einfach nur anschauen und sich dabei vorstellen, dass es jetzt immer so sein würde.

Dann wieder Montag. Der ganz normale Trott. Die Sonderkommission war aufgelöst. Zwei Verdächtige im ununterbrochenen Verhör. Georg hatte nichts mehr damit zu tun. Dina Brelach ebenfalls nicht.

Kurz vor elf rief Margot Lehnerer ihn an. Am Telefon wirkte sie ruhig, gefasst und sehr entschlossen. Sie bat ihn, zu ihr zu kommen. «Ich möchte Ihnen etwas zeigen.»

Noch vor zwölf stand er in Lehnerers Garage vor einem Regal. Vor zwei ordentlich zusammengelegten Plastikplanen. Er fragte sich, warum sie das tat. Sie wusste doch inzwischen, dass man ihrem Mann nichts beweisen konnte. Angefasst hatte sie die Planen nicht. Er hütete sich ebenfalls davor. Allein sie zu sehen reichte aus für die Vorstellung, die er bereits einmal gehabt hatte.

Betty bewusstlos vor dem Tisch, Herbert Theißen bewusstlos im Sessel, Thomas Lehnerer vor der geschlossenen Terrassentür, wie üblich um sieben. Aber da hätte er diese Planen bereits bei sich haben müssen. Mit anderen Worten, er hätte wissen müssen, was er vorfinden würde. Ein Hellseher?!

Margot Lehnerer bestritt, die Planen vor dem bewussten

Montagabend schon einmal gesehen zu haben. Während sie ihn von der Garage zum Haus führte, ihm im Wohnzimmer einen Platz anbot, erklärte sie: «Ich weiß, dass diese Planen auf den Baustellen gebraucht werden. Von da stammen sie wahrscheinlich auch. Und ich bin ganz sicher, dass Sie darauf Bettys Fingerabdrücke finden werden. Wenn Thomas wirklich etwas mit Herberts Tod zu tun hat, dann hat er ihr geholfen, ihn aus dem Haus zu schaffen. Nicht mehr. Er hat immer getan, was sie von ihm verlangte. Und dann wurde er ihr lästig, als Mitwisser gefährlich. Es sah doch für Betty so aus, als könnten Sie ihm den Mord beweisen. Sie musste ihn sich vom Hals schaffen, weil sie nicht sicher sein konnte, dass er schwieg, wenn es für ihn um alles ging.»

Georg hatte ohnehin bereits Schwierigkeiten, spürte ein ekliges Brennen im Magen. Dass Betty es im Notfall mit der Wahrheit nicht so genau nahm, hatte er selbst nun mehrfach erfahren dürfen. Die Wodkaflasche wurde plötzlich wieder aktuell. Aber was Margot Lehnerer da andeutete, ging entschieden zu weit.

«Das klingt, als wollten Sie Frau Theißen beschuldigen, den lästigen Mitwisser beseitigt zu haben.»

Sie antwortete nicht sofort, lächelte zuerst nur. Es war eine Mischung aus Abfälligkeit und Bedauern. Dann stellte sie nüchtern fest: «Das übersteigt wohl Ihr Vorstellungsvermögen. Für Sie ist Betty ein Unschuldslamm, nicht wahr? Wie oft hatten Sie schon mit ihr zu tun? Nein, lassen Sie nur, ich will es gar nicht wissen. Einmal reicht völlig aus. Ich kenne keinen Mann, den Betty nicht innerhalb von fünf Minuten auf ihre Seite bringt. Mit Frauen tut sie sich schwerer. Vielleicht haben wir Frauen einen sechsten Sinn.»

Margot Lehnerer nickte vor sich hin, als könne sie sich ihre Worte damit selbst bestätigen. Georg saß einfach nur da, wusste nicht, was er ihr antworten sollte. Dieses Brennen im Magen, die Gedanken, die Erinnerung an Theißens Mutter, die fast genau dieselben Worte benutzt hatte.

Nach gut einer Minute sprach Margot Lehnerer weiter. «Mein Mann ist nicht untergetaucht, Herr Wassenberg. Er hätte sich längst bei mir gemeldet, allein schon wegen der Kinder hätte er das getan.»

Sie schaute ihn an, als warte sie auf ein Zeichen der Zustimmung. Als das nicht kam, behauptete sie: «Thomas ist tot. Davon bin ich überzeugt. Wenn ich nicht davon überzeugt wäre, säßen Sie jetzt nicht hier. Ich hätte diese Planen verschwinden lassen können und damit wahrscheinlich den einzigen Beweis vernichtet. Ich wollte das auch tun. Aber dann habe ich mich gefragt, warum Thomas es nicht selbst getan hat. Seit er weg ist, hatte ich viel Zeit, darüber nachzudenken. Ich glaube, ich habe eine Antwort gefunden. Diese beiden Planen waren sein Druckmittel. Damit hatte er Betty in der Hand. Aber er hat eines nicht bedacht, Betty lässt sich nicht erpressen. Sie hat ihn umgebracht.»

Es war durchaus verständlich, dass die arme Frau sich eine Theorie zurechtgelegt hatte, mit der sie leben konnte. Jahrelang betrogen worden, am Ende verlassen. Sie tat ihm Leid, aufrichtig Leid. Aber sie musste begreifen, dass sie sich da in eine absurde Idee verrannte.

Behutsam versuchte er, sie davon abzubringen. «Frau Lehnerer, ich verstehe Ihre Lage. Aber wir wollen doch nicht vergessen, dass nicht nur Ihr Mann verschwunden ist, sondern mit ihm eine viertel Million Mark. Frau Theißen ist bereit, die Anzeige zurückzunehmen, das wollten Sie doch.»

Margot Lehnerer lachte, ein wenig zu laut, ein wenig zu schrill. Es klang wie ein Husten. «Ja, das wollte ich. Da war ich etwas voreilig. Inzwischen ist mir das klar. Ich habe mich gleich gewundert, dass Betty plötzlich so nachgiebig wurde. Dann ist mir ein Licht aufgegangen. Wenn Sie nachforschen, wo das Geld geblieben ist, stellt sich am Ende heraus, wer es dahin geschafft hat. Das kann sie nicht riskieren. Bis jetzt hat alles so fein geklappt. Der untreue Ehemann will Frau und Kinder verlassen. Die großherzige Geliebte denkt an die armen Kinder und weist ihn ab. Der Mann ist gekränkt, sinnt auf Rache. Da kommt ihm dieser Scheck sehr gelegen. Es passt alles zusammen, nicht wahr? Aber wenn Betty etwas in die Hand nimmt, ist es immer perfekt. Sie überlässt nichts dem Zufall, plant lange im Voraus, Monate im Voraus, wenn es sein muss. Thomas tat das nicht. Und wenn er den Scheck genommen hätte, hätte er schon früher daran denken müssen, sich abzusetzen. Dafür gab es keinen Grund. Sie sind erst am Mittwoch mit Ihrer komischen Nachweis-Behauptung hier aufgetaucht. Und ein paar Stunden später hat Betty ihm angeblich gesagt, dass sie ihn nicht will.»

Wieder schien es, als warte sie auf eine Antwort, auf Zustimmung. Als sie ausblieb, sprach sie langsam und bedächtig weiter: «Sie denken vielleicht, dass es nicht so einfach ist, einen Mann zu töten. Da mögen Sie Recht haben. Für Sie und mich wäre es unmöglich. Aber Betty denkt nicht darüber nach, was es bedeutet, ein Leben auszulöschen. Wenn es in ihren Augen notwendig ist, tut sie es einfach. Als sie schwanger war damals … Das Baby war für sie der einzige Weg, Herbert einzufangen. Dabei wollte sie gar kein Kind. Sie wollte die Firma. Hat sie Ihnen mal von ihrem Vater erzählt? Wie er gestorben ist und wo?»

Als er nickte, lächelte sie. «Und Sie waren sicher auch mal in ihrem Büro, haben durchs Fenster den alten Kran gesehen. Wenn sie am Schreibtisch sitzt, hat sie ihn gut im Blick. Könnten Sie so arbeiten?»

Er wusste nicht, wie sie das meinte, hob fragend die Augenbrauen. Sie fuhr fort: «Ich will nicht behaupten, Betty hätte ihren Vater abgöttisch geliebt. Dafür hat er sie zu oft verprügelt. Gehasst hat sie ihn, das ist auch ein intensives Gefühl. Und dann baumelte er vom Ausleger mit einem Strick um den Hals. Und was hatte ihn da hinauf getrieben? Die Firma Theißen! Was musste das für ein mächtiges Instrument sein, wenn es einen so widerlichen und bärenstarken Kerl aus der Welt schaffen konnte. Von da an hatte Betty nur noch ein

Ziel. Und sie hatte es beinahe erreicht, da bestand ihre Schwiegermutter darauf, dass sie zu arbeiten aufhörte, und Herbert zeigte plötzlich Ehrgeiz und Ausdauer.»

Ein tiefer Seufzer, es klang so müde. Margot Lehnerer wirkte plötzlich alt und verbraucht. «All die Jahre habe ich gedacht, dass ich mir nur etwas einbilde. Ich habe zwei Kinder. Ich konnte mir das nicht vorstellen. Aber ich wusste trotzdem immer, dass ich mich damals nicht getäuscht hatte. Betty hat den Hund dressiert. Sie hat ihn dazu gebracht, ihr eigenes Baby zu töten.»

Margot Lehnerer hob den Kopf und schaute ihn an. Feuchte Augen, ein paar mühsame Atemzüge. «Sie glauben mir nicht. Das ist auch schwer zu glauben. Es ist ungeheuerlich. Man muss es gesehen haben. Ich habe es gesehen. Ich bin einmal dazugekommen, an einem Sonntagnachmittag. Thomas und Herbert waren zu einer Sportveranstaltung gefahren. Ich hatte Langeweile und dachte, besuchst du Betty, sie ist ja auch allein. Die Theißens waren zu einer Messe gefahren. Baumaschinen, in Hamburg glaube ich. Ich weiß es nicht mehr genau. Unterwegs habe ich noch zwei Stücke Kuchen gekauft. Das mochte sie, wenn man zu ihr kam und ein bisschen Kuchen mitbrachte.»

Noch so ein Seufzer. Georg fröstelte es leicht. Diese Stimme, so dumpf und monoton, erinnerte ihn erneut und diesmal viel intensiver an die Szene mit Theißens Mutter. Und dann sah er sich mit dem Kuchentablett und der Hundeleine in einer Hand. Und Margot Lehnerers Augen dabei. Sie füllten sich mit Wasser, liefen einfach über, sie blinzelte nicht einmal.

«Sie war im siebenten Monat schwanger, war selbst noch ein Kind irgendwie. Niedlich sah sie aus mit ihrem dicken Bauch. Als ich ankam, hörte ich sie im Garten mit dem Hund spielen. Ja, Hasso, braver Hund. Ja, so ist es gut, bring es mir. Ich dachte, sie spielen mit einem Stock. Aber es war kein Stock. Ich habe nicht an der Haustür geklingelt, bin ums

Haus herumgegangen. Und da sah ich sie. Betty warf eine Puppe übers Gras, eine von diesen Babypuppen mit einem weichen Balg. Bring es mir, rief sie wieder. Und der Hasso lief hin, packte die Puppe am Kopf und brachte sie ihr. Sie lobte ihn. Guter Hund, so ist es fein. Dann sagte sie: Wem gehört das Püppchen, zerrte dabei am Puppenkörper. Und der Hasso zerrte auch, schüttelte den Kopf hin und her. Ich habe nie mit einem Menschen darüber gesprochen. Zuerst habe ich nicht darüber nachgedacht. Und nachdem der Kleine auf die Art … Es war so ungeheuerlich. Ich dachte, das kann sie nicht getan haben, das nicht. Das bringt kein Mensch fertig. Sie hatte das Baby in ihrem Bauch. Sie musste fühlen, wie es strampelte. Er war so ein süßes Kerlchen.»

Die Worte einer alten Frau hatten plötzlich eine andere, eine sehr reale Bedeutung. Der Bestie zum Fraß vorgeworfen. Margot Lehnerer war vielleicht nicht die Einzige gewesen, die das Spiel mit dem Hund beobachtet hatte. Aber es zu hören und darüber nachzudenken war eine Sache, es zu glauben eine ganz andere. Georg konnte es nicht glauben. Es war ein so harmonisches Wochenende gewesen. Es war, wie Margot Lehnerer eingeräumt hatte, zu ungeheuerlich. Und es gipfelte in der Schlussfolgerung: Wer wenige Wochen vor der Geburt seines Kindes mit einem Hund übt, wie das Kind zu beseitigen wäre, schreckt nicht vor einem Mann zurück, der einfach nur lästig ist.

Auch nicht vor zwei Männern …

Da waren ein paar Merkwürdigkeiten. Keine Fluggesellschaft hatte einen Passagier namens Lehnerer befördert, nicht von Düsseldorf aus. Vielleicht hatte Thomas Lehnerer eine falsche Spur gelegt oder falsche Papiere benutzt. Aber das war unwahrscheinlich. So viel Zeit hatte er nicht gehabt und auch kaum die nötigen Kontakte. Das Geld war auf ein Konto bei einer Bank in Luxemburg transferiert worden. Der Name des Kontoinhabers war nicht in Erfahrung zu bringen. Es gab

auch keine Auskunft darüber, ob die viertel Million noch un-
angetastet auf diesem Konto lag.

Diese Meldungen gingen dienstags ein, kurz nachdem Betty ihre Anzeige gegen Lehnerer zurückgezogen hatte. An
dem Abend schaffte er es auch, zu ihr zu fahren. Montags,
nach dem langen Gespräch mit Margot Lehnerer, hatte er das
nicht gekonnt. Aber dienstags ging es wieder. Da konnte er
sogar mit ihr auf der Couch sitzen, sich küssen lassen, sie im
Arm halten. Nicht mit ihr schlafen, er hätte gerne, aber da
rührte sich nichts.

Es lag an seinem Taschenkalender, den er ihr so scherzhaft
in die Hand drückte, um sie einen Blick auf seine Arbeitswei-
se werfen zu lassen. Keine Termine notiert, nur Notizen gemacht. Dann steckte er den Kalender zurück in seine Hosentasche, ganz vorsichtig, und wickelte ihn unbemerkt in ein
sauberes Tuch, um ihn mittwochs früh bei der KTU vorzulegen.

Er kam sich so schäbig dabei vor, dreckig, gemein und feige, weil er nicht in der Lage war, offen mit ihr zu reden. Aber
wie hätte er darüber mit ihr reden können? «Ich brauche deine Fingerabdrücke für einen Vergleich.» Sie hätte ihn doch
augenblicklich vor die Tür gesetzt.

Von den Planen hatten sie ein paar saubere Abdrücke nehmen können. Die meisten stammten von Lehnerer. Das festzustellen war gar nicht so einfach. Der Mann selbst stand ja
nicht zur Verfügung. Seine Frau hatte ihnen ein paar persönliche Gegenstände ausgehändigt, von denen man sicher annehmen konnte, dass nur er sie berührt hatte. Die Flasche mit
seinem Eau de Toilette, sein Deo, ein Paar Schuhe. Und für
die anderen Abdrücke auf den Planen brauchte er den Taschenkalender. Er war in glattes, glänzendes Plastik eingebun-
den. Ihre Finger hinterließen darauf Spuren, die sogar mit
bloßem Auge deutlich zu erkennen waren.

Als er den Kalender ablieferte, tröstete er sich noch mit
dem Gedanken, dass eine Übereinstimmung nicht unbedingt

bedeuten musste, sie hatte ihren Mann umgebracht. Sie konnte die Planen auch in ihrem Wagen gehabt haben, in der Garage, im Keller, irgendwo, wo Lehrerer sie fand.

Aber es gab keine Übereinstimmung. Es gab Haartönungen, in deren Packungen sich Einmalhandschuhe befanden. Genau das Paar, das sie Thomas Lehnerer in die Finger gedrückt hatte, hatte sie selbst getragen, als sie den Lamborghini für den Transport vorbereitete. Davon wusste Georg nichts. Er war nur erleichtert, als er das Ergebnis hörte. Negativ.

Nur waren da immer noch ein paar Dinge, die ihm keine Ruhe ließen. Tomatenbrote und Fliedersträucher. Eine zerschnittene Hand und ein Spaten darin. Der Schnitt heilte einfach nicht, sah schlimmer aus als jemals zuvor. Inzwischen schmierte sie sogar eine Salbe darauf, um die Entzündung einzudämmen.

Der Hund machte ihm am meisten zu schaffen. Wie er bei den Sträuchern zu scharren begann. Dagegen waren Margot Lehnerers Worte fast unwichtig. «Ich bin an dem Mittwoch zu ihrem Haus gefahren. Unser Wagen stand in der Garage, und im großen Bad brannte Licht. Sonst war alles im Haus dunkel.»

Ihm hatte Betty erzählt, sie sei nicht mit Lehnerer ins Bett gegangen. Aber man ging auch nicht ins Bad, um zu streiten. Es war ein fürchterlicher Verdacht. Sich persönlich und allein Gewissheit zu verschaffen war völlig ausgeschlossen.

Donnerstags sprach er mit Dina Brelach, eine andere Möglichkeit sah er nicht. Thomas Lehnerer war seit genau zwei Wochen verschwunden. Allein darüber zu reden war eine Tortur. Und dann auch noch mit Dina. Sie hörte ihm zu. Eine unbewegte Miene, nur in den Augen blitzte ein Begreifen auf. Wenn das so ist, lieber Herr Kollege, kann ich meine Hoffnungen wohl begraben. Aber es kam keine spitze Bemerkung, wie er befürchtete.

Dina lehnte es auch nicht kategorisch ab, ihm einen Gefallen zu tun. Sie erkundigte sich nur: «Wie haben Sie sich das denn vorgestellt? Soll ich da graben? Oder wen soll ich hinschicken?»

Um Gottes willen! Keine Polizeiaktion. «Ich würde es selbst tun», sagte er, «tagsüber wäre es möglich, da ist sie in der Firma. Aber wenn da wirklich etwas ist, ich hänge doch viel zu tief mit drin. Mein Gott, begreifen Sie denn nicht? Ich habe ein Verhältnis mit der Frau. Ich will kein Risiko eingehen, nicht in die eine und nicht in die andere Richtung.»

«Dann lassen Sie es doch einfach», meinte Dina lakonisch.

Georg grinste unfroh. «Das ist nicht Ihr Ernst.»

Dina grinste ebenfalls. «Nein. Also, wie soll das über die Bühne gehen, ohne Risiko für Sie?»

Das hatte er sich bereits ganz genau überlegt. Es gab eine Möglichkeit. Theißens Mutter! Und ein paar Arbeiter. Es musste einfach bei fünfundsechzig den einen oder anderen geben, der nicht für die Chefin durchs Feuer ging.

«Rufen Sie die alte Frau Theißen an», empfahl Georg. «Bestellen Sie sie für ein Treffen in die Stadt. Wenn der Alte etwas davon mitbekommt, ist die Sache gelaufen. Erklären Sie der Frau, dass wir offiziell nichts unternehmen können, weil wir nichts in der Hand haben. Erklären Sie ihr vor allem, dass sie das auf ihre Kappe nehmen muss, falls etwas durchsickert. Sie hat genug Wut im Bauch, sie wird sich darauf einlassen.»

«Und wann?», fragte Dina nur noch.

«Am Wochenende. Samstagabend. Ich werde mit Betty Theißen essen gehen, hole sie um sieben ab und sorge dafür, dass wir vor eins nicht zurück sind. Das sind fünf Stunden, das müsste reichen, um die Sträucher wieder so hinzusetzen, wie sie vorher standen. Es ist genug Licht da draußen. Auf der Terrasse ist ein Außenschalter. Wenn wir zurückkommen, muss das alles wieder so aussehen wie vorher.»

«Sie glauben doch gar nicht, dass wir da etwas finden», meinte Dina. «Wozu dann der ganze Aufwand?»

«Weil mir mein Glaube allein nichts bringt», sagte er.

Am Samstagabend! Er hätte es gerne hinausgezögert, aber

das ging nicht. Diese elende Phantasie. Man brauchte sie in seinem Beruf, musste sich alles Mögliche vorstellen, sich in so manch eine Lage hineinversetzen können. Auch in ihre.

Der langjährige Liebhaber spricht davon, Frau und Kinder zu verlassen, und hat ein Druckmittel in der Hand. Aber sie dachte nicht daran, sich erpressen zu lassen. Genauso hatte Margot Lehnerer es ausgedrückt.

So betrachtet lief es auf eine Affekthandlung hinaus. Nur hatte sie schon sonntags von den Sträuchern gesprochen und montags gegraben. Jedes Mal, wenn er an diesen Punkt gelangte, flüsterte Margot Lehnerer ihm zu: «Sie plant lange im Voraus, Monate im Voraus, wenn es sein muss.»

Freitags gab Dina das Okay. Theißens Mutter sei sehr gefasst gewesen und zu allem bereit. Dina wollte die Arbeiter genauestens instruieren, zwei Leute hatten sich bereit erklärt, der alten Frau Theißen einen Gefallen zu tun, der kleine Kranführer und ein älterer Mann, dessen Bruder durch die Schuld von Bettys Vater ums Leben gekommen war. Beide galten als zuverlässig und äußerst verschwiegen. Dina wollte in der Nähe bleiben, nicht unbedingt mit auf dem Grundstück, aber im Wagen davor.

Abends sprach er dann von einem guten Essen in einem netten Restaurant. Fünf Gänge, weil sie doch beim ersten Mal nur drei bekommen hatte. Sie freute sich so über seine Einladung und war enttäuscht, als er nicht über Nacht blieb. Aber das hätte er nicht geschafft, sich mit ihr ins Bett zu legen, sich zu fragen, wie oft Lehnerer in diesem Bett gelegen hatte, wann zuletzt und wo er jetzt lag.

«Ich hole dich um sieben ab», versprach er, als er sich an dem Freitag von ihr verabschiedete. «Ich bin ganz pünktlich.»

Er war nicht nur pünktlich, er war eine Stunde zu früh. Schon um sechs hielt er den Wagen vor ihrem Haus. Sie öffnete ihm die Tür, und er hätte am liebsten gesagt: «Ich habe es mir anders überlegt. Wir machen es uns hier gemütlich.»

Sie war noch nicht fertig, trug wieder den weißen Bademantel, schneeweiß diesmal. Kein Geschmiere am Kragen oder sonst wo. Es war nur Blut von ihrer Hand gewesen, etwas anderes konnte es gar nicht gewesen sein. Dieser verdammte Schnitt, im warmen Badewasser aufgeweicht.

Dina hatte gesagt: «Ich hätte ihn unter der Dusche erledigt. In der Wanne ist es schwieriger, da kriegt man ihn anschließend nicht wieder raus. Und einen Mann unter die Dusche zu locken, dürfte nicht schwer sein. Geh schon mal vor, mein Schatz, ich komme sofort nach. Schnell ein Messer aus der Küche holen. Und bevor er noch weiß, wie ihm geschieht, ist es vorbei.»

Eine so geräumige Duschkabine, Platz genug für mindestens drei Leute. Und absolut glatte Wände. Keine Kachelfugen, in denen sich Blutspritzer verewigen konnten. Einfach ideal. Es war entsetzlich, darüber nachzudenken und sie dabei vor sich zu haben, so schön, so weich.

Ein langer Kuss zur Begrüßung. Sie konnte nichts mit Lehnerers Verschwinden zu tun haben. Und nichts mit dem Tod ihres Mannes. Und bestimmt nichts mit dem Tod ihres Babys. Sie war noch so jung gewesen damals, vielleicht noch verspielt. Ganze siebzehn Jahre jung, in dem Alter dachte man doch nicht nach, wenn man mit einem Hund spielte.

Ihre Arme im Nacken. Den Bademantel hatte sie nur lose mit einem Gürtel geschlossen. Der Gürtel löste sich, ihre Haut fühlte sich noch feucht an. «Wir haben noch Zeit», flüsterte sie. «Ich bin in fünf Minuten angezogen.»

Er konnte nicht. Dina hatte gesagt: «Dann hätte ich ihn gut eingepackt, damit er mir nicht das ganze Haus versaut, wenn ich ihn rausschleife. Ein Teppich oder eine Decke und darum zur Sicherheit noch so eine Plane von der Baustelle. Die Grube war fertig, da hätte ich ihn nur noch reinrollen müssen. Und zuschaufeln natürlich.»

«Wir haben ein ganzes Wochenende Zeit», murmelte er. «Und ich habe den Tisch für sieben Uhr bestellt.» Er schaute ihr nach, wie sie die Treppe hinaufstieg, sah sich dabei dicht hinter ihr gehen. Um eins oder halb zwei in der Nacht, wenn sie zurückkamen, das Grundstück in völliger Dunkelheit vorfanden. Vor der Terrasse drei Fliedersträucher und sonst nichts.

Während sie sich zurechtmachte, ging er in die Küche, stand minutenlang vor dem Messerblock, ehe er sich dazu aufraffen konnte, das erste Messer herauszuziehen. Es war das größte. Ein stabiles Messer mit breiter Klinge, sehr scharf und völlig sauber. Die Klinge war mit drei Nieten im Griff befestigt. Die restlichen vier Messer waren von gleicher Art, nur jeweils etwas kleiner.

Als sie herunterkam, fühlte er sich, als hätte er Steine verschluckt, den ganzen Tag, einen nach dem anderen. Es war alles so schwer im Innern, so hart.

Sie blieben nicht mehr lange im Haus, brachen gleich auf. Eine halbe Stunde Fahrt, schon dabei fiel ihr auf, dass etwas mit ihm nicht in Ordnung war. Sie fragte ihn, warum er so bedrückt sei. Wegen der zwei oder drei Wagen, die jetzt bei ihrem Haus vorfuhren, wegen der beiden Männer, die ausstiegen, jeder mit einem Spaten bewaffnet. Wegen Dina, die ihnen Anweisungen gab.

Er erzählte ihr stattdessen von Frau Rasche und ihrem Schwiegersohn in spe. Von fünf toten Männern auf Parkbänken, der äußerst dürftigen Beweislage und dem hartnäckigen Schweigen der beiden Verdächtigen.

Dann saß er ihr gegenüber an einem Tisch. Es tat weh, einfach nur noch weh, sie anzuschauen, sich vorzustellen, wie sie gleich heimfuhren. Heimfahren, er dachte es tatsächlich. Ein phantastisches Haus, von der ersten Minute an hatte er sich darin wohl gefühlt. Und drei Fliederbüsche vor der Terrasse. Jetzt hatten die beiden Männer wohl den ersten ausgegraben, bestimmt hatten sie das, wahrscheinlich schon alle drei.

Er konnte nicht bis eins warten, glaubte nicht, dass er so lange durchhielt. Fünf Gänge, ein erlesenes Menü. Sie plauderte leichthin, nippte ab und zu an ihrem Weinglas. Ihr Lippenstift hinterließ einen schwachen Abdruck darauf. Dieses satte, üppige Rot, es störte ihn wieder. Komisch, beim ersten Mal hatte es das nicht getan. Aber seitdem schon mehrfach.

Er sah sich vor ihr stehen in der ersten Nacht, ihr von der Couch aufhelfen, sie im Arm halten. Dieses makellose Gesicht! Stundenlang bewusstlos? Er hörte sie reden, die Benommenheit in ihrer Stimme von jenem Montagabend überlagerte den leichten Plauderton.

«Sind Sie verheiratet?»

«Nein.»

«Sie Glücklicher.»

«Ich bin geschieden.»

«Daran habe ich auch einmal gedacht. Aber wenn ich mich von ihm getrennt hätte, was wäre dann …»

Ein köstliches Dessert, ihm wurde übel davon. Eher von ihrer Stimme, die ihm durch den Kopf geisterte. Keine Ahnung vom Testament des Alten, keinen blassen Schimmer hatte sie gehabt an dem Montag, aber prallrote Lippen.

Noch ein Kaffee zum Abschluss. Es war zwölf vorbei. «Lass uns fahren», sagte er.

Er hielt es nicht länger aus, brauchte Gewissheit. Sie konnte das nicht getan haben. Ihren Mann vielleicht, und dafür hatte sie gute Gründe gehabt. Aber nicht ihr Baby. Und nicht Thomas Lehnerer, das war völlig ausgeschlossen. Lehnerer war ihr in all den Jahren sehr viel mehr gewesen als nur ein guter Freund. Er hatte getan, was immer sie von ihm verlangte. Ihr sogar geholfen, ihren Mann zu beseitigen. Und sie wusste das zu würdigen, hatte ihn verteidigt, immer wieder seine Unschuld beteuert, ihre Anzeige zurückgezogen – ihm die viertel Million überlassen, damit er sich anderswo ein neues Leben aufbauen konnte. Anders durfte es nicht sein.

Wie sie ihn anlächelte, so sinnlich, so verheißungsvoll. Auf der Rückfahrt zwang er sich ein Bild ins Hirn, Haus und Grundstück in völliger Dunkelheit. Und bei den Fliedersträuchern jedes Krümelchen Erde wieder so, wie es vorher gelegen hatte. Wenn die Burschen da herumgeschlampt hatten, wenn sie stutzig wurde …

Eine halbe Stunde Fahrt, mit diesem Klumpen im Innern, dem Würgen im Hals. Und dann der Anblick! Festbeleuchtung, das war schon von weitem zu sehen. Das gesamte Grundstück bis zum Waldsaum war von großen Scheinwerfern erhellt. Und all die Wagen auf der Straße, ein Großaufgebot.

Er spürte den Blick, den sie ihm von der Seite zuwarf, wie Eisstücke auf der Wange. Ihre Stimme klang ein bisschen nach Hysterie. «Um Gottes willen, was ist denn da los?»

Sie waren noch ein gutes Stück vom Haus entfernt. Antworten konnte er ihr nicht sofort. Die Stimmbänder waren blockiert. Er nahm den Fuß vom Gas, schaltete in einen kleineren Gang. «Sieht so aus», sagte er dabei endlich, «als ob ein paar Leute in deinem Garten graben.»

Sie antwortete ihm nicht, starrte ihn nur fassungslos von der Seite an. «Du warst nicht bewusstlos», sagte er, «nicht ein paar Stunden lang. Du hattest Make-up im Gesicht, und das war völlig in Ordnung. Und du hattest auch keine Ahnung von diesem Testament.»

Der Wagen rollte nur noch. Er trat auf die Bremse und hielt ihn an, schaltete die Scheinwerfer aus, damit niemand aufmerksam wurde, und drehte sich ihr zu. «Du hast deinen Mann umgebracht, nicht wahr?»

Die allerletzte Möglichkeit. Was genau er noch von ihr wollte, wusste er nicht. Aber wenn er noch ein Stück weiterfuhr, würden andere die Regie übernehmen. Er sah, dass sie den Kopf schüttelte, ganz langsam, aber sehr bestimmt.

«Das habe ich nicht. Was fällt dir ein? Was ist hier los, verdammt nochmal? Was hat das zu bedeuten da vorne?»

Mit jedem Satz war sie ein wenig lauter geworden, beim letzten zeigte sie durch die Windschutzscheibe zum Haus hinüber.

«Kannst du dir das nicht denken?», murmelte er.

Noch einmal schüttelte sie den Kopf, sehr heftig. «Nein, das kann ich nicht. Hast du das arrangiert? Du bist wirklich ein verdammter Mistkerl. An Thomas kommst du nicht heran, jetzt versuchst du es bei mir. Was suchen die denn da?»

Ihr Verhalten irritierte ihn. Keine Spur von Unsicherheit oder Schuldbewusstsein. Er begriff es nicht. Die Scheinwerfer, die die Nacht in ihrem Garten zum Tag machten. Die Fahrzeuge auf dem Weg vor ihm, das alles bewies doch, dass sie etwas gefunden haben mussten.

«Sie suchen nach Thomas», sagte er. Zu verlieren gab es ohnehin nichts mehr. Wenn die dahinten nur ein Affentheater veranstalteten oder sich durchgraben wollten bis Australien, den Tritt von ihr gab es so oder so. Das würde sie ihm nie verzeihen, nie im Leben.

Sie lachte, richtig laut und herzhaft, als hätte er einen köstlichen Witz gemacht. «In meinem Garten? Das ist phantastisch, wirklich, das ist einmalig. Bist du schon mal vorgeschlagen worden für eine Beförderung? Bei deinen Einfällen, du kannst es weit bringen mit so viel Scharfsinn und Phantasie. Wie bist du darauf gekommen? Erzähl doch mal.»

Sie lachte immer noch, aber dann winkte sie ab. «Nein, lass es, sonst kommt mir am Ende das gute Essen hoch.»

Dann beugte sie sich nach hinten, griff nach ihrem Mantel und der Handtasche. Beides hatte sie beim Einsteigen in den Wagenfond gelegt. «War nett mit dir, Herr Kommissar», sagte sie. «Aber jetzt steige ich lieber aus. Den Rest gehe ich zu Fuß. Es ist ja nicht mehr weit.»

Als sie die Tür öffnen wollte, hielt er sie am Arm zurück und gab gleichzeitig Gas. «Tut mir Leid», sagte er leise, «die zwei Sekunden wirst du meine Nähe noch ertragen müssen. Wir wollen erst mal sehen, warum sie immer noch da sind. Wenn es dafür keinen vernünftigen Grund gibt, kannst du von mir aus gehen, wohin du willst.»

Mit aufgeblendeten Scheinwerfern fuhr er das letzte Stück.

Dina Brelach stand bei einem der Wagen, rauchte eine Zigarette, kam langsam auf ihn zu, als er ausstieg. Dina war gelblich blass, sog an ihrer Zigarette, als enthielte sie ein Mittel, den gereizten Magen zu besänftigen. Sie spähte mit zusammengekniffenen Augen durch die Frontscheibe in seinen Wagen hinein, warf die Zigarette zu Boden, trat sie aus und zückte dabei ihren Dienstausweis. Dann zog sie die Tür an der Beifahrerseite auf. «Sie sind festgenommen, Frau Theißen.»

Nur eine Festnahme vorerst. Ein Haftbefehl lag noch nicht vor. Vielleicht war es noch nicht gelungen, den Haftrichter zu mobilisieren. Vielleicht hatte einfach noch niemand daran gedacht. Das spielte für ihn keine Rolle mehr.

Georg ging langsam um das Haus herum. Vor der Terrasse lagen die drei Fliederbüsche auf dem Rasen, ein Loch von gut zwei Meter Länge und mindestens einem Meter Tiefe war dort ausgehoben. Aber sonst war da nichts.

Von den Arbeitern war weit und breit nichts mehr zu sehen. Auch sonst hielt sich niemand im Garten auf. Das Tor im mannshohen Zaun stand offen. Er ging über den Rasen auf den Waldsaum zu. Und endlich glaubte er zu begreifen.

Es gab einen Trampelpfad, das Unterholz links und rechts daneben war ziemlich dicht. Aber dann kam er an eine Stelle, wo es sich lichtete. Nicht dass es dort von Natur aus spärlicher gewachsen wäre. Es war ausgerissen worden. Und er erinnerte sich an den Schmutz auf der Schulter ihrer rostroten Bluse. So etwas entstand, wenn man sich bückte und an Zweigen vorbeistreifte.

Hinter der lichten Stelle im Unterholz lag ein freies Stück, nicht sehr groß, mit einem Loch in der Mitte. Durch die aufgeworfene Erde war kaum Platz zum Stehen. Ein Mann von der Spurensicherung stand an der Seite neben der Grube, ein zweiter in dem Loch. Auf dem Rand lagen zwei blaue Plastiksäcke.

«Ein Arm», sagte einer der Männer, «und ein Bein. Mehr haben wir bisher nicht gefunden. Sieht so aus, als sei der Rest schon weggeschafft worden. Sie hat ihn wohl nur vorübergehend hier deponiert. Es war Dinas Idee. Als sie im Garten nicht fündig wurden, meinte Dina, so dumm ist die auch nicht, ihn hier zu vergraben, wo Wassenberg bei ihr ein und aus geht.» Der Mann grinste verlegen. «Es wird schwierig werden, ihn zu identifizieren.»

Eine halbe Ewigkeit später stand Georg bei der Tür zum Bad und schaute zu, wie sie die Gummidichtung an der Schwelle der Duschkabine entfernten und mit einem feinen Instrument den dünnen Spalt in der Glastür ausschabten. Wie sie das Wenige, was sich schaben ließ, sorgfältig in einem Beutel abstreiften, den Beutel an die Seite legten.

Dann kamen eine Seite der Marmorverkleidung und die Bodenplatte an die Reihe. Beide wurde einfach abmontiert, unter der Bodenplatte lag der Abfluss. Sie schraubten das Rohr auseinander, begutachteten seinen Inhalt. Es war nur Wasser. Aber an den Rohrwänden gab es Ablagerungen, in denen sich vielleicht noch Blutpartikel nachweisen ließen.

Es gab noch ein zweites Bad neben Herbert Theißens Schlafzimmer. Dort hatten sie eindeutige Spuren gefunden. Gewebepartikel, Knochensplitter. Aber sie gingen davon aus, dass Thomas Lehnerer in ihrem Bad getötet worden war.

Es war bereits Dienstag. Sonntag und Montag war sie verhört worden. Nichts bisher. Sie bestritt alles, einfach alles. Sie wusste nicht, wie die beiden Gliedmaßen in den Wald gelangt waren. Irgendein Wahnsinniger mochte dort Teile seines Opfers verscharrt haben. Damit hatte sie doch nichts zu tun.

Irgendein Wahnsinniger! Dabei stand inzwischen fest, dass der Arm zu Thomas Lehnerer gehörte. Man hatte die Fingerabdrücke der Hand mit denen verglichen, die bereits vorlagen. Sie waren identisch. Irgendeiner hatte gesagt: «Ein zähes Luder. Aber das Leugnen hilft ihr nichts.»

Nein! Die Beweislage war eindeutig. Das zweite Bad. Dinas Idee. «Sie konnte es nicht riskieren, ihn in dem Bad zu lassen, dass Sie kannten, Herr Wassenberg. Da bestand die Gefahr, dass Sie einfach mal hinaufgehen. Sie wird ihn gleich donnerstags hinübergeschafft haben, als er nicht mehr blutete.»

Als sie die Rohrstücke einpackten, hielt Georg es nicht länger aus. All die Bilder vor den Augen. Wie sie sich unter den Wasserstrahlen und seinen Händen gedreht hatte, die verletzte Hand immer ein Stück in die Höhe hielt. Der Schaum, der in breiten Bächen von ihrer Haut lief, im Abfluss verschwand. Es war ein Bild, das ihn ganz hohl werden ließ im Innern. Kein Schmerz, nur Leere. Wie unfassbar! Wie hatte Margot Lehnerer gesagt: «Man muss es gesehen haben, sonst kann man es nicht glauben.»

Er hatte es nicht gesehen. Nicht das, was sich in der Duschkabine abgespielt haben musste an jenem Mittwochabend, als Margot Lehnerer auf dem Rad ihres Sohnes hinausfuhr, um sich davon zu überzeugen, dass sie betrogen wurde. Nur die blauen Müllsäcke hatte er gesehen. Die Reste eines Waldläufers, ein Vorstadtathlet. Erstochen und zerschnitten, zerlegt wie ein Stück Vieh im Schlachthof. Das hatte sie vermutlich erst donnerstags getan, und da war ihr übel geworden.

Am schlimmsten war noch, denken zu müssen, dass er das Todesurteil über Thomas Lehnerer gesprochen hatte. Er mit seiner verdammten Wut, der Eifersucht und dem Bluff. Diatomeennachweis negativ. Und beide hatten sie nicht gewusst, was das bedeutete.

Er musste es wissen, und wenn er es aus ihr herausprügeln musste. Deshalb fuhr er zurück zum Präsidium. Dass sie ihn nicht mit ihr allein lassen würden, war klar. Er wollte auch nicht mit ihr allein sein. Er wollte sie eigentlich gar nicht mehr sehen.

Sie waren zu viert bei ihr. Zwei Kollegen, Dina Brelach und ein Anwalt. Den hatte der Alte ihr besorgt. Einer von diesen scharfen Hunden, der unentwegt mit irgendetwas drohte, in einem fort verlangte, sie umgehend aus der Haft zu entlassen. Polizei und Staat wollte er für die Schäden zur Rechenschaft ziehen, die während ihrer Abwesenheit in der Firma entstanden. Fünfundsechzig Arbeitsplätze, ein Dutzend erschwingliche Einfamilienhäuser, das war jetzt infrage gestellt. Ihr erklärte er immerzu: «Sie müssen darauf nicht antworten, Frau Theißen.» Das tat sie auch nicht, obwohl ihre Lage aussichtslos war.

Als Georg die Tür erreichte, hörte er Dinas Stimme. Ruhig und sachlich las sie Margot Lehnerers Aussage vor, verwies auf die Aktivitäten ihrer Kollegen. Seit Sonntag früh wurde das Waldgebiet in weitem Umkreis mit Hunden abgesucht. In Lehnerers Volvo hatten sie im Fußraum Erde gefunden und ein paar Tannennadeln. Und im Bad ihres Mannes …

Georg blieb auf dem Korridor stehen und wartete, stand einfach nur da, konnte sich nicht entschließen, die Tür zu öffnen, konnte nicht denken, sich nur erinnern. Wie hilflos und verletzlich sie auf der Couch gelegen hatte, als er ihr Haus zum ersten Mal betrat. Wie Thomas Lehnerer an dem Mittwoch über die Terrasse kam und nach ihr rief. «Herzchen!» Und wie er die Küche betrat, die Verlegenheit im Gesicht. Und wie sie sonntags davon sprach, ein paar Sträucher zu pflanzen. Nur ein Ablenkungsmanöver. Sie musste einkalkuliert haben, dass ihre Hand den Wahnsinn nicht unbeschadet überstehen konnte. Sie hatte sich ein Alibi beschafft für die Entzündung.

Irgendwann trat Dina hinaus auf den Korridor, wollte Kaffee holen oder brauchte eine Pause vom Entsetzen. Dina stockte, als sie ihn da stehen sah, versuchte zu lächeln, das gelang ihr nicht. Die Tür stand noch offen. Er bemerkte nicht, dass er sich in Bewegung setzte. Aber er sah, dass Dina den Kopf schüttelte, fühlte auch, dass sie ihm eine Hand auf den Arm legte, hörte sie sagen: «Tun Sie es nicht, Herr Wassenberg.»

Er beachtete Dina nicht, drückte die Tür noch ein Stückchen weiter auf. Alle wurden aufmerksam, die drei Männer und sie. Und sie begann zu lächeln, ganz weich und wund. Er sah deutlich, dass ihre Lippen zitterten. Es schien so, als ob sie etwas sagen wollte, aber sie brachte es nicht heraus, musste erst noch eine Hand ausstrecken, schüttelte den Kopf dabei.

«Ich wollte das nicht. Georg, bitte. Du musst mir das glauben, ich wollte es nicht. Ich habe mich nur verteidigt.»

Ihr Anwalt legte ihr eine Hand auf die Schulter, versuchte, sie zum Schweigen zu bringen. Sie schüttelte die Hand ab, gleichzeitig quollen ihr die Augen über. So viele Tränen auf einmal. «Er war völlig außer sich», stammelte sie, «ging auf mich los, und …»

«Erzähl mir nicht, er hätte dich angegriffen», unterbrach er sie. Er war ruhig in dem Moment, ganz kalt im Innern. «Er hätte dir nie ein Haar gekrümmt.»

«Was macht dich so sicher?», fragte sie. Der Anwalt legte ihr erneut eine Hand auf die Schulter. Sie beachtete ihn nicht, hatte nur Augen für Georg. «Er hat versucht, meinen Mann umzubringen. Und er war überzeugt, dass ich ihn aus lauter Dankbarkeit aufs Standesamt begleite. Ich habe ihn aufgefordert zu gehen. Ich habe ihm erklärt, dass ich nicht zur Polizei gehen werde. Er hat mich ausgelacht. Das müsse ich auch nicht, wo ich jetzt die Polizei als ständigen Gast hätte. Er schrie mich an, wenn ich mir einbilden würde, er ließe sich so einfach abservieren, hätte ich die Rechnung ohne ihn gemacht. Eher würde er mich …»

Ihre Stimme brach, die Augen quollen immer noch über, hingen an seinem Gesicht wie festgesaugt. «Er nahm das Messer aus dem Block und zwang mich, mit ihm hinaufzugehen. Noch einmal zum Abschied, sagte er, und wenn dein neuer Freund morgen kommt, kann er sich hier die Reste zusammenkratzen. Irgendwie habe ich es geschafft, ihm das Messer wegzunehmen. Ich weiß gar nicht, wie es passiert ist. Ich wollte dich anrufen, aber ich konnte nicht. Ich wollte dir doch keine Schwierigkeiten machen. Ich …»

«Erzähl das meinen Kollegen», sagte er. «Wenn du sie nett anlächelst dabei, glauben sie dir vielleicht.» Er drehte sich um, ging zwei Schritte von der Tür weg.

Da rief sie hinter ihm her: «Georg!»

Dina stand noch auf demselben Fleck, schüttelte wieder den Kopf, als könne sie damit verhindern, dass er sich noch einmal der Tür zuwandte. Das tat er, ging auch noch einmal einen Schritt näher heran.

«Ich bin schwanger, Georg», sagte sie.

Er fühlte, wie ihn alle anstarrten, sah, wie der Anwalt zu grinsen begann. «Und?», fragte er. «Warum erzählst du mir das? Soll ich dir einen Hund besorgen?»

Sie schaute ihn an, so fassungslos und betroffen. Bevor sie etwas erwidern konnte, sagte er: «Tut mir Leid für dich. Aber einem Häftling ist Tierhaltung nicht gestattet.»

Dann drehte er sich endgültig um und ging. Dina Brelach folgte ihm, holte ihn nach wenigen Schritten ein, legte ihm wieder die Hand auf den Arm. «Ich wollte einen Kaffee trinken gehen. Ab und zu braucht man eine Pause. Trinken wir einen zusammen?»

Er lachte kurz und freudlos. «Wenn ich ihn nicht selbst aufbrühen muss.»

Das musste er nicht, in der Kantine gab es Automaten und Personal. Dina lächelte ein wenig verunsichert, vielleicht auch besorgt. Sie wusste nicht, wie er das meinte.

Petra Hammesfahr, 1951 geboren, lebt als Schriftstellerin und Drehbuchautorin in Kerpen bei Köln. Mit ihren Romanen «Die Sünderin», «Der Puppengräber» und «Die Mutter» eroberte sie auf Anhieb die Bestsellerlisten.

Die Sünderin *Roman*
416 Seiten. Gebunden
Wunderlich und als
rororo 22755
Ein Sommernachmittag am See: Cora Bender, Mitte Zwanzig, macht mit ihrem Mann und dem kleinen Sohn einen Ausflug. Auf den ersten Blick eine ganz normale Familie, die einen sonnigen Tag genießt. Doch dann geschieht etwas Unvorstellbares ...
«Spannung bis zum bitteren Ende.» *Stern*
«Meisterlich genau zeichnet Hammesfahr in ihrem beklemmenden, intelligenten Roman die Gedankenblitze und wirren Assoziationen einer am Rande des Wahnsinns dahinbalancierenden Frau nach.»
Der Spiegel

Der Puppengräber *Roman*
(rororo 22528)

Lukkas Erbe *Roman*
(rororo 22742)
Der geistig behinderte Ben, der «Puppengräber», wurde im Sommer '95 verdächtigt, vier Mädchen aus seinem Dorf getötet zu haben. Nach einem halben Jahr Klinikaufenthalt kehrt Ben verstört zu seiner Familie zurück. Sofort breitet sich Misstrauen unter den Dorfbewohnern aus.

Das Geheimnis der Puppe *Roman*
(rororo 22884)

PETRA HAMMESFAHR
Die Sünderin

Meineid *Roman*
(rororo 22941)
«Zwei Frauen, die Männer und der Tod... Überraschende Spannung, die man nicht mehr aus der Hand legen will.» *Für Sie*

Die Mutter *Roman*
400 Seiten. Gebunden
Wunderlich und als
rororo 22992
Vera Zardiss führt ein glückliches Leben: Mit ihrem Mann Jürgen ist sie vor Jahren in eine ländliche Gegend gezogen. Mit den Töchtern Anne und Rena wohnen die beiden auf einem ehemaligen Bauernhof. Die heile Welt gerät ins Wanken, als Rena kurz nach ihrem 16. Geburtstag plötzlich verschwindet ...

Der stille Herr Genardy *Roman*
(rororo 23030)

Der gläserne Himmel *Roman*
(rororo 22878)

«Eine deutsche Autorin, die dem Abgründigen ihrer anglo-amerikanischen Thriller-Kolleginnen ebenbürtig ist.»
Welt am Sonntag

Die Gehilfin des Bienenzüchters
Kriminalroman
(13885)
Der erste Roman einer Serie, in der Laurie R. King das männliche Detektivpaar Sherlock Holmes und Dr. Watson durch eine neue Konstellation ersetzt: dem berühmten Detektiv wird eine Assistentin – Mary Russell – zur Seite gestellt. «Laurie King hat eine wundervoll originelle und unterhaltsame Geschichte geschrieben.» *Booklist*

Die Apostelin *Kriminalroman*
(22182)
Mary Russell und Sherlock Holmes, der wohl eingeschworenste Junggeselle der Weltliteratur, haben geheiratet. Aber statt das Familienidyll zu pflegen, ist das Paar auch in dem dritten Band über den berühmten Detektiv und seine Assistentin wieder mit einem Mordfall beschäftigt. «*Die Apostelin* ist ein wundervolles Buch. Ich habe diesen Roman geliebt.»
Elisabeth George

Die Feuerprobe *Roman*
Deutsch von Eva Malsch und Angela Schumitz
544 Seiten. Gebunden.
Wunderlich

Die Farbe des Todes *Thriller*
(22204)
Drei kleine Mädchen sind ermordet worden. Kein leichter Fall für Kate Martinelli, die gerade erst in die Mordkommission versetzt wurde und noch mit der Skepsis ihres Kollegen Hawkin zu kämpfen hat.

Die Maske des Narren
Kriminalroman
(22205)
Kate Martinelli und Al Hawkin übernehmen ihren zweiten gemeinsamen Fall.

Geh mit keinem Fremden
Kriminalroman
(22206)

Wer Rache schwört
Roman
(22922)

Weitere Informationen in der **Rowohlt Revue,** kostenlos im Buchhandel, und im **Internet:** www.rororo.de

Laurie R. King

rororo Unterhaltung